夺梦 DUO MENG 2

非天夜翔 著

羊城晚报出版社
·广州·

目录
CONTENTS

第1章 雨林	第11章 监视
CHAPTER 01	CHAPTER 11
001	139

第2章 道歉	第12章 追踪
CHAPTER 02	CHAPTER 12
015	151

第3章 闯塔	第13章 夜话
CHAPTER 03	CHAPTER 13
025	163

第4章 搜索	第14章 封存
CHAPTER 04	CHAPTER 14
037	175

第5章 智斗	第15章 比赛
CHAPTER 05	CHAPTER 15
051	185

第6章 龙生	第16章 生日礼物
CHAPTER 06	CHAPTER 16
067	201

第7章 蔽日	第17章 见面
CHAPTER 07	CHAPTER 17
077	213

第8章 林寻	第18章 七夕
CHAPTER 08	CHAPTER 18
089	231

第9章 隐瞒	第19章 小狐狸
CHAPTER 09	CHAPTER 19
107	239

第10章 修正者	第20章 摩天轮
CHAPTER 10	CHAPTER 20
125	261

第1章

雨　林

美洲豹群扑了过来,余皓大喊一声,转身拔腿就跑,狂奔进雨林中,他一手抓着衣服,边跑边怒吼道:"陈烨凯!你这梦里究竟都是什么鬼啊啊啊——!"

余皓刚冲进蓟叶林地,追在背后的腐烂的美洲豹群已距离他不到三米,火星几乎已溅到了他头上,余皓马上就地一滚,躲进一蓬巨大的蓟叶下,翻身跃起,深一脚浅一脚地在雨林内狂奔。

刹那间,四只着火的美洲豹已弹跳过余皓头顶,在余皓身前的树上一借力,转身当头扑下!余皓刹那间又一个急刹,背后则是更多的美洲豹冲了上来。

余皓再无路可逃,抬手挡头,四只美洲豹封锁了他的去路,于空中飞跃——

余皓:"……"

"哦——噢噢噢噢——"

周昇的声音嘹亮响起,紧接着砰砰砰砰四声,空中的美洲豹顿时中枪翻滚,余皓平地被抱了起来,腾飞出去!

"抓紧!"周昇吼道。

谢天谢地,周昇终于出现了!余皓道:"你去哪儿了?!"

周昇手抓藤条,一身越野军服,背着一面盾牌,被余皓一喊顿时耳朵嗡嗡作响,叫苦道:"别吼,耳朵要聋了……怎么这么多?抓住那根藤!换手!把脚抬起来!"

下一刻,余皓下意识伸手,抓住一根坚韧藤条,周昇在空中反手将一把枪别在后腰,飞扑,踏上余皓膝盖一跃,拔高少许,再将余皓的腰顺手一抱,喊道:"松手!跳!"

余皓:"……"

余皓在那顷刻间已不知经过了几棵树,全听周昇的号令,条件反射般行动。两人弃了藤条,跃上一根树杈,在树杈上一弹,再次飞了出去。

茂密的热带雨林间出现了一处断崖,两人借着树杈弹力跃上断崖,断崖上停着一辆还发动着的吉普车,周昇又道:"上车!"说着连揪带抱,把余皓弄上车去,自己坐上驾驶位,挂挡,踩油门,同时转身。

余皓从后座上一转头,只见两只熊熊燃烧的美洲豹扑了上来。说时迟那时快,周昇猛地一倒车,吉普车在追兵身上一撞,将它们撞飞出去,掉下断崖,紧接着他再换挡,油门踩到底,轮胎飞速打滑,车如箭矢般射进了雨林里!

"到前面来。"周昇道。

余皓爬到吉普车副驾驶位上,拉安全带系上,不住回头看,美洲豹速度竟是丝毫不逊于吉普车,余十来只,纷纷冲上,周昇举起盾牌格挡,将美洲豹揍得翻出车去。

"拿枪打!"周昇车越开越快,"后座有手枪!"

余皓:"我不会用枪……"

周昇:"那你来开车!"

余皓:"我也不会开车……"

周昇:"……"

周昇只得一边操纵方向盘,一边回头开枪,震耳欲聋的枪声响起,余皓抓了枪,朝车后一阵乱开,子弹打在顶杠上,四处乱飞,周昇忙道:"别别!你还是别管了!你看路吧!"

周昇剧烈颠簸中两三枪就能解决一只美洲豹。余皓突然大声道:"有树!左转——!"

周昇猛打方向盘,两人大喊,吉普车撞在树上,美洲豹扑了上来,张开血盆大口扑向余皓,余皓蓦然掏枪,朝着它的脑袋开了一枪。

巨响声中,黑色的沥青溅得后座到处都是,余皓道:"我打中了!"

"就这样!"周昇道,"当射击游戏玩!"

周昇再倒车,驾驶吉普车,驰上满是泥泞的林间道路,身后的美洲豹终于渐渐不追了,余皓心有余悸,与周昇对视了几秒。周昇不住看倒后镜,确认是否安全,吉普车驰过一条溪流,开上对面的烂泥路,再转上满是岩石、磕磕碰碰的高地。

"没事了吧?"余皓说。

"暂时安全。"周昇道,"奇怪,还没死光,怎么就不追了?"

余皓失去了全身的力量,瘫在副驾驶座上,周昇这才问:"你上哪儿去了?"

余皓筋疲力尽地摆了摆手。

周昇:"没在避风港里?"

余皓再摆手。

周昇:"你的光环呢?"

余皓用尽最后的力气,怒吼一声:"闭——嘴——啊!"随后竭力翻身,

第1章 ◇ 雨林

揪住周昇一顿猛摇,周昇大喊道:"别晃!要掉下去了!"

吉普车歪歪扭扭地在高地上行驶,余皓松开抓着周昇衣领的手,心想他这身越野军服还挺帅,居然还有贝雷帽。

"衣服哪儿来的?"余皓问。

周昇拿起车前的墨镜戴上,答道:"路上捡的,帅吧,啊?"

余皓:"这大阴天的你戴墨镜给谁看啊!"

周昇一进来,发现自己被传送到了一块莫名其妙的雨林空地,他四处寻找余皓下落,无意中发现了一栋空的三层楼房。楼房相当陈旧,像没人管的小旅馆。旅馆前面还停着一辆吉普车,他在旅馆里搜索了下,发现每个房间里的摆设都一模一样,桌上都有把手枪,于是他把手枪搜集到一起,去前台找袋子时,找到一套越野军服,随手穿上。

"喏。"周昇示意余皓往后看,后座扔了个布袋,里面全是一模一样的枪。

余皓:"你怎么知道我在雨林里?"

周昇:"我开车出来转悠两圈,发现远处那山越看越怎么像咱们上回去春游的地方……"

余皓:"啊!"

于是周昇怀疑,余皓如果是陈烨凯的避风港主人,想必就在天青山上,甚至有可能避风港也在天青山。

"所以你就开车过来了,"余皓说,"在天青山脚找到了我。"

"不错。"周昇说,"还好还好,只差一点,下回你千万别乱走了,就在原地等我。"

余皓不敢告诉周昇,在碰上美洲豹群前,那座三百六十度旋转的吊桥更恐怖,免得他又白后怕一场,只得"嗯"了声,突然想起,自己背后还被美洲豹抓伤了,刚一侧过身,瞬间意识到了什么。

"奇怪。"余皓喃喃道。

"怎么?"周昇放慢车速,侧头看余皓。

余皓:"你看我背上。"

余皓从山上下来就打着赤膊,侧过肩背,让周昇看,自言自语道:"怎么没了?"

周昇:"……"

余皓那白皙的肩背,瘦得十分骨感,周昇嘴角抽搐道:"哦,你能不能把衣服先穿上？这是想迷惑我吗？"

余皓反手去摸，背上伤口真的没了。

"我被怪……我不小心蹭了点伤。"余皓说，"居然愈合了！"

周昇一踩刹车，停车后手指摸了下余皓的肩背，说："哪儿？怎么蹭的？"

余皓顿时有点儿不自在，周昇也有点儿不自在，这个动作十分温柔，在余皓的记忆里，周昇对他几乎没有过这样亲近的举动。

"先把衣服穿上。"周昇回过神道，接过余皓的衬衣抖开，余皓把手伸进袖里，那件白衬衣已脏得没法看了。

"伤口会自动愈合……"

余皓拉开吉普车内副驾驶座前的手套箱箱盖，找到一把瑞士军刀，弹开，周昇马上道："别！"

余皓只是在手指上轻轻一割，血液渗出，伤口却飞快地愈合了。

"你看？"

"那也不能割自己！"周昇怒道，紧接着把军刀没收了。

"所以我在他的印象里，是可以'自愈'？"

"唔。"周昇不满地说，"凯凯认为你无论受到什么伤，都会自己好起来。"

余皓仿佛明白了什么，周昇又说："到了，下车看看去。"

周昇与余皓下车，摔上车门，余皓面朝高地上一栋三层的、隐藏在树林中的小楼，问："这又是哪儿？"

"他的意识世界太大了。"周昇说，"我一路开车过去找你，看见远处还有杂七杂八的奇怪雕像，有些树杈上，还挂着画。"

余皓说："凯凯应该去过许多地方，可他人呢？"

周昇说："先不着急找他，以现实里的时间算，他应该快醒了，你先帮我看点别的。"

两人来到那建筑前，建筑外挂了一块牌。

周昇："什么意思？翻译一下？"

"Comenzó a Final。这是西班牙语。"余皓正好这学期选修了西班牙语，大致能认出来。

周昇："Final是最后的意思对吧？"

余皓："Final在英语与西班牙语里语义相同，这家旅馆的名字叫'开始与终结'。"

周昇与余皓经过旅馆前台，这是一家典型的南美小旅馆，一楼前台外的厅里，吊扇仍在转。虽然意识世界中不该有电，但此处一切规律根据主人对现实的认知而形成，余皓已经不奇怪了。

"你见到NPC了吗？"

"没有。"周昇说，"一个也没有，这个梦里，没有一个NPC，这就是最奇怪的地方。"

余皓说："被怪物们拖走了？"

周昇摊手道："没有打斗的痕迹，可能性不大。上楼。"

到了二楼，余皓推开房门，简单的房间里贴有几张过时的电影海报，房内有一张凌乱的床，一张书桌，除此之外空无一物，周昇指了指桌上："枪是在这儿找到的。"

余皓总觉得这个房间里，有一股不祥的气息。

"这代表什么？"余皓说。

"注意地上，桌上。"周昇答道。

地上有点脏，但书桌前的一块区域，以及桌子上，却擦得很干净。

余皓说："我不明白。"

周昇答道："注意梦境世界里的存在物，它们与现实的联系都相当紧密，咱们想找到这里的凯凯，就得想清楚，出现的东西意味着什么。"

余皓道："你都想不明白，我怎么可能猜得出来？"

"那可不一定。"周昇随口道，"你对他的了解一定比我多。你去过他宿舍，宿舍里是这样的吗？"

"不是。"余皓在床上躺了下来，说，"很明显，这是他曾经住过的旅馆。"

周昇说："这是他的意识世界里，唯一的一座现代建筑物。余皓，我总觉得这个房间对他来说，印象非常深刻。"

余皓想了想，说："旅馆的房间虽然大同小异，但不会每个房间都呈现得一模一样，而且就连床单的凌乱角度、枪的摆放位置都一样。"

"嗯。"周昇意味深长地说，"所以他住过这个房间。"

余皓实在很头疼，如果是在现实世界里，也许还有逻辑可言，但这是意识世界，主人的心意变得更加难以捉摸。

周昇说："我对他没有你这么熟悉……"

"他去过伊瓜苏大瀑布，"余皓说，"也去过南美，这些我是知道的。"

"哦？"周昇问，"他告诉你的？"

余皓顿时怔住，想了想，他一直没把陈烨凯的秘密告诉周昇，正犹豫要不要说时，周昇却敏锐地抓住了其中最重要的点——

"他一个人去的？"

余皓没作声，周昇马上打了个响指，说："明白了。"

"明白什么了你？"余皓哭笑不得道。

周昇说："这件衣服，是他借给你穿的吧？"

余皓"嗯"了声，周昇手指拈着余皓的衣服，说："这不是件新衣服，不大像他的穿衣风格。"

"我自己选的。"余皓说，"这与这座旅馆又有什么关系？"

周昇又说："这里对他来说，是记忆非常深刻的地方，他和朋友去过伊瓜苏大瀑布，对不对？在南美洲旅游的时候，他们住过这间旅馆。"

余皓："……"

"联系到放在这里的这把枪，"周昇说，"你想，发生了什么？"

"这不可能！"余皓脱口而出道，"你觉得他在这儿杀了他朋友？我不信！不会！"

周昇顿时炸了，说："你有病吧！谁会这么想啊！"

余皓："……"

周昇道："想想那段录音，录音！林寻的录音！"

刹那间如同有一道闪电，贯穿了余皓混乱的脑海。

"……就是他，看见他的时候，我只有一个念头，我在轮回里，再次认识了一个像龙生这样的孩子……"

"龙生在这里自杀了！"余皓瞬间从床上坐了起来。

周昇淡定答道："答对了，而且，用的就是这把枪。"

周昇也躺上了床，余皓喃喃道："难怪……我懂了。"

余皓想起了自己烧炭的第二天，去学院时，看见陈烨凯在网上查询关于危机干预的资料，以及那张照片上，站在伊瓜苏大瀑布前，神情略带忧郁的少年，少年的名字叫"龙生"。

陈烨凯曾经与龙生有深厚的感情，他们一起去过伊瓜苏瀑布，也许还去了南美洲与中美洲的其他地方，住过这家旅馆。

"可是旅游到一半，"余皓道，"为什么要……自杀呢？他就没发现吗？"

"这儿的名字不是叫'开始与终结'吗？"周昇说，"也许他在意识世界里，对这座旅店的印象，既是开始，又是终结。他们的感情在这里开始，最后龙生自己回到了这儿，自杀了。"

第1章 ◇ 雨林

余皓："……"

周昇说："那么这样一来，他内心的痛苦，就能猜出个大概了。起来，咱们到天台上去。"

周昇伸手给余皓，他戴着黑色的露指手套，用力地把余皓拉了起来。沿二楼的楼梯上了旅馆天台。从这里能眺望到雨林的大部分地方，余皓看清了，雨林中心，昏暗的天空下，有一个巨大的瀑布。

瀑布的另一边，则是一块被包围起来的区域，似乎是座石头城。

"那是一座中美的什么金字塔。"周昇怀疑地说，"也许也是他们旅游过的一个景点，我对这些不熟。你再看这个意识世界，感觉到了什么？"

余皓站在漆黑的天幕下，阴云形成了重压，四面八方都在起火，天空频繁地降下天火神罚，森林多处起火，正在闪电中燃烧着。

"它在崩溃。"这是余皓的第一感觉，"为什么有这么多的闪电？我记得施垤的梦境里也出现过。"

周昇说："闪电了代表主人的愤怒，他在摧毁自己的意识世界，那些闪电，是凯凯情绪的释放。"

余皓道："他在毁掉自己的这个世界？"

周昇平静地说："对，这就是关键了。"

余皓蓦然转头，望向周昇，周昇眺望远处，说："他已经意识到自己快要失控了。"

余皓想起追逐自己的、浑身裹满沥青的美洲豹，喃喃道："所以这些火，是他自己放的，他想烧死这里的怪物！他到底在哪儿？"

周昇说："这里太大了，他只要朝森林里一躲，谁也找不着，只能让他自己出来。你确定，你出现的时候，真的不在他的避风港里吗？"

余皓答道："我非常确定，不可能有人把那座吊桥拿来当作避风港！"

"附近呢？"周昇说。

余皓眯起双眼，周昇又说："理论上，避风港也是可以自我摧毁的。"

余皓："什么？！你从来没告诉过我这个！"

周昇冷静地说："假设一个人下定决心从此以后不再寻求庇护，割舍掉唯一的避风港，那么这个地方，就会在意识世界里暂时隐去，或者被摧毁，是这个道理吧？"

余皓瞬间想起了自己跑过吊桥时，看见的那座废墟。

"你得想办法带他把避风港重新建起来，再把他叫到避风港里去等着。"周昇说,"或者去勾起他的回忆,让他回到这家旅馆里来,只有他自己出现了,咱们才能找到这家伙……余皓,他快醒了。"

四周的景物开始虚化,远方山峦逐渐扭曲,就像雾一般地消失在空中,这是余皓第一次看见梦醒的整个过程。从潜意识边界处朝中心点,整个世界飞快消失。

进入雨林世界的时间非常短暂,也许是因为陈烨凯失眠了很久,直到快天亮时才入睡,而余皓与周昇,也在金乌轮旁等了不少时间。

这导致他们没有多少时间,留在梦里寻找陈烨凯的下落。

"好了吗?"周昇抬起手,手中焕发出金光,说,"准备起床吃早饭了。"

"被主人弹出来的话会怎么样?"余皓问。

"不会怎么样。"周昇说,"醒来以后会头疼,有睡到一半突然被吵醒的感觉。"

难怪周昇总是趴桌上睡觉。余皓突然又注意到了雨林中的一阵噪音,说:"那是什么?"

周昇一转头,发现了不妥。

热带雨林的隐蔽处,传来沉闷的脚步声,沿途树木纷纷倒塌,仿佛被清出一条路。

"朝咱们来的。"余皓道。

"像是个大东西。"周昇说,"速度越来越快了,不过现在还不用怕它。"

那藏身于雨林中的庞然大物行进路径非常明确,径直朝向两人容身的小旅馆,周昇说:"下次进来时,做好战斗准备。现实里就靠你了!"

与此同时,梦境世界的不断消失扩散到两人站立之地,余皓与周昇"嗡"的一声同时消失,天空、大地、雨林、伊瓜苏大瀑布,尽数蒸发,如同宇宙坍缩般收成一个小点一闪——

陈烨凯从梦中醒来。他吁了口气,四周是凌乱的已封箱的纸箱与满地灰尘。他安静地躺着,茫然地望向天花板,翻了个身,蜷缩在沙发上。无数过往不知为何,于这一夜中如走马灯般地在梦境里闪过。

脏乱的小旅馆、赤着的身躯、少年白皙的肌肤,以及粗重的喘息。那一天下午对陈烨凯来说,印象最深刻的是龙生以及他身体对神经的刺激。

窗外透过茂密树叶与暗色窗帘后,流泻而入的阳光刺眼,像个梦般。

陈烨凯恍惚间失去了外面的整个世界,那年他二十一岁,龙生看着他时,就像在看着只属于他的一轮炽日。

陈烨凯也控制过自己,压抑过自己,想把那不合理的感情筑个堤坝拦起来,

第1章 ◇ 雨林

但它最后崩毁了,崩毁的瞬间就像伊瓜苏大瀑布一般,从四面八方呼啸着轰然冲下,释放了他的所有情感,他甚至不相信自己心里能容下这么激烈、这么浩瀚的爱,直到当下,那汹涌的感情,仍然触手可及。

在失去了龙生的四年后想起往事,这一切还像就发生在昨天,每一个细节、每一句话,就连窗帘后的阳光照耀在他赤着的背脊上的感觉,依旧真实无比。

门铃响了两声。

"来了。"陈烨凯低声说。

门铃再响。

"来了!"陈烨凯疲惫不堪地答道,拿起沙发旁的水杯,把残余的水一饮而尽,前去开门。几名快递员等在门口,将他的纸箱抱下楼去,递过单子,让他签字。

陈烨凯在门前站了一会儿。

正要关门时,一只手撑住了门框,再缓缓推开门,现出余皓苍白而不安的脸。

"早。"余皓说。

"早。"陈烨凯低声道,从余皓的表情上,意识到自己今天状态有点差,忙用手抹了把脸,转身去洗漱。

余皓不请自来,到一旁去拉开窗帘,"哗啦"一声,刺眼的阳光照进了空空荡荡的宿舍里。

余皓拉开了所有的窗帘,阳光仿佛灼烧着陈烨凯的灵魂,他以手遮挡,逐渐适应了晚春的煦暖太阳。低头洗漱后,陈烨凯拧开热水,躬身在洗手池前洗头,热水淌过他的耳朵,流进他的眼里,他往旁边伸手抓空了几下,余皓递给他毛巾。

"谢谢。"

陈烨凯把护照装进背包里,余皓拉开椅子,在餐桌前坐下。

"吃过早饭了吗?"陈烨凯问道。

余皓没回答,只是安静地看着陈烨凯。

陈烨凯又问道:"喝点什么?"旋即意识到,说,"咖啡机已经寄走了。"

余皓打量这空了的宿舍,他与陈烨凯分坐于餐桌的两侧,空空荡荡的世界里,只有阳光,而陈烨凯始终没有看余皓,只盯着桌面出神。

"你就没什么想说的吗?"余皓突然道。

陈烨凯答道:"十二点五十的飞机,我想到九点半,再找你出来,告个别,是你来早了。"

余皓:"要是我有课呢?"

陈烨凯："你今天一整天都没课。"

余皓："万一我出去了呢？"

陈烨凯："你不会离开学校，你今天一整天，都会注意手机，等我的消息。"

简单的对话后，两人又静了下来。陈烨凯有点伤感地笑道："那天晚上，真的谢谢你。"

余皓忍不住打趣他："不客气，这桌布挺好看的。"毕竟今天两人一见面，光看着桌布发呆。

陈烨凯知道余皓意思，闻言笑了起来，他眉眼清俊，笑容很有感染力，还有着很浅的酒窝。余皓就算对他没有感觉，也觉得这么看一个帅哥很快乐。如果自己有个这样的哥哥，应该是很值得自豪的事吧。

两人一起看着餐桌上的桌布，陈烨凯说："本领高的人，就像魔术师，抓着桌布，干净利落地一扯，桌上所有的东西都还在，桌布却没了。"

"是说谈恋爱吗？"余皓说。

"一段人生，一段记忆，都是如此吧。"陈烨凯终于正视余皓，说，"余皓——

"世界远远比你想象中的更广阔，离开校园，进入社会后，我相信你会遇见喜欢你、你也喜欢的人。这条路很难，但也并没有想象中的那么难，重要的是，千万不要自己折磨自己。"

余皓心脏怦怦跳了起来，他知道陈烨凯一定看穿自己了。

"陈老师，"余皓望向陈烨凯，"我可以问一个问题吗？你为什么辞职？能告诉我真相吗？"

陈烨凯短暂地沉默后，答道："因为这一生里，有太多我无力改变的事。让我渐渐意识到，不是换个环境，一切就可以从头开始。"

"譬如说呢？"余皓说，并极力按捺下周昇让他询问的，关于梁金敏事件的真相。

陈烨凯说："譬如说中川龙生，你听过这个名字吧？"

余皓："！！！"

余皓没想到陈烨凯居然会主动提起这个问题，当即紧张起来，陈烨凯却笑着说："没关系，瞒不住的，你不是在网上搜了我？"

余皓一脸茫然，说："没有啊。"

这下轮到陈烨凯有点意外了。

余皓最担心的，还不完全在于龙生，而是陈烨凯那天夜里拿着手术刀的过激举动，但陈烨凯明显不想再提，而陷于这样的精神状态中，是相当危险的。

"真没有?"

余皓回忆过去,说:"有,想起来了,搜过,但只搜到你的英文名叫Nicky,以前是……是哥伦比亚大学的华人校草。"

"好几年前了。"陈烨凯答道,"那是我还在读本科的时候。"

"别的真没有。"余皓摸出手机,翻搜索记录给陈烨凯看。陈烨凯笑着摆手,说:"我相信你。"

"龙生是谁?"余皓问。

话音刚落,门铃声突然响起,余皓起身开门,周昇提着麦当劳的早餐进来,陈烨凯则仿佛早就猜到,笑了笑:"我说你怎么没来,原来是买早餐去了。"

"你又知道我会来?"周昇取出咖啡与早餐,分给陈烨凯。

"你俩总是形影不离,"陈烨凯说,"余皓来了,没理由你不来。"

"原本还真不想来,我以为昨天算是告别了。"周昇揭开咖啡杯盖,加了糖和奶搅拌过后递给余皓。

"今天依旧不算,我不喜欢正儿八经地告别。"陈烨凯笑道,"只要不告别,就像还没有结束。"

"说了再见,才会真的再见。"余皓道,"所以一声'再见'还是要说的。"

这句话仿佛触动了陈烨凯,他陷入了沉默。

"想说就聊聊吧。"余皓说道,"别堵心里。"

这话是第一次见面时,陈烨凯对余皓说的。周昇吃过早饭,收拾了下东西,说:"我上课去。"

"坐吧。"陈烨凯说,"你今天也没课,装什么?"

周昇把垃圾扔了,回到餐桌前坐下,陈烨凯再次陷入了漫长的沉默里。

"我相信你。"余皓突然道,这句话也是第一次见面,陈烨凯对他说的。

"你知道什么?就这么说相信我,相信我什么?"陈烨凯笑着说。

余皓答道:"无论你说什么,我们都相信。"

他们人手一杯咖啡,陈烨凯喝了口黑咖啡,说:"有时候看见你,就像看见了中川龙生。你俩一样高,初见时,也是像忧郁的小王子一样。他是我的学弟,人类学专业,他是梁老师的学生,本科生,梁老师很少带本科生……"

余皓与周昇都安静地听着。

陈烨凯的父亲是一位非常有名的大律师,母亲则是家庭主妇,陈烨凯从小到大都享受顶尖的教育资源,十七岁时,就已经学完了高中的所有课程,并被哥伦比亚大学录取。父亲与母亲对他的期望，是出国留学，回国结婚，找一个温婉贤淑的妻子，幸福美满地走完人生。

而他从小到大，都未曾认认真真地谈过恋爱，并谨记着家里教他的——要把一生中所有的感情，留给他这一辈子想共度一生的人。虽然从小到大不乏追求者，陈烨凯却把大部分时间都用在了阅读与学习上。

他仅用了两年半的时间，本科就毕业了。二十岁那年，他考上了林寻的研究生，与林寻、梁金敏夫妻相识，担任梁金敏的助教。

简直是报纸上的孩子，优秀人生的典范。余皓听到陈烨凯的过去时，忍不住心想。

担任助教时，陈烨凯时常帮梁金敏批卷，看学生们的论文，是以对中川龙生这个名字有了印象。龙生的父亲是中国人，母亲中川天秀则是日本人，是一家跨国企业老板的小女儿，而他的父亲恰好是该企业的员工，负责接待董事长一家，不久便与龙生的母亲坠入了爱河。

回到日本后，中川天秀生下了一个长得非常好看的混血儿，龙生也就有了一个身份，非婚生子。

龙生是个孤独的小孩，父母的跨国婚姻，再加上母舅家对自己的不待见、对父亲的看不顺眼、对父母爱情的嘲笑与不屑、亲戚的眼神等等，从小到大的经历，导致了他产生了封闭心理，最后外祖父出了一笔钱，打发他到国外留学了事，龙生也终于得以逃脱那个让人窒息的地方。

陈烨凯与中川龙生相识以后，陈烨凯开始以学长的身份不时关照龙生，渐渐地，两人之间的感情变得深厚起来。陈烨凯就此走进了中川龙生的生活，却尚未意识到自己的存在，是如何照亮了他的世界。

直到陈烨凯意识到龙生对他过于依赖时，才发现已经太晚了，他开始迷恋龙生那种忧郁而安静的气质，迷恋他对自己的依赖感——那种整个世界里，只有自己是他唯一的期待的感觉。

林寻非常反对陈烨凯和龙生接触。在林寻希望栽培陈烨凯，让他在哥伦比亚大学任教，并担当自己的助手。但在担任助教的课程上，如果花太多时间在帮助中川龙生，会极大地影响陈烨凯的前途。

而梁金敏则鼓励陈烨凯，只要清楚自己在做什么，就不要害怕，主动辞职，或换一所大学，甚至放下学业，去重新规划自己的人生。

陈烨凯患得患失了一段时间，龙生也明白，虽然自己的世界里只有陈烨凯，但陈烨凯的人生不可能只有自己。龙生不懂感情，也从来不会去表达，他选择

第1章 雨林

了躲避与退缩，他决定不再拖累陈烨凯，准备退学回日本。而就在提交退学申请前，他让陈烨凯，陪他去阿根廷看一次伊瓜苏大瀑布。

那次旅行里，陈烨凯终于正视了龙生对自己的意义，对他来说，龙生就像一剂药物，能让他忘记一切，沉溺在其中，感觉到幸福。

而回到学校后，陈烨凯不得不直面林寻的怒火，以及梁金敏班级学生的投诉。一边是他从小就钟爱的专业，一边则是龙生的未来。最后，在林寻的说情下，学校终于网开一面，去除陈烨凯的职位，让他继续跟随林寻读研究生。

林寻考虑过为陈烨凯牵线，让自己的得意门生与一位老朋友的女儿结婚，结果陈烨凯闹得惊天动地，最后几乎断绝家庭关系，而后还一意孤行，与龙生一起生活。

一切稳定下来后，林寻要求陈烨凯把时间多放在学习与课题上，陈烨凯在一段混乱告一段落后，也开始渐渐收心，考虑未来的规划。但陈烨凯与龙生就像所有走出兴奋阶段，进入摩擦期的同居者一样，开始面对人生中各种各样的问题，譬如龙生害怕孤独，而陈烨凯大部分时间都必须在学校做课题；龙生的情绪陈烨凯偶尔会忽略；对生活的态度不一，对朋友，对亲人，对导师等等。陈烨凯第一次与他人一起生活，对突然涌现的一系列问题有点措手不及，忽略了龙生对他的依赖。

他需要读书学习的时间，也习惯了独处。事实上，在过往许多年里，他把大量的时间用在了念书上，很少关心身边人的想法。与龙生同居一室的举动，意味着步入了一种新的生活，他完全没有别人同居一室的生活经历，他还完全没有一个清醒的认识。

"我还记得，龙生总会在半夜惊醒，"陈烨凯想了想，说，"他太害怕我离他而去了……"

余皓与周昇安静地听着，咖啡已经凉了。

陈烨凯又说："那时我最累，很累很累，我希望他稍微安静一点，我白天已经很疲劳，晚上却得不到充足的睡眠，有时我在研究室里，甚至有点怕回去。那段时间里我们的话说得很少，我总是害怕，不知道什么时候，他就会突然生气，对我大喊大叫……你们可能不太理解那种感受。"

"家"的责任对陈烨凯来说，已变得越来越沉重，他尝试与龙生好好沟通，但每次说开以后，过不了几天，一切又会变回原样。而后发生了一件事，对他们的关系，造成了毁灭性的打击——龙生的一个朋友借用他的手机，发现了他们生活中的一些小视频，传到自己手机，在小范围传阅，流言开始满天飞，

013

最后不知道被谁传上了Tumblr，还引起了不小的轰动。

余皓："……"

周昇："……"

"已经删了。"陈烨凯说，"还有一些被下载过的没办法，刚住到一起的时候，被新鲜感冲昏了头，拍过几段。后来我差点枪杀了龙生的那个朋友……幸好在他的劝阻下悬崖勒马……有时候我觉得在我的性格里，天生就有种歇斯底里的暴力，只是大多数情况下藏得很深。"

余皓顿时想起了那天晚上，陈烨凯解决问题的方式。

"其实老外很多都喜欢拍一些生活片段，"周昇岔开话题说，"想留住自己年轻时的记忆怎么了？"

陈烨凯笑了起来，说："你应该没兴趣，余皓你别去搜，太尴尬了，不过应该也搜不到了。"

余皓忙尴尬道："我……我保证绝不去搜！"

"龙生为了那件事情一直向我道歉。"陈烨凯叹了口气，说，"我实在是太心烦了，同学们的态度，朋友背后的议论……烦得我受不了，还有很多人跑到我的Ins下留言……"

"龙生应该是最难受的吧。"余皓说。

"对。"陈烨凯说，"所以后来我提出，我们还是先分开一段时间，都冷静一下。我想把毕业论文好好写完，再带他去我们走过的南美洲，去秘鲁的马丘比丘，去很多地方……去看看世界最南端的那座白色小教堂。"

说到这里，陈烨凯停了下来，抬起一手，以手腕按压了下眼睛。

第2章
道　歉

余皓伸出手，覆在陈烨凯握着咖啡杯的手背上，周昇也伸出手，两人一起覆着他。

"谢谢。"陈烨凯笑道，"那次之后，我就都放在心里，没有对任何人说。"

不久后，龙生又回来了，陈烨凯察觉龙生的精神状况有点不对，带他去看医生，发现他患上了抑郁症。家族的遗传因素，在与陈烨凯相处过程中的不安全、焦虑，最终流传出去的视频使他自责，面对所有"善意的安慰"……很大程度上是生理问题，需要按时吃药。那段时间里，陈烨凯忙得焦头烂额，本想放弃毕业论文，龙生却坚持让他忙，否则不会再留在他的身边。陈烨凯只得监督他按时吃药，并买好了票，准备在答辩结束后，带龙生一起去，然而答辩当天，龙生没有按说好的前来与陈烨凯一起吃晚餐。

他又独自离开了家。陈烨凯马上去报警，警察不受理，理由是时间太短不构成失踪。陈烨凯得知龙生自己改签了机票，当天从纽约直飞阿根廷。他追到阿根廷，来到他们订好的小旅馆里……

"他已经自杀了。"陈烨凯平静地说。

"抵达的时候，现场被清理干净，旅店换过床单，请了几个工人在刷墙，警察让我看他从黑市上买回来的一把枪，装在一个塑料口袋里。"陈烨凯出神地说，"我记得那天的每一个小细节……他的身上，盖着一张白色的床单，血都流干了……"

"不要去想，凯凯。"周昇说，"这不是你的错。"

陈烨凯笑了下，又说："奇琴伊察外头，有一个宽阔的蹴鞠场，传说在玛雅人古代的习俗中，蹴鞠比赛中，胜利方的队长，会成为祭品，被砍下头颅，献给神明。"

"龙生喜欢看我踢球，那天我在游客的面前，为他踢进了一个球，"陈烨凯喃喃说，"把球从广场上踢起来，穿过比赛用的铁环。也许在那个时候，我就已经同样依赖他了……愿意将我的余生甚至生命，奉献给唯一的神。奇琴伊察的中间，还有一口井，龙生说，他相信那是玛雅人轮回的道路，从这一生，直到那一生。他一直想去，想和我在井边许一个愿望，这辈子做最好的朋友，而来生，仍愿与我相遇。"

"好了，故事说完了，我得走了。"

余皓沉默半晌，陈烨凯喝完最后一口咖啡，起身，说："当初坐在医护室里，听你的故事时，我想安慰你，余皓，只是我明白，语言的力量终究有限，我只能说，你可以把我当作你的朋友，当作一个愿意听你说话的大哥哥。

"我也知道，那天晚上，我不知道怎么去安慰你；就像你今天早上，不知道怎么来安慰我。说什么都是苍白而无力的，但我们的灵魂可以在此时此地，产生一种微弱的共鸣，这种共鸣来自我们曾经遭受的磨难，"陈烨凯笑道，"来自我对另一个灵魂的辜负。我犯下的错，从此已再没有挽回的机会，而你的人生还很长，有更多的可能与阳光。

"如今你想安慰我的心情，恰恰好就像那时我想安慰你的心情，我想，这也许就足够了。"

陈烨凯的行李只有一个背包，其他的都寄走了，走下楼去，车正等在校后门外。

"我走了。"陈烨凯对两人说，"抱一个？"

陈烨凯与周昇、余皓先后拥抱，抱余皓的时候，用力在他背上拍了拍，说："记得我说的。"

余皓双眼通红，看着陈烨凯上了车，车驶离校后门。

余皓与周昇在教师宿舍楼的台阶前坐了下来，两人对视一眼，周昇的眼眶也有点红，说："这阳光真他妈的刺眼。"

余皓说："他的心里，现在连避风港都没有了。"

周昇问："快递送去哪儿，你注意了吗？"

余皓平复心情，掏出手机，说："我拍了一张。"

"查下地址。"周昇摇了摇烟盒，剩下最后一根。

"别抽了。"余皓说，"对心脏不好。"

"抽两口。"周昇捏了下鼻子，说，"鼻子堵了，就抽两口。他还是没说那天晚上的事儿。"

余皓："会不会是因为以前龙生的矛盾，外加梁老师被家暴，所以他才……"

周昇沉声答道："他说话做事，表现得很正常，龙生的死也不是林寻直接造成的，家暴更不会让他愤怒到想动手杀林寻的地步……记得他的意识世界里的景象吗，到处都是雷电。他想毁掉自己，这是比主动坠入潜意识更激烈的行为，必须把他拖回来，再问清楚，是不是咱们猜测的那样。"

余皓低头查陈烨凯的快递地址，思考着周昇的话。阳光下，周昇却静静地看着余皓，目光十分复杂，眉头拧了起来。

"怎么了？"余皓从手机里抬起头，茫然道。

"没什么。"周昇别过头，摸出手机，寻思半响，拿起手机，伸长手，给两人自拍。

周昇："笑一个？"

余皓："你有病吧……"

周昇："笑一个吧。"

余皓望向镜头，和周昇一起被自拍下来，那表情既像哭又像笑，还像被阳光扎了眼。

"'人生总是那么痛苦吗？还是只有小时候是这样？'"周昇说。

"'总是如此'。"余皓随口答道，他查到了陈烨凯快递的地址，上楼时他特地注意了下被运走的快递，说，"这是个公益组织的地址……奇怪了……"

"不奇怪。"周昇说，"他想把东西捐了。"

余皓："他会去哪儿？我看见他把护照放进包包了。"

周昇："应该回美国，他已经和家里断绝关系，不会回家。又把宿舍里的家当清空捐了出去，总感觉很危险……回去拿身份证，上校外开房睡觉去，走吧。"

"你确定他待会儿会睡？"

周昇说："他昨晚上没睡多久，现在一定很累，我猜飞机上他得睡会儿。不睡我也得睡……"说着打了个呵欠，"总感觉昨晚没怎么睡。"

余皓固执地说："你中午睡了，万一晚上睡不着呢？"

周昇："吃安眠药呗！"

两个男生买安眠药相约去开房实在太诡异了，余皓心想。

中午，陈烨凯抵达郢市机场，过安检，上了头等舱。

"不需要飞机餐。"陈烨凯对空乘说，"待会儿别打扰我，我睡会儿，谢谢。"

意识世界里。

"你看，我就说吧！"周昇道，"铁定睡着了！"

余皓："上哪儿找他去？"

周昇："先开车走！"

陈烨凯的话证实了周昇的猜测，这栋三层的小楼不是避风港。他们必须尽快找到在这梦里的陈烨凯。余皓下楼时，望向雨林世界里密布天际的乌云与翻腾的雷电。热带雨林中着火之处，比昨天更多了。树木纷纷倾倒，现出庞然大物穿行的轨迹，余皓道："周昇？"

"什么？"周昇已出旅馆，在外头喊道，"跳下来！余皓！"

余皓："有东西过来了！"

周昇："跑啊！"

余皓一个翻身翻出天台护栏，踩着三楼的窗户，跳下二楼雨篷，顺着滑下，周昇的越野车开来，稳稳当当兜住余皓。

"蛋没事吧？"

"别闹！"余皓捡起一把枪，拉安全栓。周昇开车绕过旅馆前门，一手搭到座椅后背上，转头倒车。

余皓："你衣服……怎么变了？"

余皓看见周昇上衣，居然就是陈烨凯与中川龙生在伊瓜苏大瀑布前合影时，陈烨凯穿的藏青色衬衫！

"什么？"周昇根本来不及注意自己穿着，被余皓一提醒才发现，身上穿了件藏青色的衬衣，下身则依旧是越野军服的迷彩裤，"我不知道啊！上回进来穿的不是这身，现在这样简直像个娘炮！"

"这哪里娘炮了？！"余皓怒吼道。

"余皓你有病啊！"周昇道，"正跑路的时候，你跟我争论一件衬衣娘炮不娘炮？"

"你先说的！"

"来了！"周昇刚倒车出去，刹那间一声咆哮，一团黑色的巨物撞开雨林，一头冲上了山坡！

余皓拿着枪，一时竟忘了开枪，只见一头足有十米高的霸王龙出现，一脚跨过了两人的越野车，阴影瞬间覆盖了两人的头顶。

"哇。"周昇说，"凯凯这家伙的脑洞真大，梦里还有恐龙？"

下一刻，霸王龙一头撞上了旅馆，将砖瓦结构的旅馆撞塌了大半，余皓马上道："走啊！"

两人回过神，周昇一踩油门，越野车差点冲下山坡去。霸王龙听见声响，顿时注意到了地面，紧接着"嗷——"的一声咆哮，朝两人冲了过来！

"你开车哪儿学的？"

"没驾照！街机厅里学的！"

第2章 ◇ 道歉

"射击也是吗?"

"哪儿来这么多废话!"周昇开车,载着余皓,开足马力一路冲下山坡去。霸王龙惊天动地地跟在后头追来,余皓转身持枪,向那霸王龙连开数枪。

"我觉得我真得学点特长。"余皓看着那霸王龙道。

周昇道:"我也觉得。"

余皓:"闭嘴!"

霸王龙一步一步轰然作响,一步跨过五六米距离,对他们穷追不舍,蓦地又发出"嗷"的一声,震得越野车上挡风玻璃不住颤抖,余皓道:"这枪对它根本没用!"

"对着眼睛打!"周昇吼道,"鼻孔也可以!"

"瞄准不了!"那硕大的头颅甩来甩去,撞上大树便将树干撞得粉碎。霸王龙越追越近,余皓不停开枪,其中一枪不知道打中它何处,霸王龙一声狂吼,彻底被激怒,加快了速度,然而突然间,整个世界猛地一震——霸王龙、越野车,甚至周遭的树木连着泥土,都随之弹跳起来!

余皓:"地震了?"

紧接着意识世界又往下一沉,周昇瞬间反应过来:"他在坐飞机,遇上气流了?"

"什么意思?"余皓没坐过飞机。

世界颠簸了几下,霸王龙摇摇晃晃,竭力站稳,向他们追来。

"挺住!"周昇吼道,"马上冲过去!"

左前方是一道瀑布,流水撞击地面汇成湍急的小溪,流淌过十余米后,水流又一头扎下将近二十米高的断崖,形成另一道瀑布。

"各位旅客!我们的飞机在爬升过程中遇到一些气流,有些颠簸——"

周昇猛打方向盘,原地转向,余皓疯狂大喊,那霸王龙的脑袋已经怼到了车后座来。接着周昇将油门踩到底,越野车"轰"的一声冲了出去,与霸王龙拉开距离。冲过那溪流,霸王龙狂吼一声追了过来,周昇转向,又冲了回去!

余皓被泼了满脸水。周昇咬牙,两人被冷水一冲,全身湿透,车辆在瀑布下驰过,霸王龙迅速张嘴,朝瀑布里一咬。

周昇向那霸王龙喊道:"请您回到你的座位上,并系好安全带。卫生间暂时关闭——"

就在这一刻,整个意识世界又是蓦地一颠,霸王龙顿时站立不稳,摔了一跤。溪流地面全是被冲得十分光滑的岩石,霸王龙一摔倒,那庞然大物顿时随着水流冲力、侧摔时的坠落力被冲出数米远,倏地发出一声嘶吼,被送出了溪流尽头,朝着二十米高的断崖摔了下去。周昇把车开出瀑布,余皓只见霸王龙乱抓乱挠,无奈哀号一声,掉下山崖,脑袋还在猛甩。

周昇:"谢谢!"

余皓跑到断崖一侧往下看,只见那霸王龙摔得晕头转向,从崖底水潭爬出来,跌跌撞撞地跑了。周昇捋了下短发,与余皓对视一眼,余皓点点头。

余皓:"你真厉害。"

周昇:"那是当然的。"

昏暗天幕下,周昇坐在岩石边,叼着根草秆,解开藏青色衬衣三颗扣子敞着,卷着袖子,被陈烨凯穿上身时斯文修身帅气的衬衣,周昇穿在身上就跟打手似的。周昇用一根树枝,凭记忆在地上画出了雨林地图。

"不知道他坐多久飞机。"周昇说,"这一带咱们已经找过了,除了旅馆之外没别的地方。"

"中间还没去过呢。"余皓站在齐膝深的溪水里,赤着上半身,洗自己那件弄脏了的白衬衣,拧干,这里没有太阳,衣服湿透了上身很难受。

周昇说:"这儿、这儿和这儿……全着火了,不用去了。剩下中央地区,和咱们来时的一整条路。"

天色更暗了些,越野车的车头灯开着,两道灯光照向溪水中的余皓,密林中现出数道黑色的影子。

"周昇!"余皓喊道。突然间数只美洲豹向坐在岩石上的周昇扑来,周昇背后顿时现出一道盾牌,"当"的一声,挡住了美洲豹的利爪。周昇就地一打滚,将背后浮现的盾牌抓在手中,紧接着更多美洲豹冲出,将他按在了溪水里!

"去拿枪……"周昇举盾,被按进水中,呛了口水,两脚用力一蹬。余皓大喊一声,马上转身冲向越野车,然则越野车上已停了三只豹子!

美洲豹双目发出绿光,同时开口咆哮,向着余皓扑了上来!余皓涉水躲避,将手中湿透的衬衣甩了起来,抽向美洲豹!

"滚!"余皓吼道,继而转身,更多的豹子缠了上来,然则下一个瞬间,奇迹发生了!

身在半空的豹子被那衬衣一抽,倏地犹如被无形的球棒击打般横飞出去!

余皓:"???"

紧接着他意识到了什么,抡开那衬衣,衬衣扫过的地方,豹子纷纷被抽得飞起，朝四面八方摔去。

"周昇！"余皓一解围，马上奔向周昇，一衬衣将按着周昇的豹子给抽飞，周昇尚在挣扎，压力顿解，从溪水里弹了出来不断咳嗽。余皓一声怒吼："来吧！"再冲上前，衬衫横飞，所有豹子刹那间如天女散花般，哀号着飞了漫天！

"这是什么骚操作？"周昇简直不敢相信自己的眼睛。

余皓道："走啊！"

周昇马上转身，上车，余皓驱逐豹子后，翻上车去，周昇立马开车，驶离了瀑布。

两人惊魂甫定，彼此对视，余皓说："这件衬衣，也许就是……他给我的守护光环？"

周昇皱眉道："什么意思？想起来了，这衬衣是你上台穿的那件？哦——"

余皓："你'哦'什么？"

周昇说："是不是你在台上唱歌的那天，他把你当成龙生了？"

余皓："没有的事！"

周昇："那你怎么解释——"

突然又一声狂吼，车刚开下山，雨林中，霸王龙一头冲来，周昇猛打方向盘，余皓吼道："又来了！"

周昇抓狂道："我真是受够这个梦了！"

"我有办法！"余皓喊道，"照我说的办——！"

霸王龙撞开一条路，于昏暗的夜色中冲向密林空地上的越野车，"轰隆，轰隆"，每一下踏上大地都发出巨响。泥地尽头，周昇开启远光灯，引擎"嗡——嗡——"轰鸣，余皓紧张不已，赤着上身，双手持那白衬衣挡在身前，站在车前灯的光照范围之内。周昇紧盯着霸王龙，霸王龙一声咆哮，一头冲向越野车。

刹那间，余皓如斗牛一般，将白衬衣一挥，一抖，霸王龙顿时偏离了前进方向，撞进了密林里！

周昇："……"

余皓迅速转身，周昇翻找越野车上磁带，塞进音响里。

"咚咚踏！咚咚踏！"

"Buddy, you're a boy make a big noise."

周昇："来点音乐！"

余皓："别闹！我要紧张死了！"

霸王龙于震响声中再冲来,余皓跟着音乐节奏一抖衬衣,霸王龙"嗷"的一声又冲向另一侧树林,狠狠地撞了上去!

"We will we will, rock you!"

周昇:"哟呵——"

余皓:"……"

霸王龙再爬起来,一时拿不准是否再冲上前,像条狗般甩甩头,周昇跳过车前盖,说:"给我也玩玩!"

余皓把衬衣扔给他,躲到周昇身后,霸王龙愤怒无比,怒吼着冲上,下一刻,周昇干净利落地一抖衬衣,霸王龙一个踉跄,撞进树林里,周昇却追了上去,霸王龙刚张开嘴,周昇却喝道:"给我起来!"

周昇一挥衬衣,抖向霸王龙,霸王龙被抖了个四脚朝天,直飞起来。随着周昇撒开衬衣,霸王龙从两人头顶飞过,重重摔进了十米外的密林内,紧接着重击声、翻滚声,又"轰隆"一声,整片树林垮了下去,居然是一道峡谷边缘。

余皓与周昇直喘气,周昇把衣服交给余皓,说:"穿上,走吧。"

越野车驶过密林,周昇专注地开着车,间或看余皓一眼,余皓倚在副驾驶上。

"困了?"周昇问。

"有点儿。"余皓答道,"在梦里睡着了会怎么样?"

"不知道,你可以试试……话说咱俩衣服换换?"

"不换。"余皓简单地拒绝了他——周昇没看过陈烨凯的那张照片,他不知道他俩出现在陈烨凯梦里时的衣着,代表了这个意识世界里主人的什么情感。此刻余皓的心情也非常复杂。

周昇:"不换就不换,这么盯着我看做什么?"

周昇只得作罢,车拐出密林,余皓道:"你往哪儿开?怎么越开越远了?"

"你看。"周昇说,"潜意识边界有光。"

余皓忙坐直,朝远处望去,果然,在自己来时的天青山顶附近,隐约有天光投下。

"那儿你去过没有?"周昇问。

"我就是从山上下来的。"余皓答道,"但没见过陈老师啊。"

"那你下来前,那东西出现过吗?"周昇又示意余皓看山顶与山脉相连的另一个方向。

余皓看见了一座吊桥,而吊桥的一头,则出现了一座孤峰,孤峰上,一道天光犹如光柱,从厚重的云层间隙中投下,落在山顶上。

余皓喃喃道:"那座山已经被闪电劈中毁了!"

"避风港重建了。"周昇打方向盘,开车上山,"这次对了。"

车驰到山腰,出现了他们曾经吃饭的餐厅,周昇为防错过,上去看了一眼,整个餐厅里只有一张桌子,是余皓与陈烨凯吃过饭的餐桌。

接下来,两人徒步上山,余皓十分尴尬,周昇却神色如常。

余皓:"那天我们吃完饭以后……"

"没事儿,是我脾气大。"周昇知道余皓想说什么,一反常态地答道,"余皓,有时候,我是不是……让你不知道怎么办?"

余皓:"没……没有。"

周昇:"真没有?"

余皓:"真没有。"

"我认真地问一句,你喜欢他吗?"周昇突然问。

余皓说:"作为朋友挺喜欢。"

周昇笑嘻嘻地说:"和我比呢?"

余皓道:"别闹了好吗?"

山路上一片漆黑,周昇靠近余皓些许,余皓的心剧烈地跳了起来,他感到周昇的手抬了抬,像是想牵他的手,余皓瞬间连呼吸都停了。而周昇抬起手来,搭住了余皓的肩膀。

余皓看不见周昇的表情,但他猜也猜得到周昇在想什么。距离过年那会儿已有好几个月,这段时间里,两人就当这事儿不存在。周昇一边让余皓去找个朋友,谈个恋爱;一边对可能发展为余皓恋人的人总是充满了敌意,看不得余皓和别人在一起——上周的专业课才刚说过,对某些人来说,友情的占有欲比爱情更为强烈。

你到底想我怎么样,你自己说吧。余皓有时觉得比自己大的周昇,像个长不大的小孩,而周昇的心情,则似乎比余皓更矛盾,让他说他也说不出个所以然来。每次周昇一生气,余皓就有点不知所措,他不知道周昇想要什么,也不知道自己该做什么,周昇先前不喜欢陈烨凯,因为他看出陈烨凯对余皓有好感。余皓只得尽量不和陈烨凯走得太近,唯一的一次,是在天青山上。

现在回想起来,那天陈烨凯也许已经决定采取行动了。虽然他并未告诉他们,自己为什么想杀林寻——但余皓从陈烨凯手里夺下那把刀后,颇有点自责。如果他在开学后的一个多月里,多关心下陈烨凯,也许他不会走到这一步。

当然这责任也不能推到周昇头上去,只能说是余皓自己的选择。

"他挺好的。"周昇说。

余皓答道："是挺好的，但我不喜欢他，他也不喜欢我。"

周昇环顾四周的一片黑暗，说："他总有一天会走出来的。"

余皓："你懂我的意思，而且没感觉就是没感觉，他太优秀了，我不喜欢。"

"合着我就不优秀啊？！"周昇听到这话时顿时觉得自己被无情地嘲讽了。

余皓忙道："你很优秀，你是将军啊！"

周昇只得说："对不起，我也不知道我为什么……反正以后我不会再因为嫉妒乱发脾气了，你想和谁玩就和谁玩吧。"

余皓："……"

周昇："我的意思是说，唉，算了，你明白就行。我要是再这样，你就骂我吧。不，你就当我神经病，别搭理我，把我晾个几天，我就冷静了。这次对凯凯，我也挺愧疚的，要不是我对你说了那些话，你兴许还会多关心下他……

"说不定在这儿，他还会有个避风港……"

周昇搭着余皓的肩膀，一路往前走，转过悬崖，来到吊桥前。风平浪静，吊桥通往云雾中，而天顶乌云的缝隙中落下一道光柱，就像圣光般照耀了对面山顶。

"我只想你过得开心。"最后，周昇对余皓说。

余皓答道："我懂。"他还想说句什么，但他忍住了。

我这样就挺开心的。

"过桥。"周昇说。

余皓走上去，周昇的手自然而然地从他肩上放了下来，又自然而然地牵起了他的手，带着他走过吊桥去，在陈烨凯梦中的这座吊桥突然变得无比坚固，早已没有了天青山上摇摇晃晃的危险感。

"我没事。"余皓笑道，"吊桥很稳。"

"上次过这儿的时候你紧张得要死。"周昇说。

余皓："多走几次就习惯了。"

周昇放开了余皓的手，两人一前一后，过了吊桥，穿过迷雾，余皓看见了满地砖瓦废墟，就与自己刚进入梦境世界时一样。

一缕天光投下，恰好照在废墟上。

废墟中央，站着迷茫的陈烨凯，陈烨凯转过头，只见周昇与余皓，从迷雾中走了出来。

第3章

闯 塔

"终于找到你了。"余皓疲惫道。

陈烨凯问道:"这是哪儿?"

余皓倏地意识到一个严重的问题,这下找到了陈烨凯,得怎么向他解释?

周昇却接过话,说:"跟我们走。"

"去哪儿?"陈烨凯又问。

"来不及说了,待会儿再解释。"周昇道,"快!凯凯!相信我们!"

陈烨凯迟疑着朝他们走来,周昇以眼神示意,余皓心想真有你的。

"余皓。"陈烨凯说,"你生我气吗?"

余皓不知如何回答,周昇说:"当然啊,大伙儿都生你的气,你就这么不声不响地走了。"

陈烨凯叹了口气,余皓问:"陈老师,你想去哪儿?"

陈烨凯答道:"回纽约,再去墨西哥和阿根廷。"

周昇暗暗向余皓比了个大拇指,这样一来,陈烨凯会在飞机上睡个一段时间,他们就不必慌张了。

"那现在就去阿根廷。"周昇带陈烨凯走过他们来时的路,把他带上车,说,"你来开车。"说着与余皓坐到后座上。陈烨凯带着疑惑,转头看余皓与周昇,随后发动越野车,车驰离天青山,往意识世界的中心开去。

余皓凑到周昇耳畔,低声问:"你确定他不会发现真相吗?"

周昇小声回答:"不会,这对他来说只是一个梦,你想想,梦里几乎是没有逻辑的,就像施坭一样,让她做什么就做什么。只要别太刺激他,梦就不会发生太大的改变。"

越野车车灯射出明亮的光芒,在黑暗的雨林中穿行,陈烨凯专注地开着车。

"你发现了吗?"周昇又凑到余皓耳畔,极小声说,"没有怪物攻击咱们了,为什么?"

余皓蓦地想起,自从他们发现了衬衣的作用,打败那头霸王龙后,就再也没有美洲豹来骚扰过他们了。余皓小声说:"也许在他的意识世界里,已经默认不再攻击穿着这件衣服的人了?"

周昇也小声说:"我倒是觉得,有另一个可能,攻击咱们的所有怪物,都受那里的——"说着他指向不断靠近的雨林中央,说,"——某个存在控制着。"

余皓一凛,这么说起来,怪物似乎非常聪明。联想到刚下山时,他隐隐约约听见了一声哨响,美洲豹就不再追车,当时以为是周昇就未想太多。现在回忆,却是进攻的信号,有人在指挥他们。

"除了凯凯,还有人在发号施令……"

"嘘。"周昇示意余皓别让陈烨凯听见了,陈烨凯正在专注地开着车,越野车再度经过断崖,上头的小旅馆已残破不堪。

"龙生……"

车速放慢了些,周昇突然说:"龙生已经不在那儿了。"

"他在。"陈烨凯固执地说,"我找到他了,就在房间里。"

周昇示意余皓,余皓马上答道:"他不在,我去找过,我确定,陈老师,你相信我吗?"

陈烨凯想了想,说:"我相信你。"

余皓:"那么就走吧!"

陈烨凯犹豫片刻,再继续开车,却没有沿着道路直驰,而是如走迷宫一般,在雨林中绕来绕去。周昇与余皓交换了个眼神,庆幸找到了陈烨凯,否则单靠他们,兴许靠近不了中心。

意识世界里的瀑布声时远时近,陈烨凯专注地开着车,最后在茂密的树林中一拐,蓦然眼前豁然开朗,宏大的瀑布现身,环绕中央的一座宏伟巨大的金字塔!金字塔背后,则是如山摧般倾泻而下的伊瓜苏大瀑布。

"到了。"陈烨凯下车,喃喃道,"在我梦中的阿根廷,我回来了。"

余皓正组织语言,陈烨凯问道:"下一步咱们该去哪儿?"

周昇抬手一指,说:"看见金字塔了没有?在金字塔的中间,有一件宝物,咱们一起把它夺回来,你才能真正地战胜自己。"

伊瓜苏大瀑布位于南美,而奇琴伊察在墨西哥,但就在陈烨凯的梦里,它们诡异地交叠到了一处,奇琴伊察古金字塔背后三面环抱伊瓜苏大瀑布,湍急的洪流在这昏暗的世界中,依旧无休无止地咆哮着狂奔而下。

陈烨凯露出迷茫的表情,他看看余皓与周昇,再看奇琴伊察金字塔。

"咱们一起?"陈烨凯皱眉道。

"咱们一起。"周昇道。

陈烨凯答道:"好,但请先给我点儿时间。"

第3章 闯塔

陈烨凯缓缓走向大瀑布,余皓与周昇在车里快速整备。

"枪里的子弹是无限的。"周昇说,"各带一把就够了,再替凯凯带一把。"

余皓望向陈烨凯站在大瀑布前的背影,那景象蔚为壮观,站在古城外空地上,瀑布几乎遮没了天地,陈烨凯的身形显得如此地渺小。

余皓的心情一时复杂得很,说:"他会发现真相吗?"

周昇低声道:"别担心,知道就知道了,让他知道也没什么,我还有一招,能让他忘得一干二净。只有我能用——记得过年前那晚上不?"

余皓:"!!!"

那夜周昇一手按上余皓的额头,想强行让他遗忘掉。

"可你用在我身上的时候失败了。"余皓道。

周昇说:"因为我拿了你的图腾,金乌轮默认咱俩是一伙的。离开时,千万别从他的意识世界里带走任何东西,要是被他察觉真相,就想个办法把他从纽约骗回来,我会再让他把关于这意识世界里的所有记忆都遗忘掉。"

余皓:"会有什么后果?"

周昇:"没有什么后果,但还是尽量少用吧。"说着又凑近些许,对余皓说,"我猜待会儿,你也许得和中川龙生决战……拿好这把枪……"

余皓道:"我办不到!"

站在瀑布前的陈烨凯转过身,怀疑地看着他俩。

"嘘。"周昇搭着余皓,在他耳畔小声说,"抢夺了图腾的人,有两个可能的身份。要么是林寻,要么是黑暗的凯凯自己,通往图腾的路上……"

余皓:"会有个守门人。"

周昇打了个响指,说:"对,就像咱们在你梦里见到的,龙生的力量会非常强。"

余皓说:"万一被他移情了怎么办?"

周昇想了想,无奈道:"他早就移情了,而你得击败龙生,让他从黑暗的世界里走出来。"

余皓眉头深锁,沉默不语,周昇又道:"余皓,想清楚,太阳升起以后,他才能找回自己,否则他现在的精神状况太危险了。只要龙生在这个世界里存在,抢夺了图腾的人几乎就是不可战胜的。"

余皓想起先前与周昇商量过的,答道:"好吧,我尽量试试。"

陈烨凯:"你们在说什么?"

周昇旋即与余皓分开,一副若无其事的模样,裤后兜里别着两把枪,背着

一面盾牌。

"我们在说,"周昇随口道,"想跟你一起,去见龙生,解开当年的过往。"

陈烨凯略带忧郁的眼神注视二人,突然对周昇说:"你身上穿的这件是我的衣服。"

周昇:"哦,那和你换一换?"

余皓:"……"

说时迟那时快,周昇与陈烨凯身上衣服同时一闪,被换了过来。余皓心想能别换吗? 不过天大地大,梦境主人最大,你爱怎么想就怎么想吧……

"我会保护好你们,尤其是你。"陈烨凯对余皓说。

周昇嘴角抽搐,陈烨凯环顾四周,似乎下定了决心,转身走向奇琴伊察前宏大的广场,犹如一名孤独的勇士。

周昇皱眉道:"他想做什么?"

余皓:"周昇……他是不是猜到了?"

周昇道:"不可能,他没这么聪明。"说着示意余皓,两人跟上陈烨凯,阴暗世间,三人站在奇琴伊察前的巨大广场中央。金字塔入口前的中央,悬空飘浮着一个铁环,中央则摆放着一个巨大的火盆,火盆之下,是累累骸骨。

奇琴伊察金字塔前笼罩着一层幻光,犹如屏障般挡住了入口。

周昇靠近前去,伸手按了下屏障,过不去,正打算与余皓小声商量时,陈烨凯却突然道:"周昇,我有话问你。"

余皓心中一凛,忽然察觉到陈烨凯的语气变了。

三人站在广场中央,陈烨凯说:"这是我的梦,对吗?"

余皓眼望周昇,周昇说:"对啊,你才发现?"

陈烨凯道:"为什么我没有醒? 每当我意识到梦里时,我就该醒了。"

周昇示意余皓别说话,由自己来解决:"你自己的梦,醒不醒我怎么知道?"

陈烨凯怀疑地看周昇:"你俩为什么会出现在我的梦里?"

周昇:"你梦见我们了啊,这很奇怪吗?"

余皓听到这没来由的荒诞对话只觉很好笑,想起将军第一次进自己梦中时的情况,也许因为心境,那时的他接受得很快,没提出什么问题。但陈烨凯就一而再再而三地怀疑着,现在看来,他一路上很少说话,并非晃神,而是在思考。

可能这就是学霸和学渣的区别……余皓心想,陈烨凯辅导他高数的时候,碰上模棱两可的情况,自己先会想清楚,不想清楚是绝不罢休的。

"你俩是现实里的周昇和余皓,还是我记忆里的印象?"下一刻,陈烨凯准

第3章 ◇ 闯塔

确地抓住了这一切的核心。

余皓："！！！"

周昇几乎没有任何犹豫，直截了当地答道："你有病啊凯凯！咱们早上才一起聊过！这就不认识了？"

余皓瞬间在心里给周昇喝了一声彩，这话无论怎么回答都很危险，随时可能会引来陈烨凯更多的刨根究底的问题。周昇如果回答"我们是印象"，陈烨凯一定会起疑，哪有记忆里的人自己说"我是记忆"的情况？

周昇更不能回答"我也不知道我是什么"或不回答。这么一来，陈烨凯反而更无法判断了。

"不、不。"陈烨凯说，"我的意思是……你们是真的吗？"

"不是你自己说的，想让我俩帮你吗？"周昇对余皓道，"余皓？"

"对。"余皓说，"我们是你的梦境守护者。"

这么一句，瞬间把刚刚厘清思绪的陈烨凯又给搞混乱了。

"是吗？"陈烨凯说。

余皓不禁发自内心地感叹，周昇的智商明显与陈烨凯是一档的，周昇这么聪明，成绩怎么总是一般般？

周昇道："快去找你的图腾，别磨叽了，咱们一起。"

余皓："我们会陪你走到最后。"

陈烨凯沉吟片刻，于广场上往前走了一步，刹那间整个广场周遭，所有的火盆"轰"的一声燃了起来，将黑暗世间照得犹如白昼。

而与余皓的意识世界里截然不同的是，广场上的火焰现出蓝色鬼火般的光芒，整个奇琴伊察世界恍若变了个模样，充满了奇幻与诡异的气氛。口哨声响起，穿透天际，余皓霎时想到了自己被美洲豹群追猎时的信号，果然，四面八方，围绕广场，出现了上千只沾满了沥青的黑暗美洲豹，包围了三人。而众多火盆前的骸骨自行拼合，站起，仿佛亡者复生，场面变得无比诡异与恐怖。

"你回来了。"一个声音从金字塔中发出，响彻黑暗天幕。

余皓马上转头望向周昇，周昇示意他镇定。

陈烨凯走上前去，三具骸骨却已起身，拦住了通往金字塔的道路。

"你回来得太晚了。"那声音道，"我已经进入了亡者的世界，还想进来朝拜你的神吗？"

陈烨凯说："我来陪你了，咱们说好的，谁也不能一个人先走。"

"你这个满嘴谎言的骗子！"那声音倏地发出尖利的吼声，"直到现在，你

还想欺骗我!"

"我没有!"陈烨凯仿佛被激怒,不顾一切地怒吼道。

在他的身边,仿佛掀起了一阵暴风,火盆上幽蓝的火焰朝着四周卷开,昏暗天际下,雷电一瞬间变得频繁起来,开始大面积地摧毁热带雨林。

"你带来了什么人?"那声音阴恻恻地说,"你终于决定,要遗忘我了吗?"

陈烨凯不住喘息,紧接着,广场上的火盆里轰隆隆飞出三团蓝色的火焰,聚集为球形,落在三人面前。

陈烨凯说:"这是我的誓言,与他们无关,龙生!"

"比一场吧。"那声音低沉地说,"想进入我的神庙,就必须获得胜利,然后在我面前,践行你的誓言。"三具古老的骸骨转身走到广场上,众多美洲豹围住了广场,虎视眈眈地围观。

"三战两胜。"那声音说,紧接着,奇琴伊察的大门开启。

骸骨战士各自抬起一脚,踩住身前的蓝色火焰球。

"你会吗?"周昇望向远处飘浮在空中的圈环,对余皓说。

"你觉得呢?"余皓道,"怎么可能!"

那圈环距离甚远,余皓哪怕投篮都投不中。

"那只能交给我俩了。"周昇说,并望向陈烨凯。

陈烨凯转头,望向骸骨战士,而后道:"余皓,你先来。"

余皓心想你这梦做什么不好,为什么偏偏要踢球啊!就不能选点我会的运动吗?!

"我尽力吧。"余皓说,"反正三战两胜,交给你们了。"

周昇以眼神示意余皓镇定,余皓观察良久,猛地一抬腿,蓝色火球呼啸着平地飞起,划出一道弧线,陈烨凯顿时喝彩。

周昇:"好!"

然则下一刻,那骸骨战士也蓦然出脚,另一枚蓝色光弹射出,撞向余皓的球,将其弹飞,继而斜斜穿过了悬空的光圈!

"这不公平!"余皓上一刻还沉浸在自己即将进球的震撼中,此时顿时怒吼起来。

那声音又响了起来:"你失败了,等待死亡吧,就像我一样……"

余皓怒道:"你这骗子!这根本没办法,规则是他自己定的!"

周昇抬手,止住余皓,上前道:"中川龙生,三战两胜,说好的,愿赌服输。接下来换咱俩了,谁先?"

陈烨凯沉吟片刻，看了眼隔壁的骷髅战士，说："我先来吧。"

陈烨凯示意余皓别担心，周昇与余皓退后两步，陈烨凯沉声道："龙生，我还有许多话，想对你说，这一生中，我始终等待着这个机会。"

与此同时，陈烨凯猛然冲上前，一抬腿，侧旁骷髅战士也随之抬腿，射门！

孰料陈烨凯却是做了个假动作，平地一旋转，稍一躬身，落后了一瞬，紧跟在那骷髅战士动作后射门！

余皓与周昇同时喝彩，只见两枚蓝色光火弹一前一后冲向圆环，陈烨凯踢出的一球划出一道漂亮的弧线，撞开了骷髅战士射门的一球，射进了圆环！

那声音陡然大怒："你这个虚伪的人渣！"

陈烨凯望向金字塔高处，平静地说："把我带走，龙生，这一切就结束了！"

"还没完呢！"周昇懒懒道，上前一脚踩着光火，"最后一球。怎么能让你一个人进去？"

余皓顿时紧张起来，那声音冷冷道："那就来吧，让我看看你有多大本事。"

"余皓，给我力量。"周昇侧头低声道。

余皓上前去，周昇摘下背后盾牌，握在手中，陈烨凯皱眉道："你想做什么？"

余皓十分茫然，周昇说："快，像上一次一样。"

余皓道："可是我没有多大力量。"

周昇说："有多少给我多少。"

余皓试着将手按在周昇的背上，陈烨凯怀疑地看着两人，而这时，周昇手中的盾牌随之亮了起来，飞速变幻，周昇喝道："退后！"

余皓猛地一退，周昇踩住那球，将盾牌飞速一抖，抖成一根闪光的金箍棒！

"我去你的！"周昇怒吼，转身挥起金箍棒，朝广场另一侧的骷髅队长狠狠砸了下去！

余皓："……"

周昇在空中短暂地幻化出孙悟空形象，在半空中翻身一抡定海神针，顿时将广场上一整排的地砖连着骷髅队长一同砸得粉碎！陈烨凯震惊了，继而周昇身体在空中旋转，恢复人的形态，再一脚踢出蓝色光弹，光弹如流星般呼啸，射门！

第三球进环，奇琴伊察大门前的拦路屏障砰然瓦解，悬空的铁环迸射出强光，铺开通往金字塔的天梯，余皓与陈烨凯同时喝彩，周昇却道："走！"

周昇打头，三人冲向天梯，紧接着那声音怒吼道："你不守规则！"

周昇嘲道："这是我的规则。"

一瞬间整个世界天摇地动，所有的美洲豹全部冲了上来，天梯开始瓦解，陈烨凯落在最后，喝道："你们先走！别管我！"

周昇拉起余皓，两人在天梯上狂奔，冲向奇琴伊察入口，陈烨凯紧随其后。余皓回头一看，只见雷电铺天盖地而来，陈烨凯转身，守住天梯。天幕下的雷电沿着整个意识世界外围朝中心收拢，所有的雨林地带都燃起了烈火，追上前的美洲豹纷纷被闪电点燃，在天梯前直摔下去！

"凯凯！"周昇喝道，"走！"

陈烨凯仿佛意识到自己能控制这里的雷电，直到将追上前的美洲豹全部点燃，方转身跟上两人，余皓奔跑中向周昇大声道："外面全烧起来了！"

周昇喝道："别怕！来得及！里头是安全的！"

金字塔外的区域已陷入火海，火焰照得昏暗的意识世界一片大亮，三人一头冲进了奇琴伊察入口，金字塔大门砰然关上。

下一刻，三人在狂奔中冲进了一个宽敞的大厅内。

周昇堪堪刹住，只见眼前又有一扇大门，大门上镶满了五颜六色、无序排列的硕大宝石，四周天花板上更有水沟般的凹槽，宝石填满了凹槽，闪烁着光泽。

"这又是什么鬼？"周昇道。

陈烨凯站在大厅中央，一脸茫然。余皓上前，试着按镶在大门上，靠近地面的宝石，宝石"叮"的一声亮起光芒。

周昇："机关？"

余皓又按相同颜色的另一块，第二块宝石也随之亮起光芒。

余皓："……"

余皓按第三块，宝石开始转动，替换位置，三枚宝石连成一条直线，响起"当"的音效，消失了，在"砰砰"声中，顶上的宝石跟着掉了下来。

"不会吧！"周昇惨叫道，"为什么你的梦里还有消消乐？"

"这是龙生爱玩的！"陈烨凯想起来了，马上说，"让我想想，得打开这扇门到里头去！"

余皓马上道："我来！这个我会！"

天花板上响起水声，陈烨凯蓦然转身，抬头只见水流沿着宝石挪开后的洞口倒灌进来。不等周昇发问，陈烨凯马上说："是伊瓜苏大瀑布的水灌进来了！"

水位开始上升，周昇道："余皓！快！"

"我在找！"余皓消了两行，突然看见顶端的两枚金色宝石，以及大门中央的两个空凹槽，顿时明白了，得让那两枚宝石掉进凹槽里！他开始飞快地按宝石,"叮叮""当当""砰砰"响声大作,整扇门上,所有的宝石开始飞速消除,而地板上、天花板上的凹槽则朝大门上填充三消宝石。

"够不到了!"余皓喊道,周昇冲上前去,躬身站在大门前,双手交扣让余皓踩着跳到自己背上,余皓一按高处宝石,陈烨凯也冲过来学着周昇,余皓在空中三连点,"叮叮叮——当!"左侧金石掉下凹槽,"嗡"的一声发出光芒。

余皓:"还有一个!"

陈烨凯和周昇异口同声道:"快!"

随着宝石越来越少,天花板上如下雨般不停往大厅里灌水,水位已越来越高,漫过周昇肩膀,余皓不用再踩着也能按到高处,但大门上这一侧的已消不掉了,只得游到另一侧去。

"那边!那边有两个颜色一样的!"陈烨凯踩着水对余皓提醒道。

周昇:"那边也有!那边的近一点!"

余皓游过去,再消掉一格,突然意识到一个问题。

余皓:"我怎么会游泳了?"

陈烨凯:"余皓你不会游泳?"

周昇:"……"

这一下余皓马上就溺水了,周昇一把捞住他,喝道:"别动!"

余皓瞬间明白了——陈烨凯不知道自己不会游泳,在他的意识里自己会,于是自己就会了,但当他突然知道自己不会游泳后,便差点溺水。周昇反应极快,顿时抓住了余皓,大声道:"你说地方!凯凯去按!"

陈烨凯按了一阵后,剩最后三个在余皓与周昇下面,余皓被周昇抱住,镇定了些,指指下面,周昇点头,两脚一蹬,两人上半身冒出水面,同时吸气,再一起扎进水里。

水底,周昇带着余皓,看见了那三枚紫色宝石,余皓连点三下,"当"的一声宝石被消掉,紧接着,大门上另一扇门的金石落下凹槽,门中发出光芒,轰然向内洞开。余皓尚未叫出声,便被湍急的水流轰然冲了进去,周昇紧紧抓住余皓的手,与陈烨凯三人被冲入奇琴伊察密道中。

余皓闭着气,已经快忍不住了,被水流一冲呼出大量气泡,周昇正要凑过去给他渡气,倏地前方水底冲来一团黑影,朝两人身上一撞,周昇没料到水底还有偷袭,猝不及防被撞开。

余皓只觉脖子上一紧,张嘴却叫不出来,身不由己地被扯离周昇,猛地被拽进了一片黑暗里。

周昇抬手,睁大双眼,想喊却喊不出来。那黑影如一条蛇般飞速而来,展开双翼,卷住余皓猛地冲向尽头。周昇从水底冒出头,陈烨凯游了上来,只见一只巨大的羽蛇神卷住余皓,张开翅膀,不顾余皓的挣扎,冲向通道尽头的天井,升了上去!

"余皓!"周昇冲出水面,踏上地面,追出几步,天井四周却都是石壁。

陈烨凯咳出几口水,与周昇对视。

"他被龙生抓走了。"陈烨凯说。

周昇观察四周,寻找上去的通道,他们已经进了奇琴伊察内部,四周尽是长满了青苔与爬藤的古岩,石柱歪歪斜斜地搭在一起,神殿中央,矗立着一座羽蛇神的雕像。

"那口井在哪里?"周昇对陈烨凯问道。

陈烨凯:"跟我走,后头的路被封住了,得爬过去。"

周昇短暂地沉默了一会儿,突然狂吼道:"余皓——!"

陈烨凯眉头深锁。

"来救他吧。"那声音响起,"Nicky,我想看看你,究竟能爆发出多强大的力量……"声音消失了,周昇一时愤怒无比,陈烨凯转头找路。片刻后,周昇却冷静下来,说:"在咱们见到龙生前,他应该都不会有事,但是得尽快。"

余皓被狠狠扔在地上,不住咳嗽,呕出几口清水,同时借着眼角余光观察周遭环境。这是一个空旷的空间,四面围着石柱与一层层的走廊,犹如金字塔院落中的空旷地,空地中央有一口祭坛般的井,井中黑雾蒸腾。

没有图腾。图腾在哪里?余皓心想。

将他掳过来的羽蛇神迸发金光,化作纯金雕塑,盘身立于平地一侧。一名身材修长的少年向余皓走过来。

"你就是龙生吗?"余皓扶着墙,缓缓站起,转过身,面朝那少年。

"那是我的衣服。"龙生颤声答道,"把我的衣服还我,我好冷啊。"

余皓安静注视龙生,龙生面容苍白,头发有点长,上身赤着,身材十分单薄,眼里带着痛苦与恐惧。余皓想起周昇的嘱咐,此时自己应该做的,是掏出枪打他,他不知道如果自己开枪了会发生什么事,但看见龙生的第一个念头,余皓竟是想上前抱一抱他……

这不是真正的龙生,只是陈烨凯梦里的龙生。想到这里时,余皓又觉得极其诡异。龙生瘦得有点病态,锁骨分明,手臂修长,他一步步地接近余皓,眼里带着复杂的情绪，五官因仇恨而显得有点狰狞。

余皓背在身后的一只手直发抖。

"你想杀我？"龙生难以置信道，"你抢走了我的衣服，现在还想杀我？"

余皓放开手，没有再掏枪，龙生却一声怒吼："你想杀我？！"

刹那间余皓口袋里的枪飞起，脱离，余皓大喊一声，龙生抓住了枪，指向余皓。

"这件衣服保护不了你。"龙生握着枪指向余皓，咬牙切齿道，"把它脱下来！把它还给我！你这个贼！你占有了不属于你的东西！我才是它的主人！"

余皓猛喘息，突然说："你为什么不自己动手来脱呢？"

龙生的眼中渐渐地流淌出眼泪，余皓怔怔看着他，最后，龙生缓慢放下枪。

"你等着。"龙生说，"你会后悔的。"

紧接着，羽蛇神离开神像雕塑之位，游移而来，盘起身体，形成了一个小小的空间，圈住了余皓，不让他逃离。龙生走到井边，放下枪，他瘦削的背脊朝向余皓，肩胛骨分明，甚至能看见他不明显的背脊骨节。

"来吧。"龙生对那口井缓缓说道，"Nicky，我要……在你的面前，亲手把他杀了……"

陈烨凯与周昇在大厅的石壁上拽着藤条攀爬，声音在整座金字塔中回荡，陈烨凯抬头看了远处一眼，那里有道断裂的石桥，他们得先爬上高处，跳上石桥，再顺着石桥后的通道，进入奇琴伊察的中心区域，到轮回之井前去。

周昇突然说："聊聊你这脾气暴躁的小朋友吧，待会儿就得直接对上了。"

陈烨凯拽着藤条，周昇从一侧伸过手来，拉着他的手，陈烨凯顺势到另一块凸出的岩石上去，缓慢移动。

"Takin一直是这样。"陈烨凯缓缓道，"他排斥我几乎所有的朋友，不管是男生还是女生。"

"这证明他对你有独占欲。"周昇随口道，也跳上了那道砖石缝，想了想，打了个呼哨。

"你在做什么？"陈烨凯疑惑道。

"没什么。"周昇想试试看召唤筋斗云，却召唤不出来。

"我理解这种排他性，"陈烨凯说，"但一旦过头了就很痛苦，所有的社交软件、电话、邮箱、Blog，都被翻了个遍，每个走得近的人都遭到他的质问……"

"那确实挺可怕的。"周昇与陈烨凯背贴墙壁，在离地将近二十米的巨大神殿内缓慢行走，靠近悬挂在神殿上空的藤条。

"你愧疚吗?"周昇问。

陈烨凯反问道:"你觉得呢?"

周昇无奈了,说:"他的力量太强了,你必须克服自己的愧疚之心,毕竟在你梦里的他,已经不是真正的他了,你得战胜自己。"

陈烨凯沉吟片刻,而后说:"是啊,可我没有办法,在我的许多个夜里,我不止一次地梦见那间旅店,梦见在阳光里等我回去的龙生……如果我能早一点发现……我把房门锁上,但我总是忍不住去看他,直到我遇见了余皓……"

周昇说:"因为你没有再去探望梦里的龙生,所以他跑了出来,力量越来越强?"

"也许吧。"陈烨凯答道,"你说得对,咱们得去救余皓,不想开点,我战胜不了龙生。"

周昇想了想,又说:"我觉得你对他已经……这不是你的错,凯凯。而且就算是你的错,你忏悔的目的应该是,求得自我救赎,不是自我折磨。"

"我向谁忏悔?"陈烨凯问道,"他已经死了,再没有人能原谅我。"

周昇说:"你想想,如果他还活着,会怎么说?我是说,真正的他……"

陈烨凯没有说话,停下了脚步,周昇也随即停下。

"Takin在离开我的那一天,给我写过一封信。"陈烨凯说,"在他的Blog上。"

周昇道:"哦?说的什么?"

陈烨凯答道:"设下了加密,密码是我的生日,我一直没有打开过。"

周昇没吭声,两人就这么在一块不足二十厘米宽的长砖台上站着。

"我知道他早就原谅我了,我只怕我看了那封信,"陈烨凯出神地说,"我就会在未来的日子里,原谅我自己。"

"去看看吧。"周昇说,"现在已经不是你一个人的事儿了。"

陈烨凯说:"我想,我不配得到救赎,但在我这一生的最后一天里,我会去读那封信……"

周昇沉默片刻,说道:"其实一直以来,惩罚你的都是你自己。"

陈烨凯说:"对,只有这样,我觉得我才能活下来。"

周昇莫名地看了陈烨凯一眼,说:"四年了,这还不够?"

"不够。"陈烨凯答道,"远远不够。"

就在此时,整个世界再次震动起来,周昇与陈烨凯抬头。

"我是不是得醒了?"陈烨凯向周昇问道。

周昇没有回答,被弹出了陈烨凯的梦境,顷刻间睁开双眼。

第4章
搜 索

"余皓!"周昇一翻身,过去另一张床上看余皓,拍拍余皓的脸,余皓也醒了。

"谢天谢地。"周昇马上抱住了他,顺手摸了摸他的头。

余皓说:"我没事……"

两人坐在床上,周昇一看表——半夜三点。

"他到纽约了。"周昇说,"睡了十多个小时,真长啊,你那边情况怎么样?"

"不用着急,你们抵达前,我应该都没事。"余皓答道,并向周昇描述了来生之井前的情况,以及自己所看见的龙生。

"没有图腾?"周昇皱眉道,"怎么可能?"

余皓确实没看见图腾,但就在最后,他被羽蛇神困住了,只要自己别乱来或刺激了那个中川龙生,暂时来说应该仍是安全的。

周昇抱着胳膊,盘膝坐在床脚,想了一会儿,说:"有两个可能,一是图腾在井里,二是图腾就是龙生。"

"你真聪明!"换了余皓,就想不出什么图腾是龙生这种答案。

周昇又恼火又烦躁地说:"凯凯的梦境真是太难闯了。"

余皓问:"在你去过的梦里头算很难的吗?"

想也知道,一般人梦里不会出现什么奇琴伊察这种远到天边的地方,也不会出现什么美洲豹之类的野兽,更不会有枪,陈烨凯不仅读万卷书还行万里路,这梦想必比寻常人的更大更广阔。

"其实在认识你之前,我从来没有真正闯过谁的梦境,到他的图腾面前去。"周昇想了许久,最后说,"大多都半途放弃了。"

"怎么可能?"余皓惊讶道。

余皓一直以为周昇去过为数众多的人的梦,没有一千也有八百,否则不会知道这么多梦境与现实的联系。周昇却解释道:"许多梦我只是出自好奇,穿梭进去看看;还有不少梦,里面肆虐的黑暗都太强大了,我想改变他们,但大多都半途而废……"

"通常现实里的人只要略有改变,我就觉得行了。"周昇如是说,"就像初一的同桌,她总喜欢挠我,动不动就找我麻烦,我被我妈掐啊挠啊的折腾多了,特别受不了这些，才进她梦里转了一圈。"

除却父亲的梦境之外，初中时，周昇进了同桌的梦，发现那女孩在家里常被家暴，梦境里肆虐着现实暴力在意识世界中投射而出的怪物，他帮助那女孩解决了一部分，觉得差不多没问题了，就不再去了，心累。

再进初中班主任的梦里，班主任则因待遇不公，又被妻子抛弃而怼天怼地，常拿学生出气，周昇也是解决了一部分，觉得差不多可以了，更是怕被人察觉自己的异能，便小心地退了出来。

许多梦他不是不想闯到最后，而是力不能及，直到遇见了余皓，否则施坏的梦他也许能坚持到打过那只怪兽，却也没法一路打到最后。

余皓想起来了，那天他被周昇召唤进去时，正是最危急的一刻，要是没有他，周昇也许不至于挂掉，但想以以施坏对周昇的印象，实在难以突破那黑暗的梦。

周昇与余皓相对沉吟，余皓提议道："分析分析，像上次一样吧，你猜得很准，图腾前的人，是龙生。"

周昇："嗯，守门人不知道会是谁，也许就是林寻没跑了。"

余皓道："守门人是林寻也许能打得过，是龙生就太难了。"

周昇："因为凯凯的心里，根本放不下他，现在你和龙生身上都有光环。"

余皓心想这得怎么搞啊，其实他和周昇心里都清楚得很，打败龙生最有效的办法，也是最简单的办法，就是自己多接近陈烨凯，取代龙生在他心里的位置。一旦这么做，龙生的所有力量就会彻底消失，也将在梦境里败给余皓。

但余皓不想这么做，也不能这么做。

"能引导他从过去里走出来吗？"余皓虽然这么说，心里却清楚很难很难，自己打败刘鹏轩都已经费了这么大的力气，更何况龙生已经去世了。

周昇说："我还指望能通过梦境，帮他从现实里走出来呢。"

余皓不说话了，周昇想了想，又说："而且现实里头和凯凯沟通，要非常小心谨慎，他不是施坏那种小姑娘，他很快就会开始怀疑。"

事实上周昇在许多梦里半路离开的原因，也是怕干扰梦境的主人太多，对现实里的他们造成不可挽回的影响。

余皓说："我打个电话给他，和他聊聊龙生？"

周昇忽然想起了什么，说："等等，你知道他生日是哪天吗？"

周昇告诉了余皓，龙生在Blog写的信，余皓有点忐忑，说："你确定要去看？"

周昇摸出手机，思考片刻而后道："先不决定看不看，但我想看看龙生在网上公开的博客，至少这样能多了解他一点儿。凯凯在飞机上睡了这么久，短

第4章 ◇ 搜索

时间内应该不会再睡了，起来，我需要运动，咱们跑步去吧。"

清晨五点，天蒙蒙亮，余皓把手机调到了美国时间方便对照，这会儿纽约已是傍晚五点，周昇带着余皓，在操场上开始跑步。

傅立群穿着身运动服，戴着兜帽，一脸无聊地在体育场边上看两人。

傅立群："星期六，你俩跑毛啊？"

周昇对傅立群招手，傅立群只得加入他们。余皓知道周昇在一边跑步一边思考，便不去打扰他。这真是个奇怪的习惯，自己跑完十圈都已经快断气了，哪儿还有力气想事？

周末清晨，三个人像神经病一样地在操场上跑圈，余皓最先败下阵来，跑不动了。傅立群又追加了两圈，说："不跑了！昨天体能训练不来，现在跑什么跑。"

周昇戴着耳机还跑着，两人到一旁，余皓直喘气，傅立群递给余皓水，说："昨晚上又去哪儿了？"

余皓："回来得晚，开房去了。"心里对傅立群生出些许愧疚，最近一直没怎么照顾他的情绪，连着两次和周昇在外头开房。

傅立群却大大咧咧道："下回叫上我啊。"

"叫上你搞群居群宿吗？"周昇跑过两人身边，来了一句。

傅立群瞬间爆笑，余皓一口水喷了出来。

周昇跑了二十四圈，摘下耳机，喘了会儿。三人回寝室去轮流洗澡换干净衣服，傅立群说："兄弟们，陪我挑个钻戒去呗。"

"请吃早饭就去。"周昇说。

傅立群："没问题！"

早九点半，傅立群请余皓和周昇吃过早饭，进了一家蓝绿色装修风格的首饰店里头逛。

余皓嘴角抽搐："你还是决定去找嫂子吗？"

周昇猜也猜得到傅立群想复合，说："别挑钻戒了，挑对耳钉吧。"

傅立群又说："看看再说，买完陪哥哥去找你们嫂子呗。"

余皓正犹豫，周昇却一口拒绝道："免谈，我俩正好二人世界，当你们电灯泡干吗？"

余皓："……"

傅立群笑道："她也不一定原谅我啊。"

周昇:"珊姐早就想你去道歉了,怕个毛啊。"

傅立群:"真的啊?她说了啥?给我看看?"

周昇道:"没有!你就去吧!少废话了,待会儿我带余皓看电影去。"

三个大男生凑在柜台前看戒指,柜台小姐笑着把天鹅绒垫布放好,取出钻戒让傅立群看,余皓看得一脸羡慕与惊叹,不敢乱碰。周昇拣了一个,随意看看,再让柜台小姐把证书与介绍拿出来。

"太贵了。"傅立群忙道,"超预算了。"

"我借你。"周昇说,"你有多少钱?"说着翻开挂牌看了眼,顿时炸了,"我靠你们一个钻戒要六万?!你们怎么不去抢?哦,蒂芙尼……那当我没说。"

傅立群摆手,说:"我有一点,先不用借。她首饰都宝格丽的,比蒂芙尼还贵呢。"

余皓说:"这价格太恐怖了吧,你考虑送她对耳钉吗?这耳钉好闪啊。"

傅立群迟疑片刻,余皓努力游说他,送钻戒不划算,而且求婚最好是做好充足的准备,求复合的时候顺便求婚有点草率……周昇听了一会儿,向余皓投来赞许的目光。

"是吗?"傅立群对余皓说,"如果是你的话,你会接受吗?"

余皓:"呃……"心想我又不是女孩子,你问我这个我怎么回答?你干吗不问周昇?我哪知道珊姐的心思?

"女人心,海底针。"周昇道,"你就老老实实先去求复合吧,别弄巧成拙。"

傅立群最后道:"好吧。余皓,你选一对,我相信你的审美。"

周昇炸了:"我就没审美啊?!"

余皓:"我真没审美……"

傅立群:"你就挑吧!"

"这对,我觉得她也许……会喜欢。"余皓十分忐忑地挑了一对耳钉。

"你只是想让余皓帮你挑便宜点的吧?!"周昇一语道破天机。

余皓:"……"

傅立群说:"余皓挑的肯定性价比最高,你还不往贵的挑?"

余皓给傅立群挑了一对九千多的耳钉,看着都替傅立群心痛。傅立群刷了信用卡,把小蓝袋子塞进包里,两人送他到火车站。

"拜拜。"傅立群买了站票,说,"接下来的三个月,就得全吃泡面了,弟兄们多接济着点儿啊。"

余皓看傅立群平时也不乱花钱,买东西一向会比价,给女朋友的礼物九千多却眉头也不皱一下就买了,十分感动,说:"你一定成功的,哥哥。"

周昇:"行,有我一口吃的,就有你一口吃的,去吧,没成功别回来了。"

傅立群进站去,余皓与周昇看了一会儿,周昇有点感慨地说:"看电影去吧。"

傅立群与岑珊从高中认识,今年已经是第四年了。如果没出那件事,也许现在陈烨凯他们在世界的哪个角落里过着幸福的生活吧?

"你说陈老师的图腾,会是什么呢?"余皓突然心中一动,问周昇。

周昇说:"那得问他才知道,我怎么猜得出?你想说某样礼物?"

余皓几乎与周昇心有灵犀,说:"你连我想什么都知道?"

"这有什么难猜的。"周昇陷在电影院的沙发椅里,心不在焉地说,"他说过,毕业论文答辩结束了,就带龙生去重走一次奇琴伊察,应该会准备点礼物让龙生开心。"

余皓也想到了这个,周昇说:"想象一下,你觉得他会把这礼物扔进井里吗?"

余皓说:"周昇,你真的好厉害。"

周昇:"那当然。"

余皓:"我是说在奇琴伊察下踢球那会儿。"

周昇:"嗯,我也注意到你崇拜的小眼神了,看电影吧。"

电影开场,两人便看起了电影。散场后,余皓正要提议回学校上自习,周昇却在花房咖啡厅里坐了下来,点了两杯喝的,与余皓对坐,问:"你有VPN吗?"

余皓道:"现买一个吧。"

周昇:"来,你先开好,登录我的账号,我以前注册过Facebook,只是翻墙太麻烦就没再用了。你英文好,搜一下Takin、哥伦比亚大学,看看能不能找到他的Facebook或者Blog。"

网络时代里几乎没有什么秘密,龙生的名字相对来说又比较特殊,余皓与周昇开始分头搜索,从陈烨凯、Takin、哥伦比亚大学开始。余皓道:"咱们这算不算人肉啊,总觉得不大好……"

周昇嘴角抽搐:"那要不再看场电影去?管他去死呗?"

余皓:"那还是……好吧搜吧。"

周昇道:"我让你搜的,你全怪我身上不就好了。要么我自己搜,搜了截图给你?你帮我翻译?"

余皓:"那当然是一起承担,我只是觉得……你找不到什么想要的信息。"

周昇:"那就是了,磨叽啥,先找找看行吗?"

余皓只是怕搜到陈烨凯的……刚想着就来了，从一个留学生的账号上，搜出了一张陈烨凯赤着身体的照片……只有上半身。

余皓一手扶额，周昇道："我看下？别紧张，这是游泳池。他穿着泳裤呢，被偷拍的。"

余皓与周昇找了一会儿，里头有不少陈烨凯被偷拍的照片，其中一张是他参加派对时，与几个女孩的合照。

"看评论。"周昇说，"从评论里头找。"

那是将近四年半前的内容，发布时间正好是感恩节，余皓找遍了不多的评论，没看见Takin或是疑为Takin的人，却找到了陈烨凯的账号。

"看凯凯的。"周昇说。

陈烨凯的Facebook内容已几乎清空，只留下了一条："Thus, have I had thee as a dream doth flatter. In sleep a king, but waking no such matter."

周昇："什么意思？"

"好一场春梦里与你情深意浓，梦里王位在，醒觉万事空。"余皓说道。

周昇："挺有诗意。"

余皓："莎士比亚的原文。"

周昇："我是说翻译得很好……"

余皓："是辜正坤老师译的。"

周昇："好了闭嘴吧，继续找。"

余皓："……"

余皓翻遍了陈烨凯的好友，他的好友不多，粉丝却很多，没一个像是中川龙生，周昇又说："登录我的推特看看。"

余皓退出了推特，登录了周昇的账号，从陈烨凯的页面链接里进了他的推特，推特也封锁了，线索到此中断。

周昇不死心地说："用Nicky和Takin作为关键词搜一下，网页快照功能呢？"

余皓把能搜的都搜了，周昇道："查下龙生的日文名字。日文名字加Takin、Nicky，所有组合都试试，等等，看下凯凯有没有什么别的昵称？邮箱前缀和域名呢？"

余皓："对哦！"

余皓回到陈烨凯的推特与Facebook页面，找到他的域名前缀，顺着翻到了一个"Nick_0928"的域名，用这个加上Takin、龙生的日文名字再组合搜索。

余皓在Google上找到了一张照片。

第4章 ◇ 搜索

正是他看过的,伊瓜苏大瀑布下,龙生与陈烨凯的合照。

周昇:"……"

余皓:"……"

最后还是被周昇发现了。

"你不惊讶?"周昇的注意力总是很奇怪,"这衣服就是龙生穿过的啊!"

"我很惊讶啊!"余皓说,"我惊讶死了。"

"Google识图。"周昇又说。

余皓用Google识图,中川龙生的Facebook这下总算出来了,一个好友也没有,孤零零地存在于这喧嚣的互联网中,犹如一座没有任何航线能抵达的、与世隔绝的孤岛。

孤岛上只有两条内容,一是与陈烨凯在伊瓜苏大瀑布下的合照,抬头是一句日文,余皓粘贴到翻译器里,意为"开始"。

而另一条是加密的内容,标题是中文,名为《结束》,以一张阳光下的窗帘的照片作为配图。

余皓与周昇沉默对坐,周昇安静看着龙生的Facebook。

"要进去看吗?"余皓问。

周昇放下手机,说:"算了。"

"我就猜到会是这样。"余皓说,"所以最开始,我就觉得,你也许得不到想要的消息内容。"

周昇十分疲惫,看着落地窗外的太阳。

余皓说:"他来过这个世界,最后走了,他觉得自己与这个世界毫无关系,在临走前也不想留下任何痕迹,唯一想说的话,就是向他最重要的人告别。他的心情很平静……"

"别说了。"周昇烦躁地答道,"我不想听你去感同身受地回忆什么。"

余皓不说话了,事实上他也曾有过这念头,这个世界这么喧嚣热闹,他却只是一座孤岛。但最终,周昇打开了一条航路,成了通往这座岛屿的航船,他的世界也渐渐地变得生机盎然。

周昇连着撕了五六包白糖,一下子全部倒进余皓的咖啡杯里,也给自己又加了好几包糖,动手搅拌,最后说:"来,干杯!感情深,一口闷!"

余皓:"……"

余皓简直拿周昇没办法,与他碰杯,把咖啡喝完,说:"太甜了,受不了。"

余皓嗓子简直火辣辣地疼,周昇道:"回去吧。"

"接下来呢？怎么办？"余皓道。

周昇摊手："这下糟了，将军也不'鸡'道啊——"

余皓狐疑地看着周昇，周昇的嘴角却轻轻上扬，余皓敏锐地捕捉到了他这个胸有成竹的瞬间……

"你一定已经想到办法了！"余皓道，"快告诉我！"

余皓期待地看着周昇，周昇随之笑了起来。

"你不是挺聪明的吗？"周昇说，"我就考考你，线索是这封信，你想吧，能想出来，待会儿给你做顿好吃的。"

余皓马上被转移了注意力："什么好吃的？"

周昇看了眼表："给你十分钟时间，过了五点就吃学校食堂去吧。"

余皓马上道："别！让我好好想想……信、信……"

"嗯哼？"周昇懒洋洋地靠着椅背。

"这封信，"余皓说，"你想点开看看吗？"

"不看。"周昇说，"不过后面需要你不少的配合，所以让你先猜猜。"

余皓绞尽脑汁，说："信？要怎么办？我……"

周昇："你怎么这么笨呢？我不看，就没有别的人能看吗？"

余皓："让我看？"

周昇："除了咱俩还有谁看？我都漏题漏到这份儿上了，你再猜不到我真的是……"

余皓："凯凯！让他看！"

周昇："对啊，怎么让他自己去点开呢？咱们还是换个角度吧，现在大家都不知道这封信上说的什么，理论上还有谁知道？"

余皓于是脑子里又一片混沌，周昇真是没脾气了，就这么看着余皓。余皓说："可是陈老师自己说的，他不想打开那封信，因为他没有办法原谅自己……写信的人当然知道啊……"

周昇一手扶额，余皓突然说："等等。"

余皓察觉到了什么，对周昇道："所以，我也可以问他心里的那个'龙生'，信上究竟写的什么？"

周昇道："你的智商总算在线了。"

余皓沿着周昇的引导，开始推理，说："我大概明白了，你让我先整理下头绪……"

足足用了五分钟时间，余皓说："首先，陈老师不知道信上写的什么，但

第4章 ◇ 搜索

在他的意识里头,一定存在着这封信!"

周昇:"对。"

余皓:"而且,他曾经一定想象过这封信的内容。"

"这就是关键了。"周昇赞许地说。

余皓:"于是当你们来到龙生面前时,我得问龙生!这封信上写了什么!"

周昇:"满分,现在懂了吧?而且要让他把信交出来。否则没搞清楚,凯凯是不能死的啊,他自己也说,要在生命的最后一天再打开它……"

周昇要起身离开,余皓却拉住他,周昇说:"先买菜去吧,太晚就没好食材了。"

余皓跟在周昇身后,周昇推着购物车,两人在商场里选吃的。

余皓越想越震惊,周昇指指货架上的一只宰好的生鸡,说:"修正一个小点,根据咱们之前的几次行动,击败守门人,抵达图腾面前时,都得打打嘴炮,不是吗?所以一到龙生面前,我就会提起那封信。"

"接下来就该你出场了。"周昇说,"咱们得让龙生交出他的最后一封信。"

余皓道:"但那是陈烨凯想象中的信,不是现实里龙生留给他的信。"

周昇:"不错,你觉得他想象中的信会是什么样的?"

余皓说:"我……我不知道,也许是'我先去轮回的那一头等你了'之类的话。"

周昇:"你觉得会有鼓励他'好好活下去'这意思吗?还是说'你别活着浪费空气了,快来和我一起去死吧!'。"

余皓沉吟,周昇说:"这就是关键,真实的世界里,那封遗书是什么样的不要紧,重要的是在凯凯的世界里,那封遗书被想象出是什么样的。"

余皓:"如果龙生的遗愿是让他活着,那么在他的意识世界里,龙生已经在某个程度上,不再是黑暗而疯狂的人。"

周昇:"对——!所以呢,那个龙生的力量就会被削弱,甚至交出一部分,转移到你身上。"

余皓:"而如果龙生的遗愿是让他去死……那么……那么……"

周昇接口道:"那么现实里的龙生,就与他想象中的龙生矛盾了,他马上就会意识到,这不是他认识的龙生,至少不全是。凯凯的念头一动摇,我们就有机会打败龙生,因为他对自己'想象出的龙生'所加持的光环消失了。

"我非常肯定,会是前一种情况,因为我记得他说过的那句话——'我知道他早就原谅我了,我只怕我看了那封信,我就会在未来的日子里,原谅我自己'。以凯凯对龙生的了解，他非常清楚，龙生会在信里原谅他并希望他能好好活着……走啊，买瓶酱油去，愣着做什么？"

余皓突然又岔开了思路："傅立群一走咱们就在寝室里做饭吃，不好吧？"

"买点广式腊肠，剩下的酱汁正好做个煲仔饭……你傻啊！他要是在你还有的吃？"周昇道。

"你真是天才，周昇。"余皓的思路又转了回来，感慨地说，"你怎么能这么聪明？怎么能？"

周昇说："你能换个花样歌颂歌颂我不？都听腻了。"

余皓："……"

当夜，周昇在寝室洗好鸡，用酱油、葱、姜、八角、茴香、冰糖稍腌制了下，放进电磁炉里，加入少许酱油开始焖。余皓淘米，周昇在旁指导道："淘米的时候要用筛子顺时针轻轻地洗，洗完马上起筛，把米粒表面的糠粉洗掉，不能搓，否则会把米粒搓断，洗到淘米水透明，出来的饭就会有光泽。

"泡一会儿以后晾干，晾到米粒发白，再加水浸泡，这是新米，泡个十来分钟就行，喜欢的话可以加两滴芝麻油，你应该喜欢这口感。"

周昇接过去，拆开矿泉水往里加水，盖好电饭锅，等米泡好，又说："把门锁好，窗户关上。"

余皓："怎么了？"

过了十五分钟，周昇揭开电磁炉盖，熟练地翻那只豉油鸡时，余皓就知道为什么了。周昇一脸无聊地切着广式腊肠，教余皓腊肠要怎么切好吃，煮豉油鸡后的酱汁可以加在煲仔饭里……

余皓的耳朵已经"聋"了，只盯着电磁炉玻璃盖下那只可爱的鸡不住看。

"窗户关好了吗？"周昇最后说，"可别被人闻到，否则就没了。"

余皓又检查了一次，周昇揭盖，徒手撕鸡，哪怕只是装两个饭盒，却仍旧撕得整整齐齐，又把葱油朝上面一浇，继而开电饭锅，拌煲仔饭。

"……腊肠要煌上煌顶级的好吃，最好去广州买……靠！余皓！鸡呢？没啦？！"周昇刚把饭拌了一半，一转头已经空了半个饭盒，怒道，"你给老子留点！"

余皓做了个手势示意我不说话了我要吃鸡。

两个人把一只鸡、一锅饭吃得干干净净，余皓非常郁闷，电饭锅没有锅巴。全部吃干净以后，周昇才开窗散味。

"你们在寝室里做饭吗？"对门的开始敲门了，"吃啥呢这么香？"

"谁做饭?"周昇喊道,"老子睡觉呢!别闹!"

"没错!"隔壁寝室的也来了,纷纷在门外说,"就是这寝室传出来的香味!卤肉吗?"

周昇道:"你梦里的卤肉!"

"那怎么不开门?!"外头又敲了几下,吼道,"不开就撞门了!"

周昇上前开了门,对面与隔壁寝室进来一群人,像群哈士奇般到处闻,最后看见洗手池里的碗筷,说了声"靠",这才悻悻走了。

余皓:"我得躺一会儿。你再出点题目给我猜吧,我明天还想吃……"

"滚!"周昇怒道,"美国几点了?"

陈烨凯那边是早上九点,余皓担心他倒时差不一定会睡,周昇说:"我进梦里看看去。"

傅立群不在寝室,两人说话便随意了不少,余皓问:"如果进了他梦里,进去之后会在什么地方?"

"还是原来的地方。"周昇答道,"做好应对的准备。"

余皓:"周昇……"

周昇:"?"

余皓痛苦地说:"我吃太饱了,睡不着……"

周昇:"……"

"让你吃这么多,那算了,起来坐会儿吧。"周昇说,"我先试试。"

余皓吃掉了半锅饭,外加大半只鸡,撑得顶喉咙,但他半点儿也不后悔,还在回味着。

周昇:"……"

余皓:"?"

周昇:"我也睡不着……早知道下午不干那杯咖啡了……"

周昇爬起来,一脸生无可恋地坐着,与余皓互相看看。

"打游戏吧。"周昇说,"把凯凯叫上游戏。"

余皓叫了陈烨凯,陈烨凯却没回话,余皓心道糟了,莫非在睡觉?片刻后,陈烨凯回了微信消息:"信号不好,你们玩。"

周昇:"找他聊天,别让他睡。"

余皓有一句没一句地和陈烨凯闲聊,陈烨凯也有一句没一句地回着,来来去去,消息一次来回五分钟或者十分钟,余皓感觉陈烨凯根本不在美国,而是在土星上。

不多时，余皓与周昇、傅立群的三人群里开始闪消息，里头是傅立群与岑珊在夜里江边自拍的合照。

"呸！"周昇说，"退群了！"

余皓："恭喜你们！"

里头岑珊发了一段甜甜的语音，说："改天过来看你们。"

周昇按着语音键："在一起了就好。"

岑珊："周昇，你什么时候……"

周昇听到一半把语音关了，余皓那边还没反应过来，直接把岑珊的语音播了出来。

"周昇，你什么时候也谈个恋爱呀，嗯？你懂的呀。"

周昇对着手机道："珊姐，这次真的退群了。"

末了，周昇突然说："凯凯那边呢？"

"还在呢。"余皓说。

"睡吧。"周昇道，"梦里见。"

两人差不多都困了，各自躺下，周昇又说了句："别怕，这就救你来了。"余皓那一刻只想说点什么，最后却还是忍住了。有些话忍着不说，还可以吃鸡，说了只怕连鸡都没得吃。

余皓半睡半醒，白天咖啡提神的劲一直没过，而后感觉到周昇伸过来一只手，在他额头上轻轻拍了下，紧接着余皓坠入了梦里。

金乌轮前，周昇穿着一身铠甲站着。

余皓："他还没睡？"

周昇皱眉摇头："要么再起来等会儿？他那边刚中午一点。"

"发生这种事的话，会怎么样？"余皓问。

这次却是金乌轮射出光火，覆盖余皓身体，代替周昇回答了他，答案直接涌入了余皓的意识里——如果梦境的主人在入睡时，余皓与周昇没有及时进入他的梦里，那么在他们再次入梦时，还是会被拖进主人的意识世界中。无论这个意识世界发生了什么样的变化。

这也就意味着，假设在他们离开时，陈烨凯的意识世界被毁掉，主人坠入潜意识里，当余皓再入梦，也将毫无选择地被吸入这个梦境的潜意识中。

"好像有点儿严重。"余皓喃喃道。

周昇："这取决于咱们的陈老师，会不会在失去帮助的情况下闯到龙生面前，再被龙生K.O.掉。"

"被K.O.掉会怎么样？"余皓又问。但不用周昇解答他也能隐约猜到，陈烨凯的意识世界情况已相当严重了，奇琴伊察外的雨林起火，他的意识世界已近乎瓦解。他从未碰到过这种情况。

"精神崩溃。"周昇说，"自己毁掉了自己的意识。起来等吧，晚安。"

余皓与周昇又一起醒了，大半夜里，陈烨凯不睡他们也没法睡，否则万一等陈烨凯的时候睡得太多了，明早反而睡不着。

"等明早九点看看。"周昇说，"撑得住吗？再喝杯咖啡？"

这时差真是太折腾人了，余皓说："出去通宵？"

宿舍还没关门，余皓和周昇到校外网吧去通宵。周昇看球赛，叫苦道："你出来通宵还做什么英语听力，你烦不烦啊！"

余皓说："我又不会玩网游，你让我干啥？"

周昇只得不理他，后半夜躺上沙发睡了会儿，半小时后起来说："还没睡。"

两人撑到早上七点，打着呵欠回寝室，周昇说："再坚持会儿。"

"傅立群要下午回来怎么办？"余皓只担心被傅立群叫醒。

周昇："我发个消息给他，说通宵了，让他回来声音轻点儿。"

余皓意识都有点不大清醒了，好不容易撑到早上九点。

"我不行了……"余皓说，"我要困死了，我不管了……"

这次再入梦，却依旧是在金乌轮前。

周昇："还不睡？这小子真能熬啊。"

余皓坐在桥栏上，一脸生无可恋地看着周昇，周昇道："这已经是梦里了！不困了！"

"可我还是好困……"余皓只想躺在桥上，现实里的倦意不知道为什么也被带进了梦里。

周昇："别睡，我不知道怎么叫醒一个在梦里睡着的人啊！"

余皓打起精神，正要说句什么时，突然听到一阵响声。

"傅立群回来了。"余皓说，"我去开门。"

"不是让别吵吗？"周昇道。

余皓意识一片混沌，心道怎么回事？他勉强睁开双眼，眼睛干得发疼，有人正在敲门。

"谁啊？"余皓下床去，看了眼时间，中午一点，只得前去开门。

拉开门时,余皓心脏险些骤停,还以为自己仍在梦里。

陈烨凯站在门外走廊里。

余皓:"……"

陈烨凯:"方便说话吗?"

余皓:"周昇!快起来!"

余皓马上转身,一时怀疑自己到底是在做梦还是在现实中,陈烨凯却自然而然地走进寝室,随手将门一关。

余皓摇了几下周昇,周昇被吵醒,烦躁地坐了起来,道:"你们干吗——"声音戛然而止,周昇看见陈烨凯站在寝室里,也愣住了。

"你回来了?"周昇说。

"回来了。"陈烨凯说,"聊聊吧。"

余皓本来非常困,却被陈烨凯的突然回归给彻底吓精神了。

陈烨凯搓了下脸,说:"有咖啡吗?"

余皓与周昇对视,怀疑陈烨凯是不是知道了什么,周昇却给他一个眼神,示意他别自乱阵脚。

"只有速溶的。"余皓说。

"都行。"陈烨凯简单地说,"吃午饭了吗?一起吃饭去?"

余皓赶紧去烧水泡速溶咖啡,把无法收拾的现场扔给周昇,一边泡咖啡一边听两人的交谈。

周昇:"先喝点咖啡吧,余皓,给我也来一杯。凯凯你在飞机上没睡?"

陈烨凯说:"不敢睡,一睡就做梦,有些事儿,想和你们聊聊。"

第5章

智 斗

听到这话时,余皓提着的心稍稍放了下来,想起从前的自己与施埌,每经历一段梦境后,都会有些许转变,陈烨凯应该是想通了什么。

周昇却依旧很警惕,说:"有话不能微信说?特地这么大老远跑回来。"

陈烨凯笑了笑,没说话,接过余皓递来的咖啡,三人坐下,都呈现出一脸缺觉的烦躁感,余皓甚至怀疑周昇想动手打陈烨凯了。

寝室里十分安静,陈烨凯手指有节奏地轻叩桌面,思考片刻后,说:"我不想再逃避,我得去面对。"

周昇:"那很好啊!"

余皓:"你终于想通了!恭喜!"

陈烨凯的眼中终于有了些许生命力,不再是先前死气沉沉的眼神。周昇或许感触不深,余皓却知道,做出这个决定有多难。

"谢谢你们。"陈烨凯认真地说,余皓看得出他很疲惫,灵魂却如同获得了新生。

周昇摊手道:"我根本就什么都没做嘛,是你自己想开了。"

"想开了就好。"余皓与周昇对视。

"不。"陈烨凯说,"是你俩救了我,确切地说,是周昇你,救了我。"

余皓瞬间心脏狂跳,陈烨凯一定猜到了!他想了想,向周昇投去询问的眼神,并提醒自己,千万不能自乱阵脚。接下来就比谁更能演戏了,周昇那演技简直是影帝级的,但陈烨凯也非常聪明,早先若串通好说不定现在能混过去……现在陈烨凯明显有备而来,将两人打了个措手不及。

"我?"周昇仿佛听到了天大笑话,嘴角抽搐,"那个……陈老师,你是不是有什么误会?"说着又看看余皓,一脸蒙逼,余皓则努力地装出"二脸蒙逼",两人面面相觑。

陈烨凯打开手机,翻出一个截图,翻转手机屏幕朝向周昇与余皓。

余皓:"……"

上面是一段IP地址,旁边是所属地区的英文地名。

陈烨凯紧盯着周昇,再在手机上一滑,下一页,是周昇的Facebook账号截图,再滑一页，上面则是用手机拍的命令行与IP地址分析。

周昇马上疑惑道："这啥？我看不懂。"

"是你。"陈烨凯说，"你很小心，你删掉了所有的来访记录，但龙生主页上的阅读量你删不了。我找了一个当黑客的研究生学长，帮我调出了访问过该页面的IP，这是一个代理IP，真实地址来自中国大陆地区。"

周昇瞬间就明白了，什么龙生的主页、生日、密码，说不定全是陈烨凯下的钩！

"哦。"周昇硬着头皮说，"我太好奇了。"

余皓马上说："是我去搜的，对不起，陈老师，不过我没搜到你的视频什么的……"

"你们怎么知道龙生叫Takin？"陈烨凯说，"起初我还不确信，直到我在梦里告诉周昇，有这么一封信，醒来再看见龙生的首页在四年后突然增加了访问"

说到这里，陈烨凯的声音稍稍发抖。

"等等等！"余皓与周昇几乎是同时茫然道，"你说什么？"

周昇："梦里？什么梦里？"

余皓："陈老师你没事吧？"

陈烨凯说："告诉我！这不是幻觉！你们是怎么到我梦里来的?！否则周昇你怎么会知道我在梦里向你透露的信息?！"

宿舍内突然安静了下来，三秒后，周昇哈哈大笑。

周昇："凯凯，你没毛病吧？你再说一次？"

余皓突然觉得陈烨凯很可怜。

陈烨凯平静地说："我知道我有心理问题，可我还没疯。周昇，你来过我的梦里，否则你不会知道龙生的英文名，也不可能知道这封信。"

周昇难以置信道："你认真的?"

余皓说："这是我上网搜关键词、关联词搜出来的啊，有什么不对吗？"

陈烨凯又突然道："那么你们怎么解释，这封信的阅读量变成了1？周昇你连密码都知道？"

刹那间周昇与余皓一起傻了，周昇正想转头看余皓，但几乎是同时猛地反应过来，说："我没有看过啊！我们压根就没点进去过！"

余皓才反应过来，陈烨凯刚刚在诈他俩！听到这话时，如果他与周昇都知道密码，那么很有可能互相怀疑，对方背着自己点进去过。在陈烨凯说出这点时，他和周昇必定会短暂地相视哪怕零点零一秒。

然而周昇警惕地守住了这道心理防线，没有去看余皓，余皓则是反应太慢，一时没想到这层。

"我看看？"周昇伸手去接陈烨凯的手机，他问，"密码是什么？"

陈烨凯没有把手机递给周昇，余皓感觉到这两人真是太狡猾了，一直在找对方的破绽，周昇简直防守得滴水不漏。

"在梦里，"陈烨凯突然又说，"我从来不知道余皓不会游泳，是余皓自己开口，紧接着他就溺水了，这你怎么解释？"

"我怎么解释？"周昇一脸莫名其妙，"你自己做的梦，让我解释？"

陈烨凯望向余皓，余皓一脸惴惴，说："你真的梦见我了？"

"他说咱俩有超能力，跑到他梦里去了！"周昇解释道，"这怎么可能？"

陈烨凯放弃攻破周昇防线，转变目标开始对余皓穷追猛打："你不会游泳，这可是梦里你自己说的。我以为你会，所以你在我梦里游泳没有问题，当你说出自己不会游泳这个事实的时候，我意识到了，于是你在我梦里，就此失去了游泳的能力。"

"可如果你只是我想象中的余皓，那么当我认定你会游泳时，你不会开口告诉我其实你不会游！因为在我想象中，你的能力，取决于我对你的了解！"陈烨凯说，"我不会对我的认知予以否定！"

余皓心中"咯噔"一声，原来陈烨凯是从这个细节上推断出来的！

"可是……"余皓眉头深锁，"陈老师，咱们先不论这个设想有多荒唐，先说我会不会游泳的事儿，除了现实世界里的认知，梦境中的现象，还来自潜意识的暗示对不？"

"有些事只是你自己忘了。"余皓脑子不知道为什么在这个时候突然就转得飞快，说，"但潜意识占主导时，就会在梦里突然想起来……记得几个月前，在水库里捡到钱的那个晚上不？当时周昇说……"

周昇一拍大腿，说："对嘛，我说'我去教余皓游泳'，隐藏的意思就是余皓不会游泳，你在梦里被潜意识提醒了……不对，咱们为什么要在这儿讨论这种神经病一样的话题啊！凯凯，你还好吧？"

陈烨凯又不说话了。

余皓在心里自己给自己点了个赞，今天发挥得太好了！

周昇："我认真的，凯凯，你太困了，休息会儿吧。"

陈烨凯无可奈何道："既然是这样，你俩陪我做个实验吧。"

余皓顿时预感大事不妙，周昇眉头随之拧了起来。

"等傅立群回来。"陈烨凯说,"让他陪着你们,确认在你俩没有人睡的情况下,我再去睡。这次看看我的梦境,会发生什么情况……"

"饶了我吧!"周昇叫苦道,"我们刚通宵完!"

陈烨凯说:"那你们可以先睡,我不打扰你们,我还能撑,等你们睡足十个小时,我再过来。"

刹那间余皓与周昇都安静了,静谧无声无息地延长。超过三秒后,陈烨凯就知道真相终于浮出了水面,而周昇与余皓竟是一时无话。周昇努力地思考着,就连他也再想不出任何应对的办法。

钥匙开门声,傅立群推门进来,看见石化的三人,顿时傻眼了。

"凯凯?"傅立群道,"你们在干吗?"

陈烨凯:"讨论一点专业问题。"

周昇马上接话道:"回头再说吧。"

这场面怎么看怎么奇怪,就像陈烨凯与周昇在为了余皓……谈判?!联想到前段时间的各种八卦,傅立群脸上不由得出现了诡异的表情。

余皓迟疑地望向周昇,周昇轻轻地摇摇头,余皓便知道周昇决定告诉他了。

陈烨凯笑了笑,说:"谢谢,周昇。"

"承让。"周昇答道。

陈烨凯的眉毛轻轻地扬了起来,没有再当着傅立群的面,在这个问题上纠缠下去,朝寝室里三人说:"出去吃饭不?我请客。"

"好啊!"傅立群马上说,"顺便给我打包个晚饭!剩下的三百块钱得过一个月呢!"

这顿饭延续了寝室里的诡异气氛,余皓忐忑至极,不住观察周昇脸色,希望周昇能给他点明示或暗示,如何把陈烨凯的疑心连消带打给带过去。但周昇却不看他,只神色如常,与傅立群说话,问他是如何复合的。

陈烨凯则恢复了一贯以来的模样,显得若无其事。但就这几天工夫,他离职的消息已经在学院里传开了,更有不少人私下议论,将各种猜测描述得绘声绘色。陈烨凯只能对校园内的八卦置之不理,更没有去特地澄清什么。

傅立群则是最蒙的那个,先前班上有人找他打听余皓与陈烨凯,傅立群全都直截了当地让人闭嘴,否则他们等着被周昇揍成泼墨山水画。然而就在今天回到寝室后,看余皓、陈烨凯、周昇三人这副架势,连傅立群也有点hold不住,生怕真搞出什么事儿来。

"珊姐没感动哭?"周昇问傅立群。

第5章 ◇ 智斗

"对对。"傅立群忙道,"我来说说经过。"

傅立群只得努力地担任了今天的暖场角色,翻来覆去地说自己是如何打动了岑珊,最后余下三人一起鼓掌。

"这很好啊!"余皓率先说,又朝周昇使眼色,周昇只假装没看见。

"恭喜你们。"陈烨凯笑着说。

三人已经非常困了,一个坐了二十多个小时的飞机还连着倒来回两趟的时差,另外两个则过了一通宵在强撑着。

傅立群:"你们都没睡觉?"

陈烨凯摆摆手,给傅立群又打包了份晚饭,起身去结账。

傅立群说:"看样子都累得不行,回去睡吧。"

"还有点事儿。"周昇郑重地说,"待会儿再回寝室。"

傅立群:"需要帮忙不,兄弟?"说着又望向余皓,安慰道,"有啥事儿,别总是自己扛。"

余皓听到这话时,突然非常感动,周昇却保持了沉默。许久后,他抬眼看了下傅立群,认真地说:"谢谢,哥哥。"

余皓又开始忐忑了。陈烨凯买完单,却显得十分精神,说:"我们继续讨论下午那个项目,立群,明天见。"

傅立群只得起身离开,陈烨凯道:"换个地方聊?"

"给我们十分钟。"周昇抬手示意,听到这话时,陈烨凯便知道自己已经得到真相了,他爽快地点头,说:"找家咖啡厅吧。"

花房咖啡厅里,周昇买了两杯热巧克力:"别喝咖啡了,待会儿睡不着。"

余皓心思忐忑,不住看陈烨凯。

"现在有两条路。"周昇想了想,烦躁地捋了下短发,说,"一是启动备用方案,告诉他真相,把他救回来之后,再用金乌轮,消除掉他的记忆。"

"你确定没问题?"余皓问,"万一按额头又没用怎么办?"

他总觉得周昇上次试图消去他的记忆的那个动作,实在太简单太不靠谱了,看上去就没什么威力。

周昇解释道:"按你的额头,只是一个开始,目的是为了回到你的梦境中去,在梦里消掉所有关于我的记忆。"

"怎么消?"余皓又问。

周昇道:"当拆迁办,不过首先得取得主人的允许,到时我会教你的,应该问题不大。"

余皓点了点头,周昇又说:"第二条路,我还有办法,他铁定是输的。"

"啥?"余皓道,"都到这份上了你还能扳回来?"

周昇靠近余皓些许,低声道:"只要咱们装傻装到底,给他来个抵死不认,他也没办法。"

余皓又转头去看远处的陈烨凯,低声说:"他不会打消疑虑的,何况在寝室里你已经说了'承让',意思就是承认了啊!"

陈烨凯点了杯热茶,正在落地玻璃窗前发呆,花房咖啡厅外繁花盛开,搭配上初夏午后的阳光,景色相当美。

"翻供啊!"周昇道,"待会儿咱们过去就说想好了,告诉他真相,但得先去一个地方。接下来,咱俩左边一个,右边一个,带他到第四人民医院门口去。什么都别管,架着他就往里冲……"

余皓瞬间明白过来,第四人民医院是精神病院!周昇这操作实在太狠了,这样一来,陈烨凯过后就只会以为,他俩这会儿在商量着怎么把他送精神病院里去。而后不管是否被鉴定有精神病,陈烨凯应当都不太会在明面上追究这事儿了。余皓只感觉每次无路可走时,周昇都能想出来一波柳暗花明的操作,真是太神了。这么看来,陈烨凯与周昇的决战,最后还是周昇略胜一筹。

"这办法可以有效解决眼下的麻烦,"周昇随之看了眼陈烨凯,又压低声音对余皓说,"可解决不了后续,包括梁老师的事,你拿主意吧。"

周昇审视着余皓,而余皓则心想我怎么能拿主意?事实上从帮助陈烨凯这件事一开始,他的立场就很为难。周昇一方面总表现出对陈烨凯某种若有若无的抵触,另一方面又给余皓一种"我看在你面子上才救他"的感觉。

"我不能拿主意。"余皓老实说,"我怎么能替你下决定呢?这是慷他人之慨吧。"

"慷他人之慨?!"周昇一脸难以置信道,"原来你一直是这么想我的?余皓?!你什么意思?仔细说说!"

"我错了!"余皓意识到自己老毛病又犯了,忙道,"我……对不起,周昇,别生气!好,我一定反省自己……"

周昇按捺下不快,有点不耐烦地说:"行,现在不和你吵这个,要么你换个角度想想,当你碰上没法决定的事,你愿意让我替你下决定吗?"

余皓说:"那当然可以。"

对余皓来说,若能把什么大事的决定权交给周昇,周昇也愿意帮他下决定,

第5章 ◇ 智斗

他反而会很开心。

"那不就是了。"周昇起身道,"我去抽根烟,你好好想想吧。"

周昇径直到咖啡厅外去,坐在阳光下抽烟,余皓明白了周昇这番话的意思。直到周昇再回来时,余皓决定把自己真实的想法告诉周昇。

"我觉得陈老师很好。"余皓说,"周昇,他也帮助过咱俩,不能不管。"

"嗯。"周昇清醒了些许,点了点头。

余皓又说:"告诉他吧。"

"我也倾向于告诉他。"周昇喝完热巧克力,答道,"但这不是替我下决定,因为你也得进他梦里啊,得先征求你的意见。"

陈烨凯等了将近半小时,周昇与余皓商量妥当过来了。

"商量清楚了?"陈烨凯说,"我不会去说什么不该说的话,我知道这内情一定相当复杂,你们也可以有选择、有保留地相信我。"

"再换个地方说。"周昇说。

余皓突然想起,他与周昇的"商量"似乎与正事压根就没多大关系,反而都纠结在周昇最在意的"彼此意见是否一致"上,接下来如何解决,他们也未曾计划好。但看周昇的表情,似乎早就预料到了会有今天。

周昇带着两人,路过前天住过的旅馆,正要进去开房时,陈烨凯却主动道:"去睡觉吗?我来吧。"

"我没带身份证。"周昇想起来了。

"我有。"陈烨凯的证件都在身上,他主动换了间五星级酒店,在前台开好房,全程三人保持了沉默,唯独进电梯时,陈烨凯才说了一句话——

"在那做梦人的梦里,被梦见的人醒了。"

余皓与周昇一起看着陈烨凯。

陈烨凯说:"自从龙生死后,我就像活在一场浮生大梦里,谢谢你们。"

"叮"的一声,电梯抵达楼层,周昇说:"还不一定呢,你得争气点。"

"哇!"余皓被房间震撼了,他从来没住过这么好的酒店。这还只是豪华标间,算不上最好,两张大床,阳光非常充足。陈烨凯打开冰箱,取出饮料递给两人。

陈烨凯坐了下来,看着周昇与余皓,期待他们说点什么。

"你睡这儿。"周昇示意余皓睡其中一张床,又对陈烨凯说,"你睡另一张。"继而进了洗手间,"我先洗个澡去,昨晚通宵了。"

余皓早上洗过,不必再洗,钻上床去。陈烨凯在一旁脱外衣,解开衬衫纽扣，说："热。"

两人躺在床上，余皓早就困得不行，全靠意志力强撑着，听到浴室里传来洗澡的水声。

"余皓。"陈烨凯穿着短T恤，侧躺着看他。

"嗯。"余皓也侧过头看他。

陈烨凯只是这么安静地看着余皓，余皓低声说："做一份你愿意付出一生的工作，和一个与你真正相爱的人在一起，不受名利所困，不受俗世所扰，不被金钱所累，不因抉择、舍弃而痛苦，真正地，找到自由。"

"这话是你自己说的。"余皓道。

"这是我的理想。"陈烨凯说，"但我没能办到。"

余皓："你终有一天能办到。高中毕业以后，我也想过换个地方重新开始，但我想，重新开始一段人生，与我置身何处无关。"

"是的。"陈烨凯叹了口气，说，"最终这一切，只取决于你的内心，你是个强大又治愈的孩子，余皓……我想问……算了。"

"说啊。"余皓道，"想问什么都可以。"

"如果……"陈烨凯下了一个艰难的决定，说道，"我知道这么类比很冒犯你，但如果你是龙生，在最后的那一天里……"

余皓想起自己曾经的"最后一刻"，那一刻来临时，他的心里没有对任何人的恨："我想，他既然选择了那里，就意味着你仍然是他最看重的人吧，而我也理解龙生。"

陈烨凯："……"

"你说，他太没有安全感了。"余皓略带无奈地笑了笑，说，"那是当然的，因为你太优秀了，那种……我很难去形容，那是一种不近人情的优秀。从想法，从见识，从……看问题的角度上，都感觉到自己连站在你旁边都很难的优秀。"

"我从小到大都是这样。"陈烨凯点头道。

"我懂。"余皓说，"陈老师，你有钱，又是学霸，也很有风度。你应该是许多人的骄傲，家人也好，爱人也好，但你对许多事，其实都不那么在乎。"

"是的。"陈烨凯不得不承认，"许多时候我对外人客客气气的态度，并不是真正的我所想。"

陈烨凯翻了个身，平躺着，望向天花板。

浴室里的水声停了，传出吹风机声，片刻后，周昇用一根棉签掏着耳朵，穿着酒店里的浴袍出来，对余皓说："衣服内裤我自己洗完晾上了。"

第5章 ◇ 智斗

余皓看见周昇小麦色的胸膛与浴袍下健硕的小腿,心想你你你……你里头什么都没穿?!

陈烨凯道:"现在可以告诉我经过了吧。"

"简而言之,我们是梦境的守护神。"周昇走到余皓的床边,对陈烨凯说,"你可以把我们当作什么超级英雄之类的,我们的责任就是帮助你们这些凡人,解决严重的心理问题。但这取决于你对我们的信任程度。我是孙悟空,余皓呢,则是大天使长,想象一下?"

陈烨凯很听话,努力地想象着。

周昇又说:"凯凯,你越是相信我们,我们在你梦里的力量就越强。"

余皓:"……"

周昇说起"超级英雄"时是如此顺口,令余皓一时差点控制不住喷出来。而陈烨凯认真得不能再认真地听着,那表情顿时让余皓产生了一股荒诞无比的感觉。

陈烨凯对周昇的话丝毫没有怀疑,答道:"就像我认为余皓会游泳一样?"

"对。"周昇拿起冰可乐,喝了两口,说,"想要得到救赎,归根到底,仍然得靠你自己。你觉得林寻对你来说,是强大到不可战胜的吗?"

陈烨凯答道:"当然不是。"

周昇与余皓交换了个眼神,周昇说:"这么说你不怕他。"

"是的。"陈烨凯说,"只有龙生,是我迈不过去的一道坎,但听完余皓说的,我大概能认清我自己了。"

余皓说:"现在井前的存在,已经确认是龙生。"

"守门人也许是林寻。"周昇说,"不过如果凯凯不怕他,就不难对付。"

陈烨凯皱眉听着两人的对话。

余皓突然想起什么,问:"陈老师,那天晚上你为什么要那么做,可以告诉我吗?"

陈烨凯深吸一口气,答道:"龙生自杀前,林老师找他谈过,但是,我……一直不知道,龙生和林寻单独见过面。直到那天,在咖啡厅里,就是你被泼咖啡的那天……我才无意中,从梁老师那里知道了这件事。"

余皓顿时心中一凛,刹那间所有的前因后果,随之串了起来。

"等等等!"周昇马上道,"凯凯!具体经过!不要有任何隐瞒!把事情全部告诉我们,这非常重要!"

陈烨凯疲惫道:"我认为,林寻对龙生进行过……心理干预。"

"为什么?"周昇道,"关他什么事?!"

陈烨凯说:"他非常讨厌龙生,他最开始就表示了对我和龙生接触的反对,不愿意我与龙生有瓜葛,再三让我考虑,他也一直想劝龙生离开。"

"慢着。"余皓模模糊糊想起了什么,他望向陈烨凯,总觉得捕捉到了更多的线索……

周昇:"他为了拆散你们,用心理干预的方式,劝龙生去自杀?!"

"龙生有抑郁症。"陈烨凯已经非常混乱,说,"这种病,病人的病情发作时,死亡对他们来说本来就是种解脱,在这种痛苦下,心理干预的效果会被放大……我……"

陈烨凯自己的心理状态已经有点不稳定了,此刻用了好一会儿才平复下来。

周昇:"余皓?"

余皓一直在思考,没有说话。

周昇没有在办公室里听过那段录音,而余皓是听到过的!

那天在咖啡厅里,梁金敏与陈烨凯坐着谈话,而林寻给出的录音,其中就有一段是陈烨凯所说的:"我在轮回里,认识了一个像龙生这样的孩子……"

这句话按情景推断,必然是在梁金敏向陈烨凯说出她的猜测之前——余皓开始尝试着为整场对话复盘——梁金敏约陈烨凯出来,陈烨凯先是向梁金敏提起余皓,梁金敏则在短暂的安慰后,提起四年前的往事。

"那段录音。"余皓看了周昇一眼,周昇瞬间就明白了,准确无比地抓住了关键点。

"林寻知道你们私下的谈话吗?"周昇道。

陈烨凯有点茫然,眉头皱了起来,似乎也想通了什么。

周昇:"你们的谈话被监听了!"

陈烨凯明显地并不知道这内情,刹那一震。周昇道:"那天下午你们在咖啡厅里还说了什么?"

陈烨凯:"这……"

周昇:"梁金敏是不是被林寻长期家暴?想离婚?还想搜集证据,找你揭发这人渣的事?"

余皓:"……"

周昇:"林寻监听你们的对话后,过了几天,继续对梁金敏实施家暴,年三十晚上,预备杀人灭口,于是制造了那起人为车祸……"

陈烨凯:"这就是我与黄霆怀疑的!可我们都没有证据!"

周昇:"梁金敏怎么可能不系安全带呢?"

"对啊!"余皓道,"我坐过那辆车,安全带不系会响啊!"

周昇连珠炮般道:"多半是在家里又把梁金敏打昏了,要么下药了,弄昏迷以后抱上车,插好安全带卡扣,上高速,'砰'一声,完事,你们看过监控吗?"

"没有监控!"陈烨凯几乎是吼道,"他住的小区是学校在新区的楼房,车库都是单独的!"

"那就对了。"周昇道,"我已经不好奇你们聊的什么,总之,他怕以前的事败露,要把梁金敏杀人灭口,所以梁金敏一定还知道不少事儿!"

房间内陷入了恐怖的沉默中。

余皓又说:"陈老师,你自己被林寻心理干预过吗?"

陈烨凯:"……"

周昇说了句脏话,向陈烨凯道:"应该不少吧,陪护你师母的那些天里,你们一次也没碰上?"

陈烨凯道:"我问他了,后来我们真正碰面,有谈话的机会,就一次,不到半小时,那天是年初一,你们来过又走了的晚上。"

余皓顿时震惊得无以复加,那天他们在医院里陪陈烨凯玩了许久游戏。而后余皓还给陈烨凯打包了饭,看见他坐在梁金敏病床前哭。

周昇喃喃道:"不是吧,凯凯,我记得那天你说的还是介绍林老师给我们认识?"

陈烨凯道:"当时你们的身份是学生,而且他对龙生的心理干预,只是师母的一个猜测,我只能这么说,否则你让我怎么说?事实上在咖啡厅约见师母后,林寻表现得一切非常正常,我都有点怀疑是师母的情绪不稳定……而直到你们离开以后,那天晚上在病房里头,我忍不住把一切原原本本地摊开来问他,只是那一天里,我不知道,那场车祸是他蓄意……不,其实现在也还不能确定。"

"这不重要。"周昇话一出口马上道歉,"对不起,凯凯,我的意思是,这件事没有排在最优先级。目前我需要确定的是,你怕不怕他,万一梦里出现了他,咱们得如何对付。"

"林寻吗?"陈烨凯苦笑道,"我都想杀他了,你说我怕不怕他?"

余皓也在思考这个问题,他又问:"那天你们在医院里,他说了什么?"

陈烨凯疲惫道:"具体细节我记不清楚了,他总是很狂妄,仿佛这个世界上,没有什么能撼动得了他,他的信念太强大了。"

周昇喃喃道:"我开始后悔和你说这么多了。"

余皓:"那……要怎么击败林寻呢?"

周昇:"向他开枪,或者直接上去揍他,做什么都可以。"

陈烨凯说:"我现在真的只想杀了他,我不怕他了。但你们得理解,我自从本科毕业后,就跟着林寻,事实上直到现在,我的心情还是很复杂……"

周昇:"Oh my god,我太后悔有今天这场对话了。"

余皓自然知道周昇的意思,这相当于又给陈烨凯重新做了一番心理暗示,会导致他梦里的林寻非常难打。

陈烨凯:"他曾经是我最尊重的……"

"停!停!"周昇与余皓同时色变道。

余皓:"不要再给自己心理暗示!"

周昇:"现在开始,所有关于林寻的讨论,全部暂时打住!以免现在做了自我暗示,让梦境发生更多改变。"

陈烨凯:"好的。"

"你怕他吗?"余皓再三确认。

"我不怕。"陈烨凯说,"你觉得我怕他吗?"

余皓心想,也许那天晚上陈烨凯已经有了破釜沉舟的勇气,所以也再无所畏惧了。

"没事的。"余皓对周昇说,"我觉得最难的还是龙生,守门人不会比龙生更难对付了。"

陈烨凯又陷入了沉默。周昇掏完耳朵里的水,又对陈烨凯说:"现在我们得一起,去夺回你内心最深处的图腾。"

"图腾?"陈烨凯道。

"精神世界里,你的力量来源。"周昇道,"从小到大,你为自己建立起来的,并为之坚守的信念,你觉得那会是什么?"

"我……我不知道。"陈烨凯喃喃道,"如果有这么一个东西,我想,也许是我曾经抱有的对未来的理想吧。"

"具象化。"周昇解释道,"把它具象化理解,梦里出现的东西,都是有具象的。"

陈烨凯陷入了沉思中。末了,周昇又说:"别着急,一边想一边找,只要确认好敌人怎么对付就行,守门人林寻,一起努力解决吧。而龙生……"

余皓说:"我也许已经在他的图腾前面了。"

第5章 智斗

"那么,静待答案揭晓。"周昇说,"你负责找到图腾,还得记住咱们商量好的。"

余皓想起那封信,点了点头。

陈烨凯明白了,说:"行。"

"剩下的事,等你醒来再说。"周昇躺上了床,余皓瞬间紧张起来,侧过头看周昇。

周昇:"???"

余皓与周昇睡在一张单人床上,周昇还只穿着一件白色睡袍!

余皓:"……"

周昇:"怎么?"

余皓不是第一次与周昇睡一张床,过年回周昇家时,两人便睡在一起过,但周昇睡觉都是打赤膊穿条运动短裤,从没像现在这样。

"没什么。"余皓深呼吸,尽量平躺着。

"睡吧。"周昇道,"有话梦里说。余皓,照顾好你自己,我们马上就来了。"

"行。"余皓已困得睁不开眼了,然而疲倦让他将自己的手臂靠近周昇的胸膛。而周昇的皮肤很滑很细腻,身上更带着刚洗过澡后沐浴露的气味。

金乌轮散发出炽烈的光芒,余皓出现的地方却是周昇的梦境世界里,通往金乌轮的那座桥。

"怎么回事?"余皓道。

"他没入睡。"周昇精神多了,向余皓解释道,"待会儿他一睡,咱俩就会被金乌轮吸进去。"

余皓心想陈烨凯怎么还没睡着,也许太激动了,一时无法入睡也是可能的。他试着抖开翅膀,飞了起来,说:"对了,除了咱俩,别的东西能不能穿过金乌轮?"

"什么?"周昇一头雾水。

余皓:"我梦里的武将,你梦里的那头龙,能离开咱们各自的梦吗?"

周昇:"啊?他梦里的东西过不来,但咱们梦里的东西能不能进去,倒是没想到这层。"

从周昇的反应来看,余皓发现自己似乎提出了一个周昇从来没想过的问题。但这事儿也不算脑洞开太大,以周昇的智力,怎么会没想到过呢?

余皓张开翅膀在云海上飞翔,寻找那天周昇从云层中召唤出来的龙,周昇则留在桥上,陷入了沉思之中。余皓左顾右盼,他的士兵也就算了,假设龙能抵达奇琴伊察,想必能起到不小的作用。

"别乱跑！"周昇回过神，向余皓喊道，余皓便又飞了回来。

"要把咱们意识世界里的印象带到别人的梦里去。"周昇道，"理论上是可行的。"

"但这取决于梦境主人对咱们的印象？"余皓说。

"对。"周昇如是说，"就像让施坭觉得，我是孙悟空，你是天使长，一个道理，先用我的梦试试。"

周昇让余皓到金乌轮前，说："回你的梦境里去。"

金乌轮内的光芒投射出余皓的梦，出现了传送门，余皓穿过金乌轮后，周昇又说："想象这里有一座桥，通往地面。"

余皓努力地想象着，周昇则耐心地等候，余皓面前果然出现了一座桥，从金乌轮中延伸向披着阳光的宫殿，但这桥梁只出现了很短一截。

余皓："不行。"

其后任凭他再怎么想象，都无法再延伸桥梁的长度了，于是梦里的太阳中出现了一截短短的悬空的桥梁。

"想象。"周昇说，"与现实联系，桥梁象征了什么意义？楼梯也可以。"

余皓突然想起了在书籍上读到过的，通往高处的桥梁与楼梯，象征着未被满足以及不断靠近的欲望，于是看了周昇一眼。那段内容来自下学期的拓展阅读材料，周昇还未读到过。

周昇："加油。"

余皓想起了在现实世界里，深呼吸，脸上微微发红，说不定这样有效。果然他的幻想只开了个头，想象场景中自己刚转身抱住周昇的刹那，再进一步想象周昇这身铠甲下的身躯，这座桥便再次开始延伸，通向大地。

"成功了！"周昇道，"好样的！"

余皓："……"

余皓突然明白了其中的含义，这座桥梁连接了他与周昇的精神世界，但这座通往太阳的、以梯级构成的桥也正如余皓理解的一样，非常不稳固，而且底下没有依托，仿佛随时会垮塌下去。

"再把它弄稳点儿。"周昇说，"添加材料。"

"不行，我尽力了。"余皓有点恼火地说。

周昇道："要有信心，一切皆有可能。"

"我真的尽力了！"余皓哭笑不得。

周昇只得作罢，说："那召唤他们试试吧，千万别幻想这座桥垮掉的画面。"

第5章 ◇ 智斗

"不会的。"余皓一手扶额，说，"我觉得它会暂时这么存在着，不会垮掉，除非现实世界里发生了别的事，桥梁象征某种欲望。"

"哦？这是你的什么欲望？"周昇回过神，怀疑地看着余皓。

"我不想说！"余皓道，"别问了！"

周昇："？？？"

紧接着，余皓梦中的NPC卫士开始登上这座桥梁，来到金乌轮前时，余皓道："各位……我有点儿事，想拜托你们。"

对自己梦境里的NPC说话相当奇怪，就像自己与自己对话一般，周昇看不下去了，说："你跟你自己还这么见外做什么？儿郎们！跟我走！"

余皓："……"

周昇拉起余皓，转身进入了金乌轮中。

周昇梦境中那悬浮于云海上，承托着金乌轮的空间，发生了惊人的改变，同样从一座桥开始幻化，延展为一个占地接近数公顷，位于云海上的无边无际的平台，平台中央则依旧是散发着金色光火的金乌轮！

余皓转头四顾，周昇示意他看，第一名NPC士兵进入了周昇的梦里，紧接着是第二名、第三名……士兵列队出来，在悬空广场上集合，集结为方阵。

"成功了！"余皓惊喜道。

周昇对云里打了个呼哨，小山般堆积的云层破开，那头漆黑的西方龙展开尖锐的翅膀，翅上挂着流云，赫然冲了出来！余皓再见到它时，不由得稍稍退后半步，周昇则一手搭在他的肩膀上，让他镇定。

上次余皓在空中飞翔，骤见它时虽措手不及，却没有这么强大的压迫感，现在站在广场上，黑龙绕着广场盘旋数圈，俯冲下来时，所有的NPC士兵一瞬间全随着余皓一起紧张起来，纷纷弯弓搭箭，指向天空，眼看就要展开一场大战。

周昇道："你别怕它！那是我的一部分！"

余皓好不容易镇定下来，直到护卫们纷纷退回，黑龙才缓慢落在广场上，侧头注视余皓。

"它到底是你的什么？"余皓说，"一段记忆？"

余皓想起他自己梦里盘旋的黑龙，那象征着他回忆中的水库，那么周昇的黑龙……

"它是我的兽性。"周昇随口道，"也许是我的冲动和愤怒的具象化吧。你在我梦里有守护光环你怕什么？"

那黑龙总在看余皓，令余皓不太自在，他尝试着避开黑龙的目光，却觉得这危险的庞然大物无论朝向任何方位，金色的瞳孔都在打量他。

"现在得想想，怎么把他们带进凯凯的梦里。"周昇不再管那黑龙，抬头看金乌轮中屏幕上呈现出的景象。

余皓回头看了眼，广场上出现了巨大的祭坛，祭坛中央是金乌轮，广场中，那条巨大的黑龙蹲踞在地上，身后则是集成方阵的近两千名身穿铠甲的中国古代护卫，场面相当宏大，就像等待着举行某个神秘的仪式。

余皓："但只有在太阳升起以后，通道才会真正地打开。我们找不到凯凯世界里的太阳，这条路暂时是被封住的。"

周昇抬起手，金乌轮的光火覆盖了他全身的铠甲，呈现出瑰丽变幻的金色，周昇皱眉喃喃道："对啊，但这其实也没用不是吗？如果太阳已经升起来了，还要什么援兵呢？只有在黑暗意识里的时候才需要它们……哟，还挺有阵仗的嘛。"周昇回头一看，自己都吓了一跳，祭坛下的广场上千军万马，却鸦雀无声，等待着两人下令。

"问金乌轮看看，能想想办法吗？"余皓道。

"正在问。"周昇抬起手，与金乌轮沟通，答道，"我不太理解金乌轮的话，它说，得建立起一条通道……"

一句话未完，金乌轮上突然出现奇琴伊察的景象，两人措手不及，一声大喊，同时被吸了进去。

第6章
龙 生

"这混账现在倒是睡着了!"

余皓眼前景象一片漆黑,最后听见的只有周昇愤怒的喊声。

"不是你让我睡的吗?"陈烨凯有点手足无措。

"算了算了。"周昇一手扶额,不想再解释,说,"快走吧。"

两人依旧出现在上次离开梦境时的桥上。周昇扛着金箍棒,百无聊赖地带着陈烨凯,在奇琴伊察的通道里行走。他们进入梦境后,经过了一扇石门,穿过一座悬崖上的桥,迎面冲上来不少挥拳相向的石人,最终都毫无意外地被周昇扫开的金箍棒打了个稀巴烂。

"还有多远?"周昇四顾道,"我怀疑咱们走错路了。"

周昇依旧是人的模样,手里拿着金箍棒,四处勘察地形。

"这不是真正的奇琴伊察。"陈烨凯说,"只是我印象里的奇琴伊察。"

"我懂。"周昇与陈烨凯来到一道万丈深渊前,悬崖的对面,出现了一扇巨大的门,门上密密麻麻,满是发光的英文,还有许多图表。周昇抬头看时,陈烨凯说:"那是我的毕业论文。"

"中间横亘着一道深渊。"周昇说,"代表你永远毕不了业吗?"

陈烨凯:"我想,这象征我内心的悔恨吧?希望顺利毕业,却没注意到面前有一道深渊,再往前一步,就会掉进去。"

陈烨凯一旦想通了,便恢复了冷静,开始在梦里分析这一切所代表的含义,虽然自己分析自己梦里的象征物听起来很奇怪,但周昇不得不佩服陈烨凯,从专业知识上来看,陈烨凯知道的非常多。

轰然巨响,余皓眼前光芒闪烁,继而所有强光都暗了下去,他再次回到了奇琴伊察的中央天井。

原本应该出现在这里的中川龙生不见了!

天井内只有余皓,他身上的束缚也随之消失,依旧穿着龙生的那件白衬衫。四周寂静得近乎恐怖,唯独羽蛇神的黄金像伫立于一角,安静地审视着自己。

"将军?"余皓四顾道。

那把枪还在地上,余皓躬身把它捡起来,反手别在裤后袋里,小心谨慎地四处察看。没有人应答，周昇应该被传送到了他离开梦境时所在的地方，余皓记得周昇告诉过他，上一次分离后，他们离开水道，并进入了另一个宽敞的区域。

他走向那口井，向井口望下去，里头一片漆黑，井底仿佛有什么正在闪烁着彩色的光芒。余皓转身，试着伸手一握，手中出现了自己的长柄杖，陈烨凯的印象发挥作用了！他又试着展开翅膀，翅膀也随之出现，散发出银白的光泽。

现在可以飞了，但天井顶端是一张下水道般纵横交错的网，从网外还往里头滴着水，他尝试着升空，却无法突破那张网飞出去。

外围区域。

周昇持金箍棒一抖，金箍棒变长，搭在悬崖对面，再变宽，形成圆柱形的桥，供两人通过。

"当心点。"周昇心不在焉道，仍想着进来前金乌轮外等候召唤的龙与士兵们，思考要如何取得陈烨凯的许可，把它们也一起召唤过来。他这一路上尝试了各种各样的方法，包括但不限于告诉陈烨凯自己还有条龙，让他想象龙等等，但最后都徒劳无功。一定还有什么别的条件没满足……周昇心想。

"你和余皓……很久以前就认识？"陈烨凯踏上金箍棒时，试探地问道。

"不。"周昇大致解释了下自己搭救余皓的往事。陈烨凯说道："和我猜的一样。"

周昇猜测，陈烨凯在询问真相前，想必已经做了无数推论，这其中也包括了余皓曾经的自毁倾向。

陈烨凯突然停下脚步。两人站在金箍棒搭起的桥的正中央，前后不靠，周昇也敏锐地察觉到了，在那深渊中，有什么正在冲出来！

"跑！"周昇果断喝道。

然而顷刻间，深渊中成百上千只眼睛与嘴嘶吼着飞出，口中还射出锋利的小刀，陈烨凯与周昇加快脚步，周昇却突然吼道："躲开！"

陈烨凯与周昇错身朝旁一闪，躲开纵横交错的刀刃暴雨，同时挂在金箍棒桥上。而深渊内升起一个巨大的黑影，幻化作人形，两眼如篮球般巨大，口中嘶吼着英文，向他们扑来。

"这是什么？！"周昇大喊道。

陈烨凯："……"

周昇："凯凯！"

陈烨凯抓住金箍棒桥的手臂被利刃划过，顿时鲜血飞溅，手臂一松，差点

第6章 ◇ 龙生

儿就摔进深渊中，周昇右手揪着他的衬衣衣领，左手以臂弯艰难地架在金箍棒桥上。

"那是……"陈烨凯定定地看着那黑影，"索里迈……是他，就是他，把我们的视频……"

周昇喝道："这是梦！别怕他！"

陈烨凯被周昇一记当头棒喝，瞬间清醒过来，从后腰抽出枪，向着黑影连开三枪，枪响声中，黑影哀号溃散，却幻化为黑烟，在另一侧聚集。旋即更多的嘴唇出现，悬浮在空中，张开，其中现出利刃，射向两人。

"打那些眼睛！"周昇一手抓金箍棒桥，一手提着陈烨凯，一用力，将陈烨凯甩得翻了过来，挂在金箍棒桥上。

深渊上悬浮的全是眼睛与嘴，嘴里还不停念着英语、日语、西班牙语、意大利语……

"说啥？"周昇道，"我不想再做英语听力了！"

陈烨凯蓦然愤怒了，吼了句英语。

周昇："???"

周昇倏地明白了，在这道深渊上出现的，是被这人所掀起的陈烨凯与龙生曾经遭受过的非议。尖锐的匕首飞掠，两人不断躲避，陈烨凯展开射击，一阵枪响，四周渐渐安静下来。

陈烨凯："你的盾呢？"

周昇："金箍棒就是，它要么变成盾，要么变成武器，除非在余皓的梦里，否则我没法同时使用这两件东西。"

两人惊魂未定，喘了一会儿。黑暗中，仿佛有更多怪物正沿着峭壁攀上来。

"快走！"周昇道。

陈烨凯翻身上了金箍棒桥，一手将周昇拉上来。门前黑烟聚集，幻化出另一个男人。周昇快步追上，那男人倏地现出恐惧眼神，步步后退，陈烨凯一拳揍在他的脸上，男人马上抬起双手，缓缓跪下。陈烨凯不住发抖，侧身时一枪抵住他的额头。周昇将金箍棒一收，在平台上注视陈烨凯，陈烨凯在剧喘，手指轻轻扣住扳机。

周昇等待着那声枪响，但陈烨凯始终没有扣下扳机。

"杀了他。"龙生的声音在幽暗的深渊中响起，"替我报仇，你这个懦夫……杀了他啊，为什么不开枪？"

周昇瞬间警惕起来，这意味着什么？理论上杀死一个梦中的印象确实与现实无关,正如同余皓在梦里驾驭大象,踩死了辅导员薛隆和以前的班主任,这也许更多地意味着内心驱逐了现实里对某些人的恐惧。

但本着"敌人希望发生的就不能让它发生"的想法,周昇意识到也许此刻,陈烨凯不该扣下扳机,如果枪杀了梦里的这名罪魁祸首,接下来是否会发生什么变化?

一秒、两秒、三秒……

陈烨凯恢复平静。

"滚。"陈烨凯沉声道,"永远别再让我见到你出现在我的面前。"

霎时间,索里迈一声哀号,黑烟就此散尽,深渊中升起巨大石块,将悬崖下的黑暗纷纷填平,成为一条宽敞通路,面前则是奇琴伊察核心区的大门。

"Nicky,你这个废物——"龙生的声音在虚空中发出尖锐叫喊。

"是的。"陈烨凯说,"龙生,如果这么做能让你好过些,我愿意付出二十年监禁的代价,甚至我整个生命。"

他收起了枪,说:"但我清楚地记得那一天,你说过,你不想我去杀人,这代价你无法承受,而这一切,都会慢慢过去,能彼此陪伴,才是最重要的。"

"那不是我的真心话——!"龙生几乎歇斯底里地吼道。

"回来吧。"陈烨凯道,"龙生,哪一个,才是真正的你?"

周昇:"……"

面前的大门缓缓开启,内里透出强光。

"有人吗?"余皓喊道,"中川龙生!你在哪儿?出来!"

"有人吗……有人吗……"井里响起回声。

余皓突然听见,回声仿佛不是他自己的。

"有人吗?"一个微弱的声音道。

余皓:"!!!"

余皓蓦地转头,那声音是从井里发出来的!怎么回事?除了自己与龙生,还有别的人?!

"你是谁?"余皓问。

"你是谁?"那声音在井里反问道。

余皓往井里看,看见了一个人影,他四处寻找绳索,却没有找到。

"等我一会儿!"余皓道,"马上把你拉上来!"

余皓拆开长杖,现出匕首,割断天井四周的藤条,把它们系在一起,从井边垂下去，他感觉下面果然有人抓住了绳索，便将他往上拉。

片刻后，一名少年在井里抬头，茫然地看着余皓。

余皓："！！！"

余皓傻眼了，白皙的面容，屠瘦的身体，同样裸露上身，黑色头发，黑色双眼，身上笼罩着朦胧的光——另一个中川龙生！较之先前余皓所见的黑暗龙生，这少年的表情，则带着忧郁与不安。

"龙生？"余皓道。

"龙生？"少年重复了一次余皓的话，并不安地看着余皓。

余皓又问："你……你是谁？别放手，上来！"

井里的少年似乎有点怕余皓，想放开手。不管说什么，这个龙生只会重复他的话，余皓有点傻眼了。这是……陈烨凯梦境里的另一个中川龙生？是原本那个善良的龙生吗？黑暗龙生又去了哪儿？

"还想挣扎？"背后一个冷漠的声音道，紧接着一脚将余皓踹进了井里，余皓顿时大喊一声，栽了进去，却下意识猛地抓住井中龙生的手腕，再抬头时，看见了井外的另一个龙生，阴恻恻的。

余皓死死抓住藤条，另一手揽住龙生的腰，喊道："龙生！别放手！"虽然不知道井里有什么，但直觉告诉他，一定不能摔下去！

黑暗龙生狂吼道："妄想抢走本属于死者的东西！余皓！你这个畜生——"说着他抓起拴在柱上的藤条。然而远处传来一阵开门的闷响，黑暗龙生转过头，外头似乎发生了什么。紧接着，黑暗龙生再度扑到井口，手持一块巨石，狰狞地望向井中的余皓与另一个龙生。

余皓："……"

就在这一刻，他突然预感到有什么要发生了，抱住他肩膀的那个龙生颤抖着，一手从余皓的后裤袋里拔出那把枪，递到余皓手中。

余皓来不及细想，腾出一手，持枪指向井口外的黑暗龙生，黑暗龙生顿时睁大了双眼。

随着一声枪响，井外，黑暗龙生的头颅顿时被击穿，爆出漫天血液与脑浆，那块巨石随之坠下了井中。巨石坠下的一刹那，见再无法闪避，余皓猛地转身，抱住龙生，以肩背护住他，竭力拍打翅膀，奈何翅膀一展开便狠狠撞上井壁，无法飞翔，两人一同坠入井底。

"周昇！"余皓向井口方向大喊道。

没有人应答，余皓与发光的龙生一同坠进了黑暗里。井底犹如有着强大的吸力，令两人疯狂坠落，龙生抓着余皓的衬衣，不住往外扯，眼中带着期望。

余皓身上纽扣崩开，一袭白衬衣疯狂翻飞，他睁大双眼，看着龙生，继而点头，点头的一刹那，衬衣尽数化作金粉，"哗啦"一声回到了发光龙生的身上。霎时间，拥有那件白衬衣的龙生砰地化为光粉，照亮了井底，那光粉迅速延展，幻化出了一个奇异的空间。

余皓望向底下，一团强光越来越近，下一刻又是一声大喊，他结结实实地摔进了一个充满亮光的房间里！

周昇与陈烨凯穿过大门，在隧道中奔跑。突然，隧道的尽头传来一声枪响，惊天动地，仿佛彻底撼动了整个梦境世界。

陈烨凯放慢脚步，这时候，周昇仿佛意识到了什么，枪声仿佛对陈烨凯造成了强烈的刺激。

"余皓——！"周昇喊道。

通道尽头一片安静，无人应答。周昇正要冲上前去，陈烨凯却剧烈喘息，一手按着隧道墙壁，整座奇琴伊察在阵阵震荡，落下土灰。

"凯凯。"周昇只得放慢脚步，转身检视陈烨凯道，"冷静点！你已经决定面对这一切了！"

陈烨凯的精神状况极其危险，尤其在枪声响起后，而一旦他精神崩溃，这个世界将被彻底毁灭。

陈烨凯道："是，好的，我知道，我只是一时还没有……还来不及说服我自己……"

"你歇会儿。"周昇说，"调整状态，我去前面看看。"

突然间，周昇消失了。

陈烨凯茫然道："周昇？"

现实世界。

余皓感觉到自己突然坠落，掉在了某个东西上，眼前射来光亮。说时迟那时快，还在梦里的周昇条件反射般伸手抓住了他，紧接着睁开双眼，把他拉回床上。

余皓发现自己差点摔下床去。睡得太靠床边了，两人睡一张单人床，空间十分狭小。

"我……"

第6章 龙生

"嘘。"周昇示意余皓别吵醒陈烨凯,"睡进来点儿,情况怎么样?"

"井底有东西。"余皓向周昇说了情况,周昇一脸疑惑,倏地仿佛明白了什么,小声道:"睡吧,待会儿我下去带你出来。"

周昇侧身,让余皓挨着自己的肩膀,两人身体靠得很近,盖好被子,继续入梦。

梦境世界——奇琴伊察。

伴随着一道光,周昇再次出现了。

陈烨凯:"周昇?"

周昇摆手道:"没什么,刚不小心醒了。"

"走吧。"陈烨凯说,"我没事。"

陈烨凯正要上前,周昇却道:"等等,凯凯。"

陈烨凯停下脚步,望向周昇。

周昇说:"在进入这扇门前,你须得想得足够清楚,面对最真实的你自己。"

陈烨凯的呼吸变得急促起来,睁大了双眼。他们抬头望向大门,大门上刻有羽蛇神的平面图腾。

"你为了什么而悔恨?"周昇侧头,望向陈烨凯,说,"未来的你,将为了什么而活下去?你期望自己的人生该是什么样子,期望自己成为什么样的人?"

"在想清楚这一切前,"周昇说,"我们先不推门。你希望在我们的帮助下获救,但首先你得救自己。"

陈烨凯低声道:"其实这么久以来,我所愧疚的,不完全是龙生的死这一件事。"

周昇注视陈烨凯,陈烨凯叹了口气,答道:"在他还活着时,我对他的关心太少了。"他眼中带着歉意,望向周昇,"这一切得来太过突然与容易,于是我不懂得珍惜,在我们的相处当中,我想,从最开始,龙生就感觉不到平等,他太怕我离开。这才是后来一切发生的根源……也是我真正悔恨的地方……"

周昇:"既然想明白了,就找回那个真正的你吧,走,推门!"

陈烨凯朗声道:"我来了!龙生!"

周昇:"余皓!我们来了!"

两人一同推开大门,门缓慢开启,进入奇琴伊察最深处的中央区域。内里出现了一口巨大的井,一尊羽蛇神雕塑,井栏上挂着中川龙生的尸体,半截垂向井中,半截露在外面,赤着的上半身尽是血浆,后脑勺被枪击穿,现出偌大

一个血洞。

陈烨凯："……"

周昇一步步走向那口井。

井中蓦然喷发出滔天的黑气，涌向龙生的尸体，周昇喝道："凯凯！当心！"

"Nicky，看来你是决心与过去的我彻底告别了？"

井中喷发出的黑气注入龙生尸体中，下一刻，他窸窸窣窣地爬了起来，那黑气简直遮天蔽日！

"凯凯！冷静！想想你在门外说的话！"周昇手持金箍棒，仍在搜寻余皓的下落，中央区域四面全是墙壁，没有能藏人的地方，环境与余皓描述的也完全一致，他到底去了哪儿？

突然间周昇想到了唯一的可能，视线转向中央的井口。

龙生冷笑道："Nicky，你觉得，这一切错在我吗？"

陈烨凯睁大了双眼，周昇却缓慢地从侧面靠近井口。

"龙生……龙生……"陈烨凯的声音发着抖，不断走近黑暗龙生。

黑暗龙生复活了，他扶着井台缓慢站起，鲜血淋漓的口中现出锐利的牙齿，犹如一只丧尸，向陈烨凯发出疯狂的嘶吼！

周昇看清了井中的景象，在那黑暗深处，蓦地闪出一点光。

"余皓呢？"陈烨凯难以置信，问道。

周昇指指龙生，向陈烨凯示意，意思是拖住他，再指指自己，又指井中，暗示自己会想办法救人。

刹那间黑暗龙生注意到了周昇的靠近，井中黑雾再次爆发，凝聚为冲击波，将两人扫得直飞出去。

井底世界。

余皓努力从床上爬了起来。他发现自己正置身于一个明亮的房间内，有点像陈烨凯的宿舍，格局却又有很大区别，唯独沙发、书架、餐桌的摆设格局相似，而且桌布也一模一样。沙发前的茶几上、餐桌上都摆放着鲜花。

"这是什么地方？"余皓莫名其妙，抬头望向天花板，这是个房间，天花板上却没有裂缝或开口，这里就是井底的世界？

这是陈烨凯与龙生的家？余皓突然脑海中灵光一闪，可井底怎么会有个这样的地方？

"龙生？你在吗？这是你们的家？"余皓四顾，房中空空荡荡。

第6章 ◇ 龙生

"是的,这是我们曾经在曼哈顿的家。"中川龙生的声音响起,"也是Nicky答应给的'来生'。"话音落,龙生从客厅中走了过来。

余皓马上从床上下来,诧异道:"龙生,你会说话?为什么刚刚不回答我?"

龙生有点拘束地点了点头,说:"我离开了这里就没办法了,只有在家里,我才能回应你。我知道你是余皓,我给你……泡一杯咖啡吧?请坐。"

余皓只觉得这一切完全、彻底地贯彻了梦境规则,实在太不真实了,上一刻还在奇琴伊察里,下一刻就穿越到了陈烨凯在纽约的家中。

余皓望向天花板,天花板上没有裂缝,得怎么出去?

"我没有什么朋友。"龙生说,"欢迎你来做客。"

龙生的中文显得有点奇怪,余皓注意到他穿着一身日本高中的黑色制服,里头则是他的那件白衬衣,他相当文秀帅气,拧开咖啡罐,朝两个竹根杯子里加日式的UCC速溶咖啡。

"房子是买的吗?"余皓的注意力被岔了开去,"曼哈顿的房子,陈老师真有钱啊。"

"是的。"龙生简单地答道。

"为什么我会在意这个?"余皓哭笑不得道,"对不起,我真是太庸俗了。"

龙生与陈烨凯的家里没有门,余皓试着拉开被阳光照射着的窗帘,窗后是面墙,也即是说,自己不能通过常规的方式离开这儿。

龙生端着一个木托盘,托盘上咖啡、糖、奶俱全,还有一块小小的拿破仑蛋糕,余皓喝了一口,咖啡很香。

"是Nicky喜欢的。"龙生的表情很平淡,说,"希望你也喜欢。家里只有这份甜点了,也是我给Nicky带的,但他一直没有吃。"

"谢谢。"余皓说,"我很喜欢。"

两人坐在餐桌前,余皓在想要说点什么,但更多的是在思考着要如何出去,以及周昇与陈烨凯,是否已经抵达奇琴伊察的井口,接下来会发生什么?又想起坠下前的情形,井口处黑暗龙生,已经间接被这个光明龙生一枪杀了,也许他们抵达时,也在寻找自己?

余皓千头万绪,却一时不知该如何开口,两人只是看着桌布。不知为什么,余皓总感觉与这个龙生相处时,两人之间不必多说,便有种平静的默契。

末了,龙生突然开口:"以前和Nicky在一起时,我们可以这样安静地坐上一天。他就坐在你的位置上看书。"

"你呢?"余皓问。

"我看他。"龙生答道。

他的头发有点长,双眼却很明亮,仿佛只要有他在的地方,整个世界都会随之平静下来。

"你是来救他的吗?"龙生说。

余皓与龙生对视一眼,不约而同地放下了杯子。

余皓点了点头,疑惑地问:"你的存在,究竟代表了什么?这里是避风港吗?"

这句话是余皓问自己的,他并不期望能得到解答,事实上他尝试过与自己梦中的NPC聊天,得到的回答总是似是而非。

龙生却反问道:"你觉得呢?"

刹那间余皓脑海中闪过一个念头:"你是他的图腾?"

中川龙生:"对。"

余皓:"!!!"

余皓第一个想法就是,如果周昇也在这里,他说不定会大叫道"图腾成精啦我的妈!"。这景象实在是太诡异了,但想起先前周昇的推测,又不得不十分佩服。当时他说有可能图腾就在井里,或者龙生就是图腾,结果两个可能都猜对了!简直是神预言!

"可是……"余皓说,"在井外,攻击咱们的那个你,又是谁?"

"从头说起吧。"龙生说,"我早就该走了,但一直以来,Nicky他舍不得与我分开,把我关在旅馆里,不让我离开。"

"你要去哪儿?"余皓皱眉道,心想这世界全是陈烨凯的内心,龙生能到哪里去?

"来这里。"龙生指指餐桌,"这就是我们约好的来生,可他不答应。"

"他说,他会常常来旅馆里看我,我就这样生活在旅馆中,直到这件衣服从身上消失的那天。"说着拉开学生西服外襟,让余皓看自己内里那件白衬衣,说,"我觉得,也许是时候了,所以我决定出来找他,来到我必然的归宿。"

余皓:"……"

余皓想起了学院庆会演前的晚上,自己借走了陈烨凯的白衬衣,顿时心里生出了愧疚感。

"我懂了。"余皓喃喃道,"原来是因为我。"

第7章
蔽 日

井外。

黑暗龙生复活后,黑暗的浓雾席卷了整个奇琴伊察天井,陈烨凯的眼中已看不见其他。周昇则警惕地打量着这里的一切,尤其那尊将近五米高的羽蛇神雕塑,提防它随时活过来。

"Nicky,"黑暗龙生在疯狂卷动的黑暗中开了口,"你愧疚吗?"

陈烨凯哽咽道:"对不起,龙生,对不起……这是我一直想说的话。"

"这不是你真正的忏悔。"黑暗龙生近乎疯狂地嘶吼道,"时至今日,你还不愿意真正地面对我吗?!"

"……你的自大与骄傲毁掉了你自己。"龙生的声音低沉,如同一个从黑暗里被孕生出的魔鬼,"你站在道德制高点上,自以为予我关心,是给我的赏赐!是你对我的同情!"

陈烨凯的表情突然变得平和起来,他忍着泪水:"对,龙生,我已经明白了。"

黑暗龙生的声音里带着一丝意外:"你明白什么?"

陈烨凯:"我明白了你的心情。"

先前笼罩在天井附近的浓雾,开始渐渐散去,现出陈烨凯与黑暗龙生的身形,周昇心里暗道做得好!龙生的黑暗力量似乎正在陈烨凯的面前逐渐消退,收拢到井口附近的区域。

陈烨凯:"我也明白了我们曾经在一起的每一天,你对我说过的那些话。"

黑暗龙生向陈烨凯缓慢走来,与他隔着轮回之井对视。

"明白了你的不安,"陈烨凯道,"你的那些欲言又止,还有你对我离开的恐惧,可是,是你不明白!我对你同样如此!龙生!"

陈烨凯最后几乎是吼出来的,令黑暗龙生竟是退了一步。

陈烨凯悲伤地说:"我也在学习着如何去关心一个人!学习怎么与你相处!我不懂怎么经营我们的生活。我不知道怎么样才能给你你想要的,我想过我们的一辈子!我知道,我的人生有太多的选择,可你只有我。"

说到这里,陈烨凯长长地叹息一声,四面八方传来水声,周昇马上转头看。天花板开始朝下滴落水滴,渗入这天井里,压抑在他心中足有四年,汇聚为伊瓜苏大瀑布的泪水。

酒店中。

陈烨凯眼角渗出泪水,沿着侧脸滑落,浸在枕上。

余皓下意识地侧头,周昇则在睡梦中抬起手臂,让余皓枕在自己肩上。

井底——来生。

"不。"龙生认真地说,"请你不必自责,我只希望他过得幸福。我这么做的初衷,并不是想惩罚他,而是希望他不要再去面临那么多选择,去接受选择所带来的痛苦。"

"可是,什么都可以重来,"余皓认真地说,"唯独失去你,令他不能承受。"

说到这里,余皓突然有种奇怪的感觉,仿佛面前的人并不是陈烨凯意识中的龙生,而是穿越了时空的、真正的龙生的灵魂。

中川龙生起身,走到唱片机前,放了一首歌,音乐响了起来,那是Ed与碧昂丝合唱的 Perfect。

"Cause we were just kids when we fell in love.

"Not knowing what it was... ."

"大家也许都觉得死亡很痛苦,"龙生平静地说,"但对抑郁症病人来说,死亡反而是种解脱,为什么不能把它看成命中注定的离别呢?我们在一起度过了最美好的时光,而我生病了,一种难以治愈的病,与其在生命最后的日子里备受折磨,不如……"

余皓开始有点明白龙生最后的想法了。

"不如珍惜还能在一起的每一天,每一分,每一秒。"余皓轻轻地说。

"对。"龙生说,"这对我而言,确实就是这样。我非常清楚,我的病来自家族遗传,我注定是治不好的。与他在一起的时光,我也没有任何遗憾……这么想想,是否就理解了?"

余皓想起专业课上关于认知行为治疗的章节中,便提到了抑郁症的成因尚不完全明确,但至少从目前来说,与遗传、内分泌、神经的功能与再生都有非常复杂的关系,更有多个染色体与重度抑郁症存在明确的联系。

非官方资料调查中,抑郁症患者的比例在中国达到了接近3%,这不是让病人"想开"就能解决的心理疾病。一旦确诊,就必须按时服药,对重度抑郁症病人来说,哪怕暂时痊愈,治愈后复发率也高达60%,不少患者更需要终身服药。然而国内对抑郁症的认识仍停留在精神障碍的表象上,极少得到重视。

"在玛雅文明里,死亡不是结束,只是一段新旅途的开始,生命绚烂却短

第7章 蔽日
CHAPTER 07

暂,就像花朵一般,它凋谢以后还会再开,我们在轮回中不断往复,终能再相见,那不是永别。接着说吧,"龙生在流淌的音乐里解释道,"所以,我回到了奇琴伊察,走向那口井。"

余皓道:"他把心中的你关在旅馆里,也许正因为他不愿意你就此离开,不愿放下,也不愿放开,更不愿你就此前去轮回。"

中川龙生注视余皓,很轻很轻地答道:"是的,你说对了。"

余皓倏地厘清了陈烨凯意识世界里的一连串前因后果——死去的、留在他心中的龙生希望走向奇琴伊察,前往所谓的"来生"等待陈烨凯,而陈烨凯始终不能接受龙生的离开。

于是在他的梦里,作为图腾的龙生,始终留在了旅馆"开始即结束"中。

"正当我希望前往来生时,我在奇琴伊察的井口,遇见了林老师。"龙生说,"他把我污染了,并分离成两半,夺走了我的其中一部分,那些黑暗的意识,再将现在的我,投进了井底。我不希望这件事就这样结束,所以,余皓,我请求你的帮助。"

"他很优秀。"龙生说,"但我想,我只是他人生中一个短暂的过客,他给我的那些,在这一生中,确切地说,只是同情。林老师夺走的那一半,就是我对Nicky唯一的执念。"

余皓:"不,不是这样的,龙生。"

中川龙生抬眼,看着余皓,余皓现出伤感的微笑。

"你的存在,就是你对他重要性的证明啊。"余皓眼中流露出期待,"我相信在他过去的世界中,图腾不是你的模样,自从你来了以后,你才成为他唯一的图腾。"

中川龙生眼里出现了少许惊讶之意,余皓又道:"每个人的图腾,意味着他的意义、他的坚持,也即他希望成为的那个自己。龙生,跟我回去吧,回到他的身边去,只有你能办到,你能给他勇气,让他回到阳光下。我记得,你给他写过一封信。"

龙生:"我也记得。不过,我想他曾经也同样交给了你一件东西,要打败林老师,这必不可少。"

余皓心中一凛:"什么东西?"

龙生缓慢地摇了摇头。

井外。

"他们告诉我，每个人的内心都有图腾，那是我最在意的事物的象征，找回它，就能成为我自己……"陈烨凯一字一句地说，"龙生，我想，如果图腾真的存在于我的心里，那么……它应该是你的模样吧。"

黑暗龙生怔怔站着，一时竟接不上话。

陈烨凯："我毁掉了你，也毁掉了我自己，但我确信我自己的感情。直到现在，我都无比坚信这一点，直到四年后的今天，我仍铭记着我们生命里最美好的那些时刻，不愿让你就这样离开。

"仿佛只要不点开那封信，与你说再见，我们就永远不会分离，不管是今生，还是来生。"

"骗子……你这个骗子……"黑暗龙生颤声道，"我要杀了你！"

周昇突然道："龙生！你给Nicky留下过一封信，是不是？你在信里说了什么？你是已经原谅了他，还是想让他和你一起死？"

刹那间，中央区域静了下来，黑暗龙生睁大双眼，望向陈烨凯，一时竟无法回答。

陈烨凯缓缓道："龙生，从前的你，总是哪怕伤害自己，也不会让我遭受任何痛苦……龙生？"骤然间，陈烨凯仿佛意识到了什么，颤声道，"这是你真正的想法吗？为什么？"

"龙生！"陈烨凯骤然道，"这不是你！是谁迷惑了你？！"

黑暗龙生在这句话下，发出痛苦的大喊，陈烨凯的话对他仿佛有着强大的冲击力，令他全身的黑烟朝后飞散，现出狰狞的双眼。

陈烨凯："……"

周昇："那不是他！凯凯！那是伪装！开枪！"

黑暗龙生一声狂吼，向陈烨凯冲来，不等周昇挥出金箍棒，陈烨凯就蓦地抽枪，短暂的犹豫后，龙生的面目发生了奇异的改变，陈烨凯再不迟疑，将枪口指向"龙生"，扣动扳机！

一声枪响，震得周昇耳膜剧痛，子弹离开枪口，旋转、呼啸着飞向"龙生"，然而羽蛇神雕塑瞬间动了，一个飞掠，冲到"龙生"身前，挡住了那一枪！

羽蛇神飞开，身后"龙生"现出林寻的容貌。

"哈哈哈哈……哈哈哈……"

林寻狰狞地笑了起来，冷冷道："Nicky，看来……你终于决定抛弃龙生了！不枉我花了这么大的力气，来分开你们。"

周昇瞬间意识到了一个严重的问题："不会吧，Boss是你？！"

第7章 ◇ 蔽日

刹那间整个天井区域，墙壁轰然瓦解，头顶铁网散开，巨大的平台升起。黑暗的天空下，奇琴伊察解体！飓风席卷着无数巨石砖瓦，朝四处横扫开去，这硕大的金字塔逐层瓦解，唯独平台升向天空。

天际阴云滚滚，雷电四射，意识世界已化为火海。林寻狂吼之中，身体绽放出黑火。宏大的平台升向高处，砖瓦掉落，唯剩井前的奇琴伊察王座，地面延展为近万平方米的广场，林寻转身坐上王座，背后羽蛇神雕塑复活，开始游移。

陈烨凯声音嘶哑："老师，你为什么……要这么做？为什么——！"

林寻冷冷道："听老师的话总没有错，为什么要与一个患抑郁症的少年纠缠这么多？我煞费苦心，用了这么多的方法，才让龙生离开你。光明万丈的前途等待着你，你将成为比自己想象中更优秀的人。Nicky，不要将我的一番好意，当作耳边风……"

"你将这个秘密，隐瞒了四年。"陈烨凯一时悲愤无比，双手持枪，指向林寻，吼道，"我早就该杀了你！"

林寻冷冷道："他的死，诱因早就种下，哪怕我再擅于进行心理干预，也不可能劝导他走向自杀，如果没有你对他的忽视，龙生又怎么会死？"

漆黑天幕下，整个意识世界已成火海，大地上火焰无处不在，灰烬蒸腾，升上天际，阴暗天空雷电震荡，羽蛇神呼啸冲来。周昇早有准备，在它扑向陈烨凯的刹那间，一个闪身，持盾挡在陈烨凯身前！

盾牌霎时间扩大，"当"的一声与羽蛇神相撞，发出金铁交鸣之声，羽蛇神腾空拔高，扇起狂风。

"现在怎么办？"陈烨凯躲在盾牌后，吼道。

周昇死死扛着那盾牌，抵御狂风，吼道："打败他呀！我得去救余皓！"

陈烨凯道："我……我不知道怎么打败他！我已经向他开枪了！"

周昇喝道："你不是说不怕他的吗？你潜意识里还在怕他！用雷电劈他！把你的愤怒全部引向他！"

"我也没有办法！"

"战胜你对他的恐惧！"

陈烨凯冒出头去，看了林寻一眼，喘息片刻，继而冲出了盾牌的掩护，直接对他开枪！

"等等！"周昇道，"有话好说，回来，凯凯！"

又一枪射去，然而羽蛇神一个飞掠，替林寻挡住了子弹。周昇扛着盾牌冲上前，向陈烨凯喝道："快回来！"

林寻一身黑袍，犹如奇幻故事中的大巫妖，抬起一手，手中迸发出千万黑火流星，朝着陈烨凯与周昇展开狂轰滥炸！

"余皓呢？"陈烨凯喘息道，"余皓到底去哪儿了？"

"在井里！"周昇喊道，"掉下去了！我找不到机会进去！"

陈烨凯："林寻的攻击太强了！扛不住了！"

羽蛇神呼啸而来，疯狂攻击盾牌，突然一拔高，黑火流星无穷无尽地击向盾牌，周昇发狠一声大喊："什么也……锤不了我！跟我冲！"

说时迟那时快，周昇抵着盾牌，朝前疾冲，竟是硬生生抵着暴雨般的黑火流星，冲上了井栏。

"打配合！"周昇喝道，旋即与陈烨凯分开，周昇一躬身，陈烨凯趁着黑火流星掠过，一步踏上盾牌，在空中转身，朝王座上的林寻连开数枪！

枪声巨响，羽蛇神冲来，再次替林寻挡下子弹，尾巴横扫，将陈烨凯狠狠拍在地上！

周昇欲将盾牌变成金箍棒，羽蛇神却从旁飞掠，一头撞在周昇的盾牌上，"嗡"的一声响，音波震耳欲聋，如同发生音爆，周昇被撞上半空。

"来！"周昇在空中一声呼哨，筋斗云终于出现了！他脚踏筋斗云，引走了飞翔的羽蛇神，冲上天顶，又旋转着笔直下坠，射向井口！

陈烨凯险些吐血，在平台上挣扎，一时无法起身，林寻从王座前站起，伸手凌空一抓，枪飞过来，落入他的手中。他走向陈烨凯，陈烨凯在地上艰难爬行，爬向平台尽头。

万丈平台下，火焰熊熊，火海中升起黑烟，汇入头顶的滚滚乌云之中。

林寻沉声道："在你的心里，始终等待着这一枪吧。"

陈烨凯喘息说道："不……还没有……结束，直到我……得到真相……的那一天……"

周昇喝道："凯凯！"

周昇带着羽蛇神笔直冲向井口，眼看马上就能飞进去，然而林寻已以枪指向陈烨凯的额头。下一刻，周昇在抵达井口的最后一秒，喝道："去吧！"

他将金箍棒朝井中一甩，继而飞速拉起，转弯，"唰"的一声掠过陈烨凯，几乎是同时，枪响，周昇痛喊一声，以肩膀替陈烨凯挡了一枪，鲜血四溅，在最后一刻将他救了起来。陈烨凯不住咳嗽，周昇肩上鲜血淋漓，带着他飞过平台。

"怎么办？"陈烨凯喊道。

周昇转头，望向井口。

第7章 ◇ 蔽日

金箍棒发出强光,轰然击穿天花板,笔直地插进了龙生家中的地面。

"是周昇!"余皓道,"他来救咱们了!走!"

余皓拉起龙生的手,跑向金箍棒。

"你还没告诉我,我得还给他什么。"余皓皱眉道。

"我不知道。"龙生答道,"我已经进入了来生,能救他的,现在只有你了。"

井外。

"又追来了!"周昇把金箍棒扔进井里,失去了盾牌的保护,同时肩上不住淌血,羽蛇神穷追不舍。他尝试着驾驭筋斗云带陈烨凯离开平台,却被这起火的雨林的高温逼了回来。两人不住咳嗽,浓烟滚滚,到得后来,已辨认不清哪里是天哪里是地,浓烟之中还有无数呼啸而来的黑火流星。

"这不是梦里吗?"陈烨凯道。

"你的愤怒已经把整个世界都点燃了!"周昇答道。

陈烨凯:"在这里死了会怎么样?"

"你才想起问这个啊!"周昇驾驭筋斗云一个飘移,两人避开从浓烟中扫射而来的黑火流星,"会被放逐到潜意识里去!就再也醒不过来了!"

"带我靠近林寻!"陈烨凯道,"给他一枪!我就不信了!"

周昇道:"好吧……"

电光石火的一刹那,周昇发力,两人飞速坠向平台中央,逼近王座,然而下一刻,羽蛇神从浓烟中唰地冲来,光芒一闪,将两人撞得摔下筋斗云去!

周昇与陈烨凯同时一声大喊,周昇被撞得直飞出去,陈烨凯则滑到平台尽头,死死攀住平台边缘。

羽蛇神在空中一个转身,继而张开长满利齿的口,向周昇嘶吼着飞去,翅膀遮天盖地,一口咬向空中的周昇,周昇深吸气,感觉到了什么,吹一声口哨。

周昇被抛上半空,恰好经过井口区域,而羽蛇神满是利齿的巨口也已到了跟前。

"你完蛋了。"周昇在空中转身,胸膛朝后一让,对羽蛇神嘲讽道。

紧接着,金箍棒绽放出万丈光芒,风驰电掣般带着余皓从井口冲出!那飞速延伸的金箍棒头准确无比地直撞在了羽蛇神下巴上!

羽蛇神毫无提防挨了一击,突然一击打得蛇口猛地闭合,昂起蛇头被撞得直飞而起,在空中翻滚,摔了出去!

余皓:"终于出来了!"

"你没事吧?"周昇喝道,旋即在空中又一声呼哨,筋斗云飞来,接住两人,周昇抓住金箍棒,一收,再一放,与此同时羽蛇神飞来。

"给我……滚下去!"周昇抡起金箍棒,接下来的一棒猛地击打在羽蛇神头上,一声闷响,羽蛇神掉了下去,惊天动地!

余皓一出来便眼睛流泪,四处全是白烟,快无法呼吸了,喊道:"陈老师呢?"

周昇再不多言,一个转弯,飞向陈烨凯。

"怎么到处是烟?"

"下面全烧起来了!"

"那你的脸怎么没被熏黑?"

周昇:"……"

余皓:"为什么啊?"

周昇:"这是梦!没意识到脸被熏会变黑当然就不、会、黑!余皓你的关注点怎么总是这么奇怪?"

余皓与周昇穿过浓烟,在烟雾里拖出一道金光,周昇意识到了什么。

"图腾?"

陈烨凯爬上平台,躬身咳嗽,抬起头。

周昇放开余皓,余皓在空中飞翔,短暂一停,继而"唰"的一声掠走。身上那白衬衣如残影般留在了陈烨凯头顶的空中。紧接着衬衣光影幻化,化作发光的龙生。

"龙生?"陈烨凯颤声道。

"龙生。"中川龙生平静地说。

滚滚浓烟消退,陈烨凯面前现出广阔的平台,余皓与周昇落在一边。余皓手中发光,按在周昇肩上。周昇疼痛难耐,另一手紧紧抓着余皓的肩膀。

血液消失,枪伤痊愈,余皓紧张道:"怎么样?"

"还有点麻。"周昇按着肩,活动胳膊,说,"你是不是睡着睡着来枕我胳膊了?影响战斗力。"

"我没有……吧。"余皓道,继而转头,望向平台中央王座前的林寻,喃喃道,"果然是他。"

林寻身前盘旋着羽蛇神:"妄想重新主宰自己的内心世界,但这一切,早已经注定将成为泡影,无论付出多少努力……"

"守护凯凯。"周昇一甩金箍棒,说,"作战吧,支持他到取回图腾的时刻!"

"去死吧!"林寻在羽蛇神的保护下抬起手,怒吼道,射出千万黑火流星!

"该死的是你!"余皓与周昇异口同声喝道,同时冲了上去!

平台尽头,陈烨凯怔怔看着发光的龙生。

陈烨凯:"中川龙生。"

"中、川、龙、生。"龙生低声道。

"烨凯。"陈烨凯说。

"烨凯。"龙生闭上双眼,仿佛看见了他们的某段回忆。

陈烨凯:"陈烨凯。"

"陈、烨、凯。"龙生缓慢降落,落在平台上,身体散发出温暖的金光。

陈烨凯眼中带着泪水,怔怔注视龙生。六年前的一个下午,龙生下课时,经过讲台,注意到陈烨凯在表格上写下的中文名字。

龙生茫然地看了一眼,再看陈烨凯,指向他自己的名字,陈烨凯点了点头,说:"龙生。"

"龙生。"中川龙生学着陈烨凯的发音,非常标准。

陈烨凯又教他"中川龙生"与自己的名字,末了,龙生用英语告诉他,自己喜欢中文,便离开了。

那是陈烨凯与龙生的第一次交谈。

陈烨凯说:"你教过我唯一一句日文,你还记得吗?"

龙生依旧是那平静的表情,末了,对陈烨凯稍一鞠躬。

陈烨凯的悲伤已再无法抑制,上前一步,哽咽着想牵起龙生的手,龙生却微微地笑了笑,注视陈烨凯的双手。

陈烨凯全身是伤,侧脸上还淌着血,他的手不住发抖,摊开掌心,手心凝聚起光芒,现出两个小小的圈环——那是他买的戒指。龙生轻轻地点了点头,伸出手,手中拿着一封发光的信,放在了陈烨凯的掌心,盖住了那两枚戒指。

紧接着,一切都消失了,世间仿佛坠入一片黑暗中。在这黑暗里,只有发光的龙生,与被他照耀着的陈烨凯。龙生握住了他的手,凑上前去。

陈烨凯满脸泪水,大喊道:"龙生!"

就在两人拥抱的刹那,龙生砰地幻化作漫天漫地的光粉,围绕陈烨凯旋转。

图腾出现!

与此同时,林寻向两人一步步走来,嘶吼道:"你们永远无法夺回这个梦!"

黑火流星更强大了,密集地覆盖了他们所在的一小块平台区域,周昇撑起盾牌,艰难抵抗着林寻的攻击,咬着牙连话都快说不出来了。

"这家伙太厉害了!"余皓几乎抵挡不住林寻那魔法的狂轰滥炸,说,"陈老师不是说不怕他了吗?!"

"我已经吐槽过他了!"周昇以盾牌护住余皓,林寻一召唤回羽蛇神,两人根本拿他没办法,羽蛇神的身体犹如金属般刀枪不入,周昇每次以金箍棒猛砸,都传来巨响,反震得自己手臂都快废了。

余皓那两把匕首更是奈何不了羽蛇神。两人一分开,林寻的黑火流星飞弹还会追踪,周昇则每次都能在余皓遇险时准确解救他。

"他赢了!"余皓百忙之中回头一看,道,"他要夺回图腾了!"

"撤!"周昇实在是筋疲力尽,道,"我真不想再打了!"

陈烨凯站在平台边缘,身周图腾的光粉环绕,犹如一阵温柔的风,在那光粉闪烁之中,无数过往回忆如走马灯般呈现:龙生在阳光下的笑容,陈烨凯的责备;龙生与陈烨凯在纽约自然博物馆里仰头,望向那巨大的霸王龙化石,曼哈顿的家里,龙生为他黏好的木板模型……

他们共同经历的每一个第一次。

"Nicky,执念到死,又有何益?生前的刹那欢会,胜似万顷黄金。"龙生的声音低低道,"遇见你,我从没有半点后悔,你早已知道我想向你说的,来生再会吧,勇敢地活下去。"

陈烨凯仰起头,霎时所有的光粉全部涌入他的身体,与此同时,陈烨凯全身亮起光芒!

"成功了!"余皓喊道。

林寻瞬间停下动作,周昇把余皓一拉,拉进怀中,旋即转身,避开。陈烨凯身周刹那间发出强光,一柄手枪在指间旋转。

"去现实里伏法吧!"陈烨凯光芒万丈,怒吼道,"人渣!"

陈烨凯扣动扳机。

余皓差点就要喊出"帅!",下一刻,陈烨凯枪眼爆出一枚金色子弹呼啸而起,卷起一道光柱,穿过羽蛇神旋转的身躯,洞穿了林寻的胸膛!

林寻发出痛苦的狂喊,与羽蛇神一同飞出平台,坠向了平台下的火海。

余皓与周昇同时松了口气,周昇反手背上盾,说:"完事。找个地方看日出吧。"

余皓望向陈烨凯,陈烨凯安静地站在平台边缘,抬头望向天际。

天空依旧乌云滚滚,陈烨凯低头看手中的枪,轻轻松开手,那把枪化作金光消失,他一步一步走向王座,天际雷鸣阵阵。

第7章 ◇ 蔽日

陈烨凯转过身，低声道："谢谢你们。"

余皓与周昇向陈烨凯走去，然而，下一刻，余皓感觉到了不妥，倏地转身，喊道："周昇——！"余皓再顾不得陈烨凯，转身冲向周昇，周昇的笑容刹那间凝固在脸上。

平台下突然飞起一条尖锐的蛇尾，以雷电之势射向周昇后脑。余皓一步跃起，翅膀展开，疾冲向周昇，两手抱住他的腰，斜斜旋转，避开蛇尾。两人在空中旋转身体，周昇反应更快，同时摘盾，护住两人，然而那蛇尾随之在空中一转，沿着盾牌间隙激射进来！

那一下，尖锐的蛇尾堪比铁签，一招穿透余皓身侧肋下，从前胸透出，紧接着在余皓体内张开倒鳞，再唰地一下抽了出去！

陈烨凯："余皓！"

"余皓——！"周昇顿时狂吼道。

蛇尾刺入的刹那，余皓甚至感觉不到疼痛，然而它抽出的那刻才是致命的，顿时令余皓喷出一口鲜血，吐在了周昇身上。

变故来得实在太快，陈烨凯最先反应过来，持枪指向蛇尾连开了数枪，蛇尾却迅速消失了。周昇简直无法相信发生了什么，再抬头时，平台侧倾，一只着火燃烧的巨大怪物，张开翅膀爬了上来。

那怪物足有近十米高，上半身乃是林寻的人形，下半身则是羽蛇神的蛇尾，狂笑道："你早就在我的控制之中，如今还妄想夺回自己的梦境？！毁掉你的，恰恰就是你的怒火——！"

"陈老师……"余皓艰难地按住伤口。

"余皓！"陈烨凯疯狂地大喊道。

"相信……你自己。"余皓颤声道，"别怕……我……我会自愈……"

阳光并未如意料中照耀梦境，平台飞速坠落，烈火摧毁了整个世界，雷霆迸发，天地间一片黑暗。成千上万的沥青怪物复活，如地狱内放出的恶魔，行走于奇琴伊察世界。

被烈火点燃的沥青怪物冲向坠落的平台废墟，纷纷展开翅膀飞向三人。

陈烨凯艰难地持枪与林寻缠斗，被一掌拍向废墟之中。

"余皓——"

黑暗中，只有周昇痛彻心扉的悲怆大喊。

梦境世界——奇琴伊察。

遮天蔽日的大火毁灭了整个意识世界，平台坠毁，陈烨凯怒吼着对那巨大的蛇形怪物开枪，它却丝毫不惧。

"既然早已臣服，又何必多此一举?!"林寻邪恶的声音响彻世间。

"不!"陈烨凯已伤痕累累，却依旧不愿放弃，颤声道，"我……不会再惧怕你……不会!"

头顶依旧阴云密布，仿佛太阳永远不会升起。

"结束吧!"林寻的声音响彻整个梦境，"无论你做什么，都永远无法改变现实——"紧接着，它以散发着火焰的巨手扼住了陈烨凯。

"我的世界里……"陈烨凯喘息道，"除了龙生，还有我的朋友……有余皓，有周昇……我不能让他们就这样，在我的梦境中……"

陈烨凯奋力挣扎，发出大吼，撑开林寻的魔掌，一枪击穿了林寻硕大的左眼，林寻捂着一眼痛吼，将陈烨凯狠狠摔进火海。

"周昇……"余皓在周昇怀里，抬起满是鲜血的手，指向天际。他感觉到自己的身体正在痊愈，但林寻化身而成蛇妖的力量太强了，正在自己体内肆虐，与这梦境原本的主人陈烨凯，正在争夺着控制这世界的力量!

"余皓! 余皓!"周昇发狂般地大喊。

"看……看……"余皓断断续续道，"太阳……已经……升……起来了……世界主人的力量，被遮蔽了……"

周昇抬起头，只见厚重的云层遮蔽了天空，云中闪烁着雷电的光芒。

"太阳只是……被云……挡……挡……"

周昇深吸一口气，闭上双眼，单膝跪在筋斗云上，抱紧了余皓。

"只要……阳光……出现……我就……"

"来吧。"周昇沉声道，在这黑暗的天空下，两人的身体发出光芒，有如夺回图腾后的陈烨凯。周昇的短发如金火般燃烧，一如照亮天穹的烈日。

而余皓的翅膀从筋斗云上垂落，羽毛纷飞，就像月辉细碎的粼光，洒向这绝望的黑暗世界。

第8章
林 寻

酒店房内。

梦中的陈烨凯呼吸变得急促难耐,额上渗出汗水,如陷入了噩梦里。

熟睡的余皓微微发抖,原本无意识地枕着周昇胳膊,这时候在睡梦中转过身,抱住了周昇的腰,周昇则同样侧过身来,与余皓面对面,余皓贴在周昇肩前,两人彼此抱着,紧紧依偎在了一起。

奇琴伊察梦境世界。

"来吧……

"来吧。

"都、来、吧——!"周昇蓦然昂头,朝黑暗的苍穹发出了惊雷般的怒喝。

一道强光升向天空,余皓虚弱地睁开双眼,望向天空,他明亮的瞳孔中,倒映出破开的云层,破洞云层内洒下了炽烈的日光。

太阳已经升起来了!阳光透过那云层,照耀在两人的身上。

余皓受伤的身体飞速愈合,阳光之下,他的伤口恢复得更快了!

"我……阳光……"他抬起手,朝向那太阳,而下一个瞬间,那被乌云阻挡的烈日,幻化出金乌轮形态,突然喷发出无数带火流星!

在那阳光的照耀下,余皓的身体痊愈了!

"我好了!"余皓道,"周昇!我恢复了!"

林寻化身而成的蛇妖一声嘶吼,畏惧地抬头望向天际,一手抓住陈烨凯,另一手抬起,抵挡阳光的照射。

飞火流星呼啸,穿透层层厚重云霾,接二连三坠落,每一枚落地的流星都变换为一名身穿全副铠甲的武士,在大地上聚集为军队,冲进火海,与燃烧的沥青怪物展开了交战!

周昇低下头,望向余皓。

"来了。"余皓笑道,他的伤已复原,抖开翅膀,离开了周昇的怀抱,手持两把匕首,喊道,"战斗吧!"

周昇直起身,仰头望向洒落阳光的破洞,一声龙吟震天动地,那黑色的巨龙跟在千万流星后,最后一个穿过金乌轮!周昇一个旋转,跨上黑龙背脊,喝道:"林寻——!你这畜生!"

林寻向余皓嘶吼,余皓在空中腾挪闪过,双手持匕首,划出一个漂亮的满月轮,强光绽放,射向那人身蛇尾的林寻。紧接着,周昇驾驭巨龙,穿过满月轮,狠狠撞上了那巨大的蛇妖。

巨龙按住蛇妖,口中喷出青色高温龙炎,周昇一身银色铠甲,化身龙骑士,抖开金箍棒,照着蛇头一棍砸下!

余皓双手持匕首,展开羽翼,带领千军万马,冲向废墟中央!

头顶破开的云层再次并拢,这世界再度化作烈火四起的炼狱。巨蛇妖全身喷血,鳞片剥落,然而阳光一消失,它在黑暗中却开始飞速愈合。

"打不死这家伙!"周昇在龙背上喊道,"想办法!"

余皓一个滑翔,躲开身边燃烧着飞来的沥青怪物,地面上武士朝天空射出箭矢,将怪物接二连三地射落。

"陈老师呢?!"余皓喊道。

"去找!"周昇喝道,"想办法!一定有什么办法能杀了它!"

余皓瞥见陈烨凯一身烧得破破烂烂,正从废墟中挣扎出来。

"别管我!"陈烨凯喊道,"想办法离开这里!我把它引开!"

有什么办法能杀了它?余皓不住回忆,突然想起,中川龙生在离开井前说的那句话。

"是什么?"余皓向周昇喊道,"龙生说,有了一件东西,就能打败林寻!去哪儿找它?得快点!否则这世界全毁了!"

周昇以金箍棒将那巨蛇妖揍回地面,一声巨响,火焰与灰烬四射,他在百忙中转身答道:"不用找!只要想起来它就会出现!"

"那是什么?"余皓焦急道。

"是什么啊!"周昇对着余皓喊道,"你问我我问谁?他说在谁的手里?"

突然间蛇妖从火海中咆哮着冲出,抓住了巨龙,周昇站立不稳,被甩飞出来,身在半空正要坠落时,余皓一飞而过,将他接住。

余皓喊道:"龙生说,是陈老师给过我的东西!"

周昇横扫金箍棒,一棍扫开上百只飞翔的火焰怪物,道:"是衬衣吗?!"

余皓:"不是!已经还回去了!"

陈烨凯在废墟中开了一枪,一道光柱击中蛇妖手臂,蛇妖怒而咆哮,全身迸发出一道火焰冲击波,将周昇的坐骑龙甩飞出去,转身冲向陈烨凯。

"你们走……"陈烨凯转身疾奔,竟是要引开蛇妖。

周昇:"凯凯!你别乱来!"

余皓:"他要去哪儿?"

"瀑布!"周昇一看陈烨凯奔跑的路线,便知道他要冲向瀑布,只有奔腾的伊瓜苏大瀑布能抵挡蛇妖的火焰。

巨龙飞来,接住余皓与周昇,余皓抱住周昇的腰,两人一个俯冲,飞向在大地上奔跑的陈烨凯。

"不是衬衣那是什么?"周昇道,"冷静!冷静!想清楚,余皓,他给过你的东西多吗?"

"就那一件……"

"一定还给过什么?你找他要过东西?那天晚上!"周昇想起来了,"刀!刀!手术刀!"

余皓突然想起,喊道:"我们来了!"

陈烨凯身上已经着火燃烧,冲向伊瓜苏大瀑布前,周昇带着余皓,驾驭黑色的巨龙,带领千军万马在伊瓜苏大瀑布前展开防御阵。

"凯凯!接武器——"

两人搭乘在巨龙上,周昇话音落,余皓并起两指,指向天空,闭上双眼,回想起那一夜,掌中倏地血液迸发,继而将漫天的雷电随之一收。

陈烨凯在这堪比末日的雷霆中,立足伊瓜苏大瀑布前,抬头。

蛇妖展翅,穷追不舍,从三人身后飞来。

余皓引领那无边无际的雷电,照亮了黑暗的世间,旋即所有雷电消失得无影无踪,银光一闪,收为一把银白色的手术刀。

周昇两指将手术刀一拈,向大地抛去,手术刀带着雷电,被陈烨凯接住。

"杀了他。"周昇将铁铠上的覆面一拉,聚集力量,全身迸发金火!

余皓与周昇分开。

大天使长展翅,将军亮金箍棒!巨龙喷射龙炎!千军万马,箭矢齐发!

伊瓜苏大瀑布中的水流轰然倒卷,上万吨水流轰然升向天际!

铁铠将军抵挡住了那蛇妖射来的烈焰,紧接着余皓冲向水幕,抓住陈烨凯的手,向空中一甩。

蛇妖怒吼,被周昇的巨龙一按,再挨了金箍棒当头一击,坠向地面。

巨龙拍打翅膀朝后一退,将军跃上半空,抓住飞来的陈烨凯。陈烨凯左手伸展,修长五指间,那把手术刀飞速旋转,将军横过金箍棒,在半空中接力,陈烨凯在金箍棒上一踩，一跃，飞向蛇妖！

蛇妖昂头嘶吼，陈烨凯飞刀换至右手，飞刀出手，如流星般飞去，掠过林寻颈侧，唰地带起一道金光！一声狂叫震荡了整个梦境世界，蛇妖口中爆发出烈火，砰地化作灰烬，在狂风中炸开。

"哗啦"一声，水帘全部垮了下来，余皓被浇了个全身湿透，翅膀重得直往下坠，巨龙穿过水流，接住了他。

"死了吗？"

"死了吧。"周昇掀起覆面，看清了最后的那一幕，又补了句，"死了，没有吧。"

余皓抬眼，望向天空，好像还是没有多大变化，大地上依旧是一片火海，自己麾下的军队，仍紧张地守在大瀑布前，个个弯弓搭箭，警惕着随时出现的敌人。

"他呢？"余皓问。

周昇示意余皓看，只见沥青怪物已全部消失，陈烨凯一身外衣被烧得破破烂烂，站在那火海前。

周昇伸出左手，戴着铁手套的手上，拇指一弹，发出清越声音，就像打了个响指般，坐骑龙缓慢上升，带两人升空，俯览这燃烧的地狱。

"上云层去看看？"余皓问。

"嘘。"周昇答道，"你看。"

陈烨凯仿佛发生了某种奇特的改变，朝外散发着光芒，他走进了燃烧的世界中，却已不惧怕自己内心燃起的烈火。

流水声响不绝，余皓望向远方，只见伊瓜苏大瀑布的水流再次上升，这一次，却是温和地化作水滴，纷纷飞上天空。

坐骑黑龙一声龙吟，周昇便驾驭它飞到一座孤峰上去，这是梦境里最高的地方，恰恰好能远眺整个世界，与远方的奇琴伊察。余皓环顾，发现此地恰好就是他第一次进入梦境时，连接吊桥的天青山孤峰！

陈烨凯消失在了火海中，而就在此刻，整个梦境开始变化了，和风吹来，那是温柔的风，且带着生命的气息。

周昇一身铁铠消失，一手搭在余皓肩上，两人靠在黑龙身侧，眺望远方。

世间白茫茫一片，伊瓜苏瀑布的水升往天际，云层中的雷电尽数消失，紧接着，大雨铺天盖地下了起来。

那雨水洒向燃烧的雨林，烈火便纷纷熄灭，在雨水的冲刷下，飘扬的灰烬渗进土壤，浸入大地。

第8章 ◇ 林寻

周昇随手捶了下趴在两人身边的那黑龙，巨龙抬起翅膀，遮挡住两人的头顶，雨水哗啦啦地冲刷下来。余皓只觉好笑，抬头看，发现这龙抬起来为他们挡雨的翅膀，并在头顶，像拍照时摆心形的姿势。

周昇："傻笑啥？"

"没。"余皓望向远处，"第一次觉得下雨也这么美。"

雨无边无际地下着，天地间尽是白茫茫的一片。

周昇说："下雨天，巧克力和音乐最配，可惜既没有巧克力，也没有音乐。"

余皓："咳咳。"

周昇："……"

余皓："I found a love for me."

周昇："！！！"

余皓的声音清亮而动情，唱起歌时，那龙忍不住侧过头，望了他一眼。

"Darling just dive right in and, I'll follow your lead."

"Well, I found a boy, handsome and bright."

雨细细密密地下着，犹如这世上永不会被忘却的那些悲伤，它浇灭了怒火也哺育了万物。它在山峦中成为溪流，流经内心深处的每一寸土地，汇为河，汇为江，浩浩荡荡，奔腾向海。沥青豹尸体在这雨水冲刷之下，化作土壤消散，数以千万计的树木从大地上开始生长，抽出碧绿的芽，延展。

"Oh, I never knew you were the someone waiting for me. Cause we were just kids when we fell in love... ."

余皓在这细雨纷飞的天幕下，笑着看了周昇一眼，低声吟唱着，他的歌声仿佛回荡在这片天空下。雨停了，一阵和风吹来，云层在风中洞开，无数光柱如从天而降的圣光，落向地面。

陈烨凯站在废墟中央，砖石从废墟中升起，嵌合在一处。

太阳出现了，它在消散的云层间照耀大地，光柱游移，所经过之地，万物生长且生机勃发。它照耀着奇琴伊察，金字塔祭台承托着陈烨凯不断上升，满布青苔的巨石接二连三，自动垒砌起这远古而辉煌的人类奇迹。

"He shares my dreams, I hope that someday I'll share his home... ."

太阳出现了，阳光照耀大地。

阳光也照耀在陈烨凯身上，他那一身被烧毁的衣物化作光粉流动，他的上身衬衣消失，现出白皙的胸膛与健硕的手臂，接着，古印第安人的装束温柔地覆盖了他的全身——上身是两道镶着绿松石的系带，下身则是一袭暗红色的战裙，以及皮猎裤与长靴。

飞鸟出现在林间，洒落的羽毛温柔地飞向奇琴伊察中心，聚集在陈烨凯的发间，形成一顶由上百根隼羽组成的大酋长羽冠。陈烨凯抬头，望向正对着奇琴伊察的天青山孤峰，余皓的歌声响彻这个世界。

"We are still kids, but we're so in love. Fighting against all odds, I know we'll be alright this time....."

太阳出现了，阳光照耀大地。

碧蓝天空上，雨云已尽数消失，唯余碧蓝天空中大朵大朵的柔和的白云。它们的影子行走在大地上，阳光投向密林，树叶明亮得像闪烁金光的大海。林中的飞禽走兽纷纷复活，发出鸣叫。

一头暴龙发出巨响，向金字塔走来，向高处吼叫，继而伏在金字塔下。

太阳出现了，阳光照耀大地，也照耀着周昇与余皓，身边的龙突然起身，拍拍翅膀，飞起消失在天际。余皓与周昇站在孤峰中央，望向远处的奇琴伊察。

陈烨凯朝向孤峰，左右手齐出，将枪与那把手术小刀轻轻地别在腰畔的武器佩囊前，往远方一躬身。

阳光照射奇琴伊察顶端，平台上升起一座木屋，木屋里家具、地板现出陈烨凯与龙生的家的模样。

窗帘飞扬，阳光投入，照耀在餐桌前，闪光的粉末从桌布上缓慢升起，化作两枚指环，光芒一闪，图腾就像茫茫宇宙中的双星，悬浮在空中，围绕彼此，缓慢旋转。

阳光照射孤峰上的废墟，吊桥发出声响，被烧毁的碎木从峡谷底下升起，复原，绳索重新连接。而余皓与周昇身边的瓦砾也随之升起。

白色的砖瓦环绕他们旋转，落地，一层接一层垒成墙，组成尖顶，碎裂的彩色玻璃自动镶嵌，回到窗上，桌椅自动拼凑，回复原位。

孤峰上，出现了一座白色的小教堂，一阵风吹来，花瓣从四面八方飞来，聚为鲜花丛，红毯铺开，周昇与余皓站在祭坛前，一脸茫然。

太阳升起来了，照耀奇琴伊察，照耀了这个重生的世界。

"挺好看。"周昇抬头看看天花板，说，"凯凯是个浪漫的人。"

余皓想了想，说："我想，这儿就是他的避风港吧。"

两人相对沉默片刻。

周昇说："你刚刚被蛇尾捅那一下，可真把我给吓死了。"

第8章 ◇ 林寻

余皓一时不知道该如何回答,两人就这么站在白色的小教堂里,四周全是鲜花。

"我……对不起。"余皓习惯性地说,"我太冒失了。"说完这句后,余皓又觉得有点不对,当时那个情况,根本就没有别的办法,还能怎样?

"没。"周昇反而局促起来,又想了想,说,"回去给你做好吃的,你想吃什么?"

余皓:"你写个菜单吧。"

"行。"周昇说,"那……也没啥好看的了,就走了?"

"走吧。"余皓说,"我得回现实里休息会儿,现在感觉连睡觉都没法休息了,做梦好累……"

这句话戳中了周昇奇怪的笑点,令他笑了好一会儿,两人看看窗外,阳光灿烂,周昇抬起手,正想按在余皓额头上,突然又说:"你唱的这首歌叫什么?回去录一首给我可以吗?"

"当然。"余皓答道。

"晚安。"周昇站在余皓面前,看着他的双眼,一手轻轻地按在余皓额头上。

两人消失的一刹那,更多的光粉飞来,在那白色小教堂中聚集,化作背对正门、安静等待的中川龙生。

阳光轰然消退,余皓睁开双眼。

陈烨凯也起来了,周昇裹好浴袍,与余皓坐在床上,两人一起看着陈烨凯。

陈烨凯走到窗边,拉开窗帘,阳光洒了进来,照在三人身上。

余皓被太阳照得快睁不开眼,陈烨凯眯起眼,侧过头,仿佛躲避着阳光,又像在接受太阳的灼烧与洗礼。

周昇指指浴室,示意余皓快去,余皓赶紧起来,抓着长裤,到浴室洗澡。

陈烨凯站在窗边,望向远方,这座酒店在山腰上,隔着城区,能眺望到耸立着仿佛突破天际的摩天轮——这里正是许久前周昇与余皓坐摩天轮时,拍给他看的"那个漂亮的地方"。

"我没衣服穿了,周昇,穿你的可以吗?"余皓在浴室里道。

周昇:"那我穿啥?"

余皓:"那我穿啥?我不管了!"

周昇拿了件浴袍,径直走了进去,递给余皓浴袍,看也不看他,捡了余皓在地上的衣服,背对浴缸给他洗衣服。余皓坐在浴缸里,看见周昇浴袍下古铜色的小腿。

"他没事吧?"余皓也裹上浴袍,在旁掏耳朵,两人都穿着浴袍,看镜子里的自己。周昇洗过衣服后刷牙,"唔"了声。余皓拿着吹风机,举在头上吹头发,周昇便接过来给他吹脑袋后头,说:"头发长了该剪了。"

"什么?"余皓没听见,一脸茫然地问。

周昇停下吹风机,大声道:"说你越来越难伺候了!"

周昇继续给他吹头,吹完又开始吹余皓的T恤裤子,老半天好不容易吹干,交给余皓,让他滚出去,最后自己洗了个澡。两人穿好衣服,陈烨凯还站在窗边。

"他已经站一个小时了。"周昇道,"没事吧?"

余皓:"陈老师?"

陈烨凯:"我没事,想起了许多过往。"

陈烨凯转过身,朝他们笑了笑,那笑容非常温暖,就像余皓第一天看见他的时候,余皓只感觉那个陈烨凯又回来了。

周昇深吸一口气,陈烨凯沉吟片刻,说:"你是不是很想骂我一顿?"

周昇:"不,我想问你这房间带楼下的自助早餐吗?"

十五分钟后,陈烨凯、周昇与余皓三人,在五星级酒店的花园大堂里,面前摆满了吃的。

余皓:"早餐都这么多吃的?"

周昇:"单买168元一位呢,吃吧,别客气。我也慷他人之慨一下。"

余皓:"你还记得呢。"

陈烨凯只取了一杯咖啡,低头安静地看着手机,余皓知道他在看龙生的信。末了,陈烨凯放下手机,搓了下脸,总算精神了些。

"对不起。"陈烨凯说,"给你们带来了这么大的麻烦,都是我,太危险了。"

周昇随口道:"我们也判断出错,不怪你。"

这是周昇有史以来出错最严重也是最离谱的一次,他与余皓都完全没料到,林寻在陈烨凯的梦中,竟是如此强大,甚至遮蔽了他意识世界中的太阳,最后差一点点就被林寻反杀了。幸而三人在最后齐心协力,突破了层层包围。但这也为两人增添了一个非常重要的案例。

"现在想起来,"周昇向余皓说道,"我爸我妈那些梦,简直都不算个事儿了。"

"对哦!"余皓回过神,跟陈烨凯这奇琴伊察一比,自己的万里长城、施圮的灯塔,统统变成了新手教学模式。

"未来千头万绪,"陈烨凯望向餐厅落地窗外,洒满阳光的酒店花园,说,"但

第8章 林寻

我已获得了重生。'即使被关在果壳之中，我仍自以为是无限宇宙之王。'"

余皓笑了起来，周昇说："想想接下来怎么办吧？老子的自行车比赛资格还没着落呢。"

陈烨凯精神一振，掏出手机，说道："包在我身上，你们需要我做什么，尽管吩咐吧？"

"不用你做什么。"周昇道，"回答我几个问题就行，从咱们认识的第一天起，你帮我们的忙从来都义不容辞，大伙儿就别见外了。"

"我知道。"陈烨凯的嘴角微微勾着，出神地说，"行，都别见外。"

周昇示意余皓，意思是你要问什么，你先问？

余皓等服务员收过餐盘，喝了口咖啡，想了想，说："我没有什么特别想问的，不过我想，龙生有一些话，让我转告你。"

陈烨凯的眉毛稍稍扬了起来，周昇道："龙生的话，我看呢，要么你们空了私下说吧。"

陈烨凯突然说："行，有些话，我也想向余皓解释清楚。"

"嗯。"周昇满意地答道。

余皓："???"

余皓总觉得两人仿佛在打什么机锋，没让自己听明白。他对周昇投去一个"什么意思"的眼神，周昇却不看他，翘着椅子，手指按在餐桌上，漫不经心地叩了叩，眉头深锁。

"那，周昇你想问什么？"陈烨凯道。

"我在想如何表述我的疑问。"周昇道，"之前许多事都整理出来了，但凯凯，你是不是还有别的需要道歉？除了被林寻心理干预这件事。"

余皓："???"

"是的。"陈烨凯点头道，"林寻对我的心理干预，确实很大程度地影响了我，这令我……做了许多错误的决定。从头说起吧，包括咱们聊过的一些事。我想，这样能让你们更清楚点，事情要到……我想想，从我决定回国的那段时间说起吧。林老师……林寻他与梁老师的婚姻，一直存在着很严重的问题……"

陈烨凯认识林寻，最初是在前往纽约上学时，通过父亲的一个朋友介绍，大意是稍微代为照顾。很快，这对教授夫妇就对陈烨凯有了好感，毕竟在年轻后辈里，陈烨凯属于相当优秀的。

陈烨凯也在与林寻夫妻的接触中，逐渐了解了他们的家庭。林寻出身于国内的一个较为贫困的家庭，大学时与梁金敏相恋。梁金敏为他的才华与自信所倾倒，婚后则出资让林寻出国做研究，自己也背井离乡，一同前往纽约生活。在当地的华人圈子里，林寻伉俪一直以恩爱夫妻的形象示人。

但只有陈烨凯知道，私底下林寻出轨的情况相当严重，并与梁金敏闹得不可开交。林寻的嗜好非常奇特，他非常喜欢与有夫之妇发展关系。

"他骚扰女学生？"周昇难以置信道。

"不。"陈烨凯说，"情况更严重。"

林寻非常聪明，骚扰学生是会被投诉的，他的外遇对象，是学术圈子里，那些年轻助教、讲师或研究生的妻子。这些年轻人漂洋过海，来到纽约，安定下来后向美国当局申请家属团聚，把国内的妻子接过来。在申请绿卡或是持绿卡期间，林寻找到机会便乘虚而入，物色好外遇对象后，便与其开始婚外恋。

余皓彻底傻眼了。

"这……"余皓简直无法相信，说，"别人夫妻不会动手揍死他吗？"

"这就看他的手段了。"陈烨凯无奈道，"别忘了他是学什么的。"

婚外情本来就是一个愿打一个愿挨，林寻既有关系又有手段，物色的对象还非常精准，专挑自身也不太干净的男性学者的老婆下手，这些男性学者有的在美国召过妓，有的则与学生传过绯闻。

而林寻身为五十来岁保养得很好的儒雅男人，泡他们的妻子，几乎一瞄一个准。那些年轻人自己则要么有感情污点，譬如说在美国独自生活时劈过腿，要么不敢得罪林寻……最后林寻搞完婚外情，对方还不敢捅出来，因为如果在申请团聚期间发生婚外情的话，移民局会对这段婚姻的真实存续情况予以怀疑，很可能会影响移民手续审批。

而梁金敏对此非常愤怒，与林寻爆发过几次非常严重的冲突，陈烨凯也正是在那个时候，发现了林寻对梁金敏家暴。

陈烨凯有点儿蒙了，毕竟在他的原生家庭里，父母相敬如宾，说话都从不大声，梁金敏被林寻家暴的一幕，给他留下了非常深刻的印象。

他第一个念头就是果断去报警，却被梁金敏阻止了，其后梁金敏无数次与他谈话，恳求他不要报警。毕竟在美国，家暴是非常严重的，林寻铁定会被抓进去。后来林寻则向梁金敏下跪道歉，获得了梁金敏的原谅。

"她为什么不离婚？"余皓难以置信道。

"不会离婚的。"周昇掏出烟盒，点了根烟。

陈烨凯说："我也问过和你一样的问题，梁老师始终爱着他。"

周昇冷笑一声，陈烨凯道："给我一根。"

第8章 林寻

周昇给陈烨凯点了烟,陈烨凯对余皓说:"我很少抽,让我抽一根。"

周昇在余皓的监督下,现在抽得很少了,每天就两三根。

"后来很长一段时间里。"陈烨凯说,"再没有发生过……"

接下来的数年中,陈烨凯始终保持警惕,关注着梁金敏的情况,林寻也几乎没有再动手了。但陈烨凯仍怀疑林寻偶尔会扇梁金敏耳光,或是不留痕迹地对她施暴,然而当事人梁金敏无论如何不愿放弃这段感情,陈烨凯纵然有心也帮不上忙。

那时陈烨凯的心情非常复杂,林寻既提携他,将他当作自己的儿子看待,又有性格中相当阴暗的一面……

"你们不懂那种感觉。"陈烨凯说。

"我明白。"周昇答道,"就像你爸成天打你妈,但他对着你的时候,你却能感觉到他很在乎你。"

陈烨凯无奈道:"是的,除此之外,还有我对他的个人崇拜,他非常有学问,对待学术研究非常认真。拥有学识与专业素养,却摒弃了道德的学者,简直就是魔鬼。"

林寻教给陈烨凯太多,除了专业上的,还有做人与生活的道理。包括感情、朋友、社会、家庭等等,这些都是陈烨凯从未在当律师的父亲那里学到过的。毕竟律师的眼里只有规则,社会就像一台无情的大机器。

而林寻在另一面的人性,始终闪耀无比,在专业上令陈烨凯心悦诚服,道德上却又令他愤怒。幸好,后来陈烨凯就没有再得到林寻婚外情的消息,而一段时间的稳定以后,终于爆发了龙生事件。林寻在这事件中仍然尽心尽力,哪怕力劝陈烨凯无果,最终还是尊重了他的决定。

"当时在这件事上我非常感激林寻。"陈烨凯说,"我甚至没有察觉,其中有任何的异常。"

"后来你毕业了。"余皓说。

"对。"陈烨凯点头道。

硕士毕业后,陈烨凯有足足一年时间,过着浑浑噩噩的生活,他尝试去工作,用忙碌来治疗自己,但压力差点压垮了他。梁金敏劝说他回哥大帮忙,于是陈烨凯偶尔回去,在公司与大学中来回奔波。

数年中,梁金敏与林寻的冲突再次升级,只是没有家暴。林寻劈腿了一个小讲师的老婆,这次事情闹得有点大,梁金敏终于忍无可忍,决定与林寻离婚,两人闹得天翻地覆。出轨对象开始威胁他们，要将林寻的龌龊事爆出来，并起诉他。

林寻祈求梁金敏的原谅，两人谈判后，梁金敏希望林寻回国，告别这烂泥潭般的人生，换个环境，重新开始。恰好梁金敏的母亲年事已高，她也希望回国后能多探望母亲，陪伴在病榻前，如果林寻不愿意，那就离婚吧。

最后林寻服软，答应从今往后，一心一意对待妻子。

原来是这样……余皓总算明白了。

陈烨凯说：" 梁老师问我，想不想回来，恰好华中地区有待遇非常优厚的人才引进计划，他们在美国的一位朋友，介绍了林寻给宁院长认识。鄞市离梁老师的家很近，恰好我高中作为转学生，又在邻市念过一年书，我想，行吧，我就办了手续，先来学院报到。心想别一上来就搞太复杂，申请个班主任职位，放松放松，准备好课题，跟林寻读博……"

"难怪院长对你这么客气呢。" 周昇说。

"因为学院仰仗林寻这种学术大牛。" 陈烨凯把烟按在烟灰缸里，说，"我是他最得意的门生，狗仗人势嘛，薛隆算什么？教导处、团委，对我一个班主任说话都得客客气气的。"

余皓哭笑不得，陈烨凯说：" 但我这条狗的地位取决于主人，你看，现在林寻一开始针对我，院长可绝不会保我。"

"接下来是故事的高潮部分了吧。" 周昇道。

"嗯。" 陈烨凯说，"你们大致也能从前因后果猜到了。"

余皓问："他回国以后又搞婚外情了吗？"

"江山易改，本性难移。" 陈烨凯说，"是的。"

陈烨凯先来报到，处理完余皓的事情后，元旦时林寻与梁金敏也回国了。但林寻又开始故技重施，这次的出轨对象，则是他住在邻市的高中同学的老婆。他们私下约会两次，第二次就被梁金敏发现，夫妻二人间再次爆发了争吵，接着林寻开始在家中上演"全武行"了。以前在美国许多招数不敢施展，因为会被抓去坐牢，在国内打老婆可没人管，哪怕报警也当家庭纠纷处理，民警来过以后劝劝就回去。

林寻在美国一口恶气憋了将近十年，这下终于可以尽情地变着花样，殴打妻子了。

"打完师母后，" 陈烨凯道，"过一段时间，他就自己扇自己耳光，痛哭流涕，向师母下跪道歉……"

第8章 林寻

周昇难以置信道:"这人真是恶到了极致。"

余皓不太理解周昇所说的,陈烨凯却道:"对,你也感觉出了,他是在演戏,他的下跪、流泪、恳求饶恕,全是在戏弄师母。"

余皓:"……"

余皓刹那间只觉得整个认知都被颠覆了,陈烨凯说:"以我对他的了解,那个时候他一定把这个过程当作一种游戏,一种猫捉耗子的游戏。师母被他操纵着,他通过自己的表演,得到师母的原谅,再打她,再恳求她的原谅,再打她……无限循环。林寻也许觉得这很有趣,只有魔鬼……才会这么做。"

余皓顿时心中生出一阵恐惧。

陈烨凯又说:"我想尽了所有的办法,只有离婚一条路,可我没有证据,我想带师母去验伤,师母拒绝了我。当事人不愿意配合我,我只恨自己什么都做不了,我求助于黄霆,约了师母,但临到最后一天,师母她又改变了主意,反反复复……我还不能让林寻知道我私下的行动,他对我太了解了,有时候只是几句对话,他就能猜测出我在想什么。"

"这很艰难。"陈烨凯道,"但就在余皓你登台的不久后,师母突然约了我。"

"我?"余皓茫然道。

陈烨凯点了点头,又道:"她说,那首歌,以及唱歌的你,让她想起了曾经的龙生,更想起了在美国的日子。那天我们聊了很多,不可避免地聊到了你……她不知道自己的生活为什么就过成了这样,她一次一次地原谅,又一次一次地被伤害,她不相信所谓的命运,但她也再没有勇气去为自己的逃避寻找任何理由,总之,她终于决定离婚了。"

要离婚,程序将会非常烦琐,除了离婚之外,梁金敏也已决定不再放任林寻继续这样下去,在见陈烨凯前,她想办法搜集林寻一直以来出轨的证据。

结果无意中,在苹果账户上通过足迹记录,梁金敏发现了四年前,林寻去过陈烨凯家楼下不远处的一家咖啡厅。

那天,梁金敏一件一件地向陈烨凯展示证据,提起这件事时,陈烨凯不知道为什么就突然想到,毕业答辩的前三天,确诊抑郁症后几乎足不出户的龙生,那天却反常地出去了一趟,回来还给陈烨凯带了一块……

"拿破仑蛋糕。"余皓说。

"对。"陈烨凯冷静地说,"我问他去哪儿了,见了什么人,他说只是去中央公园晒晒太阳。梁老师问我,那天林寻到我家楼下去,是不是找我了?还是约的别人?其他日子我也许不记得,但那一天我记忆非常深刻,林寻不在实验室。他一定约了龙生。可是事后,龙生没有对我提起。"

"但他什么证据都没有留下。"周昇说,"你根本拿他没办法。"

那天与梁金敏谈完,陈烨凯与她分开,梁金敏还约了另一位朋友,把车借给了陈烨凯。陈烨凯开车,心神不定地送余皓回学校。

数日之后,即过年前,陈烨凯原本准备开车,送他俩上高速,回梁金敏母亲家过年,但林寻临时改变了主意——他决定带梁金敏去高中同学家,与对方夫妻一起过年。

"去出轨的对象家里?"余皓问道。

"对。"陈烨凯道,"你觉得这可能吗?"

"你师母不会答应的。"周昇道。

陈烨凯点头,说:"这就是林寻精密布置之下,唯一的一个漏洞。除去当事人之外,只有我知道内情,但仅限于师母的转告,也无法充当任何证据。

"那天林寻让我不用来接了,他自己开车过去,当天傍晚,在高速路上就出了车祸。我和黄霆都觉得这是一场蓄意的谋杀,可无论怎么查,都查不到任何蛛丝马迹。他俩以前在国外就曾经因不系安全带,被罚过款。"

紧接着,陈烨凯开始意识到不对了,从除夕夜到年初一,他陪在梁金敏病床前,初一晚上周昇与余皓走后,陈烨凯等到林寻,这是事故之后的一个月里,他们唯一的一次对话。

陈烨凯想尽办法,想从林寻处套出任何可能有用的线索,并提前打开了录音,但林寻根本不会输给陈烨凯,更可怕的是,他在严密防守的同时,嘴角始终带着一丝若有若无的笑容。

"他想告诉我的是,'对,你猜对了,全是我做的'。"陈烨凯道,"他知道我一定开了录音,于是他既防御,又回击,说着愤怒、伤心的话语,脸上却带着嘲讽的笑容。"

余皓顿时不寒而栗。

林寻只给了陈烨凯二十分钟时间,便离开了病房,接着余皓回到病房给陈烨凯送吃的时,便看见了他跪在梁金敏面前哽咽的一幕。

"再后来,黄霆例行约谈过他几次。"陈烨凯道,"但他的段位太高了,连黄霆都问不出什么,学院还非常介意这件事,反复向警方施压。黄霆只能盯着林寻,期待能抓到他与婚外情对象碰面的证据。"

而后过了许久,黄霆与陈烨凯一再商议,案子却一筹莫展,只能压着,他们还有一个希望——等待梁金敏醒来。

第8章 ◇ 林寻

"林寻不会给你们这个机会。"周昇道,"如果前面所有猜测成立的话,他会耐心地等,等着接梁老师回家,再次谋杀她;或者等她病情恶化,放弃治疗,他是法律认可的家属,有签字权。"

"也许。"陈烨凯说,"黄霆让我耐心,不要去探望师母,装作无事发生,让林寻放松警惕。但接下来的很长一段时间,没有任何进展,我已经没有办法再等下去了,只要最开始的风头过去,林寻一定会着手对付我。"

林寻暂时搬回学院,春游的那天夜里,陈烨凯拿着手术刀,等在了教师宿舍楼下,而那天里……

"当时你真的想杀他吗?"余皓道。

"不,我要逼问他。"陈烨凯说,"上来就一刀杀了他倒不至于,那天我开着手机录音,喝了酒,想借酒壮胆,把刀架在他的脖子上,逼问他实情。"

周昇简直不知该如何评价:"你觉得他会说?"

"我不知道。"陈烨凯道,"但那是我唯一的办法,我知道他有一个弱点——他很怕死,非常怕死。"

余皓:"啊?怕死?他不是学心理的吗?碰到危险,应该会冷静地周旋才对吧?"

陈烨凯点头道:"以前我陪他做社会调查访谈时,有一次深夜回去,碰上一伙人持枪抢劫,路边还有一具尸体,当时他非常恐惧,不像是装出来的。"

"他完全不敢反抗,面对死亡的威胁,他走不动,也想不出什么办法来,当时只能靠我和抢劫犯周旋。"陈烨凯说,"抢劫犯是一群少年,非常残忍,我们把身上的钱给了他们,他们还不满足。有时候对这些人,你必须比他们更凶,凶起来,对方反而一下就厌了。过后抢劫犯自己离开,我马上报警、做笔录,黑暗里头我们没看见,到警察局时,我才发现当时林寻吓失禁了。"

周昇顿时只觉得好笑:"有这么怕死?"

陈烨凯:"很正常,人有怕死的,也有不怕死的。生活里许多人不曾真正地面对过真实的死亡,所以对自己缺乏清醒的认识……不过不讨论这个了。当时我想,如果他意识到我真的会杀他,也许会吐露出一些真相。"

余皓道:"可是这种取证方式,也不能当证据采用。"

"对,"陈烨凯说,"不能。我也不知道为什么会那么做,一时的冲动与愤怒蒙蔽了我的双眼,就像梦里无处不在的雷电,我甚至想过杀了他,总之,幸亏有你们。"

第二天早上,陈烨凯提出了离职,院长却没有丝毫意外,当天上午就批了。

再接下来，就是其后发生的一系列事情……

"没了。"陈烨凯道，"整个经过，就是这样。顺便再补充一句，帮林寻做离婚咨询的，是我爸爸。我爸最近的十二年里，打官司从来没输过。"

周昇与余皓各自靠在椅子上，都现出一副头疼的表情。

陈烨凯道："再问我点什么？任何事，我都可以回答。"

余皓看看周昇，再看陈烨凯，说："我们直到现在，都没有想过，如果……呃，我的意思是，在这所有的事情中，万一，我的意思是说，万一林寻他真的只是被冤枉的呢？"

"我想过。"陈烨凯微微笑了起来，答道，"所以我始终在煎熬，但我对林寻太熟悉了，我与他认识将近七年，他想说什么，说了上半句，我就能领会下半句。你问我他是不是对我进行了心理干预，现在回想起来，我可以肯定地回答，是的。"

"他想放逐我。"陈烨凯道，"他要把所有不确定的因素全部消灭干净，哪怕是猜到他动手打梁老师的周昇。他非常善于捕捉微小的细节，再把它放大，诱导你自己踏入错误里，但他这一次明显错估了你们。他不会想到这一切背后居然会有超自然力量在发挥作用。"

周昇说："没有证据，不能对任何人定罪，这很正确，咱们现在也并不是要给他定罪，不是吗？"

"嗯……"余皓想了想，确实如此。他们现在也并不打算对林寻做什么，根据疑罪从无的原则，目前也不会有人去找林寻的麻烦，除非得到新的证据。

三人又沉默下来，陈烨凯捋了下头发，他的头发也有点长了。

"带你们去剪头发？"陈烨凯说。

"我还有一个问题。"周昇忽然道，"凯凯，你这么有钱，你的钱到底哪儿来的？你不是早就和家里断绝关系了吗？"

余皓心想对哦，但这话题实在太八卦了，他从来不好意思问。

周昇怀疑地看陈烨凯，陈烨凯无奈，笑道："毕业以后我和一位学长合伙，开了家科技公司，做大数据和心理与行为分析，包括人群画像，一些集体趋势预测……就是那个，帮我查主页访问IP地址的学长。"

"哦——"周昇点了点头。

"不少软件和网站都很需要这项服务。"陈烨凯说，"原本说好，公司要在纳斯达克上市，但后来我实在不想做了，我们就把公司卖了。"

余皓心想公司能卖多少钱？但他忍住了没问。

第8章 ◇ 林寻

周昇确实也很想问,但也一样没问。

"以前的数据分析框架,现在很多网站还在使用,每年还会定期付我们一些专利费用。怎么?周昇,你需要用钱吗?需要就随时开口……余皓你也是,别和我客气。"

周昇忙道:"我就好奇下。"

陈烨凯随口道:"你家有的是钱,钱反而不重要了,人生,能过得开心就好。"

周昇道:"那都是我爸的,哪天等我出了社会,能不能活下来还难说呢。"

"你怎么会在乎这种事?"陈烨凯笑了起来,想了想,说,"这样吧,早上我稍微计划了下,现在最适合做的事,就是先不惊动任何人。"

"嗯。"周昇答道,"这是最合适的办法,而且你既然都离职了,就不要再回学校了。"

"我先找个地方住下来。"陈烨凯道,"空了找黄霆,把头绪理清楚。你放心,周昇,哪怕我死,这些事我也绝不会对任何人说。"

"我相信你。"周昇道,"没关系。"

"你们还是先回学校。"陈烨凯道,"现在只有你们能监视林寻。"

"他要真这么容易露出马脚,"周昇无奈道,"你自己就收拾了,还用得着我们?"

"不一定。"陈烨凯说,"在他的印象里,我可是已经走了。"

"你只要没死,"周昇说,"他一定会非常提防。不说了,今天也累了,我们就先回……等等,今天是周一?!"

余皓才想起来,早上有课!而且他们把闹钟都关了,这时一看手机,里头足足有四百多条未读消息,薛隆在群里对两人一顿狂骂——早上一起翘课,消息不回。检讨稿子呢?马上把检讨发言稿交上来!

傅立群则淡定地问两人,在酒店外头没找着,到底跑哪儿快活去了。

"还有二十分钟就开年级大会了哦,快点回来哦。"傅立群的声音在四人群里说。

余皓:"完蛋啦!今天要做检讨!怎么办?!"

"怕毛。"周昇道,"放着我来!"

余皓不由得想起上一次被在年级大会上做检讨支配的恐惧。周昇却完全不在乎,打了辆车到学校门口,两手插兜里,运动服兜帽罩着头,霸气侧漏地从多功能教室前门直接走了进去。

后面则跟着个快速通过、到班级位置去坐下的余皓,顿时引起了一阵哄笑。

薛隆站在台上，一脸愤怒。余皓坐下后扫了一眼，林寻没来，这人也当真奇怪，让周昇做检讨，自己居然不来听。

周昇径直走到台上。

薛隆："……"

"咳！"周昇一手插兜里，另一手拿过话筒，说，"喂，喂，听得见吗？"

又是一阵哄堂大笑，整个多功能教室里的人在疯狂喝彩、拍桌子。余皓一手扶额，又想起几个月前自己做检讨的场景，那时陈烨凯坐的位置，如今已空了。

"对不起啊。"周昇又说，"今天我在这儿，真诚地朝雷洪波同学，以及三班的各位道歉。"

整个多功能教室里静了。薛隆那脸色极其难看，周昇却礼貌地一鞠躬，说："当时是我一时冲动了，希望大家都别往心里去，以后我一定会克制自己，有话好好说，不会再打架了，请同学们一起监督我。"

这个语气瞬间令余皓十分意外，余皓本以为他打算巧言利口地调侃几句，没想到周昇居然认认真真地道歉了。

再看三班那伙人，脸色稍松懈了些，二班又开始集体鼓掌，为周昇叫好。

周昇的视线一转，瞥向余皓，与余皓对视，余皓马上给他鼓掌，做了个"帅"的口形。周昇带着笑意，又突然说："至于我们宿舍的余皓，大伙儿也给我周昇个面子，别总是有事没事逗他玩，好吧？"

瞬间全场哗然，余皓还没回过神，背后体育二班一伙人笑得趴在桌上。

周昇又说："还有关于林老师，虽然今天他不在，我也要朝他诚恳道歉，我不该在学校里胡说八道，请林老师原谅。"

"谢谢！"说着周昇再鞠躬，教室里的人全部转头，四面八方无数目光，一起集中在余皓身上。周昇站直时，马上又没人再看余皓了，各自假装若无其事。

周昇那目光突然变得十分犀利，扫了场中一眼，刹那间带着锋芒，片刻后又恢复了懒洋洋的模样，把话筒递回给薛隆，走下台来。

"好帅啊。"

余皓听见前排有女孩小声开始议论周昇，不少人以前似乎都没怎么发现周昇的帅，今天大家纷纷感觉到了周昇那种粗犷又自信的气质，这家伙一旦彬彬有礼起来，那眼神真是能令人沦陷的。

薛隆开始说旷课与各学科平时分的情况，通告陈烨凯辞职。不知不觉已是初夏季节，天气渐渐地热了起来，再过一个多月，大一就要过去了。

第9章
隐 瞒

校园里的蝉开始鸣叫，体育系的男生们也清一色地换上了T恤短裤。余皓与周昇、傅立群在食堂里吃小炒时，傅立群终于忍不住，问昨天到底发生了什么。周昇在桌下踢了踢余皓，意思由他来处理，接着将林寻家暴梁金敏、意图逼走陈烨凯的事扼要和傅立群说了下。

傅立群那表情十分复杂，周昇却一脸淡定，傅立群道："这事儿不好解决啊。"
余皓问："如果解决了，你觉得陈老师还会回来吗？"
"不会了吧？"周昇有点遗憾地说。
傅立群道："可惜了这么好的老师。"
三人一时唏嘘无比。

入夜后，陈烨凯给周昇打了个电话，周昇躺在床上，从床栏一侧递过来个耳机，让余皓听着。
"自行车比赛的事搞定了。"陈烨凯在电话里说。
余皓差点就叫起来，太好了！
周昇仿佛早就料到了结果，只是漫不经心地"嗯"了声。
"下午我给大赛组委会打了个电话。"陈烨凯说，"其实我也没做什么，薛隆提前通知了那边，但是，组委会似乎并不把他放在眼里。"
周昇瞬间"噗"地笑了出声。原来下午陈烨凯听到了组委会办事处的一顿吐槽，先前是他帮周昇报的名并盖上公章，留下的也是他的联系方式。薛隆这次以学院的名义要求组委会取消周昇的参赛资格，组委会问发生了什么事，薛隆便如实告知，周昇因为打架被通报批评，建议取消其参赛资格。

但组委会的意思是：不好意思，我们不接受您的建议，我们是公司赞助的活动，只要参赛学生没犯法被拘留、没被劝退，还拥有大学生身份，哪怕留校察看了，也同样有资格参赛。言外之意是通报批评关我们什么事？你们想教育学生自己教育去，运动比赛是神圣的，不会配合你们当作惩罚的手段。

陈烨凯本想亲自跑一趟组委会，结果听了一通吐槽，简直笑得不行，最后那边让他通知周昇一切照常，时间到了按流程参赛就行，才把电话挂了。

"我猜薛隆会继续瞒着你这事儿，"陈烨凯道,"让你以为资格被取消了，你也别和他置气，不值得的，总之该做什么做什么。"

"行。"周昇随口道。

决赛日期在暑假，还有一段时间，周昇抬起一手，余皓会意，笑着与他击掌。

至于林寻案，陈烨凯的回答是："已经和黄霆沟通过了，接下来需要耐心等待。"

距离车祸，已过去了四个月，梁金敏仍躺在医院里尚未醒来，林寻开始向院方申请，要把梁金敏接回家中，院方则建议林寻再观察一段时间。黄霆与同事们每天监视林寻的一举一动，等待他在什么时候露出马脚。

陈烨凯则开始搜集林寻在国外出轨的证据，这相对来说非常困难，但大致有了头绪。如果梁金敏能醒来，说不定可以给林寻决定性的一击。

"一定有办法的。"陈烨凯说，"我联系上林寻以前的出轨对象，有几位愿意为我提供证据，这周我准备回纽约一趟，约她们谈谈。"

"祝你好运。"周昇说。

"许多事看上去被迷雾遮挡着，"陈烨凯如是说，"但我现在相信，总有拨云见日的一天。"

一连数日，学院里显得异常平静，陈烨凯的离开似乎没有掀起太大风浪，但余皓却感觉到了，原本陈烨凯带的这两个班中，大家都在私底下议论着什么。而将近一周时间里，余皓总觉得哪里不大对劲，却又说不出来。

从奇琴伊察出来以后，周昇的态度突然一下也变得怪怪的，看余皓时仿佛总是有话想说，开玩笑也变少了，偶尔还莫名其妙地有点生气，似乎在相处时总克制着自己别与余皓吵架。

"你不高兴吗？"

"没有啊。"周昇的一贯回答就是，"打游戏吗？"

"真没生气？"余皓观察周昇表情。

"没有，你说什么呢！"周昇道，"怎么会觉得我生气？我又不是火药桶。"

而余皓看周昇与其他人，却还是有说有笑的模样。先前周昇说给他做饭吃，也真的给余皓做饭了，还用漂亮的糖水风光照片硬卡纸，写了一份方便在寝室里做的菜单，让余皓点菜。

"真的可以点吗？"余皓难以置信道。

"点啊！"周昇莫名其妙道，"这不是你自己要求的吗？"

幸福来得实在太突然了，余皓一下子陷入极度的眩晕之中，道："我那天

第9章 ◇ 隐瞒

只是说说……"

"你耍我啊!"周昇把菜单一摔。

余皓忙道:"太好了!我是说!嗯,我想先吃干笋焖红烧肉……"

"哦。"周昇一脸无聊地说。

余皓:"可以叫哥哥一起来吃吗?"

最近傅立群蹭两人的饭,自己都蹭得有点不好意思了,前天余皓见傅立群打了半斤饭去泡免费的汤,实在于心不忍,把菜分了一半给他。

"不可以,叫他吃屎。"周昇随口道。

余皓:"……"

但一小时后,傅立群像条心花怒放的大狗,提着菜回来了,显然是周昇微信转钱,让他去超市买的。

"少爷,做饭对不?做饭是吗?做饭大大的好!"傅立群说,"我来帮忙!哇!这是什么?还有菜单!随便点吗?炒这一页!少爷!背面还有吗?"

"余皓点了你才跟着吃!"周昇马上道,"你不能点!"

周昇的菜单简直照亮了傅立群的整个人生,周昇在寝室里做了两菜一汤,麻婆豆腐与干笋红烧肉,一个莲藕炖排骨汤。接下来只要周昇下午与晚上没课,就会在寝室里弄点吃的给余皓吃,一个电磁炉,一个电饭锅,在周昇手里能翻出不少花样来。

傅立群泪流满面道:"终于不用吃食堂里的红烧猪咪咪了。"

"周昇?"余皓见周昇在发消息。

"嗯。"周昇说,"你们先吃。"继而拿着手机,脸色凝重地到阳台上去了。

周昇:"情况怎么样?"

陈烨凯:"你看一眼这个表格,行动计划都在这上面了。真的能进师母的梦里吗?"

周昇:"不确定,我尽力一试。"

陈烨凯:"瞒着余皓,会不会出什么问题?"

周昇:"不是说全听我的吗?"

陈烨凯:"好吧,我只是有点担心。"

周昇:"还做什么行动计划表,就不怕泄露出去。"

陈烨凯:"只有你和我知道,前边现实里寻找证人这部分,我还发了黄霆一份。放心吧没什么事,林寻再厉害,总不可能查得到咱们的微信聊天记录。"

周昇:"行吧,先按这计划来。"
陈烨凯:"我想问一个问题,周昇。"
周昇:"关于梦的内容,一切拒绝回答。"
陈烨凯:"不,关于余皓。"
周昇:"那你问余皓去啊,问我做什么?"
陈烨凯:"不好意思问"
周昇:"??"
陈烨凯:"😊"
周昇:"😊凯凯,你脑子没问题吧?"
陈烨凯:"没什么。"

"你心情不好吗?"过了几天,余皓回到寝室里时,又见周昇一脸无聊,戴着耳机一边听歌,一边焖鸡中翅。

"啥?"周昇烦躁地摘下耳机,莫名其妙地打量余皓,说,"没有!你怎么总问这种问题?"

余皓忙摆手,事实上他总觉得周昇最近气场很不对,会不会是每天给他做饭吃太麻烦了?不过一个礼拜眨眼就过,承诺兑现,只不知道下次能吃到好吃的,要到什么时候去了。

但这周结束后,周昇又问余皓:"明天想吃什么?"
余皓答道:"已经过了一周,不做了吧?"
周昇道:"有空就给你做啊,明天晚上又没课。"
余皓震惊了,周昇打量余皓,皱眉道:"怎么?"
余皓说:"还是算了吧。"
周昇难以置信道:"哟!给你做饭你还不吃了?"
余皓叫苦道:"我是怕你麻烦。"
周昇:"真不麻烦!余皓你最近咋了?怎么这么奇怪?"
余皓心想奇怪的人是你才对吧!
傅立群忙道:"不要啊!少爷,咱们继续做饭吧!"
周昇不理会傅立群,对余皓道:"哦,余皓你吃腻了吗?那吃几天食堂,换换口味吧。"
余皓忙道:"没有,我真怕你麻烦,每天做饭太花力气了。"
周昇却不理会他,起身换了件T恤,余皓说:"那件你昨天刚穿过,阳台有

第9章 ◇ 隐瞒

晾干的……"

"没事,待会儿我自己洗了。"

"你去哪儿?"

"跑步!"

周昇带上门,走了。

余皓看看傅立群,一时有点儿尴尬。

傅立群:"???"

傍晚,周昇一直没回来,傅立群打开笔记本电脑,让余皓过来一起看综艺节目。余皓看了一半,说:"哥哥,我怎么觉得周昇最近有点奇怪。"

"啊?"傅立群没明白过来,把音量按小,说,"奇怪吗?不觉得啊?"

余皓:"哦……是吗?"

傅立群道:"我觉得你比较奇怪。"

余皓:"哪有!"

傅立群想了想,说:"你俩是不是因为啥事儿吵架了?"

余皓道:"我们就没吵架。"

傅立群说:"他在班上还是那样……不过这么说来,你俩好像确实挺奇怪的。对哦,周昇最近怎么不太主动和你说话了?"

余皓道:"对吧。"

傅立群怀疑地看余皓,余皓说:"不知道为什么,总觉得他像因为什么事儿,一直在生我的气。"

"你问他去呗。"傅立群道。

"问了。"余皓道,"他也说没有。"

傅立群突然笑了起来,余皓茫然道:"笑什么?"

傅立群摆摆手,说:"看视频吧!"

余皓道:"唉,我没心情。"

余皓对周昇的各种行为与表现,总是患得患失的,他一直比较敏感,哪怕只是普通朋友的一个眼神都能感觉出异样,更何况周昇?

而自从上次周昇做过检讨后,年级里的同学也没有再开他俩的玩笑了,周昇那天话里有话,仿佛不是检讨而是威胁——"你们再敢说余皓什么,当心挨揍"。一战封神外加那认真的态度,谁也不敢再背后议论余皓。

周昇快步下了宿舍楼,看了眼手机,开始回陈烨凯消息。

陈烨凯:"确实,上一次太危险了。"

周昇:"反正进去一次,把她从潜意识里带回到梦境世界中,先不管什么太阳不太阳的,只要她醒过来,许多事就迎刃而解了。你确定她手上有对林寻的致命证据?"

陈烨凯:"我想是的,我们最后一次谈话,就围绕着这一点展开,但既然林寻监听了我们,也许他会设法毁掉证据。希望一切顺利吧。"

周昇:"我跑步去了。"

陈烨凯:"空了出来喝酒吧。"

周昇:"哦☺。"

周昇两手按着田径赛道,抬起头,望向阴霾满布的天际线。

田径场建在半山腰上,背后群山环绕,面前则是一望无际的辽阔城市,周昇没有跑起来,反而起身,站直,再躬下去。

这一刻他突然有种预感,他也许要失去余皓了。

梦里的那一刻,无数次地出现在他的回忆中,余皓张开的翅膀,扑向他时刹那的拥抱,周昇在错愕中,看见尖锐的蛇尾呼啸着掠过面前。

"那天你真是吓死我了。"周昇只会翻来覆去地这么说,前几天进余皓梦里,在长城下教他跑酷上城墙时,周昇接住掉下来的余皓,让他站好,忍不住又说了句。

"你都说好几次了。"余皓道,"你是复读机吗?我以后一定会小心,一定的!"

"你还知道顶嘴了?"周昇不认识他般地看着余皓。

余皓笑了起来,可是能怎么小心呢?那个时候,这么做是唯一的办法啊。

寝室里。

"谈恋爱了吗?"傅立群说。

余皓想了想:"哦,有点像,对,可能是谈恋爱了吧,对哦!他最近一直不知道给谁发微信!"

每天只要醒着的时间里,他们除了上课,大部分时间还是在一起的。余皓发现周昇最近发微信的频率很高,常常皱着眉头看手机。

"但也不对啊。"余皓说,"他没给谁打电话'煲粥',谈恋爱不是喜欢打电话吗?"

余皓想起在周昇的生活里,仿佛确实有某个人,承包了一些微小而隐秘的

第9章 ◇ 隐瞒

细节,譬如说上次他们仨一起跨年时,周昇带着笑容打电话的对象。

那是他的避风港吗?余皓正在换T恤,想到这,像是一直在面前的迷雾,突然间散去,思绪清晰了许多。

电扇在头顶嗡嗡地响着,闷热的寝室里涌动着一股低压。雨将下未下,没有一丝风,草木安静地等待着暴风雨的降临。

余皓到运动场上去找周昇,想起他们最近也几乎没在梦里见面了,上周他模模糊糊地记得,周昇来过他的梦,两人在长城下玩跑酷,想顺着城墙跑上去。但不知为什么,有些梦记得很清楚,有些梦却在醒来以后几乎全忘了。

就像除夕夜里,他与周昇一起在京城看烟花一样,梦里周昇说过的话,在醒来后就几乎什么都记不起来,长城下也一样,仿佛周昇刻意地抹掉了关于某些梦的记忆。

余皓走过校道,忽然想起陈烨凯,低头给他发了消息。

"陈老师,我可以问一个问题吗?"

陈烨凯秒回道:"怎么了?"

余皓抬头,望向田径场上,周昇跑完步,浑身被汗湿透,躺在草地中央,望向天空。

"吃饭去?"余皓对周昇道。

周昇脸上现出帅气的笑容,戴着耳机不知道在想什么,余皓喊道:"周昇!"

周昇没回答,只是躺着喘息,明显刚跑完。余皓上前去要摘他耳机,周昇闭着眼道:"在呢!吵啥?"说着抬起手,做了个枪的手势,向余皓"砰"了下,再摊开手掌。

余皓拉他起来,两人前去食堂,周昇玩着手机,就像一切都没发生过,往余皓的手机看了眼,发现陈烨凯的微信头像,问:"凯凯怎么说?"

"没音讯。"余皓道,他决定现在先不与陈烨凯聊别的,免得被周昇看见。

这夜,余皓躺在床上,陈烨凯给他打来电话,余皓忙挂了,微信发了消息过去:"这里说。"

余皓看了眼周昇,周昇正躺着,戴耳机发微信,手机屏幕恰好向着他这边。余皓看见周昇的屏幕停留在与陈烨凯的聊天框里,陈烨凯一连发了十来段长达一分钟的语音,周昇则打字回他消息。

他们在说什么?为什么不在群里说?余皓觉得有点奇怪,他和周昇、陈烨凯有个三人的群,这么看来,最近周昇似乎一直与陈烨凯在联系,讨论着什么。

陈烨凯:"下午想问我什么?"

余皓:"陈老师,你以前有过喜欢的女孩吗?"

陈烨凯:"怎么突然问起这个了?"

余皓意识到聊这话题有点不礼貌,寻思着想说点什么打岔,让陈烨凯不用理会时,陈烨凯却回了长长的一串。

"从有两性意识开始时,我想我对异性的感情是正常的,喜欢漂亮性感的女孩,高中的时候也偶然接触过相关的知识,对异性会产生欲望。出国留学后,会对知性、温柔的,大我个一两岁的姐姐有好感。只是相对来说,家庭教育比较保守,在婚前性行为上看得比较重。"

余皓没想到陈烨凯居然会这么认真地答复自己,毕竟讨论这个话题实在不好意思。

余皓:"好,我知道了。"

陈烨凯:"明天见个面,一起吃午饭?正好也单独和你聊聊。"

余皓:"???"

"周昇?"余皓抬眼,看床另一头,脑袋朝向他躺着的周昇,"明天我……"

周昇一瞥余皓就知道他想问什么,说:"凯凯约你了?去吧。"

傅立群洗澡去了,余皓说:"你最近经常找他吗?私下聊什么呢?"

周昇:"不关你事。"

余皓:"怎么不关我事了?!"

周昇:"我说不关你事就不关你事,余皓,你想吵架吗?"

余皓感觉到有点不对了:"你们已经讨论过案情了吗?为什么不告诉我?"

周昇一个翻身坐起,看着余皓。余皓道:"情况怎么样,我也有知情权啊。"

周昇想了想,说:"就随便聊聊,真有重要事儿会提醒你的。"

余皓怀疑地看周昇:"是吗?"

傅立群洗完出来了,余皓与周昇便终止了这个话题。余皓答复了陈烨凯,陈烨凯只让他明天在学校门口等:"有话见面了说。"

第二天中午,陈烨凯叫了辆车,接了余皓,他人却不在车上,车穿过小半个市区,到CBD附近去,定位是一家泰式餐厅。这里是个高端住宅区,几乎不会有学生来活动,两人也就不容易被碰上。

陈烨凯坐在小包间里落地窗前,低头看手机上周昇发来的信息。

周昇:"珍惜点吧,结束以后你关于这段日子的记忆,很多就都没了。"

陈烨凯:"我知道,咱们说好的,但我会忘得一干二净吗?过后我也会起

第9章 ◇ 隐瞒

疑吧?"

周昇:"看你想保留多少,至少关于异能和梦境,是不能留下的,只要不是大面积遗忘,少部分记忆片段的消失不会让你起疑,因为我们不会去特地找一件自己没有的东西。"

陈烨凯:"记忆遗忘机制是基于什么原理?擦除还是封锁?"

周昇:"问这么多做什么?最方便的是让你的记忆大致退回到某一天去,剩下的全都模糊化处理,或者让你自己编个虚假记忆,给它覆盖掉。"

陈烨凯:"听起来很奇幻。"

周昇:"也没那么奇幻,找到你梦境里对应的地方,确定那一片在哪里,再拆掉重建,或者全部推平就行了。找起来有点麻烦,但梦里多得是时间慢慢寻找,你又是梦境的主人,不至于发现不了。"

陈烨凯:"那可以让我自己选择时间吗?"

周昇:"你想退回到哪一天?"

陈烨凯:"学院庆的第二天。"

周昇:"操作起来不那么精准,尽量吧,不保证。"

余皓以为黄霆也会在,但小包间里,却只有陈烨凯自己。餐厅中午客人很少,陈烨凯点了菜,说:"今天天气不怎么好,放晴的话,景色很漂亮。"

余皓看见陈烨凯时,发现他的头发理了个圆寸,快比周昇头发还短了。圆寸非常考验脸型和头型,而陈烨凯这家伙简直是三百六十度无死角,换个发型反而显得阳刚了许多。

"好看吗?"陈烨凯笑着摸摸自己头发。

"帅。"余皓笑道,"你要是出现在学校,又要被起哄偷拍了。"

落地窗外阴云密布,朝外望出去,一片雾蒙蒙的。

"这餐厅很贵吧!"余皓只觉得仅装修风格都有点让他胆战心惊。

"还行。"陈烨凯没让他看菜单,也不打算让他知道价格,当然更不会像周昇一样炒一整本,说,"就当陪我吃,本来也打算吃这家,泰餐酸辣开胃,今天心情正好,想多吃点。"

余皓顿时有种和总裁约会的感觉,幸好出门前周昇提醒他,让他换身衣服,否则自己穿着T恤大裤衩一字拖就打算出门了。

"我在楼上租了套公寓,暂时住着。"陈烨凯说,"都准备好了,你就不用担心了。"

余皓:"准备好了？什么准备好了？"

陈烨凯:"案子有不小的进展，我得到了两位愿意配合我的当事人的笔录，因为是跨国证人，会有一点麻烦，但都可以解决。"

余皓:"太好了！还有呢？"

陈烨凯想了想，又说:"现在最关键的是，人为制造车祸的过程，还缺少证据。周昇给我提供了一个设想，即证明师母在被带上车时是昏迷的，一旦这一环成立，林寻就没法抵赖了。"

余皓猛地说:"对！"

如果梁金敏在除夕下午，被林寻带上车时已经陷入了昏迷，那么林寻为什么要携昏迷的妻子上车，不为她系安全带，还载她上高速，甚至去拜访朋友，这一连串就再也无法自圆其说。

余皓疑惑道:"可周昇什么都没告诉我啊！"

陈烨凯道:"我们就随口聊了下。"

余皓说:"梁老师如果能醒过来，应该对案情有很大帮助。"

"嗯。"陈烨凯说，"但从目前来看，需要耐心等待，我相信未来是乐观的。"

餐前上了一小盘虾片与沙拉酱，余皓没有动，看看外头，又看陈烨凯，陈烨凯恰好也在看他，余皓被看得有点儿不好意思。

"周昇说什么了？"陈烨凯突然问，眼里带着狡猾的笑意。

余皓:"？"

没说什么啊，余皓心想，周昇和你说什么了？继而疑惑地摇摇头，开始思考。

陈烨凯说:"前段时间找我爸谈了谈，让他别接林寻的咨询。"

余皓想起那天晚上，林寻打着电话上楼，想必就是咨询陈烨凯的父亲。

"他怎么说？"余皓又紧张起来。

陈烨凯答道:"他让我少管闲事。"

余皓顿时眉头深锁。

"我知道我不能阻止他，但至少会让他更多地考虑，这是我们闹僵以来我第一次主动与他和解，我想他应该会正视这个问题。"陈烨凯说，"跟他闹翻是在四年前，那时我在他眼里还是需要家里付学费的小孩，现在他觉得我已经长大了，这么多年里，我妈妈一直很在意，他也慢慢想开了吧。"

"我以为会催你回去结婚。"余皓笑道。

"确实也顺便这么说了。"陈烨凯答道，"但被我拒绝了。"

餐上来了，陈烨凯给余皓分汤，泰餐确实很开胃，余皓喝了点汤，认真地

第9章 ◇ 隐瞒

看着陈烨凯，说："那你以后会结婚吗？"

"我不知道。"陈烨凯想了想，笑着说，"有点儿迷茫。"

"你很在意这个？"陈烨凯又问，"昨晚问我感情经历，是因为周昇？所以我问你，周昇说了什么。"

"呃……"余皓知道陈烨凯对自己的想法简直了若指掌，事实上陈烨凯、傅立群、周昇似乎都很能猜中他的心思，否认也没用。

陈烨凯却没有笑，只是轻松地说："我想，也许？他是个不太愿意正视自己想法的人，在这点上我想你更了解他。"说着拿起冰水壶给余皓加水。

余皓道："真的吗？"

"我不知道。"陈烨凯茫然道，这时候两人才笑了起来。

"你笑什么？"陈烨凯一脸蒙逼，余皓摇摇头，说："我也不知道。"

他觉得现在与陈烨凯相处很轻松，又恢复到了从前那种，什么都可以说，也不怕对方笑话的模式上来了。

陈烨凯指间夹着餐刀与餐叉，漂亮地旋了个圈，修长手指灵活地驾驭刀叉，在干净的盘子上压着一只大虾，动作熟练地以刀叉剥虾，那举动非常帅气，吸引了余皓的注意力。

"那天在梦境里，龙生对你说了什么？"陈烨凯岔开话题，说，"有什么要转告我的吗？"

余皓把在"来生"中，龙生告诉他的话，对陈烨凯说了，陈烨凯随即笑了起来，答道："和他在信里说的很像。抑郁症的认知行为疗法，也是我未来的专业研究方向，解决掉这件事以后，我想去当个心理咨询师。"

"那很好啊！"余皓忙道，"龙生一定会为你高兴的！"

"弗洛伊德说，"陈烨凯道，"梦象征了我们内心的愿望，是我们对自己人生的期望。"

余皓想起来了，专业课上也有，虽然那是大二的部分课程，但他已经提前看过："只是梦境非常善于伪装，为了通过自我意识的审查，它会用经过了许多层扭曲的形式来进行呈现。"

陈烨凯点了点头，答道："现在想来，梦里奇琴伊察的一切，都在象征着我的那个愿望吧，就是放下自己的痛苦，铭记龙生，去迎接未来新的生活。

"就像今天一样，可以不再避讳提起龙生，提起以往的错误，不再自己折磨自己，记得那些回忆里美好的部分，迎来新的阳光。"

余皓微笑看着陈烨凯，陈烨凯喝了点冰水，沉吟片刻，又说："我最初认识龙生的时候,对他只是一种责无旁贷的关心与照顾。接下来,则是在毫无思想准备的前提下,被他的一些事突如其来地击中了。"

"我懂!"余皓马上明白了,接口道,"那个时候你们还是很好的朋友关系,你完全没想到,也觉得,他的初衷只是让你……"

陈烨凯说:"对,只要我快乐,只要我开心,他无论做什么都可以。他喜欢让我高兴,这样他也会觉得幸福,我就觉得,我一定要好好珍惜他这个朋友。

"我慢慢地意识到,我也希望龙生快乐起来,我们习惯了互相陪伴,直到最后,我只要一空下来,就不可避免地在想他,看见他的时候,生活里就充满了阳光,许多事情,我想与他分享。"

两人沉默,余皓开始渐渐明白了。

陈烨凯的眼神里出现了短暂的迷茫,接着说:"男性的本能与荷尔蒙,促使我们去追求异性,繁衍后代。但同样生而为人的感情,也会引导着我们在这个世界上,找到那个最适合我们的终身伴侣。"

余皓:"!!!"

"那是一个彼此能产生灵魂共鸣的人。"陈烨凯把虾剥好,放在余皓的盘里,解释道,"是同性还是异性,我想,这并不太重要,哪怕一辈子没有性,只有柏拉图式的爱情,又有什么关系呢?"说着对余皓笑了笑。

余皓知道周昇因为原生家庭,对恋爱与婚姻本能地带着抗拒,这种自我暗示也许是精神世界里的……但他的思想突然岔了开去,突然想到一件奇怪的事。周昇的意识世界里,云海下面是什么?他曾经说过,自己的人生也过得一团糟,那梦境中,云海下会不会也是一个……暗无天日的世界?这么想起来,金乌轮高悬于云端之上,不就照不到厚重云层下的区域吗?

"余皓?"

余皓回过神,意识到刚才的表情也许有点严肃。

"嗯。"余皓从乱七八糟的脑洞中收回来。

"周昇对你的独占欲很强。"陈烨凯说,"大部分时候,我觉得他在用一种特别的方式,在向你撒娇,因为这样你就会重视他,回到他的身边,你对他的承诺让他觉得,他对你来说很重要,那是独一无二的。"

余皓说:"确实是啊!陈老师,你也很厉害!"

陈烨凯:"别再叫我老师,我已经辞职了。周昇目前的态度,应该也有一部分是因为,他受到的威胁不强,也相信你不会离开他的身边,但一旦危机将真切地转变为现实时,也许他就意识到严重威胁,不得不认真起来……"

第9章 ◇ 隐瞒

余皓:"……"

三个小时之后,寝室。
"回来了?"周昇道。
"爱妃,您回来啦?"傅立群说,"给朕打包晚饭了吗?"
余皓心事重重,把打包袋放在桌上,露出餐厅logo,傅立群说:"哇!这家可不便宜,连吃带拿,得两千多吧。"
"这么贵吗?!"余皓顿时炸了,"我就说!"
"凯凯有的是钱!"周昇抽出筷子,打开椰香咖喱鸡,还热着,"别帮他省钱。"
"你也吃啊。"傅立群道,"余皓。"
"吃不下!"余皓现在心思根本不在吃上面,去阳台洗衣服。
傅立群捧着饭盒,戴上耳机去看综艺。周昇拿着饭盒到阳台来了,对余皓问道:"聊的啥?"
"没聊啥。"余皓大致地说了下,当然那些关于周昇的讨论是一句都没说的,最后陈烨凯看他实在太尴尬,就岔开了话题,发给他一份电子合同。
"帮我找了份兼职。"余皓擦手,把手机里的邮件给周昇看,说,"翻译一些调查报告,按字数算钱。"
陈烨凯要把电脑给余皓用,余皓坚持自己去网吧译,陈烨凯便让他回去签完电子合同确认,顺利的话,做两个月,可以赚个七八千。
"哦,挺好。"周昇说,"信看不懂,多少钱?"
"几千吧。"余皓看了眼周昇,伸手帮他擦了下嘴角的饭粒。
周昇:"没说别的?"
余皓:"没有!"
周昇怀疑地看着余皓,余皓有点心虚,强调:"真没有,你知道我一直都守口如瓶。"
"哦——"周昇答道。
余皓有点心虚,正想找点别的话聊,周昇却捧着饭盒又进去了,让傅立群把电脑开外放,两人一起看综艺。
今天陈烨凯的话,简直就像狂风暴雨般,而且还是一轮接着一轮,余皓直到现在还没回过神。当然陈烨凯很聪明,岔开话题之后,两人就默契地不再谈论这事。
先赚钱吧,余皓想了一会儿,他一直想给周昇买一件生日礼物,让他开心下,譬如说手机或别的什么。

"又去哪儿?"傅立群与周昇从综艺节目里转向余皓。

"网吧。"余皓说,"翻译点东西。"

"都几点了,你要通宵?"周昇起身,摘下耳机,说,"去去,一起吧。"

"用我的本子啊。"傅立群把笔记本电脑收了递给余皓,说,"我睡了,明儿一早的火车,去找你嫂子,你帮我点个名吧。"

明天又是周五了,体育班只有两节公共课,傅立群要去邻市见女朋友,可以在一起三天,简直乐开了花。

"别虐单身狗了行吗?"周昇一个翻身,轻功般翻上床去,又补了句,"什么时候也给老子介绍个?"

余皓:"……"

余皓来不及咀嚼这其中意思,打开电脑,登上邮箱,那边收到合同,让余皓添加联系方式。

"周昇,可以借你VPN用一下吗?"余皓对周昇道。

周昇从床上伸手下来,把手机给余皓,记事本软件上是他的VPN账密,余皓对着输入时,看见傅立群连着给周昇发了三条消息。傅立群突然意识到了手机在余皓手里,马上朝对面铺床下的余皓看了一眼。

周昇茫然地看了眼傅立群,傅立群像条狗般伸了下舌头,尴尬了。

余皓当时非常想手贱地点开看一眼,但无论如何,还是忍住了。翻好墙后就把手机还了周昇,心里差点翻了天,开始与联系人沟通。

那边正好是早上,联系人很快就给了他大量的英文资料,让他先翻译成中文。余皓看了眼,那是美国各地在1993—2015年之间的部分新闻报道,以剪报形式被扫描成电子档,内容与卫生组织、心理健康等有关,需要翻译成中文入库,作为可引用的文献资料。

其间陈烨凯发来消息,问译得怎么样,余皓便询问这些资料的用途,陈烨凯答道:"写论文的时候,文献库里援引用的,数据尽量别出错就行,句子不用太高要求。"

余皓边译边查,周昇伸手下来打了个响指。

"几点了,还不睡?"

余皓抬头,周昇有点儿疲惫地探脑袋下来,看着余皓,两人对看了一会儿,余皓说:"你睡吧,我想再忙一会儿。"

"饿不?"周昇说,"我下面给你吃?"

第9章 ◇ 隐瞒
CHAPTER 09

余皓:"……"

周昇笑了起来,翻身起来,余皓忙道:"别麻烦,我这就睡。"

"大胆!"傅立群也没睡,在另一边床上说,"下面给你吃你敢不吃!那个……他不吃我吃,来一锅吧,少爷,我肚子好饿。"

周昇:"……"

五月开始,寝室就不断电了,得开着电风扇,怕学生中暑。周昇开了灯,傅立群又精神抖擞起来。周昇去阳台洗手,煮出一锅泡面,顺便煎了九个鸡蛋,每人三个,吃完傅立群洗锅,折腾到四点,总算睡了。

"你们又在寝室做饭吗?这大晚上的在煎什么?还让不让人活了!"

对面的又来敲门了,傅立群道:"早就吃完了!下回请早吧您!"

余皓困得很,正迷迷糊糊时,突然感觉到周昇伸过手来,轻轻拍了自己侧脸两下。

余皓:"???"

他又做梦了,这次周昇在他的梦里架了个过山车,醒来时余皓只记得过山车,别的已经忘得一干二净。

"你在我梦里做了啥?"余皓问正刷牙的周昇,周昇看了他一眼,满嘴口吐白沫,避开他。

余皓说:"我怎么老记不得梦里的事了?"

周昇漱口:"早饭吃什么?我去买。"

余皓困得要死,昨晚才睡了不到五个小时,说:"我怎么觉得我现在总是记不得梦里的事了……好吧。"

周昇揣了手机出去,临走前说:"这不是挺正常的吗?"

余皓:"???"

连同昨天晚上过山车的梦,余皓已经有三个梦想不起来了,包括除夕夜看焰火、上月长城下跑酷,外加昨夜。不是进别人的梦,所以容易遗忘吗?不应该啊?那次周昇到梦里来找他聊林寻,他却是记得的。是不是周昇用了什么办法,让我忘了?余皓一头雾水地刷牙洗脸。

周昇买了早饭回来,问:"翻译完了?"

余皓心想周昇一定在隐瞒什么,正在努力地转移自己的注意力,但他识趣地没有再追问,答道:"得译一个月呢。"

周昇说:"给你买台笔记本电脑吧。"

余皓马上拒绝,周昇又说:"我早想买了,看剧用。"

"读书吧!"余皓说,"看剧看剧,成天看剧。"

周昇却笑了起来,像平时一样,搭着余皓去上课,今天不知道为什么,搂紧的时候手劲似乎还大了点。

"有件事想和你商量。"上公共课时,周昇突然对余皓低声道。

"傅立群。"

"到!"余皓紧张无比,就等着点名,果然一不来就点名,一点就点到傅立群。

老师说:"傅立群?你是傅立群吗?你这……这……你就是你们系的篮球队队长?还有别的傅立群吗?"

顿时满堂哄笑,余皓心里怒吼:傅立群!你可没说过老师认识你好吗?!

"对啊。"周昇马上抬头道,"没有别的傅立群了!怎么,有问题吗?"

又是一阵哄笑,老师疑惑地打量过来,前面马上有个周昇班上的大个子挪过来,挡住后面余皓,说:"我们都很服立群,他技术好!"

"三分球杀手啊。"又有人道。

老师没再说话,接着点下一个了。

余皓简直无语了。

"你又打工?"下课后,周昇在寝室里一根手指转着篮球,对余皓道,"打球去啊。"

"不去。"余皓道,"我要做兼职翻译,太多了做不完了!"

今天对方看完余皓的译文,基本满意,紧接着就把全部的工作内容发了过来,余皓一看就炸了,昨天译四篇报道花了六个小时,点开网盘余下的内容,里头有一千一百四十五篇报道,不吃不喝,一直翻译也得译上半年。

余皓聚精会神地看英文报道,先通读一遍,再逐字逐句译,还得查许多地名,一回头看周昇一身篮球服,也不去打球了,坐在一旁看。

"你去啊。"余皓道,"别管我。"

周昇说:"不去了,好好学习,认真发育,余老师教教我呗,这个词是什么意思?"

"这是个地名,意大利语翻译过去的,别皮!"余皓道,"你快打球去吧。"

周昇在旁也不走,余皓回头打量他一会儿,忽觉得周昇穿一身红色的篮球服挺帅,不,是非常帅,而且他总感觉周昇长高了。

"看啥?"周昇说,"不懂就看我,我是字典啊,我也不懂。"

第9章 ◇ 隐瞒

余皓笑了起来，觉得今天周昇好像又有点反常，连着接近一个月里，他俩都没怎么开过无聊的玩笑了。

"你是不是长高了？"余皓怀疑地说。

周昇起身，脱了篮球鞋，穿着袜子，站到窗边的尺前，说："长高了吗？没注意。"

余皓起来看了眼，拿本子抵着，说："一八五了！你长了五厘米！"

周昇："我本来就一八五，你呢？你量量？"

余皓忙着翻译，本不想理他，却拗不过周昇，只得站好。周昇看了眼，把本子斜了点，说："一七六，让你不吃我做的饭，自己看，长不高吧？"

余皓眼角余光看他："你拍我看看？你骗我，我肯定也长了。"

"好了好了，继续赚你的钱。"周昇说，"晚上吃什么？我买菜去，傅立群不在，随便点吧。"

余皓本来想说别麻烦了，怕周昇又误会，说："想吃冬笋香菇滑鸡煲仔饭。"

"这都几月份了，上哪儿找冬笋去。"周昇说，"买到啥吃啥吧。"说着带上门走了。

余皓译得头昏脑涨，最近几天的天气阴阴沉沉，一身黏糊糊的，闷热无比，总令他偏头痛。到傍晚时，周昇回来了，不知道从哪里弄了罐冬笋罐头，开始给余皓做饭。

周昇："还翻译？"

余皓洗过碗又坐下翻译，"嗯"了声。周昇说了什么，余皓一时没听清楚，抬头看他，周昇便说："没事，你忙吧。"

余皓想起今天周昇说的"商量"，问："什么事要商量？我不忙了。"

上次周昇正儿八经地说"商量"，是让余皓搬寝室，余皓觉得这次应该也是重要的事。

"算了。"周昇看着手机，说，"我也没想好，我睡了，你声音小点儿。"

余皓把显示屏调暗，打字轻了些，心中充满了疑惑。昨晚睡得晚，今天他俩上课没睡，不一会儿，余皓也困了，抬头看周昇，已经入睡了。

"周昇？"余皓轻轻道。

周昇没作声，呼吸均匀。余皓实在撑不住了，但这翻译根本做不完啊！只得硬着头皮，泡了杯咖啡，坐下继续干活，直到四点多时，余皓终于撑不住想吐了，于是合上笔记本电脑，舒了口气。寝室里陷入一片黑暗，余皓摸黑起来去刷牙，关上阳台门时，眼睛适应了黑暗，突然发现房内出现了不明显的光亮。

余皓："？"

余皓四处看了下，不是充电器发出的红光，是温暖的黄光。他爬上梯子，看见周昇的手腕垂在栅栏前，修长有力的手指稍稍屈着，手腕上的金乌轮发出极暗淡的光芒！

金乌轮在发光？余皓从前没有注意到这点，周昇在梦里吗？在谁的梦里？每次入梦时，金乌轮都会发光？

金乌轮的光芒渐渐暗了下去，完全消失，继而又亮了起来，像是有频率般，明暗交替。余皓不敢叫醒周昇，观察片刻，总觉得有点奇怪。

原来周昇入梦时是这样的……余皓站在梯子上，伸手把周昇的手握着，推回床上，然而就在他触碰到金乌轮的刹那，脑海中突然"轰"的一声！

余皓瞬间感觉到，有什么东西正在召唤自己，他的手一拿开，那召唤感突然就消失得无影无踪。

余皓又把手放了上去，这次感觉非常明显，金乌轮在召唤他！尤其在它的光芒达到最亮时！

"周昇？"余皓摇了下周昇，问，"你在做什么？"

周昇陷入熟睡，没有任何反应。

"周昇！"余皓感觉到不对了，马上道，"醒醒！你能醒过来吗？"

余皓马上翻到周昇床上，一手放在他脑后，尝试让他坐起来，低声焦急道："周昇！周昇！醒醒！"

周昇侧着头，余皓暗道糟糕，怎么回事？

他把手按在金乌轮上，脑海中电光石火般掠过一道闪电，金乌轮在与他说话！它在召唤自己！就像那次他见到金乌轮时，纯粹意识的交流。

需要通过接触金乌轮，进到梦境里去，周昇怕是碰上什么麻烦了。余皓马上躺到自己床上，握着周昇的手腕，但这样一来，周昇就要在沉睡的情况下抬起手，架在栅栏上。余皓怎么折腾都不对，只得回到周昇床上，躺到他左边去，枕在他的肩上。宿舍的床非常狭小，他无法避免地与周昇紧紧挤在一起，余皓心想没办法，吃一下你豆腐吧，反正你应该也无所谓的……

余皓拉起他戴着金乌轮的一手，放在周昇胸膛上，自己抬起左手，覆上了周昇的手腕，闭上双眼。闭上眼前，余皓最后见到的，是金乌轮微弱光芒照耀下，周昇的侧颜。刚一闭上眼睛，霎时一声巨响，他被直接拖进了梦境里！

第10章
修 正 者

金乌轮光芒敛去,余皓在自己的梦里飞了起来,他转头望向山川与大地,拍打翅膀,迎着天空中的金乌轮飞去!

穿过金乌轮,余皓进入了周昇的梦境里!

悬空的巨大广场上,周昇的坐骑黑龙蹲在广场边,见余皓出现,便发出一声龙啸。

"这不对啊?"余皓道,"你的主人呢?周昇还在自己梦里?"

余皓怀疑周昇在云海下面,他飞到广场边缘,要到下面去看,那黑龙却又是一声龙吟,从余皓面前飞过。余皓转头,只见黑龙飞向广场中央祭坛上的巨大金乌轮,冲进了金乌轮里去。

"他在哪儿?"余皓道,他展翅飞向周昇精神世界里的金乌轮本体,透过金乌轮内的景象,又看见了陈烨凯的奇琴伊察世界,但只有茫茫的雨林,金字塔没了!

余皓:"???"

余皓想退出梦境去,给陈烨凯打个电话,忽然意识到一个更严重的问题——从前都是周昇在梦里强行唤醒他,他不知道怎么自己醒来!

"糟了。"余皓自言自语道,"得先搞清楚发生了什么。"

他又一个展翅,跟着黑龙,飞进了陈烨凯的奇琴伊察世界。

奇琴伊察世界出现,也就意味着陈烨凯睡着了。余皓穿过周昇的金乌轮时,突然从金字塔顶端的太阳里飞了出来。

余皓:"???"

金字塔还在!只是余皓在周昇的金乌轮朝外看时,奇琴伊察世界的太阳,恰恰好就停留在了金字塔顶上,于是余皓从这个窗口朝外看,所以只看见了雨林。金字塔顶幻化出一个广场,一只白色的羽蛇神,与周昇的黑龙,一左一右停在广场上,四周闪烁着诡异的光芒,世界仿佛一片黑暗,却又充斥着苍白的、无处不在的光。余皓转身,望向广场中央的金乌轮。

日食!

金乌轮中心处,燃烧着黑色的烈火,那烈火覆盖了金乌轮的中心,唯独轮边正朝外释放着猛烈的金火！

这是怎么回事？余皓走向金乌轮，轮中是一片黑暗。

"周昇？陈老师？"余皓转头，"你们在哪儿？"

轮内出现了一个完全黑暗的空间，周昇与陈烨凯一起被吸进去了？余皓不敢贸然入内，生怕万一两人不在，自己乱跑乱撞出了事，还得连累他们。

余皓走近金乌轮，骤然金乌轮发出光火，覆盖了余皓的全身。

在里面！余皓通过意识交流，明白了金乌轮想告诉自己的，周昇与陈烨凯进去了。同一时间，他感觉到了一阵奇怪的振荡，和在现实里的感觉一模一样，周昇正在不停地召唤着自己，那种召唤就像电子发射器一般。

"看来只能自己闯进去了。"余皓转头，望向黑龙与羽蛇神，"祝我好运吧，拜拜……"

话音落，余皓快步奔跑，冲到金乌轮前，侧身一撞，坠入了黑暗！

世界漆黑一片，伸手不见五指，余皓一进去，便被不知道什么东西砸了一下，顿时大叫起来。

怎么喊出声时，连自己的声音也听不见？余皓转身，喊道："周昇！你在哪？"

喊出口时，耳畔却听不见自己的声音，余皓又被砸了一下，瞬间转身竭力躲避下一击，双手一扯，从虚空中抽出了——晾衣叉！

武器有用！余皓下意识地以武器抵挡，周遭袭击自己的东西却没了！

法杖亮起淡淡的银白色光芒，照耀了四周的一小片区域。

"太好了！有光！"余皓道，骤然发现了奇怪的事，"咦，怎么听见了？"

"这是什么地方？"余皓转身，以法杖照向黑暗，"那是什么？奇怪为什么我无论想什么都会不受控制地说出来？"

余皓看清了黑暗里飞来飞去的东西，那是方形、菱形的碎片，以及支离破碎的圆形，破碎的东西像镜子一般，折射着余皓手里法杖发出来的银白光芒。

"这到底是他妈的什么鬼地方？啊，我怎么说脏话了……

"不是二维的吗？怎么变成三维的了？咦，怎么从这里看又变成二维了？不对现在不是关心这个的时候，周昇！你在哪儿？"

余皓转身飞去，这个空间里充斥着四处乱飞的镜面碎片，远看时是二维的，余皓掠过时换了个角度近看，又变成大理石般坚硬且闪烁着银白光泽的矿物。余皓把法杖拆成匕首，展开双臂，拖着光芒，在这失重空间内找寻，飞过的地方，身上留下的光芒似乎不会消失，反而拖出了一道绚丽的银河。

第10章 ◇ 修正者

"周昇！"余皓自言自语道，"有东西在发光，是你吗？"

余皓在这黑暗的星河中，发现了一件唯一的光体，他飞向那光体，它正混杂在远处的碎片中，速度比所有的碎片更慢，缓缓行进。

"不是周昇？"余皓道，"这是什么？"

整个黑暗世界里，它是唯一的发光物，它足有四米高，三米宽，有点像是个玛雅的木雕文物，发出光芒之处，恰恰好就是木雕的左眼。

"是谁的图腾吗？"余皓又说，"也不像啊，算了先找人去，这儿不管了。"

"我发现如果把脑子里想的事情全说出来，会显得我好像个弱智一样。"余皓自言自语道，"不过我是不是……本来有时候的行为也有点像弱智？怎么办啊？！周昇你在哪儿？你可千万别出什么事……"

"下面有东西？"余皓逐渐习惯了这一区域，以及自己脑洞产生的各种声音，他看见了很远很远的地方，仿佛是这片区域中间，存在着一个巨大的漩涡，像是黑洞一般。余皓开始靠近它，发现四面八方的存在物，全部都被吸到那中间去了。

"那东西看上去好危险。"余皓本能地说，"还是别靠近好了，这莫非是潜意识？是谁的潜意识？周昇不会被吸进了去吧？老天啊！怎么办？"

"潜意识。"余皓的两把匕首突然发出声音，"生命体光谱α频段，意识波印象蓝移过程中，进行弱跃迁后形成的能量子集。"

"怎么回事！我的武器会说话？"余皓道，"怎么会？你是男的还是女的？听声音怎么分辨不出来？见鬼了！是你在说话吗？武器！刚才分明就是它在说话！唉，我的逻辑真是太混乱了，下学期得认真修一下逻辑学。"

余皓抬起匕首，并合为杖，再拆开，又问："是你在说话？"

匕首没声音了，余皓说："重复一次刚刚的步骤好了，潜意识？"

"潜意识，生命体光谱α频段，意识波印象蓝移过程中，进行弱跃迁后形成的能量子集。"

余皓："潜意识？"

"潜意识，生命体……"

"潜意识、潜意识、潜潜潜潜意识……潜、潜……"

"哈哈哈太蠢了。"余皓说，"像计算器上的'归归归零，归零……'"

"不、不，周昇呢？我要精神分裂了……你到底在哪儿啊！"余皓飞过一片广袤区域，没有发现周昇下落。

"等等，这是不是寻找他的提示？得先冷静下来，这是AI吗，说出关键词就会回答我?"余皓自言自语道,"可是什么关键词才能让它继续提示呢?这又是什么原理?对啊,找不到可以提示的关键词,我可以使用它解释里的语义!文献检索课上教过的,我太聪明了我真是个天才!生命体光谱?"

"生命体光谱,生命体自然形成的宇宙光谱。"

"蓝移?"

没有回应。

"象蓝移?印象蓝移?"

"印象蓝移,从表层印象转化为深层印象的过程。"

"弱跃迁?"

"弱跃迁,频段改变过程。"

"意识波?"

"意识波,生命波段的一种,具有以下四个特征……"

"什么意思啊?越听越混乱了!"余皓不想听了,说,"停!停!你到底是什么?周昇,得快点找到周昇!你能不能告诉我,周昇到底在哪儿?我这意识实在太混乱了,有没有什么开关把这个想什么就说什么的功能给关了啊,啊啊啊!太干扰思路了!等等,不对!想什么说什么,意识在潜意识里会变成声音?那……这武器会说话,那上面的是谁的意识?是我的意识吗?不对啊,我的意识里怎么会有别人的意识?会跟我做意识交流的存在,只有一个可能,你是金乌轮的意识?!你是金乌轮!"

余皓通过那杂乱无章的逻辑,居然奇迹般地厘清了这诡异而不合理的现状背后的核心!

"难怪,从金乌轮里直接获得的意识信息是不以语言和画面呈现的,纯意识交流在这个奇怪的空间里,就变成声音了!"余皓一边寻找周昇下落,一边自言自语道,"这么说来,就更有利于对金乌轮提问题?"

突然间那阵召唤又出现了,就像有什么东西,反复对余皓发出电波讯号。

余皓向着讯号的来处飞去,想起先前从金乌轮处获得"信息"的方式,就像超级计算机的"检索"一样,每当踩中关键词时,脑海中就会浮现出内容。

"可这些的原理又是什么?"余皓飞高又飞低,突然发现了奇怪的东西,自己身处的地方,乃是一个巨大的旋臂!

所有的二维或三维的碎片,浩浩荡荡地汇集成了河流,正朝着这世界中心的黑洞前进。而远处还有数条一样的旋臂。

余皓又自言自语道:"这里看起来就只有这些东西了,他们应该就在附近。

第10章 ◇ 修正者

金乌轮，你是AI还是人？我觉得你是AI，叫你小金可以吗？"

这次武器没有闪光也没有发出声音，余皓靠近那漩涡，观察另外一条旋臂。抵达黑洞前时，大概能看清楚了，中央黑洞正带着六条旋臂在旋转，旋臂上大量稀奇古怪的东西汇成河流，规模宏大地涌入那黑洞之中。

"这是被忘掉的东西吗？"余皓靠近黑洞，倏地看见了中间有什么一闪，讯号变得更清晰了！

"周昇！"余皓飞向那黑洞。

"警告。"匕首突然发出光芒，"修正者，警告，跃迁目的地危险提醒。危险性，极低，请注意开启干扰屏障。"

余皓："什么？小金，你叫我什么？修正者？"

"修正者，双星系统中，与监视者形成共振联结的唯一职位，意识波采集中继器运作期间，协助监视者，修正一切可能出现的……"

余皓突然发现了周昇的金箍棒！

金箍棒正卷在黑洞里，随着无数碎片一起旋转，慢慢接近黑洞漩涡的中央，却没有下沉，并不断对余皓发出讯号！

原来是它！这下余皓再不迟疑，飞进漩涡，一把抓住金箍棒。

"周昇！"余皓喊道，"你在哪儿？"

一离开旋臂，声音瞬间就消失了，余皓总觉得金乌轮提示了自己什么奇怪的内容，但他已经顾不得了，抓住金箍棒后，想再拉起飞高，观察漩涡中央的黑洞，周围的记忆碎片却越来越多，堆在他身上，直接将他撞了进去！

好冷！余皓一进黑洞，顿时感觉自己全身都要冻僵了！

这又是什么鬼？余皓心想，霎时间意识转换成声音的现象消失了！太好了！这样就不会自己把自己搞得很混乱。但这里的寒冷已经超出了自己的想象，且冷的感觉与现实里，甚至施坭的梦中都完全不同。

那是一股来自精神世界的平静，静得无与伦比，自己的意识正在不断地朝四面八方散失，这黑暗区域仿佛在不停地抽取着他的精神，余皓瞬间明白了！这不是普通的冷，而是能量的散失！就像体温在寒冬中不住散发，留也留不住。余皓快飞不起来了，直往下坠，他竭力让自己的身体发出更强的光芒，形成犹如焚烧灵魂般的热量，然而这环境却更快地汲取他的力量！

"不行……要掉下去了！"余皓道，"怎么办？屏障是什么？"

他把全身力量催动到最极限，就像周昇每次喊"给我力量"一样。说时迟那时快，精神能量到达某个极限的瞬间，"嗡"的一声在余皓身周形成了一个球形的防护屏障!

余皓:"???"

那直径数米的屏障,散发着淡淡的银白色光泽,表面弧光间或一轮,力量的流失停下了。这就是屏障? 余皓展开翅膀,在空中形成了一个散发出银光的天体,犹如月亮一般。太好了,余皓发现自己现在不会再受到干扰了,屏障外的光雾时照亮了整个世界,令天地间布满了银白色的月辉。

大地上布满了奇形怪状的记忆碎片,像个庞大的、无边无际的垃圾场,天上还无声无息地不停往下面掉东西,就像在下无声雨一样,那场景令余皓想起了传说中的海雪。

大海深处,白色的雪不停飘落,直至落向海底。

"周昇!"余皓喊道,并缓缓下降。

远处出现了微弱的光芒,余皓马上转身飞过去,他的光芒照亮了整个潜意识深处的世界。

"周昇!"余皓终于找到周昇了,周昇站在垃圾场般的大地中央!与陈烨凯在一起,两人提着一盏灯,周昇正以手掌靠近那灯,手中迸发出微弱的线状金色火焰,注入那灯里,维持提灯中的火种不至于熄灭。

余皓的屏障一经过周昇与陈烨凯,两人刹那间大叫一声。

"你⋯⋯"周昇抓着余皓肩膀,难以置信道,"余皓!你怎么来了?你听见我喊你了?你是怎么听见的?不可能!你能听见我在潜意识里叫你?"

余皓道:"我找你啊!你俩怎么会在这儿?"

"你怎么没事?"周昇道,"这里是潜意识的尽头了!这又是啥?你为什么在梁老师的潜意识里有保护光环?"

"潜意识的尽头是什么?"余皓道,"你够了吧!怎么也不通知我一声就自己进来了!你太过分了!"

"外头几点了?"周昇道,"我们睡了多久?"

"等等!"余皓道,"一个一个问题来!"

周昇今天有点尿,余皓发现了,他抬起晾衣叉要抽他,周昇却不敢躲,只好站着等挨揍。

陈烨凯提着灯,说:"太好了,你来了,我还以为我俩这回彻底出不去了。"

"你俩谁出的主意?!"余皓怒道。

"他!"周昇马上把陈烨凯卖了。

第10章 ◇ 修正者

陈烨凯两三句交代了情况。

"我们商量好,进梁老师的梦里找人,希望在现实里唤醒她。周昇推测,梁老师已经坠进了潜意识,潜意识里一来不安全,二来我们都不太了解,周昇怕你像上回一样遇上危险,决定不让你一起行动。"

余皓望向周昇,周昇一副无所谓的模样,说:"谁让你上次把自己搞得那么狼狈?"

余皓简直肺都要被周昇气炸了,没找到他时自己十分担心,到得见面时,周昇那副反而怪他的表情,终于促使余皓那一棍抽了下去,周昇忙道:"别!别!"

余皓左手晾衣叉,右手金箍棒,正要揍周昇,周昇马上躲开,怒道:"余皓你还造反了!"

余皓第一次这么有揍周昇的冲动,但周昇动手却比他更快,一招切他手腕,余皓还没回过神,金箍棒就到周昇手里了,他下意识地一避,周昇却把金箍棒一收,反而抓住他手腕,朝自己怀里猛地拖了过来,再接着,狠狠一抱。余皓翅膀拖在地上,突然毫无准备地被周昇抱进了怀里,周昇的那一抱犹如说了许多话,余皓的气顿时消得无影无踪,结结巴巴道:"啊……你没事,太好了。"

周昇只是一抱,马上就分开了,眼角余光瞥见陈烨凯,陈烨凯以那灯里微弱的光芒照亮四周,说:"先找地方,整理下情况吧?可千万别再陷进来一个人。"

余皓与周昇一起望向头顶,陈烨凯试着走出屏障,又退回几步,余皓道:"外头很冷,别出去。"

陈烨凯道:"周昇?你看,火种现在稳定了。"

"嗯。"周昇冷得还有点哆嗦,说,"不用再维持它的燃烧。"

余皓用屏障守护着两人,来到一个被碎片堆叠的山丘上,周昇松了口气,找了块地方坐下,示意余皓到自己身边来。

"问问题吧。"周昇说。

"这是哪儿?"余皓疑惑地问道。

"推测是潜意识最深处。"陈烨凯说,"一个用以处理遗忘记忆的地方。"

周昇道:"你把这儿叫作'垃圾场'也行,'遗忘废墟'也行,刚刚你是从潜意识里进来的?"

余皓想起了整个世界被一个黑洞带着转动,六道旋臂里的碎片,以及碎片纷纷被吸进来的场景,当即大概理解了:"所以梦境世界的东西被吸到这儿,掉进垃圾场以后,就被忘掉了?"

"也许是这样。"陈烨凯说,"这都是我们的猜测。"

"金乌轮告诉我的。"周昇更正道,"不只是猜测。"

陈烨凯皱眉,看了周昇一眼,显然周昇并未告诉他。

"它怎么没告诉我?"余皓想起进来以后,从金乌轮处获得的消息。

周昇以眼神示意,余皓当即会意,周昇不想在陈烨凯面前说太多。

"换我问。"周昇道,"一人一个问题。你为什么不会被这地方吸取精神力量?"

"我不知道啊。"余皓一脸茫然,他大致地描述了下,找到金箍棒,进来以后,为了抵抗周围的寒冷,他无意中撑起了这屏障。

"现在会难受吗?"周昇道。

"不会。"余皓茫然道,"感觉很正常。"

"见鬼了!"周昇道,"怎么光吸我力量不吸你的?"

余皓道:"你这都问几个问题了,换我了!"

周昇却转身出了余皓的屏障,打了个响指,全身绽放出金色的光火,然而那光火刹那间便消失得无影无踪。

"我越是增强力量,"周昇道,"就被吸得越快!怎么我就没屏障?"

"我怎么知道啊?"余皓道,"快进来!外头太冷了!"

周昇不死心地试了好几次,最后只得放弃,躲进余皓的屏障里,突然仿佛明白了什么,说:"哦,我说呢,被留在外头的金箍棒,对你发出召唤,让你进来了。"

"嗯?"余皓道,"因为那是我的……"旋即意识到周昇的眼色,便没再说下去,因为金箍棒是余皓的图腾所变,所以在周昇被拖进这里时,留了下来?

"这又是什么?"余皓注视陈烨凯手里的灯。

"火种。"周昇道,"梁金敏的最后一缕求生意识,费了好大力气才找到它。"

陈烨凯却什么也没有问,只抬头望向天际,皱眉思考。

"你们是怎么掉进来的?"余皓问。

周昇说:"不小心的,百密一疏嘛。"

"周昇想了个办法。"陈烨凯道,"在我的梦里,通过金乌轮,建立起了通向梁老师梦境的隧道。进来以后,潜意识世界什么也看不见……"

接着,周昇与陈烨凯四处寻找这黑暗世界中的"火种",就在找到它的一刹那,黑暗虚空中浮现出了一只强大的怪物,开始袭击两人。

为了保护火种,周昇燃起全身力量,对抗这黑暗世界怪物的猛烈攻击,两人鏖战过后,被狠狠地打进了潜意识的漩涡中心,坠入遗忘废墟。

一进入遗忘废墟中,火种顿时变得暗淡下去,接近完全熄灭,周昇用尽办

第10章 ◇ 修正者

法维持它的燃烧。而随着时间流逝,两人身上的力量不停地被吸走,周昇只得减缓活动,一边维持火种,一边想办法离开这儿,但他召唤不出筋斗云,陈烨凯的武器也起不了多大作用。

就在火种将近熄灭的最后一刻,幸亏余皓找来了。

时间在潜意识里的流逝速度似乎被放缓许多,于是现在的任务转变成了,先把梁金敏的自我求生意识带出遗忘废墟,回到潜意识里,再设法回到意识世界的最上层,也即梦境里去。只要回到梦里,她情况也将获得极大的改善,就能在医院中醒来。

"你们居然背着我做了这么多事!"余皓简直无法相信,"而且周昇你什么时候学会通过金乌轮进入别人的梦,再穿到其他人的梦里去的?"

周昇说:"我和凯凯反复推断过,许多事都建立在猜测上,但确实成功了。我最不明白的是……为什么你在潜意识里,什么事儿都没有?"

余皓突然想起进来时那"修正者"的称呼,与监视者形成共振联结的唯一职位,这意味着什么?金乌轮把他当作了修正者,那么周昇是什么?监视者?双星系统,又是什么?

"飞起来看看?"周昇示意道。

余皓在那屏障中缓慢上升,奇怪的是,他在这个世界里飞翔,并不需要拍打翅膀,而周昇、陈烨凯也随着他的升空而不断上升。陈烨凯提起灯,在余皓的屏障保护下,金色的火焰明亮了许多,他们迎着漫天坠落的记忆碎片,飞向天顶。

"没有用。"周昇皱眉道,"记忆碎片不知道从哪里掉进来,找不到源头。你看,碎片都是竖直掉落,不呈放射状,没有入口。"

陈烨凯说道:"不可能凭空出现,一定有个入口。"

周昇:"你忘了这儿是梦,不遵循现实逻辑。"

余皓知道他们一定在自己过来前早就讨论过,他想了想,说:"你们攻击过天顶吗?"

周昇自从有了金箍棒后,从前的剑就消失了,陈烨凯的配枪却还在,他拿起枪,说:"试过好几次了,没有效果。"

陈烨凯在屏障中扣动扳机,一道金色光柱射向天顶,消失在黑暗中。

"没用。"周昇说。

陈烨凯又抽出武器系带中的小刀,扔了出去,不知过了多久,小刀一个回旋,飞了回来。

余皓沉吟片刻，拆开法杖，双手各持匕首，说："我来试试！"

紧接着，余皓在空中一个头下脚上的翻身，抡起一道闪电般的弧光！那弧光如破开夜幕的新月，"唰"的一声迎着漫天记忆碎片，飞向天顶！

漆黑天幕被无声无息地撕开一道裂口，周昇顿时震惊了。

"走！"陈烨凯马上道。

余皓带着两人，唰地冲向那裂口，冲出了遗忘废墟，回到潜意识世界里。

"太好了！"周昇没想到竟这么容易，喊道，"回来了！战斗准备！"

说时迟那时快，头顶响起一阵嘶哑的咆哮，余皓先前进来时根本没发现，此时抬起头，只见黑洞中央的顶端，出现了一只黑色的巨大机械怪物，如机械蜘蛛般伸展出无数只金属臂，金属臂末端弹出刀、锯、枪、锤等众多利器与钝器，如闪电般朝他们袭来！

"我的天这是什么?!"余皓看见那机器怪物，顿时大喊一声，周昇喝道："把我们打进废墟里的怪物！"

余皓飞在空中，以屏障保护周昇与陈烨凯，喊道："打吗？"

周昇撑开一面巨盾，那机械怪物的所有武器同时击在盾牌上，"当"的一声巨响，余皓耳朵险些被震聋了。陈烨凯从盾牌后突然射出一枪，光柱射去，射断其中一只金属臂，那持尖刀的金属臂当即被吸扯进潜意识深处。

更多的金属臂追了上来，周昇将盾一收，化作金箍棒，铿铿数声，与那无处不在的金属臂相击，喊道："离开这儿！"

"可是去哪儿？"

陈烨凯喊道："沿着直觉走！直觉！"

"我就没有直觉……"余皓在空中飞翔，那屏障犹如一艘太空船，周昇与陈烨凯守护在他的身边，不住出招，与堪比天地般大小的多臂金属怪物战斗。金属手臂不断被打断、掉落，纷繁的武器却仿佛丝毫没有减少，反而越来越多。

"直觉！"周昇情急道，"你往哪儿飞？六条通道是六感，往直觉那条路走！"

余皓刹那间明白了，黑洞周围的六道旋臂，象征着梁金敏的听、视、触、味、嗅与直觉六感！而梦境世界的存在物，被黑洞通过这六条通道，源源不绝地吸进遗忘废墟里！

"那里可以通往上层精神世界吗？"余皓喊道。

"没有上层世界了！"周昇道，"她的梦境已经破碎了，到直觉的尽头去，待会儿告诉你为什么！"

"可是直觉是哪条路？"余皓四处寻找布满碎片的星河。陈烨凯一枪打中抓向他们的利爪，大声道："碎片全部长成一样的路！"

余皓马上就明白了，在六道旋臂中找到了一条奇特的路，那条路上，被吸扯的记忆碎片全是均匀的球形，大小、形状没有差别。余皓一转身，俯冲而去，在直觉的河流中开始逆流而上。

周昇正要发力，却与陈烨凯一同被余皓带得远离了金属怪物。

余皓："那是Boss吗？"

周昇："对！"

陈烨凯："把灯拿着！"

余皓飞翔之间不忘回头看，只见金属怪物又追了上来，那堆金属手臂无论如何打也打不完，而且还能自由伸缩！周昇与陈烨凯一路倒飞，并与金属手臂激烈交战，余皓则带领两人在直觉之路上飞翔。

就在他迎着这直觉的星河飞去时，奇迹发生了，一路上飘浮的圆球仿佛受到吸引，朝着余皓手中的提灯不住飞来！

直觉记忆正在进入火焰里，而那灯中的火光，也越来越亮。

陈烨凯道："起作用了！"

"我猜对了吧！"周昇喊道。下一刻，一柄巨锤朝着三人猛地砸下，周昇一声怒吼，全身金火轰然爆发，那盾牌甚至化为金色，盾面隐约浮现出太阳轮纹饰，挡住了那一锤！

余皓眼看直觉之路尽头出现了一个平台，当即带着周昇与陈烨凯直飞而去。

"成功了！"陈烨凯喊道，"太好了！"

余皓："……"

提灯被带着冲上高台时，直觉之路中所有的碎片全部被吸进了灯内，而在那平台上，则出现了一个祭坛！

周昇抖开金箍棒，转身——

"嗨——呀！"一声大喊，周昇以金箍棒一敲下去，将追到身后的金属臂全部打碎。

余皓："接下来呢？怎么办？"

"看我……变个戏法给你看！"周昇带着笑容，侧身，朝那提灯中一吹。

一声轻响，提灯灯芯分离出火焰，如闪电般击中了祭坛，祭坛上"嗡"的一声卷起火柱！照亮了天地！

金火燃起时，天地间一阵明亮。

余皓已经混乱了，他被周昇指挥着行动，根本不知道这是在做什么。周昇又道:"快!Baby——!下一条路!"

陈烨凯道:"走!"

余皓带着两人飞向第二条道路,那路上全是五颜六色的奇异画面碎片,如同彩色玻璃般掠过。飞过那条通路时,所有的画面碎片尽数被吸入灯里,到得视觉之路的尽头,同样出现了祭坛!

周昇第二下吹去,视觉之路尽头的祭坛,同样蹿起了金火!

周昇:"继续!"

天顶的机器怪物感受到了威胁,发出刺耳摩擦般的尖叫声,更多的金属手臂挥舞着砸下,整个潜意识世界产生了剧烈震动,然而对于已建立起金火的区域,那怪物竟十分恐惧,不敢靠近。

"我去拖住它!"陈烨凯喊道,"交给你们了!"

说着陈烨凯冲出了余皓的屏障,在金属臂间穿梭,引开了那巨大怪物的注意力。

"继续!!"周昇喊道,"余皓!"

味觉、触觉、嗅觉、听觉……余皓拉住周昇的手,周昇扛着金箍棒,两人保护那盏灯,飞向各个祭坛。每到一个祭坛,周昇便一吹,灯中火种射出,祭坛上随之蹿起金火!

"这是什么?"余皓道,"是你的新法术?"

"是活着的希望。"

最后一个祭坛燃起火焰时,周昇看了眼余皓,笑道:"打完收工!"

直到最后一条道路尽头,六个平台的祭坛上,亮起熊熊火焰,整个潜意识世界刹那间大亮!黑暗全部退去,而那盏灯里的火种已彻底消失!

余皓:"……"

周昇对余皓神秘地眨了眨眼,说:"忘了咱们见面的第一天吗?长城上的烽火是怎么来的?"

余皓瞬间想起了很久以前,将军带着他去点燃的烽火!打火机是他找到并递给周昇的,周昇点亮了灯,再带着他,穿过长城,点起了烽燧。那时候他尚未坠入潜意识的世界,点起的火焰,则照亮了潜意识与意识的边缘。

周昇一手扛着金箍棒,另一手搭在余皓身上,整个潜意识世界开始震荡,陈烨凯向他们飞来。六个祭坛上的烈火开始转向,朝着中央黑洞不断汇聚,六道火焰沿着六感通道,汇入黑洞中,注入后开始旋转,天摇地动,金属怪物发出狂吼。

第10章 ◇ 修正者

林寻:"你居然……能从潜意识里回来……"

"林寻,"梁金敏的声音响起,"没能杀掉我,你是不是很不甘心?!"

旋转的黑洞爆发了,四面八方一阵明亮,白光闪过,黑洞的边缘不断扩大,中央现出岛屿般的发光区域,紧接着化作一道冲击波,从三人身上扫了过去,暴风中,周昇马上转身,护住余皓。

余皓身上的屏障一接触到这股暴风,瞬间就消失了!

"成功了……"陈烨凯颤声道,"成功了!"

世界陡然变了个模样,大地化为坚硬岩石,山峦起伏,四处尽是喷发的火山,火山灰升向天空,意识世界出现了!

天地晦暗,然而较之潜意识中的黑暗虚空,它已有了朦胧的轮廓,火山的岩浆源源不断淌向洼地中央的一座机械城池。城池中央,则盘踞着一只上万米的巨大怪物!

那怪物睁着硕大的、昆虫般的黑色球形复眼,余皓一眼看去,第一印象就是……林寻的头!他的眼睛微微凸出,额头、面部,与这只大金属虫非常相似!但它的嘴、耳朵,却又有点像另一个人。他们在潜意识中与之战斗的对手,正是这只怪物的下半身。而此时,熔岩已近乎覆盖了整个意识世界,包围了城池。

那"林寻虫"的金属手臂一伸就是数千米,卷动着极其复杂的机关,正在四处挥舞,以砸、斩等动作毁灭这个世界。火山则不断喷发,涌出更多的岩浆,淌向城池。

余皓与陈烨凯、周昇正站在一座火山前的悬崖上,身周热浪滚滚。

"周昇?你看!"余皓示意周昇看左侧,最高的那座火山上,出现了一座洁白的神庙,神庙前仿佛有个穿着一身长裙的祭司,身前祭坛红色火光熊熊,每次强度增大,火山便一同爆发出烈焰与熔岩,涌向远方城池。

"梁老师?"陈烨凯皱眉道。

那金属"林寻虫",则不死心地伸出武器,妄图毁掉火山之巅的神庙。

咒语声不断传来,火山每一次喷发,都射出猛烈的流星,坠落于城池。剧烈的地震下余皓几乎以为梁金敏打算与占据城池的怪物同归于尽了,但这世界却总是能坚强地挺住。

"这家伙也没你梦里那么强嘛。"周昇说。

陈烨凯无奈道:"当然,我们的关系是师徒,对梁老师来说,却是夫妻,在梁老师的印象里,他们旗鼓相当,一旦决定破釜沉舟,也许……内心深处,仍然觉得能与他同归于尽吧。"

周昇很满意,说:"这么看来,就用不着咱们再多管闲事了,祝梁老师成功地炸掉这只怪物,夺回图腾吧!"

"嗯。"陈烨凯观察了一会儿,岩浆再持续爆发下去,也许就能慢慢地熔掉金属怪物,哪怕这梦境已成为废墟。金属怪物在火神的怒意下毁灭后,还能慢慢地重建起来,但是过程很长。

"我觉得暂时不必担心了。"陈烨凯说,"现实里得保护好她不受伤害。"

"那,晚安啦。"周昇看也不看陈烨凯,随手按在他的额头上。

陈烨凯砰然化作光粉,就这么消失了。

"哇。"余皓还是第一次看见人离开梦境世界的瞬间。

"'哇'什么?"周昇茫然道。

"这招好炫。"余皓说。

周昇:"把凯凯炸成了一朵烟花吗?"

余皓道:"原来你每次跟我说晚安的时候就是为了看烟花?!"

周昇笑了起来,说:"以前每次送你出去的时候,都挺舍不得的。"

余皓听到这话时,心里的弦又被拨了下。

"走不走?"周昇问,"就剩咱俩啦。"

余皓怀疑地看周昇:"你就没什么想说的吗?"

周昇茫然道:"啊?"

余皓还有点不爽,盯着周昇看,陈烨凯在的时候,有许多话他不好说,但现在只有两人了,余皓还没想好要怎么凶他。居然瞒着自己就跑进别人的梦里,真是太危险了!

"以后不能招呼也不打就出动!知道吗?"余皓道。

"好了!"周昇道,"别念行吗?起床吧?吃早饭去?"

余皓满腹狐疑,有太多问题想问周昇,周昇却道:"没啥好看的,来我梦里说吧。"

余皓稍抬着头,闭上双眼。

周昇:"……"

余皓等了几秒,没等到那句"晚安",睁开眼,说:"怎么了?"

"你……"周昇突然笑了起来,脸有点红了,说,"闭眼睛做什么?"

余皓:"???"

"晚安。"周昇道,接着把手按在了余皓的额上。

第11章

监 视

　　黑暗里，余皓醒了，周昇则稍一动，试着抬手，发现余皓侧躺在自己身边。

　　"几点了？"余皓只觉得这次醒来比以往的每一次都累，而且天也没亮，周昇腾出另一手拿手机看了眼。

　　"五点零五分。"周昇打了个哈欠。

　　"怎么才睡了半小时？"余皓困得要炸了。

　　"潜意识里时间过得很慢。"周昇答道，"再睡会儿吧。"说着以被压着的一手在他身上轻轻拍了拍。突然一道闪电，将寝室中照得大亮，雷声仿佛就在头顶炸开，把余皓吓了一大跳，顿时清醒了。余皓与周昇挤在那狭小的单人床上，枕着他的肩膀，突然回过神，忙爬回自己床上去。

　　周昇翻下床，活动胳膊，到阳台前去关窗，余皓躺回自己床上，昨夜是整个初夏里最闷的一夜，郢市热得如同蒸笼。这场雨等了三天，终于在这个清晨铺天盖地地下了起来。水汽在狂风中冲进了寝室里，犹如蒸笼终于揭盖，一股暑气消散后，伴随着整栋宿舍楼摔窗撞门的"砰砰"声响，天地间终于凉爽下来。

　　周昇把窗门留了条缝儿，衣服全收了进来。余皓昏昏欲睡，看了眼手机，见群里陈烨凯说："梁老师醒了。"

　　"周昇？"余皓道。

　　周昇把衣服折好，正刷着牙，顺手接过手机看了眼。

　　"我在医院。"陈烨凯道，"他们正在给梁老师做检查，黄霆已经到了，不用再担心。"

　　雨越下越大，余皓给陈烨凯回消息，阳台外拉起了雨帘，暴雨打在楼下塑料棚上，陈烨凯显然正处于忙碌中，没回。

　　"他昨晚在医院睡的。"周昇答道，"只要梁老师一醒，黄霆就会去医院里头守着，用梁老师病情恶化的理由把林寻骗过去，不会再像上次一样了。"

　　"计划挺周密的嘛，手机我看看？"余皓向周昇伸手。

　　周昇："看啥？"

　　余皓："看你们怎么商量的啊。"

　　周昇："不给。"

余皓:"给不给?"

周昇死活不松口:"不给!"

余皓:"你们为了这次行动,准备了多久?"

周昇拿着手机,翻与陈烨凯的对话,拿着给余皓看,对话内容大多围绕着金乌轮与梁金敏的潜意识。余皓看了眼,里头还有许多语音,只得作罢,瞥了眼周昇,心想明明是心里有鬼。

"还睡不?"周昇问。

余皓缩在薄被子里正发呆。

"喂!"周昇道,"还睡不?问你哪。"

余皓转头看周昇,无奈道:"睡不着了啊,我再努力下吧。"

"还气呢?"周昇茫然道,"吃早饭去吧。"

周昇走在余皓旁边,举着一把黑色的大伞,往余皓倾斜着,自己一侧肩膀露在雨里,打湿了左半身。两人穿着短裤拖鞋,穿过校道去食堂吃早饭。

鄞市的雨季来了,不知为何,在这个暴雨倾盆的清晨,余皓心里有种按捺不住的冲动,数日前的郁结之气仿佛被大雨一扫而空。周昇撑起伞的那一刻,令余皓想起了奇琴伊察梦里为他们遮挡雨水的黑龙。

余皓的众多念头,就像彩票的转盒里,无数珠子翻来覆去地旋转。这些天里,他不停地想,正如将这些念头不停地用力摇,一圈又一圈,却始终不敢停下,总盯着那唯一的彩球,希望摇出来的会是它。

"少爷早啊。"

周昇班上的同学从校道上过来,与两人打了个照面,笑嘻嘻地看余皓,想说点什么,可注意到周昇的表情,又忍住了,却对余皓吹了声口哨。

余皓:"?"

"还生气呢啊?!"周昇却误会了余皓的沉默,搭着余皓的肩膀,说,"我说下次不会了!"

余皓却岔开了话题,问:"你外号叫'少爷'吗?"

周昇"嗯"了声,随口道:"上回我爸请吃过饭,他们就给我起了这外号。"

余皓想到了别的,说:"那你听说过我有什么外号吗?"

"没有。"周昇答得倒是很快,"'睫毛宝宝'现在不叫了。"

余皓道:"上回你说有事找我商量,是什么?"

周昇想了想,答道:"改天吧。"

第11章 ◇ 监视

余皓道:"我也有话说。"

周昇一脸狐疑地望向余皓,余皓停步,雨越下越大,周昇举着伞,两人站在校道一侧。

"去食堂说啊。"周昇道,"啥事儿你非要在这……"

过路的学生纷纷看着他俩,余皓眉头深锁,正想开口时,忽然越过周昇,看见远处教师宿舍楼下的一个身影。

"快看!"余皓忙示意周昇,周昇回身,眉头顿时拧了起来。

林寻举着把单人伞,从宿舍楼上下来,绕过食堂,前往东校门。

"他去医院吗?"周昇道,"通知凯凯?"

余皓再顾不得别的,掏出手机,拨了陈烨凯电话,那边没有接听,应该正忙着。周昇与余皓到得树后,余皓紧张道:"他没接,跟吗?"

周昇道:"你饿不饿?"

余皓哭笑不得:"这种时候说什么饿不饿?明显这事儿更重要啊!你还能不能好了?"

周昇:"你饿了就容易发脾气,当然得先吃饱了!骂我干吗?"说着把伞递给余皓,转身跑了。

"你去哪儿?"余皓喊道,周昇冒雨跑了出去。余皓一脸抓狂,赶紧给陈烨凯打电话,按理说陈烨凯已经与黄霆布好网,在医院等着林寻,问题应该不大,余皓却始终多了个心。

余皓躲在树后,窥视林寻等车,不时回头看。周昇以百米冲刺的速度跑向宿舍楼,片刻后又跑了回来,扔给余皓一件运动服外套,自己也穿上外套。

周昇道:"跟上去看看!"

两人穿着拖鞋,快步蹚过校道外的积水,出了校门,只见林寻叫了辆网约车,匆忙上车去。周昇只是瞥了一眼便道:"跟着他,他不是去医院!"

余皓马上打车,两人上车,周昇向出租车司机说:"跟着前面那辆车。"

出租车司机识趣地没有多问,跟上了林寻坐的网约车。余皓道:"你怎么知道他不是去医院?"

"他提着一个电脑包。"周昇道,"急匆匆去医院,不会带那么大的包,消息是怎么泄露的?他要跑路了!"

余皓马上给陈烨凯打电话,还是没人接,出租车司机插了句:"这条路线不是去机场。"

前面的车没上高速,周昇眉头深锁,开始打黄霆的电话,这次黄霆接了,周昇马上道："那家伙要跑了，目的地不明，我们正跟着。"

"把你手机定位发过来。"黄霆在电话那边说，继而把电话挂了。

余皓紧张得手有点发抖，周昇摸了下他的手，说："怎么你手还是这么冷？"继而握着余皓的手，说，"找半天没找到长裤，鞋子也忘带了。"余皓低头看，两人还穿着运动短裤和一字拖，脚上全是水。

"你们是学生吧？"出租车司机说。

周昇"嗯"了声，过了红绿灯，出租车被前面林寻的网约车甩开了数辆车的距离，这路口红灯过得快，一会儿就堵住了，出租车没过红灯，网约车却已开走了。

"糟了！"余皓道。

"别紧张。"周昇说，"拐过路口，说不定还能追上。"

出租车司机说："这条路应该是去码头，没猜错的话。"

陈烨凯打电话来了，余皓回了电话，让他马上通知黄霆派人去码头，陈烨凯说："奇怪，到底是哪里走漏了风声？"

黄霆的声音说："看看这个。"

"妈的。"陈烨凯道，"这家伙还在病床下装了窃听器！"

黄霆接过电话："想办法拖住他，靠你们了，现在堵车堵得厉害，拖延至少二十分钟。我们第一次传唤过他，没有获得任何证据，他在领导面前反应很激烈。这是第二次了，领导在向我施压，情况也非常棘手。必须等被害人彻底清醒，在证明她没有精神问题的前提下，指认林教授有谋杀意图，才能开始走流程。"

陈烨凯在电话旁说："整个过程需要一点时间，现在梁老师正在回忆更多细节，她昏迷太久了，记忆有断层，我争取……尽快。"

"行。"余皓不知道要抓个人还这么麻烦。

出租车司机道："到了，喏，你们看，码头。"

网约车已经开走，余皓快速摸出手机付钱，周昇撑伞，快步下了码头。余皓在高处一眼瞥去，下面形形色色的伞，人来人往，许多人正登上江边的游轮。

"哪艘？"周昇道，"看见了没有？"

余皓："那艘快开了，肯定是那艘！我看见他的伞了！"

"聪明！"周昇道。

"跟你学的。"余皓答道。

雨势丝毫不见小，哗啦啦地沿着大路边的台阶淌下，余皓在台阶上一滑，

第11章 ◇ 监视

险些摔下去，周昇忙拉住他，说："小心！"

这路上全是水，实在太滑了。江边竖着"五天四日游"的牌子，从郢市出发，逆流而上，两岸风光正美，这旅游项目简直是退休老年人的最爱。周昇与余皓下得大台阶，又要下小台阶，只见将近四十个老年人，正步履蹒跚地缓慢挪动。

余皓："……"

周昇："……"

两人焦急无比，只想快点上去把林寻拖下来，奈何前面的队伍移动速度越来越慢。余皓道："黄霆的人呢？还没来！上去怎么办？"

周昇："照面先动手，把事情闹大，船就走不了了。"

老年人队伍前，导游还在介绍，周昇瞅好空当，收伞，从导游身边挤了进去，回身抓住余皓的手，把他拖了过来。

游轮入口有两名船员在验票，余皓道："进不去了，怎么办？"

周昇想了想，让余皓等着，到码头边上去，片刻后拿了两个芒果过来，扔给余皓一个，余皓接住。

余皓："？"

"交给我，你别说话。"周昇带着余皓，大大咧咧挤到队伍最前就往里走，船员道："哎，你们俩！"

周昇道："刚下船买水果去了。"

"牌子呢？"船员指指胸口。

周昇随手拍了拍兜里，说："忘带啦。"

人多忙乱，船员忙不过来，只得将周昇他们放了进去，反正这种大型观光游轮，买了票都有房间，逃票逃了也没地方住，不少送人上船的也一起进去了。

"哇。"余皓进了游轮里，这完全就不像一艘船，里头已经被装修成了酒店！酒店大堂里有客人正排队登记，桌上还有招待客人的茶水与饼干。周昇拿了几块饼干，让余皓揣着："找人去。"

到处都是拉着行李箱的客人，余皓不住张望，这游轮上什么都有，茶艺店、玉石店、工艺品店……一层还有自助餐厅。

"想玩吗？"周昇道，"暑假来坐吧？先找人，别看了，你猜他会在哪儿？"

余皓道："我觉得他应该是今早窃听到梁老师醒来以后，临时订的船票。"

周昇沉吟道："对，临时订，不通过旅行团……通常只有最贵的票了……也就是说得往上走，高级房都在上面。"

周昇吃着芒果，与余皓进了电梯，余皓道："这一天得多少钱？"

"四千八。"周昇按了三层,答道,"外头广告牌写了,五天四晚豪华游。"

余皓心想他两个月打工钱玩四天,有钱人的生活真是奢侈。

电梯"叮"一声到了第三层,得走螺旋楼梯上顶层,顶层只有十二间豪华客房,每间客房配一个单独甲板阳台,两处尽头则是超VIP总统套房,下面人声鼎沸,顶楼却十分安静。

"哪一间呢?"周昇说。

余皓道:"挨个敲敲?"

就在此刻,船上响起了广播声。

"各位亲爱的旅客,本船将在十五分钟后出发,这是最后一轮广播,请送亲友的旅客,尽快下船。"

余皓:"……"

陈烨凯电话来了:"情况怎么样?"

"要开船了!你快点啊!"余皓道。

"黄霆回所里办手续了。"陈烨凯道,"马上就到,拖住他!"

挂了电话,两人面面相觑,人都没找着呢,拖住谁?周昇道:"不能敲门,敲多了万一被他从猫眼里发现,咱们会被船员赶下去的。"

余皓道:"我现在已经不太确定林寻是不是上了这艘船了。大堂里是不是有登记名单?能查到不?"

"相信你的直觉。"周昇道,"一定就在这一层。他们不会给咱们看客人名单的。"

周昇站在走廊里,面朝一侧,思考片刻,又转向另一侧。余皓本以为周昇在现实里也有什么超能力,但周昇站了一会儿,什么也没发生。

"有办法了,走。"周昇道。

两人又下楼去,周昇看了眼消防通道地图,朝下层走,他轻车熟路,推开一扇门,进了走廊。

这又是哪儿?余皓一头雾水,看见两侧的不锈钢架子与水槽,是厨房?

周昇在厨房里往尽头的办公室中瞥了眼,一名船员正在登记人数,周昇示意余皓躲到架子后,说:"桌上有房间的名单,我引开他,你去把名单拿过来。"

余皓心想太聪明了!

周昇开始用力敲门,那铁门一敲就震耳欲聋地响,船员被吓了一跳,赶紧过来。

"什么时候开饭?!"周昇道,"不是说有点心的吗?"

第11章 ◇ 监视
CHAPTER 11

船员忙道:"你找经理去,这里是厨房!"

周昇:"妈的!这么贵的船票,连个早饭都没有?都快饿死了!"

周昇大大咧咧,一副蛮横富二代派头,完全本色演出。船员不敢惹他,只得赶紧让他走,余皓马上从船员背后闪身进了厨房侧的办公室,把名单的复印件拿了起来,折好揣进怀里。船员好说歹说把周昇推走,让他去自助餐厅等,转身正要回办公室时,走廊另一头通知开会的来了。

周昇转过厨房拐角,与余皓会合。

"V402,"周昇道,"林先生,1人。V407,林先生,3人。两个姓林的,这个一家三口的不是他,402没跑了。"

汽笛声响,整艘船蓦地一震,余皓道:"糟了!快上岸去!"

周昇:"怕毛,就待这儿,查不到咱们头上……哟,果然有早饭,这蛋糕不错,西厨做得比中厨好,先吃再说。"

周昇随手揭了个盖,里头是排列得整整齐齐的焦糖慕斯,他拿了块吃了起来,再给余皓递了块。

"太甜了。"余皓有点受不了,听见外头有脚步声靠近,紧张起来,"快走吧!"

"走毛啊,早饭都没吃呢,找找蒸点在哪儿。"周昇又发现了一排蒸好的广式茶点蒸笼,说,"蒸排骨喜欢吗?好像蒸得有点过头了,来尝尝?"

余皓:"……"

"这儿有筷子。"余皓简直紧张又刺激,和周昇开始在厨房偷吃。周昇翻开汤罐,舀出两碗冬瓜薏仁牛尾汤,边喝边注意周围动向,又说:"没事我看着呢,他们开会,不会有人进来的。"

余皓生怕被抓住,但周昇总能在千钧一发时脱险,也就不担心了。

周昇:"吃饱了吗?"

余皓:"吃饱了。"

"那走吧。"周昇又给余皓喂了个蟹籽烧卖,拿着一次性杯子接了咖啡,还顺便帮厨师把台面收拾干净。两人沿着走廊,经过会议室,看见一伙厨师或站或坐,听厨师长开会。

"欸?"余皓看见储物间里的餐车,说,"我有个办法。"

周昇:"假装送餐吗?别,他认识咱们,施梁那事可千万别再来一次了。先通知凯凯,他就在这艘船上。"

两人回了大堂,一时有点一筹莫展,周昇示意余皓站过来点,别站在中庭,生怕万一被林寻出来闲逛发现,虽然他出来的可能性很小。余皓给陈烨凯打电

145

话,告知了细节,船已起锚,一时也回不去了。周昇则注意着大堂里来往的人群,开船后客人少了许多,各自回房看风景了,一名身穿制服的船员注意到了他俩,过来道:"两位是哪个房间的?需要送你们回房吗?"

余皓正对陈烨凯道:"我们现在在船上,回不去了,怎么办啊?"

陈烨凯道:"订个房间,随时注意动向。"

黄霆接过电话:"给你俩报销,但只能住标间,先找地方住下吧。身份证的问题,我给你发个电话,你让船上打这个电话,所里给你解决。"

"上来参观参观,没注意耽搁了时间。"周昇对船员道,"我补票好了。"

船员:"……"

余皓对电话里说:"我们没带身份证……周昇?"

船员:"跟我到办公室解释清楚吧。"

周昇说:"我补票啊,哎!别碰他!怎么?想打架?"

电话那头梁金敏的声音道:"Nicky,把电话给我。"

现场一片混乱,余皓生怕周昇动手,忙以眼神示意镇定。周昇接过耳机,里头梁金敏说:"是余皓吗?"

"我周昇。"周昇把余皓挡在自己身后,抬眼看船员,说,"梁老师好,您好点啦?"

梁金敏说:"醒了,回忆细节还需要时间,请你们住林老师的隔壁,监视他的一举一动,费用我出。"

"好嘞!"周昇一声喝彩,把余皓吓了一跳,说,"凯凯,你听见了?微信转过来吧?"说着从衣兜里,以手指夹出自己与余皓的身份证,递给船员。

"你居然带了身份证!"顶层豪华客房还没住满,余皓与周昇到了顶舱406,顿时心花怒放。周昇补过票,示意余皓小声点儿,以房卡刷开门,两人闪身进去。恰好402的总统套房开门,林寻走了出来。

林寻出来的刹那,406关门声响。余皓刚进房,听见总统套房的关门声,周昇马上做了个"嘘——"的手势,凑到猫眼前去看。

"他出去了。"周昇把身份证放在床头柜上,说,"我怕万一追到机场没法进安检,顺手把身份证也带上了,还好。你看咱们订VIP套房的时候,经理脸上都笑出花了,花钱就能解决的事儿,紧张啥。"

余皓再一次认识到这是个有钱就基本上可以为所欲为的世界,周昇一说要订九千八百八十八元的豪华套房,还要升级成豪华套餐时,马上就没人找他俩麻烦了。总统套房与林寻的房间对着,隔了整条走廊不方便,豪华套房

第11章 监视
CHAPTER 11

九千八百八十八元，余皓也享受了一把超级贵宾待遇。周昇又打电话，让船上给送餐，余皓道："还吃？吃不下了。"

"吃吧。"周昇又到酒柜去找饮料，说，"先补觉，那家伙跑不了。"

"哎呀。"余皓简直心花怒放，公费出差，还是顶级待遇，希望林寻别这么快下船，正好顺便玩几天，而且这房间还是个大、床、房！

"食色乃人之大欲。"周昇到阳台去观察地形，说，"少……余皓同学，吃好玩好。"

余皓哈哈笑了起来，躺在床上按遥控器看电视，黄霆的电话来了。

"我到码头了。"黄霆道。

"都开船两个小时了！"余皓说。

黄霆说："我知道，船很快就会出省，我去办异地拘留手续。"

周昇回来坐床边上，余皓开了外放。

"……林寻现在还不知道咱们正在追踪他，他的目的地是这艘船的泊岸终点直辖市，可能会去拜访你们陈老师的父亲，也可能从那里直飞洛杉矶，离开国内……"

周昇道："行，我们会注意跟踪，及时汇报的！"

"在我们抵达前，不要惊动他。"黄霆说，"你们搭乘的这艘船，今天中午会停靠第一个补给小站，只停十分钟，明早停靠第一个大站，让乘客下船游览，停靠点和时间我发周昇微信上了。

"我现在打电话给第一个县的公安机关，请他们协助，再回去接上陈烨凯，从陆路出发。但那个县很小，就怕错过，如果顺利得到协助，最迟明天早上我们就能上船，带他回去。现在等所里通知这艘船的船长，放心，他逃不掉了。"

周昇那边，陈烨凯的电话又来了。

周昇道："凯凯，说好的大招呢？梁老师什么时候放大招？"

陈烨凯那语气有点烦躁，说："我们正在回忆，别着急。"

"是周昇吗？"梁金敏的声音道，"还是余皓？"

"哎，梁老师，我们在一起呢！"周昇说。

梁金敏道："住进去了吗？"

"挺好的！"周昇与余皓一起说。

余皓："谢谢梁老师请我们住这么好的豪华游轮！"

梁金敏道："谢谢你们，你们都是好孩子。有一件事，请你们注意一下，他有一台笔记本电脑……"

"随身带着。"周昇马上道。

"果然在他身上。"电话里陈烨凯在一旁说。

梁金敏与陈烨凯交谈道:"不行,Nicky,我尽力了,实在想不起来了,我总觉得还有什么……"

陈烨凯道:"您再努力试试,梁老师。"

余皓道:"很重要吗?"不过想也知道,林寻要跑路还会带着笔记本电脑,里面一定有些不可告人的东西。周昇却轻轻摆手,示意余皓别多问。

"我说的是别的事,在我昏迷前。不过笔记本电脑……里头倒是有一些电子票据、表格以及聊天记录。"梁金敏并不遮掩,坦然道,"是关于项目经费申报的很重要的证据,既然带在身上我就确定了。好,谢谢你们。"

"等等。"余皓突然又问,"梁老师,您知道他的开机密码吗?"

梁金敏沉吟了一秒,答道:"知道,现在发给你?"

周昇与余皓交换眼神,余皓道:"待会儿吧,如果我能弄到那台笔记本电脑的话。"

陈烨凯接过电话,正要再说时,电话那头却传来一个声音。

"金敏?你醒了?"

陈烨凯挂了电话,余皓与周昇面面相觑。

"是院长吗?"余皓道。

"院长看她去了。"周昇随口道,"有钱能使鬼推磨……梁老师也不是省油的灯啊。"

"大招是什么?"余皓莫名其妙道。

周昇道:"凯凯说,梁老师在昏迷前已经开始想办法搜集林寻的一些证据。不会睡一觉起来以后给忘了吧。"

余皓说:"她正在想呢不是吗?希望吧……"

余皓打了个哈欠,周昇说:"先睡会儿。"

两人听见隔壁关门声,林寻回来了,余皓又警惕起来,周昇摆手示意无妨,跳上了床躺在余皓身边,把电视开了静音,按遥控器玩。余皓侧过身,靠在周昇身边睡着了,这床太大了,睡起来真舒服。不知过了多久,他感觉到周昇起床,抬头看了眼,见周昇拿着个玻璃杯,靠在墙上听对面动静。

余皓忙起来,周昇做了个"打电话"的动作,余皓以口型示意:"在说什么?"周昇摇摇头,意思听不清,让余皓来听。

片刻后,隔壁房间开门声响,林寻又出去了。

第11章 ◇ 监视

"离第一个停靠站还有二十分钟。"余皓说,"他会下船吗?"

周昇摇摇头:"不清楚,去偷他的笔记本电脑?"

两个房间的阳台中间隔了一面墙,但这根本难不倒周昇,周昇到阳台上朝隔壁看,风大雨大,船行驶到江心,余皓道:"小心点儿,要么还是别去了,万一他突然回来怎么办?"

周昇也有点犹豫,说:"我快去快回吧。"

风雨大作,船一出江,狂风暴雨更猛了,周昇被吹得浑身湿透,白T恤贴在胸膛上现出肉色,全身往下滴水。周昇爬了过去,余皓不想让他自己冒险,于是也跟着爬进了总统套房的阳台。阳台门锁着,顶上却有个通风的外推窗,余皓扎了个马步,两手手指扣着,周昇脱了拖鞋踩上去,借力翻进了总统套房里,从里头开阳台门,余皓忙拎着拖鞋进去,转身锁好门。

风雨一阵一阵地吹打着阳台门,总统套房比豪华套房更宽敞也更豪华,电脑包放在沙发上。周昇上前翻找,没有笔记本电脑。余皓也一身湿透,两人踩进房里带了不少水,又是木地板,忙找东西来擦干,免得被林寻发现。

空调开得太大了,余皓冷得全身发抖。

"他把笔电随身带着。"周昇道,"这家伙太小心了。"

余皓:"要动手抢吗?抢到以后把门反锁,拿到电脑以后只要半小时,连上热点把梁老师要的东西发出去。"

周昇答道:"不行,电脑是他的个人财物,在船上一报警,他马上就可以借助安保把电脑拿回去,咱们会被关在办公室里头,到时万一引起他警惕,把资料删了更得不偿失。"

房门"嘀"的一声响,说时迟那时快,周昇将余皓一拉,两人迅速闪身,进了衣柜,周昇轻轻关上衣柜门。房门打开,林寻走了进来。

"是的……"林寻说,"现在情况就是这样,他们不能逮捕我,只能传唤我。"

林寻手臂下夹着笔记本电脑,显然是在路上临时接到电话,又回房来打电话。他顺手把笔记本电脑放在办公桌上,充上电,开机,思考片刻,按了几个按键,笔记本电脑开始跑程序,林寻起身,走到阳台落地窗前。

余皓与周昇藏身衣柜里,余皓心想这总统套房的衣柜也太大了吧,还以为会抱着挤一起呢。

"夫妻动手,对咱们这代人来说都司空见惯了,在国外的生活改变了她……唉……"林寻边打电话边四处瞥,"金敏那人你也知道的,嘴特别欠,有时被打完全是自作自受。当然,我也有错,喝高了,一时控制不住。但跑来说我谋

149

杀，这就太过了……一日夫妻百日恩，结婚都二十年了，为了离婚，真是无所不用其极。对、对，什么夫妻感情，在钱的面前都不重要了……对了，有什么能证明，一个人，在特定的某段时间，处于昏迷状态？我想来想去，这罪名应该也套不到我身上……"

周昇在衣柜里轻轻蹬开拖鞋。

"口角上升成肢体攻击这点我承认，我亏就亏在没去验伤……"林寻低头，看见阳台落地窗下有水迹，伸手拉开落地窗，朝外张望。

余皓与周昇光着脚，从衣柜里无声无息地出来，周昇看了眼办公桌上的笔记本电脑，眉头拧了起来，余皓小心地背对门。周昇伸出手，不发出任何声响，靠近办公桌。然而下一刻，林寻无意中转过头，声音顿时停下。

周昇当机立断，上前把笔记本电脑盖上，余皓马上开门，林寻速度却比周昇更快，一个箭步，抓住自己的笔记本电脑！周昇索性改偷为抢，光脚一步踩上办公桌，旋身一脚扫去，林寻大喊道："有贼！"

就在短短顷刻间，游轮突然猛烈地一抖，靠岸。那一抖下周昇突然失了平衡，在办公桌上一滑，摔了下来。周昇鲜有失手的情况，余皓马上冲向办公桌，木地板上还有水没擦干，周昇一步滑下站不稳，沿着落地窗摔了出去！

"周昇！"余皓冲了出去，外头就是船舷，周昇那一滑，差点从舷栏下摔出掉进江里，幸而余皓冲到近前，死死抓住了他。

林寻马上喊道："有贼！有贼！"旋即把笔记本电脑往电脑包里一塞，抓起电脑包，跑了出去。

"这地板太滑了！靠！"周昇差点气死，两人连滚带爬起来，转身跑过地毯，余皓找到拖鞋扔给周昇，两人箭步、漂移，奔出房间。

"你拿他笔记本电脑做啥？"余皓这时候才说。

周昇："不是你要拿？！"

余皓道："我就说说……反正他也逃不掉了！"

周昇："他刚刚在删东西，没看见吗？"

两人沿着楼梯一路冲下去，将端着茶水的服务员撞了满身水。

余皓："对不起！"

周昇："抓住他！"

第12章

追 踪

林寻飞速跑下大堂,最后几层台阶缓步自若地走下。余皓与周昇从顶层下来,已引起了船员的注意,林寻疑惑地回头,看了眼,再转身进了甲板走廊。

"你们干什么?!"有人上来了,周昇一个矮身,拉着余皓下大堂,冲出甲板,到得甲板上,林寻已快步下船。

"你们这船到底干吗的!"周昇怒而吐槽道,"该抓的人不抓!就没个人盯着吗?"

周昇一侧身,坐在舷梯扶手上,滑了下去,林寻回头一看,提着电脑包,跑上了码头!

"抓住他!"余皓情急道,"他偷了东西!"

"抓住他!"周昇冲上码头,余皓随之滑了下来。码头上还下着小雨,两人追着林寻而去,林寻再回头,慌忙冲进了码头一侧的码头集市。

"你追啊!"余皓道,"别管我!"

穿拖鞋追人实在是太艰难了,周昇道:"我也跑不快!"

这是个依山傍水的小县城,公路在半山腰上,山脚是个集市,这天下着小雨,人却不少,林寻一躲进人群,顿时没了影子。周昇与余皓穿过半条街,气喘吁吁,余皓突然发现林寻提着包,在马路上打车。

"那儿!"余皓道。

周昇当即踏上通往高处的台阶,飞奔上马路,余皓在后竭力追赶。

林寻站在码头外高处的马路边,紧张不安,低头看手机时,"嗡"的一声,一辆摩托车从面前冲过,林寻猝不及防,被带得一个趔趄,电脑包被抢了。

余皓:"……"

周昇:"……"

两人冲到马路边,林寻一见他们追来,当即转身,沿着马路奔跑。周昇去追林寻,余皓追上,转身朝着马路另一头飞奔而去。

周昇:"林寻!"

林寻:"你……为什么……你……"

林寻跑得气喘吁吁,根本不是周昇的对手。周昇冲到他背后,一招跃起,在空中飞绞，顿时将林寻拧翻在地上，林寻仍在挣扎要逃。

"让你不好好坐船，浪费老子九千八……"

周昇使出八分力道，给了林寻迎面一拳，世界安静了。

"余皓？"周昇转头，不见了余皓身影，马上喊道，"余皓——！"再看山腰下集市，三名船员追了上来，当即不再理会林寻，转身去追余皓。

余皓从马路上狂奔下去，摩托车已没了踪影。路边有个收废品站，外头停着一堆破破烂烂的自行车，余皓向老板问了声，老板给他指了路，指往半山另一侧，余皓脱了拖鞋，一路飞奔，直追而去。

这是个下坡，还好还好……余皓跑上坡快要累死，下坡路好多了。他借着惯性一路飞奔，到了山腰下，又出现另一条公路，余皓左右看看，选了一个方向追去。雨小了些，路却依然极其难走，余皓跑得已经快要断气了，突然看见公路一旁有条小路，小路尽头是几间农房，当即下公路，向那农房跑去。

周昇沿着余皓跑开的方向追来，经过废品站，翻身上了一辆破烂自行车，老板马上大喊"喂！喂！"，周昇道："给你两百！车我骑走了！"说着掏出手机，在冰柜外的二维码上一扫，又道，"这个送我吧，你自己再去捡一块！"说着又抓了块废品站外压塑料布的、系着根塑料绳的板砖，"唰"的一声蹬起自行车，沿着山腰的路风驰电掣地冲了下去。

"你们有没有看见……"余皓跑到农房前，放慢脚步，里头冲出来一只铁链拴着的大狗，对着他狂吼。破旧的农房外，路正中央停着一辆摩托车，一人骑在车上，旁边一人则在翻看林寻的电脑包，两人都叼着烟，一旁有口井，他们正随意翻找值钱东西，准备把电脑包给扔了。

余皓："……"

两人说着本地方言，把烟扔了，其中飞车党甲上前，抓了根粗木棍，过来就要揍余皓。余皓退了半步。

"哦，找到了，这下也麻烦了。"余皓自言自语道，"周昇你快点儿……"

紧接着，飞车党甲以木棍朝余皓狠狠抡了下来！余皓条件反射，从他腋下钻了过去，继而两手护住头。两人如拳击场上错身，转身，余皓飞起一脚，踹他腿弯，那人竟是被踹得一个趔趄，大骂出声。

咦？我怎么会这招了？余皓下意识地以手臂护住面门，飞车党甲又冲了上来，飞车党乙则上前，从身后箍住了余皓！身前的飞车党甲则一棍顶向余皓的胃腹。余皓刹那间脑海中灵光一闪，仿佛出自直觉，原地一蹬，借着背后飞车

第12章 ◇ 追踪

党乙的力飞起一脚,踢中面前人的下巴,再侧身转向,带得身后那人失去平衡,两人同时摔在地上!

余皓傻眼了:"我什么时候学的打架?"

然而那动作纯粹出自下意识。面前的飞车党甲被踢得咬了舌头,嘴里鲜血淋漓,瞬间发狠了,掏出一把小刀就朝余皓扑来。余皓三下五除二锁他手腕,拧,膝顶,把他放倒在地。

背后那飞车党乙退到摩托车前,从后盖箱里抽出一把西瓜刀,骂了一句极恶毒的方言,余皓瞬间后退。下一刻,一辆自行车从侧旁以闪电速度撞了上去,余皓只觉眼前一花,周昇连人带自行车撞在那飞车党身上,摩托车被撞倒在地,将那人撞得飞出两米开外!

"没事吧?"周昇手里提着根晾衣绳,绳上绑着块板砖。

余皓:"没……没事,我突然会打架了?怎么搞的?无师自通呢!"

"老子教的!"周昇道,"无师自通?!你还嘚瑟了!"

那飞车党连滚带爬起来,周昇把晾衣绳连板砖使得像个流星锤,一招飞去。

"让你不好好做人,当什么飞车党。"

周昇一招绕脚踝,把那人拖倒在地,西瓜刀脱手,飞车党摔得满脸血,不住求饶,两脚疾蹬,蹬开板砖。周昇把"流星锤"收了回来,转身见被余皓打倒的飞车党甲想逃,又是一招过去。

"老子面前敢抢包?也不问问我是谁?"

余皓:"……"

两人刚爬起来,又被砸倒在地,余皓忙捡起电脑包,一翻,电脑、护照都在,还有不少资料与现金、银行卡。

"找到了,太好了!"余皓道。

周昇把破烂自行车拉起来,扔到一边去,余皓道:"哪儿来的?"

"路上买的。"周昇道,"不要了。"

余皓道:"多少钱?浪费!"

"两百!有摩托了还要什么自行车?"周昇扶起两个飞车党的摩托车,跨坐上去,心满意足道,"搏一搏,单车变摩托……走!去派出所!"

余皓抱好林寻的电脑包,坐在摩托车后座上。周昇拧车把,发动摩托车,车轮"噌噌噌"卷起不少泥,拐出小路上了公路,"轰"的一声带着余皓,穿过漫天漫地的雨水,向公路尽头驰去。

"我怎么会打架了?"余皓抱着周昇的腰,狂风掠过,两人全身湿透,衣服全贴在身上，周昇的T恤下，背脊仍然散发着灼热的体温。

周昇转头对余皓道："梦里的你会打架！"

"我真的会了！"余皓道，"不信待会儿给你看！"

"那咱俩待会儿练练？"周昇笑道。

余皓说："你是不是在梦里教我了？"

"你说是就是呗。"周昇自顾自道。

十五分钟后，通县派出所。电风扇嗡嗡地转，派出所里头既闷又潮，周昇与余皓衣服还没干，又被热出一身汗来。被本地片警盘问良久，两人手机还都不在身上，分文没有，天色渐暗，看来今晚只能在派出所过夜了。

所幸抢回来的电脑包暂时由派出所保管，而林寻则被送去了诊所，轻度脑震荡。下午四点，片警开始吃下午茶——酸辣粉，吃到一半被叫了出去，不多时，黄霆与陈烨凯进来，周昇与余皓同时松了口气，知道问题解决了。

陈烨凯朝两人竖了个大拇指，黄霆的脸色则非常难看，递了证明，去办公室里头开会。陈烨凯拿出两个透明的塑料袋，里头装着周昇与余皓的手机与身份证，都是从船上带下来的。

"船呢？"余皓道。

"开走了。"陈烨凯说，"辛苦，辛苦。"

余皓心想我的自助餐，我的五天四晚豪华游……人生遭受了重大的打击。陈烨凯带着他们上车，声音渐渐远去，整个世界变成了一片黑白。

"你们殴打的那两个飞车党，"陈烨凯发动车，等黄霆上车，说，"是本县妇联主任的小舅子，所以才把你们压了这么久。"

"我还想着能弄面见义勇为的锦旗呢！"周昇道，"就这样完了？"

余皓一手扶额，手机没电，全身湿透，什么都没享受到，这事儿就这样结束了。陈烨凯道："回去以后，大伙儿再摆个庆功宴？"

"能把他绳之以法吗？"余皓仍忍不住地担心，周昇却大大咧咧道："现在就不归咱们管了，看黄霆的本事吧。"

黄霆办完手续，提着电脑包出来，在车旁缓了好一阵，最后还是吐了。

周昇："……"

"你们陈老师……"黄霆说，"都超速了，一路开到通县，中间还有大段山路。不行，让我再缓会儿。"

"人呢？"余皓问。

第12章 ◇ 追踪

"来了三个人,另外两位同事去县医院,负责带他回鄞市。"黄霆喝了点矿泉水,漱了漱口,说,"回去见分晓吧。你俩以后考不考警察?这波操作真可以的。"

"劝人从警,五雷轰顶。"周昇认真道,"我妈说的。"

陈烨凯哈哈大笑,余皓正在后座喝水,一口水全喷了出来,第一次见陈烨凯这么开心。

"走吧!"陈烨凯说,"回去跟这人渣慢慢磨!"

入夜,窗外车灯飞速闪过,余皓与周昇在后座睡着了。梦里,周昇似乎很了解余皓的不甘,在京城外的山峦间,拿了一张纸,给他折了一艘船,纸船一入水,顿时化为江面上宏伟的大船。

"还有这操作?"余皓惊讶道。

"走!上船!"周昇笑道。船上只有一个房间,正是他们住过的豪华套房,大堂变成了自助餐厅,摆满了吃的,光影幻化之中,余皓只觉得那吊灯亮得刺眼,末了,船只的晃动渐渐停了下来。

"到了。"陈烨凯说,"醒醒。"

余皓靠在周昇肩膀上,两人睡得正沉,他迷茫地睁开眼,已到学校后校门。副驾驶座上的黄霆不知去了何处,兴许是先下车了。

"我得去医院一趟,陪梁老师。"陈烨凯说,"这个星期咱们再约吧,还有许多事需要收尾处理,梁老师特别为两位准备了答谢礼。"

周昇一脸烦躁,说:"行吧,改天见。"

余皓心想我船上的自助餐没吃到,梦里的自助餐也没吃上,真是命苦。末了,陈烨凯又提醒了一句:"快期末考了,注意复习,别挂科。"

"行了!"

"别说了!"

余皓与周昇终于炸了。

陈烨凯:"???"

两人肩并肩,回到了灯火通明的校园,一场大雨,校园里布满了千万水洼,倒映着路灯与教学楼的暖光,蝉又开始叫了起来。经过校道上早上路过的那棵树时,一滴雨水落在周昇头上。

"早上出发前你想问啥?"周昇对余皓道。

"没啥。"余皓被这么折腾了一天,已经不想问了,但周昇也没追问下去,只是以胳膊搭着余皓，亲昵地与他回寝室去。

"不甘心吧？不甘心啊没关系，等自行车比赛结束带你去澳大利亚玩……"

"贵死了！下个学期的学费还没着落呢。"

"免费的啊，前三名奖品。"

"什么?!"余皓一声大喊，宿舍楼一楼的声控灯全亮了。

"你才知道?！原来你都没注意这事儿啊！"周昇道，"那我这么辛苦到底是干吗呢！"

宿舍楼二楼的声控灯也全亮了。刚过八点，学校里到处都是谈情说爱的小情侣，余皓赶紧拉着周昇走了。

深夜里，黄霆发了条消息，告诉他们后续，林寻已经被带回郢市盘问，梁金敏开始提供证据，一切都不用担心。

余皓与周昇讨论良久，贪污项目经费还算不上致命罪行，谋杀未遂才是。但仅凭梁金敏指认，还不能有效给林寻定罪，除非林寻自己招认。但以林寻为人，他绝不会坦白自己真正的罪行，接下来才将是一场心理上的苦战。

陈烨凯最在意的诱导龙生自杀，将梁金敏家暴至昏迷后，再制造人为车祸企图谋杀，这些都找不到证据，只有梁金敏单方面的指认，缺乏证据，也就无法为林寻定罪。

罪恶之人逍遥法外，已死者埋骨黄泉，未亡者走出重重迷雾，努力地生活在阳光下。

周昇与余皓几次进入梦里，周昇总看金乌轮。

"想进谁的梦？"余皓问。

"没什么，反正也进不去。"周昇没有多说。

余皓知道他想进林寻的梦里，通过夺回梦的方式，让他坦白一切，但余皓从内心深处对"救赎罪人"有种抵触心理，他宁愿让林寻一直被惩罚，也不想救赎他。比起启示众生的加百列，他宁愿当那名司掌惩罚与愤怒的乌利尔。

时近期末，周昇没再对这案子发表任何看法，但余皓看得出他很不甘心，自己也不甘心。四六级考试渐近，周昇反常地说："念书吧，给我补补课，我把四级给过了。"

周昇这个学期意外地认真了很多，也很少翘课了，除了上课之外，大部分时间都在模拟室练自行车，周六日则去市区的赛道练车。余皓晚上给周昇与傅立群补英语，偶尔周昇还教他高数。余下的时间，余皓几乎全用来做陈烨凯介绍的兼职翻译工作，太多犯罪报道，以及因心理问题而产生的案件，看得余皓

第12章 ◇ 追踪

甚至有点怀疑人生。

这世上真的就这么黑暗吗？我周围的这些又是什么？余皓整个人都陷在了报纸上无数骇人听闻的犯罪新闻里。

"林寻被拘留了！"一天，傅立群回到寝室，带来了学院的最新消息，"贪污项目经费，这么嚣张？刚来就贪污？"

余皓已经从黄霆那里知道了，林寻因为项目贪污问题被暂时拘留，将遭到起诉，但谋杀嫌疑迟迟没有着落，学院则为林寻申请了取保候审。

"还能取保候审？"余皓难以置信道，"不会吧？！"

傅立群唏嘘道："家暴的事情也没个结论，真是恶人没恶报。"

余皓手头的报道已经翻译了一半，一时头昏脑涨的，应该能在规定期限内交稿，但听到这个消息，他却一点也开心不起来了。

周昇大汗淋漓地回了寝室，今天郓市第一波高温来袭，他打着赤膊，只穿一条紧身的自行车运动裤，头发被汗湿得刺猬一般，径自进去洗澡。

傅立群道："周昇！你知道林寻的事儿吗？"

"我看见他了！"周昇在浴室里答道。

余皓："……"

周昇今天明显心情很不好，余皓示意傅立群别提，大家都知道周昇对林寻很不爽。林寻家暴梁金敏的事也渐渐传开了，还有人说林寻罗织罪名，陷害陈烨凯，将他逼走，这周林寻低调回校，传闻在整个学院里一时竟是被讨论得沸沸扬扬的。

余皓心想林寻这案子应该会判个缓刑，说不定他还会想办法报复他与周昇。

"余皓！"周昇在浴室里喊道。

余皓应了，转头，周昇又说："你过来下。"

余皓问："拿内裤吗？"

周昇没答话，余皓便起身过去，浴室门开了小半，周昇侧出上半身，露出满是水的肩背，冷水澡冲得一阵凉意，扑面而来。

"梁老师想见咱们。"周昇说，"约今天晚饭。"

林寻取保候审的第二天，梁金敏终于约他们了。

余皓道："去吗？"

"我得去组委会一趟。"周昇说，"他们让选手今晚开会，介绍赛道地形和具体规则。我去不了，你去吧，听听她怎么说。"

说着周昇在浴室里穿上运动短裤，说："穿贵点的衣服去。"

余皓到阳台收了件T恤递给周昇，周昇套上，那表情有点呆，头发湿湿的。余皓给他擦头，周昇要接毛巾，余皓却不给他，周昇便点了根烟，坐在阳台的椅子上出神。

余皓说："林寻怎么样？"

"就那样。"周昇说，"你也别怕他报复，大不了咱们退学算了，我带着你，咱俩换个地方念书去。"

余皓说："他没那么大胆子。"

"不至于吧。"傅立群不知道两人围堵林寻那事，说，"林寻看你不爽是肯定的，但都小事不是吗？"

周昇"嗯"了声，没再说话，看了眼余皓，说："去吧，换身好点的衣服，把头发用发蜡抓一下。"

余皓只得道："好吧。"

"寝室里泡面吃完了，赴宴吗'少奶奶'！"傅立群道，"给我带点……"

"哎！"周昇马上坐直了，眼里带着责备，傅立群意识到说错话，马上噤声。余皓正开衣柜找衣服，没听见傅立群前半句，说："我会记得给你打包的！"

"不用了！"傅立群遇上周昇带着怒意的目光，知道他真生气了，不该乱开玩笑，马上认怂。

余皓去镜子前抓头发，傅立群忙讨好地帮忙，周昇在一旁淡淡地看着余皓，余皓问："可以吗？"

"去吧，泡面我回来记得买。"周昇按灭了烟，冷静地说，"小狐狸挺帅的。"

晚饭地点在郓市最高的大厦顶层，一家非常高档的日料餐厅，余皓心想还好周昇提醒他，今天穿了最好的衣服，否则估计连门都进不了。进去报了包房号，本以为陈烨凯也会一起来，没想到他却缺席了。

请吃晚饭的，除了梁金敏之外，还有一名衣着朴素的中年女人。梁金敏今天没有戴墨镜，化了个淡妆，戴着一串漂亮的珍珠项链。

"余皓。"梁金敏笑了笑，起身与余皓拥抱。

余皓第一次正式与梁金敏面对面说话，见她这么热情，实在不太习惯。那中年女人起身，与余皓握手，梁金敏又介绍道："她是王虹雁。"

"王老师好。"余皓心想这名字怎么好像在哪里看过？旋即"啊"的一声，马上道，"是……是……"

"想起来啦？"王虹雁笑着说，"我一直等你给我打电话，却怎么也等不到，唉——我想你一定是把我给忘了！"

余皓忙道歉，王虹雁就是施圯临走前，给他的那张名片上的人大代表！

"周昇告诉我了，"梁金敏说，"下回再叫他出来。余皓，你喜欢吃什么？"

余皓忙道："随意就好，我没有忌口的。"

梁金敏点过菜，日料做得非常精致。三人随口聊了几句，王虹雁衣着不像梁金敏华贵，风度却非常典雅，对他表现出了非同寻常的关心和赞许，反倒是梁金敏话说得不多。

余皓被问长问短，像是相亲时碰上了热心的家长，王虹雁既问他成绩，又问他爱好，问他在学校里和同学相处得怎么样，问到他父母时，梁金敏说："行了，虹雁，你是想嫁女儿吗？"

王虹雁笑了起来，打趣道："你别说，我还真有这想法，这小伙子太帅了。"

余皓心想那还是免了！心知梁金敏多半也知道自己家里情况，适时地开口为他解围，他向梁金敏投去感谢的一瞥，梁金敏则温柔地笑了笑。

"最后一个问题。"王虹雁说，"余皓，你毕业了打算做什么？"

"我大一还没读完。"余皓说，"没想好呢。"

梁金敏揶揄道："这就开始网罗人才了？"

"总有个理想吧？"

"理想……"余皓以前从没想过，但不知为何，突然在这时候说，"希望发出光芒，去照亮那些黑暗的地方吧？"经历过这两件事后，他开始觉得，自己就像萤火虫一样，能发出的光芒实在太微弱了。

梁金敏说："余皓，你非常了不起。"

"哪儿。"余皓忙道，"那是周昇，他才是最了不起的那个。他虽然……有点痞，有点吊儿郎当，总是冲动，可我觉得，他就像太阳一样耀眼。"

梁金敏道："那我想你像月亮，太阳无法直视，月亮却是能被直视的。"

余皓笑道："它只能反射太阳的光。"

王虹雁有点意外，余皓居然给出了这么一个答案，但对于余皓自己来说，他也是直到今天晚上，才朦朦胧胧地从心底浮现出了这个奇异的想法。

王虹雁说："这很难，也很值得坚持。"

梁金敏道："只可惜，有太多的罪恶，是我们，乃至整个社会都无力去审判的。"

"所以就这样了吗？"余皓知道梁金敏话中所指，乃是林寻。

梁金敏稍稍有点意外，认真地看着余皓，似想说什么，却忍住了没有开口。

"也不尽然。"王虹雁说,"余皓,今天我冒昧地来见你,也是希望你帮我一个忙,不知道你能不能,为我整理你对施坯这件事所了解的一些细节,并签上你的名字,让我作为提案的依据,当然所有的相关人物的名字都会隐去。"

"当然可以。"余皓说,"我回去就给您写。"

"你先考虑,"王虹雁提起包,说,"不着急。很抱歉我还约了人,得走了。"

梁金敏道:"让小凯送你过去?他待会儿就来了。"

"没关系。"王虹雁说,"我叫辆车走就行了。"

余皓忙起身送她,王虹雁却摆摆手,径自离开。

余下他与梁金敏两人相对,沉默片刻,梁金敏突然说:"谢谢你,余皓,我想听听,你真实的想法。"

"什么?"余皓茫然道。

"Nicky没有转告你吗?"反而是梁金敏有点诧异,继而会意,解释道,"现在咱们拿林寻没办法,他有很大可能,还是会在学院里任职,宁庚院长的想法我很清楚,也不打算再去说什么了,贪污项目经费,只能追究到这里。

"先前中大也向我发出过聘书,希望增设一门课。但他们当时没有邀请林寻,因为决定随他来郓市,最后我拒绝了。现在我决定过去任职,带带人类学的研究生,而Nicky,他会报考我另一位朋友的博士生。"

余皓:"恭喜!"

梁金敏笑了笑,解释道:"但林寻这人,我想他一定会伺机报复你们。按我的意思,希望给你们转学介绍,或者重新参加高考,毕竟这学院,师资力量也不算太强。如果来中大,Nicky愿意为你出本科的学费……"

余皓:"!!!"

梁金敏:"龙生从前是我最喜欢的学生,在失去他之后,Nicky一直很孤独,我很高兴他有一个像你这样的朋友。"

"那……他也许需要一段新的生活,一个与他相伴的人。"余皓笑着说,"只是这个人,我想不会是我。"

"那么,新的学校与环境呢?"梁金敏问。

余皓知道这意味着什么,有了梁金敏的照顾,自己重新参加高考,只要过了录取分数线,学校就会把他招进去,后面专业重新调配也会很顺利,更重要的是,毕业以后,他能获得一本大学的文凭!

"我问过周昇。"梁金敏说,"周昇也给了我答复,但他说,他不愿意影响你的选择,所以我想先听听你的看法。"

第12章 ◇ 追踪

余皓心想难怪周昇今天会突然说那样的话。

"我看周昇吧。"余皓只花了很短的时间考虑，便说，"他如果想退学重考，我换个地方也没什么。只是……我觉得，读这所学校，也不代表以后就没出路啊，念得好的话，我也可以去考一本学校的研究生。"

一直以来，余皓对自己的未来、前途，以及人生理想，都尚未形成一个明确的认识，而突然间，这一切都变得清晰起来。

"这也不是我没主见。"余皓笑道，"只是有些话我不大会表达，我的想法大多数时候和周昇很像，只是他能说得更清楚些。等我们毕业以后，要是有机会，报考您的研究生，分数到了，您也会收我，不是吗？"

梁金敏笑了笑，说："我明白了。我没有什么能答谢你们的，我只想，至少尽我的绵薄之力，来保护两个为了保护我，可能会被罪恶报复的孩子。"

"不。"余皓突然说，"您没有明白，梁老师。"

梁金敏一怔。

余皓道："这样就结束了吗？您打算和过去一刀两断，是吗？您在余生里，都将远离他，所以就这样将往事遗忘，认为不会再受到伤害？"

梁金敏怔怔看着余皓。

余皓内心深处知道为什么——梁金敏直到现在，还未曾在梦境里打败那只盘踞城市的金属怪物。

"一定有什么办法。"余皓想了想，说，"我想，这一切可能还没有结束……"他的眉头皱了起来，摇摇头，他总觉得有什么细节被他忽略了，而这个细节，说不定能扭转当下的困境。

如果真的无能为力也就算了，他必须放弃一切时，也不是不能接受现实。但他有种预感，事情还将出现转机。要是我像周昇一样聪明就好了……余皓就这案情，翻来覆去地与周昇讨论过许多次，而每次的答案都趋近于一致。

说话间，服务生拉开隔门，陈烨凯进来了。

"不好意思，来晚了。"陈烨凯笑着说，"吃得差不多了？我饿死了，先让我吃点儿。"

梁金敏神色恢复，似乎一直在思考余皓的话。余皓把菜单给陈烨凯，让他点吃的。陈烨凯今天久违地穿着那件藏青色衬衣，黑色休闲短裤，身上有股好闻的古龙香水的气味，混合着他夏天时身体的温暖气息，显露出知识分子彻头彻尾的性感。

"在聊什么？"陈烨凯点了寿司，说，"这家海胆不错，余皓你尝尝。"

"闲聊。"余皓说,"没什么。"

梁金敏道:"Nicky,余皓不想去中大重新读本科。"

"我猜到了。"陈烨凯把寿司艰难地咽下去,喝茶,说,"我其实也不想去中大了,我也决定留在这儿,梁老师。"

"啊?"余皓道,"不、不,你千万随意!"

陈烨凯说:"留在这儿又不代表留在学院,鄞市也有一本,正好复习备考,谁想考本学院?"说着又给余皓添茶,促狭地眨了眨眼。

"那……"梁金敏似乎颇有点郁闷,只得点头。

"要给傅立群和周昇打包吗?"陈烨凯问。

余皓看这家寿司全是一对就128元起的,忙道:"不了,周昇肯定吃过,给傅立群捎几个手抓饼就行……"

"Nicky。"梁金敏突然开口道。

"嗯。"陈烨凯继续翻菜单,没看梁金敏,说,"我来点吧,今天我请客。"说着叫了买单。

余皓:"?"

梁金敏说完那句,又沉默了,一时三人无话。服务员过来后,陈烨凯让准备打包,又笑着低头给周昇发消息。

"余皓,你啊……"陈烨凯嘴角微微翘着。

"怎么了,陈老师?"余皓不安地说。

"别再叫我陈老师了。"陈烨凯道,"早就离职了,随便叫我什么吧,总之我不想听到老师这个称呼,累了。"

余皓笑了起来,突然又注意到梁金敏始终安静地坐着,她的眼里,仿佛有泪水在滚动。

打包的食物送来后,陈烨凯说:"走吧,送你们回去。"

陈烨凯去开车,余皓与梁金敏站在路灯下。这片商业区到得晚上,写字楼全部亮着灯,像水晶般矗立在暗夜里。

第13章
夜　话

"你说得对，余皓。"梁金敏说，"是我不明白。"

余皓侧头，注视梁金敏双眼。

"我在昏迷的时候，见到了一位长着洁白翅膀、身穿黑色西服的大天使，与一位身穿铠甲的武士。"梁金敏望向车水马龙的大道，出神地说，"天使是你的模样，另一位武士，他戴着覆面的头盔。你们提着灯，在黑暗里为我指引前进的道路……也许这也是某种天意吧。"

陈烨凯开车，在路边停下，说："待会儿顺便去接周昇？他就离这儿不远。"

余皓正要上车，梁金敏却道："等等，余皓，Nicky，你们愿意去我家喝一杯吗？"余皓望向陈烨凯，陈烨凯也有点茫然，不知道为什么梁金敏会发出这个邀请。

"像以前一样。"梁金敏说。

"我可以，看余皓。"陈烨凯道，"他的回答肯定是看周昇，我接上他再说。"

余皓道："你太了解我了。"余皓上了车，陈烨凯开车，转过两个十字路口，在一家酒店前接了周昇。周昇背着个单肩运动包，刚参加完在酒店里的招待会，听他俩说起就说："好啊。梁老师，初次见面，请多多关照。"

梁金敏微笑着对他点头，陈烨凯开车到学院后，穿过没有路灯的道路，现出山中皎月，银光洒满大地。

这是学院给林寻安排的联排带院小别墅，与学院所在地隔了一座山头，遥遥相对。房内十分宽敞，已有人打扫过，梁金敏打开落地灯，一室温暖的黄光。

"喝点什么？"梁金敏说，"威士忌？Nicky待会儿别开车，叫辆网约车回去。"

与余皓参观了梁金敏家的酒柜，周昇道："哟，梁老师，你好酒真不少啊。"

梁金敏淡淡道："看上的就打开来喝吧，想来没有你喝过的酒好，将就将就。"

余皓以眼神示意，周昇点点头，说："这瓶四万多。"

陈烨凯道："我记得有瓶麦卡伦，我就喝它吧，周少爷也来点？"

余皓说："我对酒没啥追求，别开太贵的。"

"开这瓶加拿大冰酒。"周昇知道余皓怕浪费，说，"不贵，千把块钱，我再给你调下，甜甜的当果汁喝。"

余皓马上说好，就这个吧，心想傅立群还在寝室里等着他的晚饭……自己却在这里陪他们喝几万块钱的酒，真是朱门酒肉臭，路有冻死骨。

陈烨凯给梁金敏倒了一杯葡萄酒，与周昇、余皓，各自坐在沙发上。陈烨凯与梁金敏坐了单人沙发，周昇则靠在长沙发上，给余皓留了个位置。

落地灯的温暖光芒下，梁金敏点了根烟，优雅地吐出一口烟雾。

"敬Takin。"梁金敏在落地灯暗处，稍稍举杯。

"敬Takin。"余人纷纷举杯。

"今晚老师想聊什么？"陈烨凯轻轻摇了摇杯，冰球在杯中碰撞，发出清脆的声响。

余皓喝了口周昇调的冰酒，确实挺甜，但不腻，很好喝。他的目光时刻注意着房里的摆设，想起先前，林寻就是在这里家暴梁金敏，把她打成重伤昏迷，再拖着她前去车库，把她放在副驾驶座上，制造出那起车祸。

车祸后，黄霆第一时间封锁了这房子，并详细地调查了每个角落，意料之中，他一无所获。余皓心想，会不会在这儿留下了某些细节，是未被发现的？但以警察的专业素质，查过以后毫无收获，自己就更不用想了。

正想着时，周昇抬脚，轻轻碰了下余皓，眼神似有话说，余皓马上明白了，周昇正有着与自己一样的念头，他也没有放弃。

"聊我失败的人生。"梁金敏放下葡萄酒杯，淡淡道，"聊这片广阔天地与人类的文明史中，作为一个蜉蝣般的个体，个人对命运的了解与感受。"

"让我们用一句德尔斐箴言开始今天的课吧。阿波罗神庙上，有一句著名的话——认识你自己。人究竟是什么？是生来向善，还是性情本恶？我们在这个世界上互相杀戮、讨伐，大到民族与国家，小到一个家庭……"

灯光、酒、沙发……在这个深夜里，余皓依稀能想象，梁金敏的深夜课堂从古文明的砖石与轮轴到近代的枪炮与战火；从前古典期的玛雅到殷商时期的中国，从亚历山大到成吉思汗；从图坦卡蒙的金雕座到拿破仑的加冕权杖……那宏大历史河流里的闪光，就像梦境一般，浩浩荡荡，永无尽头。

而知识的力量，指引着人类打破躯体载体的限制，站在了这河流之上，看见了雾中的诸多腥风血雨。

梁金敏依据主流学术理论，从宇宙的开端谈到恒星的诞生，再说到核聚变释放出的能量，冰被融化成为水，植物光合作用，生命诞生的条件；还有各种文明里关于太阳神的传说，一些文明将太阳的化身，作为至高无上的神明来崇拜，将"光"视为万物的源头。

第13章 ◇ 夜话

　　这是余皓第一次通过这样的方式来听课，梁金敏保留了在国外的沙龙形式，与他们谈天说地，陈烨凯则偶尔发表几句自己的看法，周昇也听得入了神，一时两人都忘了自己最关注的问题，沉浸在梁金敏的知识和见解之中。

　　余皓突然有那么一点儿后悔，居然拒绝了梁金敏让他转校的提议，跟着这样的老师学习，说不定这一生真能做出点学问来。

　　"……在近日节律的影响下，"梁金敏最后说，"白天我们活动，夜晚我们沉睡进入梦境，梦里则表现出内心最原始的欲望，隐藏在不被察觉的潜意识中。这是一种自我防御机制，它的形成和作用效果与我们的成长经历有关……"

　　陈烨凯补充道："这是精神分析学中的一个说法。"

　　"不错。"梁金敏点了点头，说，"以我自己为例，从小我的家庭就充斥着暴力。我的父亲，是个不得志的知识分子，在20世纪70年代，因为他的兄弟留美，遭到了强烈的非议与不公正的待遇。我的母亲，则是一个地主的后代，外公外婆举家逃港，只有母亲为了父亲，留了下来。你们没有经历过那个时代，不清楚这意味着什么……"

　　"我大概读到了一些。"余皓想起自己翻译的那些报道，其中就有关于这段时期的历史。

　　梁金敏微笑，说："我父母有两个女儿，我是小女儿，从懂事开始，家里就充斥着无所不在的暴力。父亲还患上了强烈的歇斯底里症……"

　　"也称癔症，"陈烨凯对余皓与周昇解释道，"现在叫解离障碍。"

　　梁金敏淡然道："父亲对母亲、对我们进行过长达一整晚的殴打，母亲逆来顺受，我和姐姐总是充满恐惧，期盼清晨来临，太阳升起的时候……"

　　"……但每当暴风雨过去，父亲又恢复了他知性、温柔的形象，他教我们读书认字，督促我们认真学习……我甚至分不清楚，哪一个才是真正的他。他仿佛分裂成了神与恶魔两面，太阳下山时，也即是噩梦的开始。在那个时代里，心理病症是不被重视的，国内许多人，甚至根本没有这方面的认知。

　　"后来在与林寻的婚姻生活中，我想原生家庭对我们造成的心理阴影，也许同样影响了我的一生。"

　　梁金敏从烟盒里抽出第二支烟，周昇掏出打火机，给她点烟。

　　"当然这是后话了。"梁金敏又说，"再长大一些后，父亲的暴力行为有所减轻，在他的脸上，呈现出一种中年男人无力去改变境遇的颓然与苍凉。他患了重病，卧床时，却仍然不时将我们的母亲唤来打骂。有一天，我的大姐终于无法再忍受，在洗碗的时候，放下碗碟，堵住了我的嘴，用皮带将我绑在了椅子上，沉默地走到床前去，用橡胶手套捂死了他。"

余皓："……"

陈烨凯也是第一次听到梁金敏述说自己的往事，当即忘了该说什么。

周昇说："你大姐不想把你拖下水，所以把你捆了起来。"

梁金敏说："对，但这件事，没有掀起太大的波澜，父亲的癔症是脑肿瘤所致，他常臆想着有人害他，最后的那段日子里，已经到了无法安睡的地步。死讯传开的时候，包括邻居、亲戚，看得出所有人都松了一口气。

"再后来，大姐结婚，母亲随大姐住。当年逃港的外公外婆已去世，两位舅舅找到了母亲，交给她父亲的一大笔遗产，这笔遗产足够我们过得很好。我考上了大学，并认识了林寻，那时的他风度翩翩，虽然长相只能算得上中等，家庭条件也不算优越，但在他的身上，有一种令我欲罢不能的气质。"

"书卷气。"陈烨凯说。

"不错。"梁金敏对陈烨凯说，"读书人的气质，在你的身上也很明显。这种气质令许多女性为之着迷。"

周昇说："看来我是没有的。"

梁金敏道："注意，这只是人的一个特点。是否善良，与他读过多少书，并无多大关系。"

陈烨凯笑着说："仗义每从屠狗辈，负心多是读书人。"

众人都笑了起来。

梁金敏说："在任何群体里以偏概全都是不妥的。"

"开个玩笑。"陈烨凯笑道。

梁金敏道："在林寻的身上，我感觉到了，小时候父亲在午后，教我们姐妹读书的那种浪漫感，一样的不得志的知识分子的气质，一种不宣之于口的傲气。坦坦荡荡的，一无所有，却始终在追寻，思想与灵魂中的自由……"

梁金敏拉开茶几下的抽屉，翻出一个相框，递给他们传看，那是刚到旧金山斯坦福大学念书的林寻与梁金敏，在校门前的合照。

"我不顾大姐的反对资助林寻。"梁金敏说，"当时我坚定地认为，这就是我一生中的灵魂伴侣。与他在一起的每一天里，我都觉得灿烂的阳光在照耀着我的灵魂，现在想起来，真美好啊。余皓你说我没想明白，我确实没明白，或者说我从内心深处，就始终不愿意承认我的怯懦，正是这种怯懦，令我陷入了不断循环的人生悲剧里……"

客厅里静了，余皓不想哭，却忍不住哭了起来，他能感同身受地体会到梁金敏当时是那么爱林寻，但想到如今的她，就难过无比。

陈烨凯眼眶也红了，听得见隐约的吸气声。

周昇看着余皓，梁金敏抽了张纸，递给余皓，微笑道："对不起，我不该这么说。"

"不。"余皓忙道，"对不起，梁老师，是我的话太冒昧了。"

梁金敏道："来，吃点巧克力。"说着又从茶几下拿出高级巧克力，分给他们。

"我和林寻彼此扶持，离开家，前往旧金山念书，就像结婚誓词里说的那样，无论健康或疾病，贫穷或富有，年轻美好或容颜苍老，我们始终相濡以沫，相依相伴。"梁金敏说，"再后来，大姐在四年后因患肺癌去世。我们婚姻生活中众多琐碎的矛盾，也渐渐拉开了序幕。"

余皓听着梁金敏回忆她与林寻之间的一点一滴，那血淋淋的真实与争吵，尽数化作梦境里，巨大的金属怪物机械臂上的刀、斧、刃、锯、锤等众多武器。渐渐地，林寻的形象与她父亲的形象融为一体，难分彼此。

"一个从小就目睹大量家庭暴力的女孩，在长大后，同样陷入了往复的悲剧里。"梁金敏叹了口气，说，"那是一种习惯？还是向往？剖析自己令我非常难堪，但在这个晚上，我愿意在你们如阳光与月光的照耀下，将我的灵魂原原本本地展现出来，接受审判。"

周昇在沙发上调整了下姿势，笑道："阳光？"

梁金敏点了点头，说："我是个悲观主义的人，尼采在《悲剧的诞生》中提到，只有作为一种审美的现象，人生和世界才显得有足够的理由，而对悲剧的观赏使我们能够以审美的态度来对待人生，让我们获得最终的解脱的途径。龙生曾直言不讳地说过，在我的潜意识里，因原生家庭的心理阴影，令我产生了某种不易察觉的自怜情绪，导致我难以跳脱这不断重演的悲剧。

"其次，我想，对林寻的容忍，源自那个傍晚，目睹了姐姐杀死父亲的整个过程，出于对父亲的一种悔疚与亏欠心理，接受我丈夫一而再，再而三的暴力行为，并予以忍耐，形成了赎罪的心理暗示。"

陈烨凯道："如果让我去审判，我只有一句话，他们都该死。"

梁金敏望向周昇，周昇却没有表态，只道："你继续说。"

梁金敏道："生活在这种原生家庭里，我已习以为常，母亲也告诉我，世上所有的夫妻都会有争吵，甚至有肢体冲突，我曾经也对此深信不疑。度过青春期后，我曾决定终身不婚……"

"和我一样。"周昇答道，"我就是怕我像我爸一样，会有一天控制不住自己。"

"你不会。"余皓对周昇说。

梁金敏笑了起来，又说："但爱情是每个人无法控制的，我无数次地说服自己，大着胆子去迎接新的人生，终于迈出了那一步，却没想到，那一步，竟迈进了深渊……"

余皓："……"

"林寻第一次动手后，向我下跪祈求原谅时，我仍在说服自己，这是婚姻的常态，虽然我很清楚这不可能是。"梁金敏点了第三根烟，说，"我总觉得这个世界上婚姻就是我的父母相处这样，无法想象生活得美满与幸福的模样。后来看到Nicky与Takin的相处，我明白到，一个人，会如此地包容另一个人，这令没有暴力、平静幸福的未来，成为可能。"

陈烨凯苦笑，摇了摇头。

"还有吗？"余皓心里的那个想法，渐渐浮出了水面，但它仍然不真切，他在等待，等待它最终变得更清楚的那一刻。

"如果还有的话，我想，那就是爱了吧。"梁金敏闭上双眼，说，"那天在咖啡厅里与Nicky谈起未来，我开始决定，弥补我的错误，将余生献给我的专业。但回家不久后，就发生了你们所知的情况……"

陈烨凯说："我记得当时你说，会做好准备。"

"是的。"梁金敏抬起夹着烟的手，以无名指按着自己的眉心，答道，"可是三天后的许多事，断断续续，我却想不起来了。"

周昇的表情倏地变得严肃起来，却没有插嘴，向余皓投来一瞥。余皓在这个时候，选择了不说话。漫长的沉默后，梁金敏又说："余皓今天说，我没有想明白，是的，也许在我内心深处，对他残存的那点愚蠢的爱与期望，在阻碍着我，屏蔽掉了我的某段记忆……"

"你潜意识里在阻碍自己，"余皓拿起那相框，端详上面梁金敏与林寻的合照，说，"不愿把他送进监狱，哪怕他的行为已经构成了谋杀的事实，对吗？"

"我想是的。"梁金敏睁开双眼，说。

陈烨凯开口说道："余皓，责备梁老师没有用，我们都无法控制自己的潜意识……"

梁金敏说："没关系，这也是我想与你们聊聊的原因，许多年来，我也许从未真正地认识自己。"

周昇说："所以那天你在医院醒来以后，一直在回忆？"

梁金敏点头道："对，医生为我做的鉴定结果是，长期的昏迷，令我记忆

第13章　夜话

产生断层。一整天里,我都在回忆。Nicky与黄警官建议我可以再等等,但只有我自己知道,真正的原因,是我对此的刻意遗忘。"

厅内沉默了很久,梁金敏手指夹着的烟燃到了尽头。

"最后让我们将尼采的理论稍作修改,来结束今天的课吧。"陈烨凯说,"在日神的光芒下,万物呈现出美的外观,令世界痛苦与癫狂的一面被消弭,折射出瑰丽的光芒,这就是我们对自身的认识。"

周昇喝完杯中的酒,将杯放下,再看余皓时,发现他仍在思考。

余皓说:"在咖啡馆见面的那天,你们还聊了什么?"

梁金敏没有回答,思考着。

"当时我认为您拿到的证据也许还不够有力,我记得您说,"陈烨凯道,"'那么我会回去,继续搜集到足够的证据,直到将他送进监狱。'"

梁金敏道:"我相信我当时是这么做了,只是记忆已经模糊了。"

陈烨凯道:"这也只是我的一个推断,黄霆对此的分析是,如果在昏迷前,梁老师最后的想法,是关于某个隐藏在什么地方的证据,那么昏迷的一瞬间,也许就会造成这段记忆的……"

"断片儿。"周昇说。

梁金敏点头道:"在复述过程、留下笔录时,我还记得林寻最后对我说过一句话,再将我打昏,可这句话我也想不起来了。"

她的眼线被泪水弄花了,此时放下空了的葡萄酒杯,走进洗手间里。

而余皓听到最后这句时,脑海中许多闪烁的印象骤然就串了起来——以梦境世界里所看见的景象推测,梁金敏艰难地与金属怪物展开抗争,而在她的认知中,金属怪物夺走了某件可以保护自己、不被摧毁的存在……

他低头看相框里的照片,刹那间林寻的脸与那金属怪物重合在了一起!那件"证据",他在潜意识里看见过!

那是一件木制的玛雅雕塑!当时余皓还非常奇怪,为什么整个潜意识世界里只有它在发光!想到这里,余皓不受控制地睁大双眼,微微发抖。

"想到什么了?"周昇最先发现了余皓的异常。

陈烨凯皱眉,注视余皓,余皓道:"这房子里,以前有没有过一件摆设用的木雕?"

"什么?"周昇没想到余皓突然来了这么一句。

"梁老师!"余皓马上起身,说,"你记得一个木雕吗?大概这么大,棕黑色,玛雅风格……"

周昇与陈烨凯马上起身，跟在余皓身后，陈烨凯道："我想起来了！那是四年前，我和龙生带回来，送给梁老师的工艺品……"

梁金敏手中拿着毛巾，从洗手间里出来，就在听见这句话时，突然不受控制地颤抖起来。

"梁老师？"余皓直到现在，尚不理解这座木所代表的意义，但周昇一见梁金敏那表情，瞬间就知道余皓终于找到了某个关键问题的核心。

"您慢慢想，不着急……"周昇道，"梁老师！别！"

"梁老师！"

"梁老师！"

梁金敏瞪大双眼，脸色苍白："我想起来了，最后他说：'想搜集……什么证据？你的安排……瞒……瞒不过……我……'"梁金敏颤声道，继而犹如遭受了一记精神上的重击，昏了过去。陈烨凯与余皓吓了一大跳，忙把她扶住，顿时一片混乱。陈烨凯道："快带她进去……"

陈烨凯把她抱进卧室里，周昇道："那座木雕是什么？凯凯！你记得它的模样不？"

"等等，"陈烨凯把梁金敏放好，所有人都随之紧张起来，余皓道："不在客厅里，我刚才已经看过了！"

"它就在客厅。"陈烨凯道，"上一次来的时候它还在，那代表了什么？余皓，你为什么知道它？"

"别问了！"周昇道，"先把它找出来！里头一定有摄像头！"

周昇一语瞬间拨开了余皓头脑中的迷雾，余皓道："在它的眼睛里有监控！对！一定是的！"

"它……"陈烨凯道，"应该就在这儿才对！"

陈烨凯指向电视机前，放电视的矮柜上有一排摆件，说："帮他们搬家的时候，我特地拿出来，放在这里……"

里头传来一阵声音，像是什么东西掉了下来，三人马上转身奔向卧室，余皓还以为找到了，一看却是梁金敏摔在床下，挣扎着起来。陈烨凯忙把她扶起，周昇道："她精神不稳定，凯凯你看着她。"

周昇与余皓回到客厅，余皓捋了下头发，一筹莫展，说："会被她放在了哪儿？"

"等等。"周昇说，"别着急，冷静下来，分析分析。"

余皓沉默良久，说："梁老师为什么突然晕倒了？"

第13章 ◇ 夜话

"因为你提到了那件证据。"周昇沉声道,"'证据'的存在,导致了她最后被林寻殴打至昏迷,一想起来,她就自发地回忆起了重击导致昏迷的一刻。"

余皓明白了,皱眉道:"按理说在出事以后,黄霆就封锁了现场,不让林寻回家,东西应该还在才对。"

周昇道:"被他拿走了,这是唯一的可能。"

余皓:"!!!"

周昇:"林寻把梁金敏打昏之前,已经大致猜到了这个'证据'的存在,于是在最后一击时对她进行了暗示,再搜索了整个房子,毁掉了那个证据。"

余皓:"……"

余皓不愿意接受,但这是唯一的可能了,他无奈地坐了下来。

"林寻会留下它吗?"余皓道。

"不可能。"周昇说,"他一定会彻底毁了它。等等,那如果是个记录了他家暴行为的监控,他会不会在毁掉之前,用自己电脑先看一眼?"

余皓道:"看完铁定删了,不会留的。"

周昇:"哪怕删掉了,硬盘数据也可以恢复,就怕他不用自己的电脑看,等等,她会云端备份吗?!"

就在这时候,房外传来汽车声,两人突然警惕起来。周昇拉开客厅窗帘,朝外看了眼,一辆车停在门外,余皓道:"谁?过路的?"

"不。"周昇皱眉道,"这里不会有过路车,一定是林寻回来了。"

"不会吧!这么巧?"余皓道。

今天是林寻取保候审的第一天,余皓顿时想起那天施梁毫无预兆地回家,刹那有点尿了。

"没关系,我在呢,怕啥。"周昇淡定地说,"继续喝他的藏酒,和他聊聊。"

余皓:"……"

房外车开走,周昇径自去酒柜前,又给自己倒了点威士忌,门外有人按了铃。

"金敏,"林寻的声音响起,"我知道你在家,开门,我想和你谈谈。"

陈烨凯从房里快步出来,三人对视一眼,陈烨凯说:"梁老师好点了。"

周昇示意他回去,交给自己应付,陈烨凯便点了点头。余皓在沙发上坐了下来,周昇拿着酒杯去开门,门打开的刹那,林寻脸色极其精彩。

"哟,林教授。"周昇朝他举杯,"祝您健康!"

林寻马上就恢复了镇定,沉声道:"是你啊,周昇。"

周昇让林寻进来,关门,顺手锁上了门。

林寻只是一看茶几上的酒杯与烟灰缸,就知道发生了什么事,朝里头喊道:"金敏!"

没有回答,林寻想进去,周昇却道:"别忙着进去,聊聊呗,还没向你道歉呢。"

余皓道:"林教授,喝点什么?"

"不劳烦你们了。"林寻冷冷道,"看来梁老师的学术沙龙刚散伙,你们也学到了不少东西。希望有下半场吗?我带了水,想聊什么?"

"聊那天你惊慌失措,迎风狂奔三十里的情况。"周昇脸上带着些微酒意,笑道,"下回学院开运动会的时候,林老师一定要报名参加教师组啊,简直跑得贼快!"

"人在危急的时候保护自己,是种本能,这很正常。"林寻半点不心虚,坦然道。

余皓道:"确认自己犯罪了,为了逃避法律的制裁也是这样吗?"

"犯法我承认。"林寻认真地说,"我没有经受住金钱的诱惑,现在老师已经悔改了,你们出社会以后,千万也要谨记,不要走上我这条路。"

这不是余皓第一次与林寻面对面交谈,上一次,他被林寻气得够呛,而这次情况也好不到哪儿去。他们差一点就能找到证据,却与它擦肩而过。

"你很穷吧,余皓。"林寻说,"我看过你的资料,穷已经很不容易了,取向还不正常,这是很痛苦的事情吧?"

余皓深吸一口气,知道林寻在激怒他,周昇却看了余皓一眼,对林寻说:"原来少数就叫不正常啊,那对我呢?有什么评价?"

"你家庭条件不错。"林寻带着嘲讽的笑容,"所谓'穷人的孩子,蓬头垢面在街上转,阔人的孩子,妖形妖势,娇声娇气在家里转,长大了,都昏天黑地的在社会转,同他们的父亲一样,或者还不如',在这点上,鲁迅描述得很精准。"

周昇坐在先前梁金敏坐过的单人沙发上,点了根烟,说:"林老师的学术沙龙一向都讨论这种话题吗?"

"对。"林寻说,"我是个现实的人,和你们梁老师不一样,她喜欢浪漫主义,喜欢悲剧,喜欢古典流派,喜欢给你们陈老师洗脑,洗得他连自己是谁都忘了。"

周昇正寻思着如何与林寻交锋,余皓却突然道:"你不是第一个,林老师。"

"哦?"林寻道,"第一个什么?"

"第一个说自己'崇尚现实'的人。"余皓道,"他们总会教给我很多人生大道理,譬如说这社会弱肉强食,你不去害人,别人就来害你;有钱不拿,你

第13章　夜话

是白痴，迟早要后悔；人生在世，本来就没有意义，大家最后都要死的……"

"更正一下。"林寻道，"最后那个观点，叫'虚无主义论'，和现不现实没关系。你需要多读点书，等你读足够多的书，就会对这个世界产生质疑，形成自己的世界观。你知道吗，余皓，读书是为了选择信仰，你会接触到整个精彩的世界，这个世界上充斥着众多的理论，随着你的人生经历，一个又一个的理念，逐一被你推翻。你二十岁的时候相信这个，三十岁以后相信那个，四十岁的时候再相信其他，你会不停地怀疑自己，否定自己，继而'悟'出全新的人生法则，没有绝对的正确，只有让你活得自由自在的选择，而拥有了力量，你才有选择的余地。"

余皓道，"我不像你这么有学问，读过许多书，我的信仰来自对我内心的自省，我想你也许从来不自省。你有力量也有智慧，但你用以作恶，也许没有什么人能来制裁你，你也可以逍遥法外地活下去。可你的精神世界，已经成了一片废墟，阴云密布，阳光不会出现，在这废土上也再长不出生命，你无法再体会到世上那么多美好的东西！"

周昇："……"

周昇原以为自己将与林寻有一场激烈的交锋，万万没想到，余皓却比他更激动，这是他第一次碰上余皓如此长篇大论地与别人论战，周昇反而一句话也说不出来了。他从未想过，在余皓的心里居然有这么多的话！就在这时，放在茶几上的手机屏幕亮了起来，弹出三条陈烨凯在卧室里发给他的消息。

"我不用自省。"林寻冷笑道，"我活得很好，我活得比你们都好，比你们都成功，这就是我的信仰为我带来的人生。我不需要一个学生来指点我，你俩，哪怕Nicky，龙生，都只是活在泥泞里的小孩，没有资格来评判我。不，你们可以随便说，却不会对我产生哪怕一丁点儿的影响，我不在乎。I don't care！

"这就是令你们无奈的不平等，等你们离开这个校园，走上社会以后，你们会发现世界上有更多的不平等，这就是我说的'现实'。最后就像我今天预测的一样，明白到这个社会，是现实的、物质的，以后你们一定会想起今天晚上，我说的这番话。这是一个胜利者，给失败者的心情分享，也是我作为过来人的一点经验之谈。"

"你像一个瞎子。"余皓沉声道，"从你开始作恶的那一天起，你就失去了造物主赋予每个人最珍贵的东西，这就是你为此付出的代价！"

林寻嘲笑道："或许吧，我们都说服不了对方，但结论很明显，你们已经输了。"

"不一定吧？"周昇突然答道。

就在这时，周昇做了个令余皓意外的举动，他放好酒杯，挪到长沙发上，与余皓并肩而坐，从茶几下拿出电视遥控器。

余皓的眉头微微拧了起来，他转头注视周昇。周昇侧头，回应了余皓的一瞥，眉毛一挑，露出了他一贯以来，招牌式的恶作剧坏笑。

旋即，周昇按下了遥控器，电视机亮起，蓝屏。屏幕下跳出Apple TV的选项，手机投影，视频滑动，点选，选中其中一个，解屏幕锁，设置横向全屏，播放。

那是陈烨凯在卧室里操作手机！

余皓怔怔看着电视机屏幕，林寻顿时剧烈地发抖，双眼睁大，脸色苍白。

七分二十五秒的视频，从梁金敏与林寻在客厅争吵开始，林寻一手挽着西装，走过沙发，梁金敏拉住林寻西装，林寻蓦地回身，将梁金敏推倒在地。梁金敏发抖起身，林寻扔下西装，松开袖扣，将她拖了过去，一巴掌。

这是余皓平生第一次看见家暴的监控录像，不由得握紧了拳头，周昇拉起余皓的手，以手掌覆在他的手背上。

梁金敏不住躲避，林寻揪着她的头发，把她拖回来，朝着她的太阳穴猛击。梁金敏侧身时，刻意地逃向电视机前，余皓瞥见了她痛苦大哭的表情，她逃向门口，却被林寻拖住，继而按着头，在墙上猛撞。梁金敏转身挣开时，林寻一手卡着她的脖颈，在墙上又连撞两下。

梁金敏顺着墙，披头散发地坐倒下来，垂着头。林寻揪着她的头发，单膝跪地，在她耳畔低声说了什么，最后按着她的头，狠狠一撞，梁金敏软垂在地，陷入昏迷。

整个过程只有三分钟。

林寻又踢了梁金敏一脚，回来坐在沙发上，侧头朝她投去一瞥，继而给自己倒了杯酒，稍躬身，仿佛在思考。他起来，扛起梁金敏，从拐角的楼梯下地下车库。两分钟后，他又回来了，四处察看，似乎寻思着这其中是否有异常。

直到第七分钟时，林寻起身，判断出了梁金敏躲向电视柜前那个举动的特别之处，从左到右，开始检查所有的摆件。但只是检查到一半，他便注意到了摄像头，伸手将它取了下来，摄像头朝向一侧，晃过倒在墙角的梁金敏。不多时，黑屏，监控视频就此结束。

第14章

封 存

　　林寻犹如石化了一般陷在沙发里,久久没有起身。周昇将落地灯光度调亮,余皓看见林寻的表情,就像个死人。
　　卧室里传出响声,陈烨凯开门。
　　"梁老师想起来了。"陈烨凯对他们说,"那天回去以后,她在木雕里装了一个摄像头,同步上传到独立的云端账户上,只是一时没想起来。我已经通知了黄霆,他们马上就会过来。"
　　"真是峰回路转。"周昇唏嘘道,"那么……你可能真的要坐牢了,林老师?采访下,现在心情如何?"
　　林寻没有说话,周昇看着林寻,认真地说:"林老师,你很'现实',所以你认为这个世界就是你所理解的样子,但别忘了,我们也活在这个世界上,我们也是这个'现实'的一部分。"
　　余皓:"!!!"
　　外头有人按门铃,周昇起身去开门,黄霆带着同事来了。
　　"回吧。"周昇对余皓说,两人起身,来到门口,周昇大声道:"梁老师,再见!"
　　"再见。"梁金敏冷静的声音从卧室里传出。
　　梁金敏自始至终没有从卧室里出来,哪怕再看林寻一眼。
　　"再见,林老师。"余皓对林寻道。

　　深夜一点,整个学院尽数安睡。
　　"你在林寻面前说的那些话,"月光下,周昇托着余皓让他爬墙回寝室,"是早就想好的吗?"
　　"不是啊。"余皓道,"突然一下不知道为什么,就这么说了。啰啰唆唆,我感觉我好像唐僧……"
　　周昇道:"说得真好啊。"
　　余皓:"唉,他肯定觉得我小屁孩吧。"
　　周昇笑了起来,余皓道:"别笑,我要掉下去了!"
　　余皓好不容易爬上去,周昇却说:"死在两个小屁孩手里,林寻会记一辈子。"

"让他记就好了。"余皓道,"最好判他个无期。"

"终于结束了。"周昇身心俱疲。

"结束了。"余皓道,"没想到,现实里比梦里更难。"

两人穿过长廊,周昇搭着余皓的肩膀,说:"今天月亮真圆。"

余皓:"十五了。"

两人站在走廊上,望向天际孤月,那光芒皎洁而神圣,在它的照耀下,人间的黑暗与罪恶仿佛亦随之烟消云散,取而代之的,则是安宁的、宏大的梦境。

"太阳在白天出现不稀奇,晚上有月亮才真是难得。"周昇说,"哪怕在夜晚也不再让人畏惧。"

"错了。"余皓道,"是先有太阳,然后才有白天。"

宿舍门轻响,周昇拿着手机四处照,轻手轻脚进来,余皓看见笔记本在傅立群桌上,旁边放着装满水的水杯,以及一包撕开了的泡面调味包。

太造孽了……余皓简直不忍心想象,傅立群是如何从八点开始就盼着他给自己打包吃的回来,其间看着美剧打发时间,靠凉白开与昨晚的泡面调味包支撑,直到十二点时,发消息没人回,只得绝望地上床去睡觉。

周昇看见傅立群桌子时,顿时也有种无语感,往床上看去,两人听见傅立群肚子"咕——"的一声。

"你们终于回来啦。"傅立群躺在床上,生无可恋地说。

周昇赶紧开灯:"泡面我忘买了,明天一定买,余皓给你打包了晚饭,下来吃吧。"

"有日式炒饭和寿司!两份炒饭呢!"余皓道,"哥哥,对不起,下次再也不把你一个人扔寝室里了!"

直到下半夜,余皓才开始兴奋与激动起来,他们居然打败了林寻!后知后觉的他开始有点睡不着了,此时陈烨凯在群里发来消息:"已经抓起来了。"

黄霆:"峰回路转,柳暗花明,两位请收下我的膝盖。"

陈烨凯:"速备锦旗,择日送去。"

黄霆:"嘁!"

余皓这下更睡不着了,一时不知该给他俩回句什么,发了一堆"哈哈哈哈哈",又辗转反侧,听见周昇下床的声音,探头见他到阳台上,坐在地上,两腿略分着,一副惫懒模样坐着抽烟。

余皓也下了床去,到阳台上,两人对视一眼,周昇朝一侧挪了些许,让他坐在自己身边,就这么静静看着天际的满月。他俩谁也没有开口,在这静谧无

第14章 ◇ 封存

声的月夜里，仿佛心有灵犀，那沉默，胜似千万言语。

周昇看了眼余皓，摘下烟，朝他递了递，意思是抽口？

余皓试了下，顿时猛烈地咳了起来，周昇恶作剧般狂笑，拍拍他的背。余皓一脸尴尬，看着周昇笑，周昇却扔了烟头，朝他抱了过来。

余皓："……"

周昇抱住了他，在余皓背上拍了拍，片刻后，复又分开，起身去洗手间尿尿。余皓抬眼望向月亮，靠在墙上，闭上双眼睡着了，这一刻他觉得人生如此美好，就像天际的满月一般。

一连数日，阳光灿烂，余皓本想着林寻的事几乎无人知晓，事实却在他意料之外，一夜间在学院中曝光了。本地新闻直接来了个弹窗，挡都挡不住。林寻涉嫌谋杀罪，遭到拘留。幸而学院早有准备，第二天发出了校内公告：辞去林寻职务。接下来开始当缩头乌龟，对一切质疑不予回应。

"真有胆子啊。"周昇说，"把人给开除了就万事大吉了？"

"只要不是在办公室里搞什么绯闻，"傅立群道，"不会闹出社会性大新闻的。你看阅读量就这么点，还没咪蒙的鸡汤多。"

食堂里，余皓放下午饭，说："陈老师回来了！"

"哦。"周昇根本不关心，答道，"怎么又回来了？"

傅立群："回来教书哦。"

周昇："……"

学院领导连着开了两天的会，梁金敏与陈烨凯回来了，就在这个时候，宁院长做了一个非常漂亮的补救措施——向梁金敏道歉，挽留她继续任教。

梁金敏则表示学院一众领导都不知情，没什么可道歉的。想也知道若坐实了林寻杀妻未遂，宁庾哪怕有天大的胆子也不能聘他，否则这事儿一在学术界捅出去可不得了。

"可以，留任吧。"梁金敏说，"教几年，准备退休了，郓市离我家也近，回家探望妈妈方便。Nicky也希望能留下来。"

这样一来，学院便成功地撇清了关系，把林寻与梁金敏的事件，成功地限定在了夫妻的范围内。虽然大家心里都明白，学院导师们接触频繁，从一开始就不可能没人发现林寻殴打梁金敏的蛛丝马迹，只是大家都默契地不吭声而已。

陈烨凯则辞去班主任职位，希望在学院任导师，教专选课。

"如果院长介意林老师从前的指控，"陈烨凯说，"我不教心理一班就行，教一段时间，再考博，我自己计划安排。"

宁院长大度地把球踢了回去给陈烨凯："没关系，下个学期开始，你自己决定吧。"

原则呢？余皓听闻内情时，心想之前不是还有那么多担心吗？合着在更大的丑闻面前，不好的传闻都可以让步的啊？这风向转得也真快。梁金敏依旧住在原来的房子里等待，预备出庭作证，陈烨凯则搬回了他的教师宿舍。

陈烨凯回来了的消息传遍整个年级，最欢欣雀跃的自然是他的一众迷妹粉丝。大家更开始猜测，梁金敏与林寻之间也有权力斗争，最后赢了，陈烨凯自然也跟着上位，更有人脑补出各种狗血剧情。

唯独余皓对此仍十分担心。

"什么时候消掉他的这段记忆？"余皓私下问周昇。

周昇在运动场边做热身，答道："我让他自己选一个，觉得合适的时间。"

余皓想了想，没有多说，周昇又说："我还想过，等消掉他的这段记忆后，就把金乌轮封存起来，要么扔了。"

"啊？"余皓没想到周昇居然有这样的念头，这么一来，他们就没办法再去构筑自己的梦了。

"只是一个设想。"周昇侧身压腿，说道，"还没想清楚。"

"这就是之前你想找我商量的吗？"余皓道。

"不是。"周昇说，"跑步去了，拜！"说着跑上了田径场。

第二天，周昇把金乌轮扔进了寝室的抽屉，上了锁。

余皓终于忍不住了，问他："为什么？"

"不为什么。"周昇答道，"简简单单地生活，活出咱们本来人生应有的样子，不好吗？"

余皓道："可……你不觉得，它既然选择了你……"

"不。"周昇道，"别劝了。"

余皓有点茫然，说："我根本没想过你会这么决定。"

"我想过。"周昇认真地说，"我不止一次地想过，从我第一次发现它的作用时，我就想过了。"

余皓道："那也不能扔了。"

周昇正想再说时，傅立群回来了，两人只得不再讨论这个话题，周昇道："复习吧，马上期末考了。"

"看书吧。"傅立群道，"好多要背的，惨了惨了，千万别挂科，我暑假还

第14章 ◇ 封存

想和你嫂子去日本玩呢！"

余皓只能盖上电脑，停下翻译到一半的文件，和他们一起复习。傅立群背公共课内容，周昇给余皓讲数学题，余皓有点心不在焉的，看了周昇一眼。

"就这样。"周昇说，"你把这道题做一下就明白了。"

余皓其实没听懂，只得说："好吧。"

三人各自戴着耳机听歌复习，余皓找歌时，周昇给他发了条微信。

"你想听实话？"

余皓："是的，为什么？"

周昇："我说了以后，你能保证以后别再因为这件事和我念吗？"

余皓想了想，说："好。"

周昇："你答应我。"

余皓："我答应你。"

周昇那边没动静了，余皓看了他一眼，周昇正在手机上打字，打一段又删一段，似乎在考虑措辞。正瞥他时，周昇腾出一手，指指余皓的卷子，示意复习，看什么看？

余皓做高数做得头昏脑涨，足足半小时后，周昇那段长消息才发了过来。

"因为如果这种生活一直持续下去，我们很可能会再一次遇上不可控的危险。尤其是你，那天在凯凯的奇琴伊察梦境里，你为了救我，替我受那么重的伤，咱们差点就再也出不来了，你能治疗我，我却没法治疗你，除非太阳升起，在梦境里的阳光照射下，你才能痊愈。奇琴伊察是咱们运气好，可下一次呢？拿着金乌轮，在梦里自由自在，确实很有趣。可谁又能拍胸脯说，以后咱们不会为了一些看不下去的事，再去夺谁的梦呢？你是善良的人，不愿坐视事情发生而不管，当然了，你知道我也不会。见义勇为当英雄的感觉挺好，可对我来说，活着是首要条件，我不能让你有任何危险。哪怕救一千个、一万个人得到的，也比不上失去你的代价，对我来说，别的都不重要，不当英雄也没关系，可你绝不能出闪失。正确认识自己，是我们所有信念和力量的来源。何况我总有种预感，什么时候我们会被热血冲昏了头，自高自大，到时不可避免地将酿成悲剧，到了那个时候，再后悔又有什么用？你看我平时总喜欢上去就一拳，是不？可我心里也会有衡量，有判断，打不过绝不会硬拼，唯一一次来不及考虑风险的，只有爬施梁家那次。"

余皓看到这段话，半晌不知如何回应周昇。

余皓："还有一次，进梁老师的潜意识。"

周昇："对，这就证明了我的话，我有选择吗？如果有选择，我一定不会去，也不会让你担心，我没有选择，所以我才觉得，如果咱们再这样下去，未来的某一天，还是会碰到这种没有选择的情况，所以，必须放弃金乌轮。"

"我也和凯凯讨论过，他同意我的想法，但他建议我把金乌轮交给他，他会通过梁老师朋友的关系，拿到北京的一个研究室做鉴定，最后上交给他们去研究。不会说是从我这里得到的，但我还没完全想好。交出去以后，咱们就是普通人了，恢复普通的生活，不是很好吗？"

"这个世界上所有的人，都是平凡人、普通人，大家都没有金手指，我们的人生，不能靠金手指来解决。"

余皓摘下耳机，侧头看着周昇，周昇从手机里抬头看了他一眼。

"余皓，我知道你肯定不想这样。"

"不，周昇，你说得对。"

周昇停了下来，对余皓点了点头。

余皓："你说服我了，周昇，你是对的。我其实也很矛盾，我想想怎么说……"

周昇："不用说，我懂你的矛盾，因为我也有过这种矛盾。好了，这个话题到此为止。"

"做完了吗？"周昇又问。

"我觉得做错了。"余皓有点窝火地说。

周昇道："你刚就没认真听。"

周昇搬着椅子过来，又给余皓讲了一次。余皓则控制不住地想起金乌轮，最初获得金乌轮的承认时，他也曾经想过，金乌轮的存在，是不是为了让这个世界更好，而赋予他们穿梭梦境的能力，去救更多的人，消弭他们精神世界中的黑暗之地？

能力越大，责任也就越大，拥有金乌轮这种来历不明的东西……余皓实在不知道怎么形容它，以自己对它的了解，像个仪器？姑且叫精密仪器好了，它的存在一定有其意义。那天过后，余皓也与周昇讨论过金乌轮朝他传达的一些信息，但两人讨论良久，最后仍然得不出明确的结论，为此周昇特地去与金乌轮交流了很长一段时间，只是这种纯意识的交流效果非常不明显，总感觉有许多信息在脑海中，一时却无法提炼出明确的内容。

当时周昇说了一句令余皓印象很深刻的话：我总觉得这像外星人留下来的东西，它一定不是给我用的，我只是撞大运，无意中得到了不属于自己的东西。但这已无从查证，毕竟当时梁金敏的案例非常特殊，他们无法再找到合适的机

第14章 ◇ 封存

会，进入潜意识六感中的听觉道路里去再查证一次。

毕竟除非是意识上层世界崩毁，所有记忆化作碎片归入遗忘废墟这种特殊情况，普通的潜意识里不存在听觉之路，它们都化作了真实存在的梦境形象。那天余皓还特地问过周昇，他是怎么在陈烨凯的梦境里，架起通往梁金敏潜意识的通道的。

周昇的回答则是金乌轮教的，他与陈烨凯商量良久，陈烨凯非常聪明，推测每个梦境里的"太阳"是个关键点，它们都受周昇的控制，同样的也能通过太阳来建立通道。

周昇："听懂了吗？"

余皓："……"

周昇："……"

余皓："对不起，将军，我又走神了。"

周昇一手扶额："我自己都有点混乱了。"

傅立群挪过来，说："将军？这外号好听。给我讲下这题呗，余皓。"

"别想了。"周昇随手拍了拍余皓的后脑勺。

好吧，余皓决定不再多想，自己再怎么聪明也比不过周昇，他既然已考虑过，自己也不必再去多操心了。

时近六月下旬，余皓除了周昇在的时候，拉上傅立群一起念书复习，剩下的时间就是不停地翻译。陈烨凯约过他们几次，周昇拒绝的理由都是："正忙着呢，又要比赛又要考试，没时间！完了再说！"

余皓还要打工，就更没时间了，还有两百多篇报道压着。陈烨凯偶尔会不请自来地到寝室里坐坐，却刚好都挑周昇不在的时候，给他们寝室带点蛋糕之类的，坐个五分钟，闲聊几句便识趣地走了。

中午吃饭时，只要周昇没来，陈烨凯就会在食堂里端着餐盘，坐到余皓对面，一起吃午饭，顺便聊聊兼职。陈烨凯非常有分寸，绝口不提上次的那件事，他们讨论的事情，大多集中在林寻身上。

林寻案正在等待开庭，开庭时间则等检方具体通知。

"你去看过他吗？"余皓忍不住问。

"没有。"陈烨凯道，"你觉得他会告诉我，那天下午与龙生的谈话吗？我觉得不可能。"

余皓也觉得林寻不会告诉陈烨凯真相，否则只会罪加一等。

"那他杀梁老师的动机……"余皓又低声道。

陈烨凯说:"目前他向警方交代的原因,是因为窃听了我们的谈话,得知梁老师搜集他贪污、出轨的证据,希望离婚的事实。回家后因为口角,爆发了冲突,下手失去分寸,将她打成了脑震荡。索性一不做二不休,杀人灭口算了。"

余皓道:"这样能判多少年?"

"故意杀人未遂,往无期徒刑的方向努力。"陈烨凯说,"性质非常恶劣,但具体情况还要看辩护律师,但无论如何,他的社会地位、名声、利益,都完了。"

余皓静静地看着陈烨凯,他只是觉得,龙生之死,若从此再无真相,也许对陈烨凯来说,仍没有真正地结束。

陈烨凯明白余皓所想,笑着说:"有的时候,真相的出现需要耐心等候,至少在我心里,会一直记得这件事。"

"我要疯啦!"余皓道,"七月十日就是截稿日了!交不了稿子要赔钱的!"

"合同而已。"傅立群说,"拖稿的多的是,你嫂子认识个编剧,拖稿拖得制片人在家门口吊了一排,都风干了。"

"那怎么行,要有契约精神啊!"余皓道。

傅立群道:"还有十五天就放暑假了。余皓,我这一生,一定会记得咱们这段同甘苦、共患难的日子……"

余皓突然想起一件事,说:"哥哥,期末考完,等我领了稿费,你帮我个忙吧?"

傅立群:"?"

期末考如期而至,郓市下起连场暴雨,学校里积水快到大腿,一楼课桌到处飘,余皓考完最后一科,松了口气,赶紧回去把最后的三篇报道翻译完,交稿!

"翻完了!万岁——!"余皓只想把傅立群的笔记本电脑扔到楼下去。

陈烨凯给余皓打了个电话,说:"不是让你能译多少译多少吗?你给我全译完了?"

余皓:"对啊!"

陈烨凯道:"你等等……你花了多少时间?没耽误考试吧?"

余皓也算不清了,这些日子里周昇只要去训练,他就一直在翻译。陈烨凯说:"我去和甲方沟通下,这情况得让甲方给你加钱。"

"不用不用!"余皓忙道,"给七千块就可以,我说真的!"

陈烨凯挂了电话,最后,余皓账户上进了一万三千块。

余皓:"……"

陈烨凯说:"甲方认为你翻译的质量很好,辛苦了。"

第14章 ◇ 封存

余皓马上道:"我请你吃饭!"

陈烨凯则笑道:"前天不是才吃过吗?这么想和我一起吃饭?"

前天周昇考试,余皓中午确实在食堂里碰上了陈烨凯,两人一起吃的饭,每次总是这么巧。余皓瞬间尴尬了,陈烨凯道:"开个玩笑。周昇快比赛了吧?结束以后聚聚?叫上黄霆、立群和岑珊,一起来我家玩,我给你们做饭吃,最近正学习做饭。"

余皓表示回头问下傅立群与周昇,交稿后确认再没问题,终于可以把笔记本电脑还给傅立群了。这段时间里傅立群那笔记本电脑几乎被余皓独占,美剧看不了,游戏也不能打,只能复习。

"笔电送你了呗。"傅立群道。

"不、不。"余皓挺感动的,说,"谢谢,这段日子多亏了它。"

余皓觉得傅立群真是太好了,借他电脑用,从没提出过要他还,哪怕拿来拿去的举动都没有过,就这么给他足足用了两个多月。

"那放你桌上。"傅立群道,"我要用再来拿。"

开什么玩笑,傅立群都放暑假了,谁还要笔记本电脑!赶紧找女朋友去!

周昇这些天里几乎很少在寝室露面,大部分时间全在老师的指导下练习,烟也不抽了。余皓第一次看见周昇居然这么认真,就像变了个人似的,想去训练馆里陪他,周昇却让余皓别来,只戴着耳机,认认真真地练。

余皓所有事情全做完,总算可以去看周昇练习了,给他带了两瓶水去,而周昇的训练也已进入最后一周,度过高强度训练阶段,逐步降低训练强度,以耐力为主。

周昇不在训练馆里,余皓问了老师,得到的答复是周昇今天没来,要休息。余皓满腹狐疑地等了一下午,周昇才回训练馆里来。

"上哪儿去了?"余皓道。

"出去办点事。"周昇随口道,"管我去哪儿?你是我妈啊?走吧,打篮球去?"

不少学生期末考一结束就放暑假跑光了,剩周昇和余皓在篮球场上投篮,周昇还帮余皓调整投篮姿势。

"你快过生日了哦。"余皓忍不住看周昇,"你是巨蟹座。"

"对啊。"周昇仿佛心情很好,在余皓身边学螃蟹横着走了几步,双手做剪刀来夹他,又一本正经道,"看篮板!看我干吗?注意身体别向前倾。比赛第二天,你想吃啥?"

"怎么可能让你过生日还做饭?!"余皓道。

"谁说要做饭了！"周昇道，"脸呢？快捡起来！出去吃！"

余皓投篮，没中，周昇拍了几下，三步上篮，回头对余皓道："学着点儿。"

余皓又说："少爷想要什么生日礼物？"

周昇想了想，把球传给余皓，说："给我录首歌吧？*Perfect*都听腻了。"

余皓道："这个可以有，只要歌吗？不要别的？"

周昇："……"

余皓："？？"

"对了。"周昇想起，"哥哥八月份生日，到时他在日本了，买个东西提前给他？我的钱大部分都在你那儿，你合计着咱俩一起送他点儿什么吧。"

余皓说："好，我本来也是这么想的。"

周昇："哥哥是大家的哥哥，可以给他买贵点的。"

余皓："多贵？"

周昇也说不出来："你自己看着办吧。"

余皓"嗯"了声，周昇又说："你还用人电脑，一用就两个月呢。"

余皓："我知道！本来也打算给他买个礼物。"

余皓准备用自己打工赚的钱给傅立群买份生日礼物，那一天傅立群背着他去医院的感激，他这辈子也不会忘记。

"哦？"周昇酸溜溜地说，"本来？"

余皓看着周昇，这时候周昇电话响了，摸出手机，说了几句，一脸诡异，挂了以后看余皓："薛隆找我。"

"啊？"余皓心想这辅导员每次找他们都没好事，别在这个时候又来找自行车赛的碴吧。

第15章
比 赛

办公室里，墙上挂着周昇与余皓"拾金不昧"的锦旗。薛隆看见在外头的余皓，说："你来得正好。"

周昇一脸警惕地看着辅导员，薛隆翻了下成绩单，说："周昇，你知道我为什么找你吗？"

周昇道："我咋知道，又不是你肚子里的蛔虫。"

余皓忍不住想笑，薛隆深吸一口气，说："你自己看看你的成绩？"

余皓："！！！"

周昇："哦。"

周昇考了年级第二！

余皓傻眼了，看周昇，薛隆道："周昇。"

周昇道："你怀疑我作弊？"

薛隆马上说："当然没有，老师怎么会这么想？叫你过来，是表扬你。余皓也考得不错，继续保持。"

余皓翻开成绩单，自己考了班上第三。

"你想申请下个学期的奖学金吗？"薛隆说，"你俩都有机会。"

周昇冷冷道："对啊，干吗不申请？"

薛隆说："余皓是可以的，只是周昇你呢……"

"我怎么啦？"周昇道。

薛隆对余皓说："要么余皓，我先给你报吧，你把表填一下，开学以后交给我。周昇，你看看第四名是谁。"

"这关我啥事？"周昇道，"哦他啊，他家里条件不好，我知道。"

余皓没有接那张表，薛隆又说："这个学期，你被通报批评了两次，一次是打施坭的家长，还有一次是打群架，这个奖学金，我是可以不给你俩的。"

余皓忍无可忍道："靠，这又关我啥事？我又没被通报批评。"

周昇突然大笑起来，余皓一脸茫然，周昇差点眼泪都笑出来了，说："你居然会说脏话？"

余皓明白了薛隆的意思，只觉得愤怒无比。薛隆想劝周昇放弃奖学金，给那个第四名,事实上薛隆也完全可以这么做,只要在评语里写个在校期间道德表现有问题,也可以不给周昇奖学金。

余皓差点要气死了,但被周昇这么一笑,一肚子火顿时烟消云散。

"这不是和你俩商量吗?"薛隆给余皓递表,显然非常不爽了,但顾忌陈烨凯回校,也不能明目张胆地说什么,说,"周昇,你回去再想想吧,你家庭条件好,我是建议你呢……"

"表我不要了。"余皓不接,冷冷道,"你自个儿留着吧,爱给谁给谁,还能这样啊。"

"你怎么这么刺?余皓!"薛隆简直快不认识余皓了。

周昇:"为什么不要!当然要!走!我帮你填!"他接过奖学金申请表,恰好就在这时候,有人敲了敲办公室的门,陈烨凯的声音问:"薛老师,您在吗?"

"陈老师?"薛隆顿时有点尿,怎么这么快就走漏风声了?不至于吧?

周昇与余皓也有点茫然,周昇马上道:"在,凯凯,你干吗呢?快进来坐坐!"

薛隆:"……"

"是想进来坐坐。"

陈烨凯推门进来,后面还跟着黄霆,以及先前与余皓、周昇见过一面的女记者,那女记者自来熟地坐下,跷了个二郎腿,笑着说:"哎,还好赶上了,再过两天你们学校都没人了!"

黄霆说:"太巧了,我们代表派出所,来给两位同学送锦旗。"

陈烨凯说:"暑假就先挂办公室里,开学了再拿回去?"

"挂挂挂!"周昇道,"还是两面?写的啥?"

两面锦旗都是感谢周昇与余皓的。

第一面锦旗来自通县丰阳区派出所:见义勇为。

第二面锦旗来自郢市公安局:智斗歹徒。

薛隆:"……"

"顺便采访一下两位帅哥。"那女记者说,"我叫肖玉君,你们叫我君姐就行。"

陈烨凯注意到余皓给他使了个眼色,秒懂了:"对了,你们在这儿做什么?"

"领奖学金的表。"周昇接话道,"刚领了余皓的,正要领我的。"

"哟!不错嘛!"君君说,"拿了奖学金请吃饭吗?"

"一定啊!"余皓马上道。

薛隆彻底蒙了,两面锦旗挂上,余皓道:"我暑假不回家啊,给我拿回寝室去吧?"

第15章 ◇ 比赛

之前那面"拾金不昧"因为是陈烨凯做的，余皓便让他挂在办公室里，现在陈烨凯搬到梁金敏的办公室，又不当班主任，可以摘下来了。周昇一想也是，索性一不做二不休，对薛隆道："锦旗我们拿回去啦。"

"我开始采访了。"肖玉君开了录音笔，陈烨凯道："薛老师？"

"与有荣焉！与有荣焉！"薛隆看风向变脸比翻书还快，马上把周昇的表递给他，说，"这两位同学，学习成绩也是名列前茅！"

余皓心想薛隆这人恶心到一定境界，已经有种诡异的美感了。

采访结束后，三人在外头听了余皓义愤填膺的指控，顿时笑得快站不直。陈烨凯想请吃饭，但周昇下周就要自行车比赛了，得特别注意饮食搭配，便约好比赛结束后再聚。

寝室里。

"你们见义勇为，能不能偶尔也叫上我一次？"傅立群看着那锦旗，心里实在是空落落的，"咱们是室友吗？"

周昇道："下回我会记得通知他们，在锦旗上把你名字加上去的，你在寝室里躺着就行。"

傅立群倒是爽快："那就更好了，这样也不至于成天被你嫂子骂，说我每天就在寝室里躺着。"

余皓："……"

第二天，周昇依旧去训练，余皓总怀疑周昇最近鬼鬼祟祟的，会不会又到校外去。恰好今晚傅立群就离校回家了，余皓于是说："哥哥，陪我给周昇买生日礼物去吧？"

"买啥？"傅立群道，"我正想着这事儿呢，我也得买个。"

"你到时给他买个蛋糕吧。"余皓说，"我还没想好，但是钱准备好了。"

傅立群一口答应，拎上个运动包，两手揣兜里，陪余皓去逛街。跟傅立群出门，余皓总是能感觉到四面八方投过来的女孩子的目光，好像跟陈烨凯出门也一样，但跟周昇在一起就完全没这感觉……明明周昇的颜值也很高啊！

"买多少钱的？"傅立群站在商场里，说，"说，哥哥帮你挑。"

余皓道："八……九千吧？不超过一万，留点儿下学期当生活费，学费有助学贷款，那个借都借了，停不了。你觉得买手机可以吗？"

傅立群笑着说了句："靠。"

余皓："？"

傅立群道："你嫂子送我最贵的东西也就一万多。"

余皓道:"我还没花到一万呢。"

傅立群:"你嫂子信用卡三十万的额度,想刷多少刷多少。你卡里才多少钱,这是你打工两个月的全部收入吧!"

"不能这么比。"余皓笑着说,"嫂子是怕你有心理负担。我想买部手机,再给他买双贵点的鞋……"

"买什么手机?"傅立群道,"哥哥带你买鞋去!"

"等等……"余皓突然看见周昇站在电动扶梯上,沿着商场进了二楼,说,"周昇又没训练,跑出来做啥?"

周昇依旧是那懒懒散散的模样,在一家宠物店前看了一会儿狗,转进商城通道,经过工艺品店,走了。

"哦?"傅立群疑惑地看了眼,问,"跟踪他吗?"

余皓还没回过神,傅立群又道:"还去不?那家店要关门了。想知道啥你直接问他啊,以你俩的关系,他还瞒着你吗?"

余皓心想算了,给周昇留点自己的空间,别问长问短地问太多,也许是压力大了,只想散散心?如果他不想告诉自己,那么就有不告诉自己的理由,他改了念头,对傅立群说:"走吧,去店里。"

傅立群从商场里进地铁,轻车熟路,带着余皓换了一个商城,坐了四个站,在一个有点偏僻的地方找到了一家买手店,里头全是篮球鞋。

"余皓,"傅立群道,"只要是男人,就没有不喜欢这里的鞋的!"

余皓面对着那堆篮球鞋,差点昏过去,心想那我也许是太监吧……

店里只有他们两个客人,老板是个满脸胡茬、皮肤黝黑、穿着篮球服、快两米高、两百斤型号的壮汉,对傅立群道:"只看不买,又来了啊?"

傅立群嘿嘿笑,说:"今天要买的。"

傅立群对余皓道:"周昇肯定喜欢这款。"

老板打量余皓,一脸嫌弃,也不招呼他俩。

余皓接过傅立群递过来的那双,问:"这双多少钱?"

老板:"鞋底有价,不会自己看?"

余皓心想这店的店主也真够拽的,一看鞋底标价,顿时吐血。一双篮球鞋要卖八千三???

余皓那表情极其精彩,对傅立群小声道:"这是官方店吗?"

"买手店。"傅立群答道。

"鞋是老板买回来,放在店里卖的?"余皓又道。

第15章 ◇ 比赛

老板顿时炸了,站起来要赶人,像座山一般:"别闹!你们还是回去吧,我关店买菜,兄弟们别消遣了。"

"别!"傅立群忙道,"他给他'男朋友'挑生日礼物。"

"不是男朋友!"这下换余皓炸了。

"哦——"老板已经站起来,听到这话又坐下去了,傅立群又说:"他不了解,很快就会入坑了。"

"那慢慢看吧。"老板打开手机,开始看《甄嬛传》。

余皓:"……"

余皓知道周昇很喜欢篮球鞋和动漫游戏各种手办,但让自己挑双周昇会喜欢的鞋,简直是在盲狙。傅立群道:"你就这店里随便挑一双,他肯定都喜欢。"

说着傅立群拿下一双,看了半天,余皓说:"你手上这双?"

傅立群放回去,改口道:"这鞋没他的码,我就自己随便看看。"

余皓道:"那……这双呢?咦?任天堂?"

"NES合作版,黑白红限量款。"老板粗声粗气道,"北美只发售了十双,你先看下码数?美码的10码他能穿吗?"

"码数没问题。"余皓一看价格要九千六,当即心中一万只羊驼狂奔过去,产生了动摇,周昇真的会喜欢吗?

"那就这双……吧?"余皓说道,这双鞋是他这辈子第一次买这么贵的东西。

老板拿出手机准备收款,找出鞋盒,余皓又问:"刚刚那是个疑问句,等等,我还没下最后决定呢!有新的吗?"

"北美只有十双,你觉得呢?"老板对余皓道。

"当我没说。"余皓忙道,"把上面的保鲜膜撕了,挂标剪了吧。"

"剪了就不能退哦。"老板说。

余皓道:"万一他要退也不让他退。"

老板:"再帮你踩几脚?"

余皓:"那倒不用……"

老板随手撕保鲜膜,剪了标,塞回鞋盒里,又随便拿了个黑色塑料袋,把鞋盒装进去。余皓掏出手机给老板付账,老板把袋子递给他,收到钱,继续看《甄嬛传》。

余皓:"就好了?"

老板:"对啊,不然呢?"

余皓道:"有发票吗?"

老板:"当然没有了！你想什么呢！"

余皓:"……"

傅立群还在看鞋，余皓又道:"那要是……坏了怎么办？"心想要是有假，周昇会砍死这家店老板吧。

"不会有假的——"老板明显对余皓的小心思非常了解，"谁说一句是假的，你就来砸我的店，不还手，随便你砸。"

余皓尴尬道:"我没怀疑假货……我是说有没有保修什么的……"

"没有保修。"老板道，"你'男朋友'自己知道怎么养护，别闹，皇上驾崩了。"说着又开始看《甄嬛传》。

余皓:"……"

傅立群拿起鞋放下，又拿起鞋放下，看了一圈，最后目光停留在看的第一双鞋上，实在是恋恋不舍，而余皓直到现在还没接受自己花九千六，在一家看上去像杂货铺的店里，买了双连发票都没有的鞋的事实！

"还买不买？"老板说，"关店了哦。"

傅立群道:"走吧，买好啦？让我看看少爷这双？"

余皓和傅立群站在商场下的地铁站，傅立群拿出鞋来看，突然叹了口气。

傅立群:"唉——"

余皓顿时紧张起来，说:"怎么了？"

"没什么。"傅立群郑重地拍拍余皓肩膀，说，"挺好的。"

余皓注意到不少人都在朝他们看。

"那个……"地铁站里，一名男生上前，说，"大哥，借我看看行吗？"

傅立群拿着一只鞋:"看吧。"

男生伸手来接，傅立群退后些许:"我拿着给你看，看啊，只能看不能摸。"

余皓心想也不用这样吧，他哪怕拿了一只鞋转头就跑也没用啊！

"拍个照行吗？"那男生又说。

"拍吧。"傅立群拿着那鞋，让男生拍照，说，"记得帮我磨下皮。"

男生拍了下那只鞋，又问:"哪儿买的？"

"朋友国外带的。"傅立群道，"北美只有十双。"

男生点点头，带着艳羡与不甘的目光走了。傅立群向余皓解释道:"那店只做熟客生意，不随便卖东西的。"

"哦……"余皓开始意识到这鞋和老板的厉害之处了。

第15章 ◇ 比赛

"走了。"傅立群仿佛有点失落,又说,"下礼拜见,回去千万别被发现了,藏好啊。"

余皓和傅立群在地铁站前道别,傅立群挤上地铁,去高铁站坐车回家了。

余皓把鞋子装好,站了一会儿,又去了那家店,下午四点老板开始准备打烊了,见他过来,停下动作,余皓说:"我好奇问一下,另外那双多少钱?"

老板:"我也好奇问一下,你还有几个'男朋友'?能一次买齐不?"

余皓:"都不是!别问了!"

"这双便宜,四千七。"老板说,"算你四千五吧。"

"谢谢!"余皓马上说,"因为我买了两双吗?"

"不是。"老板收了钱,说,"因为你眼睛像我老婆,我老婆女的,回去吧,路上小心被抢。"

余皓:"……"

余皓回到寝室,把鞋子藏在衣柜最底下,准备再去买两张包装纸,把礼物包一包,不能直接拿个黑色塑料袋装着给周昇,刚藏好周昇就回来了。

"上哪儿去了?"余皓先发制人。

周昇:"关你啥事?你呢?上哪儿去了?"

余皓道:"我一直在寝室。"

周昇:"背上全是汗,在寝室?骗谁呢?"

余皓只得说:"送哥哥去地铁站了。"

"感情这么好啊。"周昇随口道,继而翻上床去躺着,又问,"暑假想去哪儿玩?"

余皓:"不是比赛吗?"

周昇道:"下周就比完啦。"

"澳大利亚呢?"

"大冬天的你去当冰棍吗?"周昇道,"十一月份才开团,而且还不一定能去呢,前三名才有。快说,我提前订酒店了。"说着翻手机。

"我再想想吧。"余皓有点想去打工,今天一冲动消费,钱又没了。

"给凯凯买礼物了吗?"周昇又懒洋洋地说。

"买礼物?"余皓现在非常紧张,"买什么礼物?为什么给他买礼物?"

周昇:"人家给你介绍份兼职,你不谢谢他啊。"

余皓忙道:"我给他发红包了,虽然我觉得他不需要,他也收了。"

周昇:"就发个红包?余皓同学你还能不能好了,怎么这么不走心?发了多少？"

"八百八十八的转账。"余皓说。

周昇满意了，没再问下去。寝室里十分安静，余皓开始想象周昇收到生日礼物时的表情，他会感动吗？还是会骂自己，买了这么贵的东西？

短暂沉默后，周昇又说："下周我比赛，你来看吧？"

余皓："这不是废话吗？"

周昇："我们整个班都来，凯凯和黄霆也来。"

余皓："你别有什么心理压力，照常发挥就行。"

周昇："我的意思是，领奖的时候，你记得自个往前靠点儿，让他们都滚一边去，知道吗？"

余皓笑了起来，说："好！"

整整一礼拜，余皓比周昇还要紧张，周昇却一切照常，该吃吃该睡睡，还在寝室里炖牛尾汤喝。七月份鄞市热得如火炉般，阳台还西晒，周昇抬头看阳台上，说："得买台冷气扇，不然要被热死了。"

余皓倒是无所谓，以前家里比宿舍还闷，习惯了。周昇道："你来训练馆里待着吧。"

余皓接了一份网上的兼职，翻译两篇杂志稿，责编看过样稿，对他非常满意。余皓便每天抱着傅立群扔在寝室里的笔记本电脑，到恒温训练馆里去翻译。偌大的训练馆里只有他与周昇，周昇训练一会儿，休息时会到余皓身边，两人喝水看剧。

比赛前的一夜，周昇洗过澡，对余皓道："晒月亮去不？"

这是一个凉爽的夜晚，余皓交了翻译稿子，领到八百块钱稿费，脑力劳动确实比体力劳动更有含金量，从前在咖啡店里站一天也就一百二。他开始觉得陈烨凯说得对，钱难赚，却也不是那么难赚。

周昇与余皓躺在田径场的草坪上，月亮晒在他们的身上，暑假里整个学校里非常安静。

"余皓。"周昇出神地说。

"什么？"余皓侧头看周昇。

周昇说："我有点儿紧张。"

余皓说："因为明天的比赛吗？"

周昇没说话，余皓坐起来，说："学院庆唱歌那天，我也很紧张。但当时我想象着，台下只有一个观众，那就是将军。于是我就没那么紧张了，明天比

第15章 ◇ 比赛

赛的时候如果你还紧张，可以假想，只有我来看你比赛，就像平时我来看你练习一样……"

周昇莫名其妙地笑了起来，答道："你怎么总是这么傻啊，我不是说比赛。"

余皓："？？？"

周昇："我先回寝室了，你再晒会儿？"

余皓道："一起走吧。"

周昇却没等他，起身穿过田径场，抬头望向月亮。余皓拍拍身上的草站起来，周昇两手揣运动服兜里，隔着小半个田径场，对余皓喊道："余皓！你看月亮！"

余皓也抬起头，周昇又道："今晚的月亮好美啊！"

余皓转向周昇，笑了起来，又抬头，再看周昇，又看月亮，眼里有惊讶，也有点小迷茫。

余皓答道："是的！"

抬头时，他的侧脸在月光下笼罩着温润的光，一阵风吹来，吹起他的短发，形成温柔而帅气的剪影。

全国大学生自行车邀请赛决赛这天，周昇大清早起来，还给余皓买了份早餐，也不叫他起床就自己去做尿检了。直到陈烨凯敲门，余皓才睡眼惺忪地起床。

"看比赛去？"陈烨凯道。

"糟了！周昇呢？怎么没叫我就走了？"余皓猛地坐起来，闹钟也没响，心脏差点被吓出来。

陈烨凯道："还早，下午才开始，走。"

郓市迎来了十年里最热的一天，马路都快被烤化了，赛道两边却人山人海。开赛前不允许探望参赛选手，他们都在休息室里，马上开始了，余皓想去准备区向周昇说句加油，却实在找不到他，在观赛道上光是站着就要被晒到融化了。

余皓紧张地给周昇发消息，问他在哪儿，周昇只回了个"呲牙笑"的表情。

"别走了，就站在这儿吧！"黄霆等在赛道前，对余皓道。

余皓道："这么热比赛，不会中暑吧！"

周遭吵得不得了，陈烨凯给他们发哨子，体育二班的人陆陆续续都到了。最后抵达的是傅立群与岑珊，岑珊戴着顶红帽子，众人哄然道："嫂子好！"

"好呀——大家好大家好。"岑珊道，"余皓你来我这儿。"

傅立群道："别动了，你俩站好。哥哥给你们挡太阳。"

傅立群往余皓和岑珊身后一站，恰好把阳光给挡了。

余皓哈哈笑了起来，岑珊拿着个小风扇，一吹吹了三个，众人叼着哨子，转头望向出发线。

"待会儿少爷骑过来，"体育班一个叫夏磊的说，"哥哥你就往旁边让一让。"

傅立群道："行！"

"为啥让一让？"岑珊莫名其妙道。

"给余皓打个高光，才能被看见啊。"傅立群答道。

余皓："???"

余皓已经听不进去他们闲聊，向出发线望去，选手纷纷推车出来。他们距离起点线足有三十多米，余皓看不清哪个是周昇。

发令枪"砰"地鸣响，比赛开始了！

所有选手骑车唰地冲了出来，余皓还没回过神，片刻后一群骑着自行车，五颜六色的家伙从眼前掠过，余皓只认得出周昇的自行车头盔，然而却看不见哪个是他，正朝前望时，落在后头的一人怒吼道："朝哪儿看？老子在这儿呢！"

余皓："！！！"

周昇朝他们抛了个飞吻，所有人一起吹哨，那阵势惊天动地，余皓笑了起来，喊道："加油！"

周昇又抬起一手，挥了一下，消失在大部队里，他落在很后面。

"走。"陈烨凯道，"下一条赛道！"

所有人马上动身，去下个赛道，在四十度高温下，主办方抬着纸杯与消暑的药汤过来分发给他们。陈烨凯给全班买了冰水，大家徒步穿过公园，一伙选手在公园外又掠了过去。

这次余皓用力吹哨，他看见周昇了！距离拉开，他经过之后足足二十秒还有选手经过。

"加油！"傅立群喊道，"少爷！大吉大利！晚上吃鸡！"

众人哄笑，跟着主办方过马路，去下一个观赛点。江边刮起一阵大风，余皓最先发现了周昇，这次他已经排得很靠前了！余皓边吹哨边数，黄霆道："第十四位。"

所有人同时"耶"的一声大喊，只要进前十，就已经有奖了！

陈烨凯对远去的车队喊道："加油！"

继续移动，山脚公园，一家咖啡店前的观景台上挤满了人，老板娘亲自上来，怒道："不能再上了！人太多了！你们到下面去看！这是干吗？"

傅立群："来二十八杯咖啡冰沙，超大杯的，三十份双球海盐抹茶冰激凌，二楼我们包场。"

老板娘："啊，好好好，那你们自己把角落的遮阳伞打开啊。"

陈烨凯："立群你把我台词抢了……"

傅立群请客，人手一杯冰沙、一份冰激凌，冰淇淋傅立群一个人能吃三份，余皓紧张得胃疼，一直盯着赛道上选手们过来的方向，来了！

"第十一名。"黄霆扫了一眼，淡定报数，"冰激凌能再来一份不？"

所有人一起吹哨，余皓大喊道："周昇！加油——！"

"下个点！"陈烨凯道。

大家快步下楼梯，至抵达第五个点郢市云顶山自然国家公园，周昇到了第七名！

第六个点，正是余皓与周昇打工的游乐场外，余皓一晃神，没看到周昇，双眼飞速搜索，心道糟了，不会是出什么事了吧？

"第九名。"黄霆道，"走？"

余皓道："已经过了吗？"

黄霆道："相信我，没出错。"

黄昏，最后一个点，主办方工作人员撤旗，将起点线改成终点线。岑珊问："前几有澳大利亚双人游？"

"前三。"傅立群道。

"不容易。"黄霆道，"高手太多了。"

陈烨凯道："只要进前十，学院就得给奖金，进前十就不错了。"

"余皓你没事吧？"傅立群道，"别中暑了。"

余皓摆手，说："我还好，我表现得太紧张了吗？"

"你今天几乎都没说话。"岑珊安慰道，"别紧张，周昇自己都不紧张。"

余皓点点头，说："他太累了，骑了这么久呢。"

"晚上回去给少爷按摩按摩。"一名体育班的男生说，"明天还过生日呢。"

众人都笑了起来，余皓想到明年好像中医班有门课，心理学也可以选，好像是中医推拿按摩与针灸，常被体育系学生们戏称为"大保健专业"……应该选一下，也许可以帮周昇推拿。

滚烫炽日终于结束了一天的任务，化作火球般的夕阳沉向地平线，将赛道映得一片血红。余皓一手搭在额前，眉头焦虑地拧着，望向地平线上，第一个逆光的身影出现！整个赛道两侧，所有的观众，包括余皓等人一起喊了起来！

那不是周昇，那欢呼却无关竞争与比赛选手，是所有人对第一名致以的赞许与敬意。

第一名在欢呼声中唰地冲了过去。

余皓就像回到了初中等老师念排名领卷子的时候，心快要跳出来了，正不断给自己做心理建设，他闭上双眼，调匀呼吸时，突然间哨子声惊天动地地响了起来！

就在第一名冲线的十来秒后，第二名冲向终点，是周昇！

余皓发出大喊，下意识地伸手，周昇戴着运动眼镜，面无表情，躬身骑在自行车上，如疾风般掠来，那模样酷得让赛道旁所有人一起大喊。说时迟那时快，周昇擦着赛道边掠过，伸出手，准确无比，与余皓击掌。

夕阳如鎏金般辉映着两人，留下逆光的剪影，时间仿佛在那一刻定格，周昇犹如闪电般冲过了终点线！

余皓才反应过来，"啊——"的一声大喊，整个班上的人全都没想到，一时全疯了一般大喊，纷纷转身，往终点线冲去。

"比赛还没有结束！"主办方志愿者喊道，"不要过去！不要拥挤！"

第三名赶到，紧接着是第四名，接下来浩浩荡荡的大部队赶到了，现场开始变得混乱起来，陈烨凯马上道："咱们往后退！待会儿要颁奖的！"

周昇坐在赛道后的草坪上，车倒在一旁，冠军坐在路边喘气。

"你厉害！"周昇对冠军道。

冠军道："我自己的车，占了便宜。"

周昇："我这车学院的，下回单挑。"

"行。"冠军过来，与周昇拍手，把他拉起来。

紧接着一群人赶到，浩浩荡荡地冲向周昇，把他抬了起来往空中抛，周昇马上道："别闹！等等啊……我要去洗手间！"

岑珊在一旁狂拍照，全班人轮番上去，跟打群架一样，冠军只得推着车，默默走开。周昇好不容易挣脱，朝人群外看，最后才是余皓冲向他，狠狠地抱住了他。

"把我篮球裤拿来。"周昇在洗手间放完水，一脸生无可恋的表情，余皓哈哈笑，扔给他篮球裤。周昇套在紧身短裤外，脱紧身上衣，余皓道："还得领奖呢，别脱！"

周昇只好卷起一半，露出漂亮整齐的腹肌，低头在水龙头下冲水。

"你脖子都晒红了。"周昇一瞥余皓，说，"明天铁定脱皮，过来冲冲。"

第15章 ◇ 比赛

余皓道:"回去再冲吧,快,领奖去。"

"领什么奖……你给老子过来……"

周昇按着余皓,拿水冲他。

余皓不住大叫,两人在洗手间外弄得一身水,组委会已经过来喊人了,周昇才把头盔眼镜扔给余皓,笑着去领奖。冠军反而孤身一人,安静地站着,躬身接奖牌时,余皓带头,吹起了哨子,紧接着全班吹哨,鼓掌。

周昇笑着朝余皓比了下大拇指,到他站上去时,全场沸腾。

"哇靠,这个颜值简直秒杀全场了。"

余皓听见了有人私下议论。

入夜,大伙儿进了山下一家小炒店,这家店座位不多,只炒各色小炒,周昇请吃晚饭,陈烨凯与黄霆约了原告方律师谈事,便提前告辞。周昇领着"蝗虫"们浩浩荡荡地冲进去,顿时把店给占满了。

"吃什么?菜单在墙上,自己看吧。"老板看了一眼,来了这么多人,赶紧戴好老花镜,拿本子出来点菜。

"炒这面墙!"一群狼瞬间起哄。

周昇怒吼道:"对!给我炒这面墙!"

余皓笑得不行,傅立群去开酒,大家在店里开始喝酒。周昇反而被扔到一旁,坐在角落里,与余皓相对。在嘈杂的世界中,只剩下他俩对坐,周昇像只猴子般稍稍躬身坐着,看着余皓只是笑。

"澳大利亚。"周昇拿着手机,把微信聊天内容给余皓看了眼,组委会让周昇报名字,周昇把自己与余皓的名字、身份证报了过去。

余皓笑着说:"我真没想到你拿了第二!"

"第一名车太好了。"周昇笑道,"我要骑那车准比他还快,算了。"

余皓不知为何,一时什么都说不出来,他想夸周昇今天实在太帅了,整个人都在发光,却又挺不好意思开口。不多时老板上了菜,周昇招呼大伙儿吃吧吃吧,一群体育班的如狼似虎,余皓被热着了,有点吃不下,给周昇倒酒,周昇说:"酒少喝点,菜多吃点。这老板是我爸的师哥,味道一流。"

余皓有点惊讶,他想多吃,但一来太兴奋,二来被晒了一天,没啥胃口。过了一会儿,岑珊最先过来,端着啤酒,一手摸摸周昇的头,说:"今天表现不错,嫂子有事儿先回,敬你俩一杯啊。"

余皓忙与周昇端杯,喝了,岑珊又向其他人打招呼先走了,傅立群送她去坐车，对众人道："等我回来开整！整点白的！"

肚子填饱后，余皓再一次见识到这伙人土匪般的酒量，喝啤的只是口渴了，七点开始喝白酒。初时还以为他们把周昇忽略了，结果大家只是肚子饿，一吃饱就开始灌周昇。灌了几杯又灌余皓，灌他们不算，自己寝室的还要互相灌。周昇让余皓别喝醉，自己有酒就接了，余皓不让他喝太多，怕今天刚高强度运动，再喝酒影响心脏。

过了一会儿，傅立群回来了，怒吼道："哥哥不在！你们偷跑？！来！哎，那个……余皓你先帮我挡一杯，我得做下心理建设。"

"滚！"

傅立群开始发挥了生力军的作用，又喝了将近一小时。最后众人喝得烂醉东倒西歪的，起哄着让余皓唱歌，余皓有点上脸，脑子还清醒着，便让周昇点歌。

周昇："你自己唱，来一首我再选。"

"那——就走吧，谁知道前面是什么——"

"那——就走吧，停留在那里风景是一样的。"余皓笑着唱道。

余皓直接从副歌部分开始，一开口时馆子里全静了，外头几桌客人一起转头，连老板都搬了椅子从厨房里出来坐着听。周昇则认真地在手机上选他想点的歌，找了首《消愁》。

伴奏一起来，配着小酒馆里昏暗的日光灯，旋转的绿色电扇，夏天的青草气味，天际的月色，身上的酒意，更是不得了，一时仿佛把所有人带得陷入了梦里去。

"一杯敬朝阳，一杯敬月光，唤醒我的向往，温柔了寒窗。"

唱到副歌部分时，竟是所有人跟着余皓，半是苍凉、半是感慨地唱了起来。仿佛这二十岁的年华里，有着许多无法描述，也难以捕捉到的惆怅，于青春即将结束之际，如这夏夜的轻风，无声无息地穿透了躁动的灵魂，扑面而来又悄然经过。

结束后一片寂静。

"最后一首。"周昇在这寂静里说，"喝完这杯酒，今晚散了吧。"

"好花不常开——好景不常来——"余皓又唱道，他唱歌的时候，眉毛微微扬起来，笑吟吟地看着周昇，傅立群随后开了伴奏。结束时，众人互相碰杯，纷纷道："开学见。"

"开学见——"

周昇的钱都在余皓那里，示意余皓去付账，余皓便翻手机买单，二十六人，七桌，连酒水九百二，老板还给余皓抹了个零，只收他们九百，真是太便宜了。

"开学见喽！"余皓很快乐地与他们拜拜。

傅立群和余皓、周昇走在一起："开学见喽。"

周昇："你跟着我们做什么？"

傅立群莫名其妙道："回宿舍啊，不然我住哪儿？"

周昇："你不跟你媳妇开房去啊！"

傅立群："你瞎啊！没看她早走了，我上哪儿开？今天出来身上就带了一千，请他们喝咖啡吃冰激凌全花光了。"

余皓一听炸了："冰激凌那么贵？！你疯了吗？"

"快走吧快走吧。"傅立群也喝醉了，问，"能走吗？哥哥背你们回去？"

晚十一点，三人到寝室楼下，周昇与傅立群站着唱《小幸运》，余皓看得好笑，还认真地给他俩当指挥。唱了一会儿被七楼的骂了，周昇要上去找人打架，傅立群忙道算了算了，又托着余皓，翻进二楼，回寝室里去。

"唉！终于到了！"余皓头昏脑涨的，酒意还没退。

傅立群摆摆手道："下回别混着喝。"

周昇瘫在椅上，说："凯凯和黄霆跑得快，今天还想灌灌他。"

傅立群干呕几下，没吐出来，喝水漱口，回头道："他怕自己在，咱们不尽兴，找借口走了吧。"

"萤火之光，安能与日月争辉！"周昇躺在椅子上，两腿分着像个大螃蟹，一脚踹开小板凳，"余皓你说对吧！"

余皓："没听懂。"说着拿着湿毛巾，折好给周昇。

"嗯？"周昇睁眼看余皓，醉酒后眼睛有点红。

余皓道："给你敷下眼睛，都红了。"

周昇抬起手来，指指自己眼睛，笑了起来。余皓折好毛巾，说："闭眼。"接着敷在他眼上。

傅立群点了根烟，余皓道："你怎么也开始抽了。"

傅立群说："就一根。"

"余皓，你啊——"周昇蒙着眼，缓缓道。

"我又怎么啦？"余皓道。

傅立群笑了起来。

周昇又不说话了，余皓道："睡着了？"他转头看看傅立群，再看周昇，满头问号，傅立群跷着脚，低头看表。

周昇忽然又说："余皓你是射手座吧？我记得是。"

余皓道："对啊。"

"射手座。"周昇道，"嗯，花心大萝卜。"

余皓："嗯，没你们巨蟹座顾家，好的好的。"说着又在周昇身上拍了拍。

周昇又道："奖牌给你啦，喜欢吗？"

余皓："喜欢。"

周昇："喜欢就好。"

余皓第一次见周昇喝这么醉，要被笑死了，傅立群又逗他说："我怎么就没有呢？你太偏心了！"

周昇蒙着眼，道："要么你找余皓商量商量？余皓，你答应给他吗？"

傅立群："澳大利亚也是他的，奖牌也是他的，凭什么！我不！"

周昇道："那下回给你整个？"

傅立群马上道："那敢情好！"

余皓快要被笑疯了，周昇又说了声"嗯"，傅立群又说："这还差不多。"说着掏出打火机，向余皓示意。

周昇等半晌，寝室里电扇停了，又道："余皓，你给我录歌了吗？歌哪？"

没人回答，静谧之中，周昇又等了一会儿，说："咋？"

还是没人理他，周昇拿下蒙在眼睛上的布，一片黑暗里，傅立群端着生日蛋糕，上面点满了蜡烛，与余皓一起站在周昇面前，蜡烛映亮了整个寝室。

第16章
生 日 礼 物

"祝你生日快乐——"

"祝你生日快乐——"

周昇深吸一口气,紧接着"嗷呜"地发出一声狼嚎,又大喊一声:"你买这么大个蛋糕干吗?谁吃啊!"余皓唱着生日歌,也吓了一跳,之前让傅立群买蛋糕,傅立群买了个五磅的!

"还有!快!"

傅立群马上把蛋糕递给余皓,开手机伴奏。

"Come on over in my direction!"余皓端着蛋糕,一个潇洒转身,与傅立群动作一致,唱了起来。

周昇猛地大笑起来,余皓开始唱那首Despacito,这首歌节奏超强,还充满动感。余皓与傅立群两人边唱边跳,舞步还非常好看,周昇笑得不行,认真地看他俩跳舞,最后傅立群转身,扭了两下,一声"耶!"结束了这场演出。

余皓不住喘气,说:"吹……吹蜡烛,快烧完了。"

傅立群则热得吐舌头:"太热了,少爷,赶紧,得开电扇,我要热死了!"

余皓把蛋糕放在周昇面前,周昇笑着闭上双眼,许愿,愿望很短,他一会儿就吹灭了蜡烛,两人一起鼓掌。余皓火速去开寝室里的吊扇,才松了口气。

周昇什么也没说,只是笑着认真地切蛋糕,那笑容又带着伤感。

一静下来,那气氛便有点诡异,连着将近十秒没人说话,余皓盘算着说点什么,周昇好像被感动了。

"你吃大块还小块的?"周昇对余皓问。

余皓道:"小点儿,我吃不了太甜的。"

"哥哥,你哪?"周昇把蛋糕递给余皓,又给傅立群切。

傅立群道:"大小都行,我没有关系,反正到手也是……"

"那给你块大的……"

"……喂、你、吃!"

傅立群接过周昇递来的大块蛋糕,旋即飞速出手,蛋糕"啪"地飞去,直接砸了周昇一脸。

余皓:"哈哈哈哈哈哈哈!! 哈哈哈!! 哈哈哈哈哈!!"

傅立群:"哈哈哈哈哈哈!! 哈哈哈哈! 哈哈哈!"

周昇保持坐姿,被傅立群砸了满脸蛋糕,余皓完全没料到傅立群会突然来这么一手,看见周昇被砸得一脸蒙逼,顿时笑疯了,拿着自己的蛋糕,差点笑得摔在地上。三秒后,周昇抹了把脸,抓起一块蛋糕,怒吼道:"你找死!"

蛋糕大战开始了,余皓笑得筋疲力尽,倒在另一张椅子上正哈哈时,被周昇砸了满头,大喊道:"关我什么事!"

"一起砸他!"傅立群道,旋即两个人开始用蛋糕砸周昇,混战一旦开始便几乎无法收手,傅立群一块蛋糕飞来,周昇操起傅立群的笔记本电脑把蛋糕一拍,一大块蛋糕飞上了吊扇。

余皓忽然意识到一个很严重的问题,明天傅立群回家了,周昇明天一整天都是生日没理由让他打扫做家务,也就是说,整个寝室的蛋糕全是他来清理!

"快别扔了!"余皓道,"停!停!住手!求求你们了!"

周昇与傅立群激战正酣,两人满手蛋糕,大打出手,傅立群还把余皓抓过来当盾牌挡着周昇,这个行为把周昇彻底激怒了,周昇把余皓抢回来护在身后,瞅准时机把傅立群引到特别滑的一块地上,傅立群中计,滑倒了。周昇再与余皓一起,将傅立群按在寝室死角,傅立群大叫一声知道完蛋了,马上侧身面朝衣柜,周昇却拿着蛋糕,使劲朝他鼻子里塞。

"没了没了。"余皓道,"别扔了!扔完了!"

Despacito的歌声里,寝室一片混乱,地上、桌上、柜子门上、阳台的落地窗上、阳台上,到处都是蛋糕和奶油。

余皓:"……"

傅立群把鼻子里的蛋糕努力喷出来,周昇浑身汗,要把吊扇开到最大,傅立群与余皓同时吼道:"快住手!"

但已经太晚了,吊扇上的蛋糕甩飞出来,周昇也忘了这事,哈哈大笑。

三人各自洗过脸,坐着喘气。

"这真是我过的最难忘的生日。"周昇无力道,"我蛋糕一口还没吃呢!"

"这儿有。"余皓把自己刚才放在书桌上那块小的拿过来,傅立群道:"我尝尝看味道怎么样,第一次订这家的,黑白巧克力慕斯。"

余皓:"真好吃,里头还有冰激凌。"

于是三人各自拿了把塑料叉,分着把余皓那块小的吃了,余皓还有点意犹未尽,想从寝室里再找点能吃的。周昇道:"别看了,明儿再订个在寝室里吃。"

第16章 ◇ 生日礼物

洗澡去吧，谁先洗？"

"还有呢。"余皓笑道。

傅立群也等着这一刻，掏出手机，准备开始录周昇的反应。

余皓把衣柜打开，周昇顿时魂飞魄散："还有一个蛋糕？不要了吧！"

"锵锵！生日快乐！"余皓把用包装纸包好的鞋盒递给周昇，周昇心有余悸道："哦是生日礼物，吓我一跳，不是让你别买吗？"

周昇笑着拆那鞋盒，抬头对余皓道："我就知道你要买鞋。"继而低头，开盖子，突然一下不说话了。

周昇拿起那双限量版的AJ，彻底傻了，看看鞋，又看余皓，余皓只笑着看他。

"余皓？"周昇道，"这……哪儿来的？"

"天上掉下来的啊。"余皓笑道。

"你买这么贵的鞋干吗？"周昇比刚刚被砸蛋糕的时候还要蒙，拿出一只，又拿了另一只，抬头怔怔看余皓。

"给你啊，"余皓说，"生日快乐！我想你应该会喜欢，哥哥带我去买的。"

余皓与周昇对视，只是短短一瞬间，周昇便低下头去，没有作声，傅立群终于捕捉到那个经典的瞬间。余皓也意识到了，刚才短短的一秒里，周昇好像差点哭了！

"别录了！"下一刻，周昇发现了傅立群录像的行为，马上起身道，"把视频给我删了……"

鞋差点掉地上，周昇又赶紧接着，傅立群还在录，声情并茂地说："呜呜呜，我好感动啊，我要感动死了……"

周昇看了眼余皓，这下换余皓有点不好意思了，说："不试试吗？"

周昇翻来覆去地看，说："明儿拖了地再试，这儿全是蛋糕。"

"……太感动了。"傅立群说，"我眼泪都出来了。"

余皓与周昇已开始面无表情地看着傅立群。

"突然想起来一件事。"余皓诚恳地说，"哥哥，这双是给你的。"说着又从衣柜里拿出了一个包装好的鞋盒。

"干得漂亮！"周昇马上掏出手机，给傅立群录像。

这下轮到傅立群傻眼了，余皓把鞋盒塞给他，说："接啊。"

傅立群："你啥时候又去买了双？！"

余皓道："买周昇那双的时候送的。"

周昇顿时狂笑，傅立群道："这……"

"拿啊。"余皓道。

傅立群一脸茫然地接过来,坐下,打开鞋盒,里头正是自己看了很久,舍不得买的那双。

"我可以拿吗?"傅立群向周昇问道,"少爷?"

"拿吧。"周昇答道。

"拿了以后,咱俩还是朋友吧?"傅立群惴惴道。

余皓:"……"

"一辈子的朋友。"周昇笑道,"别紧张,我和余皓一起送的。"

傅立群放下心,点了点头,说:"除了你们嫂子,这是第一次有人送我这么贵的东西。"

"那我呢?"余皓听到那句"一辈子的朋友",借着酒意,忽然兴起,朝周昇笑道,"我是什么?"

寝室里倏地静了,傅立群顿时迅速抓起手机,打开录像功能。

周昇却笑着看余皓,眉毛一挑:"你自己说,你是什么?"

余皓没想到周昇会这么回答,周昇又对傅立群怒道:"别录了!还没录够!再录鞋子扔了!"

傅立群马上抱着鞋盒,一下飞身翻上床去,余皓赶紧起身,说:"我去洗澡了。"

"去吧。"周昇脸上还带着醉意,从椅子上转身,看余皓给他买的AJ,打开台灯,把鞋放在书桌上,拿手机给鞋子拍照,"以后别买这么贵的东西了。"

"你喜欢就不贵。"余皓答道。

直到睡觉时,周昇在微信上给余皓发消息。

周昇:"你怎么知道这双是我最想要的?我连傅立群都没说过,他不可能知道,你在我梦里见过?我都没在自己梦里见过它。"

余皓:"啊?我不知道,我只是想你也许会喜欢就挑了这双,太好了!"

余皓抬头看周昇,周昇伸手过来,摸了摸余皓的额头,说:"睡吧,晚安。"

余皓以为今晚会失眠,却没想到,一整天精神紧张,外加晚上喝过酒,周昇参赛后更消耗剧烈,两人都很快便入睡了。第二天早上,余皓被热醒时周昇还在睡,直到今天,对余皓来说暑假才算正式开始了。

余皓睡得头昏脑涨,还有点头疼,下床时特地趴在梯子上,伸手试了下周昇鼻息,生怕他运动过头又喝酒,一早出什么事。周昇的呼吸还正常,余皓便把寝室门打开通风。

第16章 生日礼物

傅立群大清早起来，生怕被抓来打扫卫生，趁余皓与周昇还睡着，穿了新鞋就走了。闷热的寝室在穿堂风下凉快了些许，余皓面对到处都是蛋糕的寝室，一脸麻木地看了会儿，内心开始计算全部打扫干净需要花的时间，至少得七个小时，其中擦玻璃是最艰难的。

余皓看了会儿周昇放在书桌上的新鞋，买的时候没感觉，现在认真看了确实觉得又贵又漂亮，开始有点理解周昇对它的喜好了。

从哪里开始打扫呢？余皓接了水，拧了抹布，有点儿崩溃地看着阳台上的落地窗，心想从最难的开始好了。于是把落地窗拉上大半，从阳台外朝宿舍里看，先清理外面这扇，昨天傅立群与周昇从宿舍打到阳台，外面沾了不少。

这里糊了好大一块……好像还可以吃。余皓看了会儿，心想吃一点也没什么吧，不知道坏了没有，反正也没人知道。于是他凑上去，试着舔了下，好像味道也没变，就是干了……

余皓正在舔那块蛋糕时，看见对面，从宿舍外走进一个人，与自己对视。那人他见过，正是周昇的爸，周来春！周来春骤然见余皓面朝自己，在舔阳台落地窗玻璃，脸上现出了诡异的表情。

余皓："……"

周来春："……"

余皓很想假装没看见他，但这是不可能的。

"叔……叔……好……"

周来春点了点头，余皓还没完全睡醒，忙给他搬椅子，说："您坐！"

周来春在寝室里转了一圈，踩在蛋糕上差点滑倒，余皓忙让他坐下，爬梯子上摇周昇。

余皓："你爸来了！"

周昇早就醒了，翻了个身，面朝墙。

"你干吗？"周昇烦躁地说，"招呼不打就跑来。闲着没事干？"

余皓便下去洗抹布，周来春说："昨晚上在寝室开party了？玩得挺high嘛。哟，谁送的，这鞋子不便宜吧……交女朋友了？"

"别动我东西！"周昇一声怒吼，烦躁地坐了起来。

余皓忙向周昇使眼色，周昇道："给我拿件干净衣服。"

余皓收了衣服扔给周昇，周昇换衣服下来去洗澡，说："地别拖了，待会儿等我一起清理。"

"余皓，"周来春说，"走，我请你吃饭去，今天替周昇庆祝生日，遥祝他

二十一岁生日快乐!"

余皓"噗"的一声笑了出来,周来春又说:"还有一位鹤立鸡群的室友呢?"

余皓道:"傅立群……他回家去了。"

周来春叼着烟,摸出一部Vertu,给司机打电话,吩咐找保洁过来,帮打扫下寝室,挂掉电话时周昇从浴室里出来,满头水,用棉签掏耳朵。

周来春说:"走?"

"去吗?"周昇示意余皓。

余皓抓狂了,怎么又往我身上推?你爸来给你过生日!

余皓:"当然啊,走吧。"

周昇说:"老板没请我,只请你,待会儿给我打个包呗?"

周来春道:"余皓你再叫个朋友?"

余皓心想你俩真是亲父子,说话风格都一样的,说:"那周昇,一起吧。"

于是周来春开车,把周昇与余皓带到了郓市的一家会所里。近一年半里,云来春在郓市开了三家品牌旗下的高端餐饮会所,这家就是其中之一,名唤"空山春晓",开在云顶山后山的半山腰上,背山面谷。

竹海旷谷未完全开发,只有两条鲜少有人走的栈道,一道瀑布倾泻而下,十分幽静。顶级包厢三面朝山谷,做成全透明玻璃隔挡的落地窗,包厢架在山腰上,这个高度下,翠绿的竹海与银练般的瀑布尽收眼底。

包厢里,周昇无聊地翻着杂志,两名金发碧眼、穿旗袍的白俄罗斯双胞胎少女给他们泡茶,余皓看着玻璃外的瀑布,再一次被有钱人的奢华享受惊呆了。

"吃点什么?"周来春说,"长寿面要有的,一小碗应下景吧。"

"随便。"周昇说。

"余皓你喜欢吃什么?"周来春知道从儿子那里得不到什么回应,转向余皓。

余皓道:"豉油鸡可以吗?"

"不怕腻吗?"周来春道,"一个例牌就饱了,来点禾花雀吧。"

余皓心想不要了吧,听起来好残忍,但没好说。

"不吃野味和鱼翅。"周昇不耐烦地说,"家常点。"

周来春:"川菜?"

周昇:"昨天刚吃过。"

"那我看着做了。"周来春脱了西装到一边挂上,挽衬衣袖子,竟然打算亲自去做,"你们先吃点零食,开开胃,早上起来没吃东西。"

余皓有种预感,吃过这一顿,自己应该达成某种人生成就了。

第16章 生日礼物

"吃过他做的,你就不想吃我做的饭了。"周昇扔了杂志,躺在沙发上,说,"烦人。"

余皓忙道:"你做的饭不一样。"

周昇:"还没吃呢,你倒是说说哪里不一样。"

余皓笑道:"你做饭有感情。"

周昇却笑了起来,望向落地窗外,余皓到窗前盘膝坐下,面朝满目的翠绿色与这自然山林的美景,深呼吸,只觉身处大自然之中,自己心里都生出了禅意。

"森林公园里居然还能开餐厅。"余皓道。

"有钱什么地方不能开。"周昇答道,"你猜猜这里请客,吃一顿要多少钱?"

余皓道:"至少得吃掉几千吧。"

周昇道:"几千?不够饭前喝汤的,十万起。"

余皓:"……"

一名白俄美女单膝跪地,给余皓上功夫茶,余皓忙道:"我自己来,谢谢。"喝了口茶,茶应该也是顶级的茶,只是自己喝不出来。

"都别闹了。"周昇面对那美女端上来的一盘让他选的雪茄和巧克力,说,"你们都去休息吧,别理我爸说什么,他病得不轻了。"

两个白俄美女笑了起来,出包厢,带上了门。余皓躺在落地窗前的地毯上只是笑,周昇一脸不忍直视的表情,说:"烦,下去拍照不?"

"我走不动……"余皓想笑,又没力气,翻了个身躺着,"太饿了,吃过饭再去吧。"

余皓昨晚太兴奋了,晚饭本来就没吃多少,蛋糕也没吃上多少,幸好周来春只用了四十分钟就回来了。

饭前汤每人单独上了一碗,清汤寡水,里头泡着一小朵白菜,层层叠叠像花瓣很漂亮。余皓快饿疯了,结果就上了碗这个,想把碗端起来干了却不好意思。

周昇:"不是家常菜吗?这叫家常?显摆什么啊。"

余皓心想一碗白菜还不家常?

周昇:"搞这么多花样给谁看。"

"昨天熬的汤。"周来春说,"正好看厨房有就拿来用了,剩下全是家常菜。"

周昇对余皓道:"随便吃点吧,吃不饱待会儿带你吃小炒去。"

余皓的心思被周昇看出来了,忙道:"肯定很好吃。"说着尝了一口,顿时如遭晴天霹雳。但没等他评价这汤,菜就一道一道端上来了,先分好菜,再送到盘子里，就差喂到嘴里了。半只豉油乳鸽特地给余皓吃的，接着是芒果鱼子酱片皮鸭铺在饼干上，余皓第一次知道还能这样吃。

又有菜上来了，余皓问："这是什么？"

周昇："蒸松叶蟹。"

接下来许多菜都叫不出名字，周昇也懒得问，对余皓道："其实我也不知道这些乱七八糟的是什么。"

"松露鹅肝。"周来春看了眼，说。

周昇反正有菜端上来他就吃，示意余皓别客气。周来春则随便吃了点就不吃了，点了根烟，低头发着微信，余皓就不再问了，周来春做的菜确实很好吃，但也确实少了某种感觉，环境很好，食材很高档……余皓知道缺在哪里了。对比起来，他更喜欢在寝室里，看周昇围着围裙，打开电饭锅，用舀勺尝沙虾粥的氛围。

"余皓你微信给我，加一下方便联系。"周来春说。

余皓看周昇，周昇没说话，余皓便递过去给周来春扫。

周来春说："毕业想做什么？"

余皓道："大一刚读完，还早呢。"

"不早了。"周来春道，"大学随便读读就行，毕业有兴趣，来叔叔公司上班吧？"

周昇："……"

余皓笑道："嗯，如果有机会的话。"

"周昇明年能拿奖学金了？"周来春道。

周昇皱眉："薛隆那孙子又给你打电话了？"

"你们辅导员那是关心你！"周来春道，"别成天跟个刺头似的。"

周昇要被气笑了说："这孙子真狡猾，一边整我看整不动了，一边还邀功来了。"

余皓道："薛隆他……"

"算了别说了。"周昇制止余皓的解释，说，"没空和他玩宫斗。"

周来春道："余皓，你们住在一起，近朱者赤，周昇这文化课跟脱胎换骨似的，少不了你的功劳。可周昇啊，社会上就是这样，"周来春在烟雾里皱着眉，教训周昇道，"圆滑一点，人生才圆满，圆圆满满，懂吗？"

"你这人生够圆满的。"周昇唏嘘道，"就可惜啊，百密一疏，生了块叉烧。"

余皓一口茶差点就喷出来。

第16章 生日礼物

周来春对周昇嗤之以鼻,余皓看在眼里心想这表情真是传承。

"你自己说说,毕业了想做什么?"周来春道,"你看,我说得对吧?你读书完全能读好,还能排年级第二,你做什么不行?做什么不能做好?"

余皓心想这点倒是挺对的,他从认识周昇那天起,就觉得他不应该是最开始的模样,只是性格里的叛逆太重了,如果他出生与成长在一个像陈烨凯那样的家庭,肯定也是自带男神光环一路登顶。

周昇却道:"这牛舌烤得有点老了。"

周来春不接话,只道:"在这么一所学校里,竞争没意义,赢了他们也没意思,早点出来和社会竞争吧。"

"竞争啥啊?"周昇不耐烦了,说,"学你出去泡妞吗?"

余皓正担心父子俩吵起来,周来春却笑了笑,并未生气,对余皓道:"余皓,你俩有兴趣创业不?"

余皓马上道:"不、不……太早了吧。"

"不、早、了!"周来春道,"我像你们这年纪,都跟着我师哥当墩子当五年了。"

余皓想起了那家小炒店的老板,周昇说:"余皓学心理的,不创业,你就别忽悠了,能不能让人好好吃饭?"

周来春按了烟头,说:"周昇,你今天满二十一岁,我往你银行账户里存了笔钱,学业不忙,就开家公司练练手吧。余皓,叔叔知道你俩玩得好,平时多劝着他点。"说着拿出一张银行卡,转了下桌子转盘,把卡转到周昇面前。

余皓心想哇,开公司?那这卡里有多少钱?有一百万吗?周昇应该不会要的。果然,周昇只是耐心地把转盘转了回去,卡连拿都不拿起来看一眼,对周来春道:"老头子,你怎么就觉得我一定会按你的计划走?"

周来春又点了根烟,说:"你不学着做生意,以后怎么接手云来春?"

周昇莫名其妙道:"谁说我要接手云来春了?"

周来春笑了起来:"别告诉我你心里头当真是这么想的,周昇,你今天能不能好好说话一次。"

周昇道:"行,好好说话,咱们就聊聊吧。"

周来春抽出一根烟,递给周昇,周昇接过,周来春给儿子点烟,余皓十分尴尬,正要起来时,周昇却道:"你就坐那儿,吃你的。"

"你被你妈耽误了。"周来春眯起眼,说,"你该成为一个什么样的人,你自己心里头肯定清楚。"

"我不清楚。"周昇说,"实话说,老头子,我是真的不知道我会成为啥样的人,但我有一点很清楚,就是不会成为你。"

"为什么?"周来春说,"像你爸这样不好?我承认我对不起你妈,咱们设身处地,换个立场想想,是你你受得了她?"

余皓越听越尴尬,脑海中浮现出周昇的妈的形象。

"你到底哪来这么多抵触情绪?"周来春道,"你是为了反叛而反叛,周昇,想想你的那些朋友,上回请吃饭的,名字我叫不出来了,那个鹤立鸡群的……"

"他叫傅立群!"周昇抓狂道。

"多少人羡慕你有个这样的老子?"周来春说,"你瞧不起钱,是不是?你知道钱有多重要吗?没有钱,你简直寸步难行!"

"拉倒吧。"周昇道,"不就有俩臭钱吗你?瞧把你给狂的!"

"是吧。"周来春笑了笑,说,"瞧不起钱,瞧不起你爸,你的生活费从哪儿来?贫贱夫妻百事哀,当初我要和你妈过得好,咱们家能过到这份上?"

周昇倏地不说话了,周来春耐心地说:"你谁也瞧不上,自然也瞧不起你们班上的那伙人。是,说都是富二代,可他们爹娘不是拆迁户就是包工头,真有社会关系能去读你们学校?他们爹娘有几个能像你老子,帮你铺条好路?咱们换着说说,你想靠自己,成啊,等你毕业了,白手起家,做做生意,风里来雨里去的,起早贪黑,赚钱了,发达了,你就觉得自己长脸了,可你回头一看,白瞎十几年,重复一次你爸的路子,图啥?"

周昇道:"我觉得咱俩真没法沟通。"

"那你说啊!"周来春耐心道,"你想什么,你不说,怎么沟通?"

周昇道:"老头子,世界上除了赚钱、花钱,还有别的事儿,你眼里头是不是只有钱了?"

"说得好!"周来春道,"那我现在问问你,你想做什么?想去参加环法吗?自行车一辆十万。"

余皓:"……"

"想弹钢琴学音乐?"周来春又道,"钢琴八十万。你雷叔儿子学萨克斯,买乐器十二万,还不算请老师!想学画画?当运动员?你有什么梦想,给我说说,我替你分析分析,看得花多少钱?人生理想啊,那是拿钱堆出来的!没有财务自由,你就只能老老实实朝九晚五地上班,你没有选择!你没有自由!你只能当金钱的奴隶!"

周昇道:"我吃饱了,我想回去了,余皓,咱们走。"

"叔叔说得对。"余皓突然道,"穷人没有平等,没有尊严,也没有选择。"

第16章 ◇ 生日礼物

周昇一怔,看向余皓,余皓道:"真的是这样,连活下去都很艰难的人,没有精力去谈理想,只能当奴隶。"

"你看?"周来春说,"余皓比你清楚得多,你没吃过他这种苦,你不懂,周昇。我知道你有梦想,我支持你的梦想,我就希望你在追求梦想之前,花哪怕那么……一丁点儿时间……"说着他做了个手势,"也就那么三五年,先把你的吃饭问题给解决了,行吗?"

"爸也想要么给你存一笔钱,放银行里头买理财算了。"周来春无奈道,"可我怎么知道你能不能守住这点本钱呢?去吧,周昇,先去学学,你就知道一块钱顶多大用。等你创业搞得差不多了,我跟你打赌,你铁定会去读个商科研究生,人间烟火哪,你是逃不掉的,总得去面对。"

周昇看了眼余皓,两人对视片刻,周昇示意余皓替自己把卡收着,余皓便把卡拿了。周昇说:"那我走了,还有别的事儿吗?"

周来春又说:"还有,别急着走,你黄伯伯有个闺女儿,你知道的吧?上回还一起吃过饭,说你幽默风趣的那个。"

周昇:"……"

余皓心想大事不好了。

"我把她微信号发给你了,下周你俩抽空,见一面聊聊。"周来春道,"别告诉你妈。"

周昇终于炸了:"你有病啊老头子!"

周来春很耐心,说:"周昇,你是不是有什么难言之隐?有生理问题?去检查下?"

余皓:"……"

周昇道:"你他妈才有生理问题!先管好自己再来说别人行不?"

"那你女朋友呢?"周来春突然道,"带来见个面啊!你搞啥?你妈不让你找媳妇你就真不找了?"

"她没干涉我这个!"周昇道。

余皓忙道:"阿姨上回过年还问呢。"

"他有女朋友没有?"周来春对余皓道,"没有?没有那去相亲啊,见一面啊,你又不知道喜欢不喜欢,璟雅有什么问题?别人在国外留学,家里还是当官的。周昇,你得想想清楚,你爸在外头是企业家,说白了还是暴发户。现在经济不景气,钱、不、好、赚,放眼全省,能盈利的有几家?你想实现阶层跨越,就得找黄璟雅这种女孩。在中国,哪怕你再有钱,无论你做什么,做到最后,都是在做政府关系，你逃不掉！周昇，你要创业也好，打工也罢，最后都会走上这条路……"

"妈呀。"周昇道，"你当我是工具啊?!"

"你要玩，没不让你玩，"周来春道，"爱怎么玩就怎么玩。结婚和恋爱是两回事，你懂不懂？"

余皓这辈子都没这么尴尬过。

周昇道："行行，相、相，我加她。"

周来春正要点头时，周昇却来了一句："和黄柏光反目成仇可别怪我。"

周来春："我都把话说到这份上了，你还不明白吗?!"

周来春一吼，余皓顿时吓了一跳，周昇道："不就是让你儿子娶当官家的女儿当媳妇，好让你和黄柏光蛇鼠一窝继续搂钱，当上市公司去割韭菜吗？"

周来春吼道："云来春不是你爸我一个人的！你知不知道有多少人盯着?！知道你老子在外头装孙子，就是为了给你挣这点儿钱吗?！上市上市！我还不想干了呢！我能说啥！我就只有你周昇一个儿子！"

周昇也怒了："那你自己去给黄柏光当女婿去啊！当我是狗啊！说配种就拎出去配种吗?!"

"别别别……"余皓终于听不下去，忙道，"别吵了。"

周昇道："我就不该来吃这顿饭，就知道没好事。"说着起身，示意余皓走吧。

周来春说："话都给你说清楚了，自个儿回去想想吧，你也知道后悔当初没听我的去郢大，念这么个破烂学校……"

"我不后悔！"周昇走到门口，又回头道，"能别这么多戏不？我、不、后、悔！你看我嘴型，看懂了吗？"

余皓忙示意周昇别吵了，回去吧，周来春又道："余皓，谢谢你了！回去劝下他！"

"我才谢谢你啊！"周昇在门外道。一脸悻悻出来，余皓揣着那张卡，一时也不知道该说什么，他已经总结出了周昇生气的时候的应对方式，别安慰他，只陪着就好，过一会儿他气会渐渐消的。

出了会所，这儿是云顶山半山腰，打车都打不到。司机站在门口色眯眯地调戏大堂经理，在外头等着，见周昇与余皓一出来，马上说："少爷，寝室替你们打扫好了，用车您就叫我一声。"

周昇没理他，径自离开空山春晓，往后山栈道走。余皓忙加快脚步，跟在周昇身后。

第17章

见　面

"逛逛？"周昇的怒火似乎渐渐平息下来，对余皓道。

"好。"余皓说。

栈道穿过竹林，空气非常清新，比起暑气肆虐的市区，自然公园里犹如世外桃源，整个后山一大块都是云来春的范围，里头还养着锦鸡与孔雀，几条栈道边的悬空泉里，锦鲤来来去去。

尽头是一段透明的玻璃栈道，周昇走了上去，余皓朝脚下看，两人走进了半山腰的云里。

"你真这么想？"周昇说。

"事实上就是这样吧。"余皓明白周来春的意思，话糙理不糙，穷过的人一辈子也不想再去体会那种穷。

末了，余皓又说："你想，像陈老师，如果他没有经济能力，没有朋友的公司、股份和专利，甚至还欠着美国的助学贷款，找工作都很困难，又怎么会随心所欲，想回国就回国，当一个三本学校的班主任呢？"

周昇说："余皓，我要说我其实不喜欢体育竞技，你信吗？"

"啊？！"

余皓万万没想到，周昇会突然这么说。

周昇趴到玻璃栈道的栏杆上朝下看，幽谷瀑布，水气升腾，余皓拿起手机，给他拍照。

"我不喜欢争名次。"周昇说，"昨天是我第一次参加这种比赛，站在领奖台上，我知道那是荣誉，大家前呼后拥，为我开心，可我觉得挺烦的。"

"怎么会呢？"余皓放下手机道，"不过你自己的感受最重要，不喜欢以后别参加了？我以为你喜欢运动呢。"

"我喜欢运动，但我只喜欢骑车、跑步、游泳的过程。"周昇说，"就像你喜欢唱歌，你很投入，可你不喜欢站在台上唱，接受那么多人的评价。"

"我明白了。"余皓几乎是秒懂，说，"我非常明白。"

"所以我觉得，我应该不是做这行的。"周昇说，"可我也不知道，以后要做什么。其实老头子说得挺对，钱很重要，我要是有凯凯自己打拼出来的身家，

213

就不吃他今天这顿饭了，连生活费都不用找他要呢。"

余皓道："哪怕混成陈老师这样，在你爸眼里，应该也只是小打小闹吧。"

"他想给我计划好我的整个人生。"周昇出神地看着山谷里的云，说，"也不能说他错吧，一片好心。我要是知道自己想做什么，今天说不定还能理直气壮些，可连我自己都还没活明白呢。"

余皓端详周昇的侧颜，觉得他理智而冷静的时候，是相当帅的，这就是他认识的周昇。

"真想有朵筋斗云。"周昇一手无意识地划了下，说，"咻——咱们就踩着云，飞走了。"

余皓笑了起来。

"我是个矫情的人。"周昇最后说，"下山吧。"

下山路上，余皓一直在想，周昇和自己不一样，他的未来有许多选择，自己孑然一身，也许可以不去在意自己以后走的道路是怎么样的，但周昇不行。他爸给他钱，支持他创业，这钱只是"练手"用的学费，目的是要他未来继承云来春集团，再让他娶一个漂亮且优秀的女孩，跻身富豪阶层，成为上市公司的CEO……

两人的家庭背景有着巨大差距，周昇的未来不可能只有他这个朋友，他也不能只依赖周昇，他们应该保持距离，有些路，终究需要一个人去走。余皓越来越明白中川龙生了，曾经的他，是不是也有过这些感受？

"吃饱了吗？"周昇说，"我都忘了还有长寿面。"

"不吃了。"余皓道，"你爸做的饭真没你做的好吃。"

周昇一笑道："他自打和我妈离婚以后，做的饭就不行了。"

余皓说："但昨天那家小炒，是真的很好吃。"

周昇喃喃道："嗯，所以只论做饭，老头子做一辈子，也永远比不过他师哥。"

他们离开栈道，在路边公交车站等车，开往森林公园的班车一小时一班，周昇想了想，说："走，跟我来。"说着带余皓往森林公园去。

"你爸有多少钱？"余皓突然又问。

周昇想了想，说："你问云来春值多少钱，还是我爸个人财产有多少？"

余皓道："他自己的钱。"

"干吗？"周昇道，"打他钱的主意啊？"

余皓笑道："好奇。"

周昇满不在乎地说："老头子……应该有个小十亿吧，那富婆具体不清楚，

第17章 ◇ 见面

只知道比他多。"

余皓真心诚意地说:"太有钱了。"

周昇"嗯"了声,说:"把钱全给我,我也不知道做什么去。"

余皓道:"你爸一直想培养你,自始至终,他就没想过不管你……"

"我知道。"周昇到得公园前,那里停了一排共享单车,一人扫了一辆,周昇又说,"以前是我妈要死要活的,他只得先不过问,现在我离家上大学了,他觉得是时候了。"

余皓渐渐明白,也许在周来春眼里,什么三本、体育专业……只要有钱,想培养周昇接手自己的企业,这些都不是事儿。

"比赛看谁先到学校?"周昇道。

余皓道:"开什么玩笑!这可能吗?"

"让你一只脚!"周昇右脚踩在共享单车的斜前杠上,只用左脚骑,"赢了的话,那张卡就是你的了!一、二、三,开始!"说着先骑了下去。

余皓:"……"

余皓气喘吁吁,跟在周昇身后,足足骑了三十公里,周昇还时不时停下等他,最后余皓以第二名的姿态抵达学校。

余皓:"我……不行了。"

周昇道:"好,卡是你的了。"

"我又没赢!"余皓炸了。

"我说,'赢了的话',意思是'我赢了的话',卡就是你的啦!"周昇得意地说,"省略了一个'我'字。"

余皓:"……"

"那我帮你收着吧。"余皓一路上看着周昇骑车在前面,时不时等他追上去,又停下来等他,又往前骑着,只觉得这段路,隐约像极了他俩的关系。

"你不看看自己有多少钱吗?"周昇笑道。

"不看!"余皓说,"坚决不看!憋死你!"

寝室里被打扫得干干净净,连泛黑的瓷砖缝都洗得发白。木柜门和木桌还打了下蜡,和新家具一样,床上通通换了新的纯棉四件套,书架、衣柜整理得整整齐齐,浴室里换上了全新的浴帘,灯泡换成六十瓦的。多了一台移动空调,阳台一侧还放着个小冰箱,里面放满了冰、饮料与啤酒,阳台上还放了两张躺椅,一旁多了个花架,架子上搁着盆栽。

这下冷饮有了,冷气也有了,寝室里不让装壁挂空调,小型移动空调的排热管通往阳台外面，制冷效果虽不比壁挂强劲，却已经解决了闷热寝室的居住问题。

余皓一手扶额，感觉进了别人家里。

"这是请人重新装修了吧。"余皓道，"这么短时间搞成这样，太不容易了。"

"也不知道给买台洗衣机……"话音未落，"砰"的一声，周昇不小心一头撞在阳台落地窗上，怒道："擦这么干净干吗？这是谋杀！"

入夜时，余皓与周昇躺在床上，过了这个暑假里真正无事可做、游手好闲的第一天，周昇带余皓打了会儿游戏，余皓录了两段歌却不满意又删了，心想翻译的钱已经花得差不多了，得再找份兼职去。但幸好下学期有奖学金，相对来说会宽裕些。

好的翻译与文字工作不好找，骗稿的太多了，余皓在翻译论坛上看了半天，上面不少人在骂骗稿的，看得他有点心惊胆战。由俭入奢易，由奢入俭难，做过翻译，已经不太想去干体力活了，果然技术才是第一生产力，有一技之长尤其重要。

当然不管是他还是陈烨凯，靠一技之长过日子的他们，在周来春这种资本家面前，还是被秒成渣。

晚上九点多，周昇的妈打通寝室电话，余皓接的，听见周昇在寝室，周妈问长问短，顺便祝儿子生日快乐，周昇只是敷衍地答道知道了。

"什么时候回家呀？"周母说，"余皓，一起过来吧！"

余皓只得按周昇教的说："要比赛呢。"

"啊啊好好好！哪里比赛？我们过去看看！"

"别烦了。"周昇已经不想说话了，余皓只得小声地"嗯""好"，应着周母的电话，周母又开始回忆生周昇那天，一个电话足足打了一个多小时才结束。

"睡了？"周昇道，"想好上哪儿去玩没？"

余皓："没想好。"

"那继续想吧。"周昇拿起靠在床边的晾衣叉，捅了下寝室电灯开关，"睡了。"

一室黑暗，余皓头一次在寝室里住得这么舒服，这得感谢周来春的钱。

陈烨凯："回来了？空调制冷可以吗？"

余皓："……"

陈烨凯："怎么？"

余皓："你买的？"

陈烨凯："上周网上订的，今天到货让送你寝室，给周昇当生日礼物，看

第17章 ◇ 见面

见四个阿姨在打扫卫生,周昇家的司机说去买个冰箱。"

"空调是凯凯买的。"余皓道。

"知道了。"周昇出神地看着微信。手机的光映亮了余皓与周昇各自的面容,在这黑暗里,周昇突然叹了口气,把手机扔到一边。

"璟雅加上了?"余皓侧头,稍抬起头问他。

周昇没回答,只是静静地躺着,余皓则继续刷手机。良久沉默后,周昇又说:"没加,不想理。心烦,想晒月亮去。"

万籁俱寂的深夜,许多烦恼与惆怅总会被放大。所谓人无远虑,必有近忧,期末考前,余皓也常听傅立群躺在床上,"唉"的一声,烦恼挂科怎么办哪,回家要被骂死。

男生寝室似乎总是如此,白天玩得不亦乐乎,到了晚上睡觉前,那如影随形的郁闷感便悄然而至。心理健康课上老师谈天说地时,特地提到这是内心对虚度光阴的愧疚心理,一旦觉得白天没做事,人生没有目标,晚上入睡前就会生出躁动、烦恼与愧疚之心,总觉得自己是个废物,熬夜则会进一步加强与放大这种负面情绪。

余皓倒是很少有这种煎熬感,光是活着就竭尽全力了,暂时想不到马斯洛需求层次理论里更高层的问题去。

"今天没月亮。"余皓道。

"余皓。"周昇道。

"嗯?"

又是长达将近三分钟的沉默,周昇终于在黑暗里说:"你觉得十年以后的咱们,会是怎么样的?"

余皓没有回答,但周昇的这个问题,拨动了他的思绪,他的视线从手机屏幕上转向四周的虚空与黑暗,眉眼间带着茫然。

"咱们会分开吗?"周昇说。

"也许吧。"余皓答道,一股难言的悲伤倏忽而至,淹没了他,他不忍心多想——大学只需要读四年,四年过后,他和周昇、傅立群,都会分开。

周昇道:"我来想象一下好了。"

余皓道:"能别这么残忍吗?"

四年读完,多少朋友与爱人各奔东西,有些留在本市,有些则去北上广深,有的出国,有的读研,也许仍然保持着联系,然而,住在一个屋檐下的情况再也不会有了。

天下无不散之筵席，每个人都会成家立业、组建家庭，联系也越来越少，阶层分化，人生境遇有了天壤之别，同学聚会时推杯换盏，却终究形同陌路，唯一反反复复被提起的，就只剩下昔年模糊的记忆。

人生有时候真的和梦一样，余皓心道，许多事会被渐渐淡忘，也包括这个凉爽的夏夜。

"所以呢，"周昇道，"我想认真地和你讨论一下……你看啥呢？"

余皓仍在刷手机，到了后面，心已经不在手机上了，也不在周昇的话上。

"没啥。"余皓今天的心情相当糟糕，快过十二点了，周昇的生日就要结束了。周昇往余皓手机上看了眼，余皓对周昇道："我在一个问答里交友。"

周昇："……"

余皓给周昇看，上面是几条私信，周昇马上坐了起来，问："你把照片发上去了？快删了！"

余皓说："没发，我就给几个有照片的发了消息，他们都回我了。"

周昇挨个点开私信，上面都是打招呼的内容，余皓道："没什么好看的，还我吧。"

余皓观察周昇的表情，周昇把手机翻过来按着，表情隐入黑暗里，说："你怎么突然又想起网上交友了？"

余皓答道："之前就有这计划啊。"

周昇坐着，余皓躺着，在这黑暗里，两人都没说话，余皓道："周昇？"

"行吧。"周昇最后说，"你喜欢就好。"

余皓想起在奇琴伊察那天，他与周昇的对话，

"你在梦里的天青山说过……"

"我记得呢，"周昇的声音十分冷漠，"不用你提醒。所以我说你喜欢就好。"

"手机还我。"余皓道。

周昇把手机递了过来，躺下，一时两人不再交谈，余皓知道周昇铁定会不开心，但就在今天，听完周来春的话之后，余皓更坚定自己的决定。

"我睡了。"周昇说。

"晚安，将军。"余皓道。

余皓放下手机，很轻很轻地叹了口气，这一刻，他体会到了一种巨大的难过。就像崩毁的群山压在了他的心里，若非金乌轮被封存，他怀疑自己的梦，此时定将阴云密布，雷鸣电闪，暴雨倾盆。这感觉比曾经遭到刘鹏轩的迎面一拳时更甚，刘鹏轩的一拳揍在脸上，这一次，则是余皓自己拿着一把匕首，想来想

第17章 见面

去,最后反手一招,扎在了自己的灵魂里。

号角齐声吹响,盛大的比赛开始。

晦暗天空下,古罗马斗兽场四周,观众群起而欢呼,巨大的环形建筑顶天立地,位于无边无际的海洋中的一座孤岛中央。天空阴云密布,黑龙载着周昇飞来,拍打翅膀,悬浮在斗兽场低空,慢慢降下。周昇肩扛金箍棒,脚蹬的AJ球鞋如金甲战靴,身穿铁鳞铠甲,一脚踏在龙头。

"我要挑战!"周昇一抡金箍棒,侧身,以武器指向观众席。

战车于斗兽场中穿过隧道,隆隆而出,排成环状,每辆战车上都盘踞着一只巨大而狰狞的怪物。

周昇肩上停着一只小狐狸玩偶,他侧头,抬手,摸过那小狐狸长着茸毛的背脊。

"先打哪只?你说!"周昇道。

当然那玩偶不会回答,周昇望向呈环形排列的十三座战车,最中央悬浮着一只身形魁梧、长着羊角的大魔王撒旦,他镇定下来,目光扫向其余战车。

"就你吧。"周昇冷漠地指向其中一只。

"当——"的一声震响,观众再掀起疯狂的欢呼。

撒旦:"终于愿意与我做交易了?想获得什么?"

周昇沉声道:"你比我更清楚我想要什么。"

撒旦朝向观众席,朗声道:"很好!梦境的主人,这位将军决定直面自己,战胜他的恐惧,让我们拭目以待!"

黑龙落地,在那震天响的欢呼声中,大战拉开序幕。第二天余皓起来时,周昇已经出门去了,不知去了哪儿。

余皓回想昨夜的话,如梦里一般,给周昇发消息,没回。

陈烨凯打电话问余皓,约他今天去看电影,余皓道:"周昇大清早就出去了,也不知道去哪儿了。"

"我问过他了。"陈烨凯道,"他不去,让我找你。"

余皓想了想,最后只得说:"好吧,我请你看。"

"你请我吃饭吧。"陈烨凯道,"票我都买好了,三张,等我把黄霆叫上。"

余皓刚挂了电话,见周昇给自己发了条消息。

周昇:"今儿有事,中午你自己解决?晚饭我给你带?"

余皓回复后,与陈烨凯去找黄霆一起吃饭。两人等待良久,黄霆道:"好不容易溜出来了，吃烤肉吧。"

其间黄霆注意到余皓看私信，说："在做什么？"

"交友。"余皓也不打算瞒黄霆，想起黄霆似乎也没提到过自己的女朋友，说，"你谈恋爱了吗？就是关心下，如果觉得我很八卦可以别理我。"

陈烨凯笑道："记得君君吗？"

"啊——"余皓马上想起那女记者。

黄霆忙澄清道："八字还没一撇呢，别胡说八道。你在网上找？"

"嗯。"余皓给黄霆看了一眼。

"注意安全。"黄霆道，"尤其生理卫生。"

"我是见网友，你想太多了！"余皓道。

电影开场前，陈烨凯去取票，余皓与黄霆坐在场外休息区。黄霆今天穿了身便衣，手里拈着根吸管，正襟危坐，对余皓道："余皓，请你如实交代一下情况。"

余皓："你要做笔录吗？黄警官，你这样是很不好的，小心我告诉君君姐。"

"你没有她的联系方式。"黄霆一副胸有成竹的表情，目光深邃，"现在，请你不要回避我刚才的要求，如实交代。"

余皓："……"

"走。"陈烨凯过来，余皓心想下回不和你俩出来了。

结果看电影时，黄霆和陈烨凯分别坐在余皓两边，把他夹在中间，余皓总觉得自己好像被押送的犯人。

陈烨凯还不时小声与余皓说话，过了一会儿，黄霆歪着脑袋，靠在余皓肩上睡着了。余皓彻底无语，陈烨凯做了个"嘘"的动作，说："他最近太累了，让他睡会儿。"又指指黄霆手里拿着的3D眼镜，示意藏起来，别被他发现。

散场时，黄霆才醒过来，余皓很好奇这家伙的梦是怎么样的，但以他的能耐，想必梦中不会是一片阴霾。

"很不错的电影。"黄霆说。

"你到底看了吗？"余皓道。

黄霆："我当然看了。"

陈烨凯："你的3D眼镜呢？自己去道歉赔钱。"

黄霆道："当然是被你俩收起来了，这种恶作剧太过时了，陈老师，为人师表，不要做坏榜样，快交给服务员。我走了，晚上出任务，回见。"

余皓简直拿黄霆没辙。

傍晚，陈烨凯道："去我家吃晚饭？"

第17章 ◇ 见面

"我得回寝室。"余皓道,"周昇给我带晚饭。"

"那空了再约。"陈烨凯把余皓送到楼下,才转身离开。余皓刚一抬头,便看见周昇在楼上的楼道里朝外看。两人对视一眼,周昇便进去了。

"吃吧。"周昇打开饭盒,拆了筷子,划拉几下去掉竹刺,递给余皓,"今天看的什么?"

余皓答了,两人闲聊几句,周昇便戴起耳机,边吃边用傅立群的电脑看剧,余皓保持了沉默,低头看手机,寝室里的气氛仿佛回到了两个月前那会儿。

"你今天去哪儿了?"余皓想起上回在商城里无意瞥见周昇。

周昇摘了耳机,茫然道:"什么?"

"没什么。"余皓摆摆手,周昇又戴上耳机,继续吃饭。

余皓想把私信全部清空,但其中的一名网友来了消息,说话非常礼貌,愿意和余皓认识下,余皓犹豫良久,换了个微信小号加他。

黄霆又给余皓发了条消息:"见网友注意安全,需要警官当保镖建议提前三天预约。"

余皓:"我会注意的,谢谢提醒。"

黄霆又给余皓分享了连着数条如见网友被骗钱、被SM、被偷东西、货不对版大打出手报警……的新闻,余皓终于忍无可忍:"不要再发了!"

最后黄霆分享了一首歌:《一百块钱也不给我》。

余皓:"我要拉黑你了。"

黄霆:"我建议别,报警的时候找熟人更方便,响应也快。"

周昇过来收了余皓吃完的盒饭出去扔,一瞥余皓正在切换微信大小号,说:"聊得怎么样了?什么时候见面?"

"刚加上。"余皓心里真是郁闷,他都想装死了。

周昇扔完垃圾回来,余皓又问:"璟雅怎么样?你去找她吃饭了吗?"

周昇道:"也刚加上。"说着戴了耳机,不搭理余皓了。那人发来消息,与余皓聊了几句,余皓有一句没一句地回着。直到深夜时,周昇道:"晚安。"说着直接关了灯,两人一整天说了不到十句话。

古罗马斗兽场。

黑龙的狂啸声响彻全场,随之响起的,则是雷鸣般的欢呼与掌声!

周昇扛着盾,站在黑龙头顶,黑龙腾空而起。在他的面前,敌人长着山羊的角,袒露满是毛发的胸膛,两只眼睛斜斜朝向额顶,双目之中,狭长的瞳孔闪现着邪恶的红光。

山羊怪物的角迸发出雷电,引领天地间的雷霆,照亮了这黑暗的世界,千万道雷电朝着盘旋的黑龙追来。双方势均力敌,陷入苦战之中,周昇咬牙扛起盾,保护自己与黑龙不至于在这雷电下粉身碎骨。

他所有的精力都耗费在了防守上,此前每一次挑战潘神,几乎都像今天一样,陷在这泥泞般的僵局里。但今天,他在梦境中准备了另一件神器。

潘神长声咆哮道:"无论多少次,你的结局都将一样——"

"今天不了。"周昇在那闪雷的间隙中,冷冷道。

紧接着他盾交右手,左手一翻,怒吼声里,掌中现出一枚银色金属状的宝石,宝石"嗡"的一声扩展出护盾!

潘神:"……"

下一刻,宝石光芒一闪,白光扫过整个竞技场,如同卷起了一阵飓风!周昇驾驭黑龙,手中盾牌化作金箍棒,如闪电般疾射到潘神面前!

一棍挑,潘神猝不及防,飞上半空。

第二棍扫,潘神的山羊角砰然断裂!

再一棍直抽,潘神刹那间如飞弹般"轰"的一声撞向竞技场上耸立的罗马石柱,将石柱撞得粉碎!

周昇短发焦黑,狼狈不堪,挂着金箍棒,在场地中央喘气。

"让我看看你到底是什么吧。"周昇手持那枚金属宝石,朝向瓦砾中的潘神。

此时,安静的竞技场上,掌声与欢呼声才轰然响起。

心形的宝石光芒照耀之下,潘神两角退去,化身一名身材普通的男性古希腊神明,他在罗马石柱的废墟中不停挣扎,躲开光芒的照耀。

"不认识。"周昇皱眉道,"我见过你?"

"普里阿普斯。"撒旦的声音响起,"少年时期,你曾经的自卑感来自他。你因性征的发育、器官的大小,在同龄人中显得突出,而遭到过同龄人的嘲笑,后来在一本医学科普读本上查阅时,无意中认识了这位生殖之神。"

周昇站直身体,缓缓喘气,脸上带着邪恶的笑容。

周昇自嘲道,"伪装成潘神,提醒我什么?"

撒旦手中的黑火操控着普里阿普斯悬空而起。

"普里阿普斯将鸡奸当作对人类的惩罚。"撒旦邪恶地笑道,"凡人为繁衍而生,不正常性关系是罪恶的,你想重新定义性的需求与目的,却在道德感的囚牢中,苦苦挣扎。将军,承认你有堕落的倾向,这是不是很难?"

第17章 ◇ 见面

"纵情声色吧！"撒旦双手一扬，全身闪耀华丽光芒，"潘神也好，普里阿普斯也罢，承认这是罪恶，又有何妨？"

"去你的……"周昇喃喃道。

普里阿普斯一声怒吼，亮出两把弯刀，向周昇冲来。旋即周昇抡起金箍棒，一棍悍然挥去！千钧力道当头砸下，哀号声中，普里阿普斯炸成无数光点，在空中迸发，如流星一般飞向周昇身后的黑龙，黑龙全身龙鳞蓦然流动起闪光，短暂地闪现出亮金色，额上现出一枚锐利的角，角上绽放强光，黑龙仰头长吟，光芒渐渐沉寂下去。

"有备而来。"撒旦脚踏黑火，再度出现在竞技场上，"梦境主人对决化身潘神的普里阿普斯，获胜。"

又是一阵欢呼，周昇却只是手扶金箍棒，站在原地出神。良久后，仿佛回过神，另一手朝撒旦招了招。

撒旦稍稍低下头，眼中黑色火焰一闪而逝。

"你成功了，"撒旦冷冷道，"将军。"

"成功意味着什么？"周昇眉头深锁，"不再是罪恶？"

撒旦冷笑道："这项权利交还与你。但下一名敌人，也许就没有这么简单了。"

"下一位。"周昇冷静地说，"一次解决。"

"我感觉到了恐惧。"撒旦说，"你的灵魂在颤抖。"

"我说下一位！"周昇勃然大怒。

撒旦缓慢退后，身前黑色光影交错，现出一个巨大的笼子。笼中，一只人身蛇尾的妖女尖锐嘶喊，抓住牢笼的铁栏疯狂摇撼！

"下一位！"撒旦朗声道，"梦境的主人，这位将军，即将挑战美杜莎！克服他对爱情与家庭的抗拒感！让我们为他献上最热烈的掌声！"

周昇的瞳孔微微放大，倒映出面目狰狞、双爪尖利的美杜莎。

"有点难打啊……"周昇喃喃道。

天亮了，周昇眉头深锁，在噩梦里睁开了双眼，长长吁出一口气。

此后连着一周，虽是暑假，余皓却一点也不觉得在放暑假。早上周昇出去跑步，照旧给余皓带早餐，不管他吃不吃，如果发现余皓睡到中午，便把早餐扔了。中午两人有时一起去食堂吃小炒，还常碰上陈烨凯，三人便搭伙吃午饭。下午周昇要么跑步，要么又是不交代目的地地出门。

天实在太热了，周昇的运动量稍减少了些，大部分挪到晚上。而余皓意料之外地收到了先前那家研究机构的翻译约稿，希望他协助把一部分中文报道翻译成英文，收录入库。

这次稿费则涨了点，余皓心想太好了！看过工作量，接了下来。哪怕懒懒散散地译，一个月也能赚个三千多！

"你们暑假也不出去玩几天？"陈烨凯道。

"余皓在谈网友。"周昇随口答道，"Vico。"

"Vico？"陈烨凯有点意外，"Vico是什么？"

"是个人！"余皓说，"我用微信小号加的他。"

余皓向陈烨凯与周昇分享了这个人的大概信息，是个上班族，身高180厘米，喜欢打篮球。三人坐在食堂，余皓总觉得气氛诡异，他问过周昇几次，还要不要消掉陈烨凯的这部分记忆，周昇的回答却总是："再说吧。"

一个礼拜后，余皓和那个网友仍旧不咸不淡地联系着。

Vico："见个面吗？明天下班不开会。"

滚筒洗衣机："让我想一想。"

Vico："见个面吧。"

滚筒洗衣机发了个表情，没答应也没拒绝。

周昇要看长相，余皓便给他看了，Vico长得还算不错，算是个7分的白领男，戴眼镜，气质也不错，还参加马拉松，虽然没拿到名次。喜欢音乐、红酒、咖啡。

"挺小资的。"周昇说，"你没给他看你的照片？"

"小号头像就是我照片，只是有点模糊。你不是不让我给人发照片吗？"

周昇道："你愿意就发吧，没什么。"

余皓还是决定不发，如果见面的话就无所谓了。

"我明天去见见他吧。"余皓说。

周昇："你想好了吗？"

余皓没回答，周昇说："想好就去吧，我陪你去？"

余皓说："不用了吧，我怕到时又不想见了。"

"自己决定吧。"周昇没再说什么，他刚跑完步，满身汗去洗澡。

余皓沉默了一会儿，陈烨凯又在网上问他："黄霆明晚想约君君吃饭，单独约不好开口，我问了周昇，他不去，你和我陪他俩吃饭去？"

余皓告诉陈烨凯自己也许会见网友，陈烨凯道："去吧，过后我过来接你。"

余皓："我还没想好！"

陈烨凯："去看看，多认识一个朋友也是好的。"

第17章 ◇ 见面

余皓忐忑良久,直到睡觉时,才给Vico发了消息,那边倒是秒回,接着发来一个定位,是家餐厅,应该不会有什么问题。

周昇在床上问:"明天去不?"

余皓道:"去……吧?就这家,咱们吃过好几次的。"

周昇说:"行,吃完了我接你去,定位发我,我明天一整天都有事儿。"

"你在看什么?"余皓好奇一瞥。

周昇用傅立群的电脑查阅资料,上头是有关潘神的传说。他随手点了下另一个网页,现出普里阿普斯的词条,继而把网页全关了。

"没什么。"周昇随口道,"你们性心理学发书了吗?"

余皓有点奇怪,说:"我借了课本先看,还有些拓展阅读和相关资料,你要吗?"

周昇想了想,问余皓:"我就问,青春发育期,人普遍都会有羞耻感吗?"

余皓心想你应该没啥羞耻感吧,而自己的青春期也是糊里糊涂地就过了,但就像女孩的胸部过早发育会引发本人的羞耻感一样,男生对性征的过早表现,有时也会觉得不安。

"这要看个人。"余皓说,"顺利成长,并且度过这个时期的少年人占了绝大部分,少部分会形成一些自我暗示,有好有不好,其实我觉得这在于周围同龄人对这件事的态度。"

余皓坐下找书,向周昇解释,又说:"你们以前班上,有因为'那个'提前发育了,显得比较大,上厕所的时候被同学嘲笑,显得不自信的男生;或者第二性征发育比较早,被人背后议论,甚至遭到校园欺凌的女孩子吗?"

"有吧?"周昇随手接过书,翻了翻,开始回忆自己十二三岁的时候。

"那是我最烦的一段时间。"周昇翻着书,答道,"爸妈离婚,我在班上不合群,他们总拿我爸出轨的事来嘲笑我,说我那个地方是不是和我爸一样大,把我当小怪物,说我以后会到处吃软饭……当初就只有一个女生和我做朋友……"

余皓有点意外,不知道为什么周昇会突然在这个奇怪的时间点说起自己的过去。

"少年人的恶毒总是很伤人。"余皓说,"我念初一的时候,有个朋友和你的遭遇很像,是个女孩。"

余皓初一时认识一个女孩,因母亲频繁更换男朋友,导致她在学校里备受羞辱,尤其那时正处于青春发育期时。

周昇陷入了回忆里。

"那个朋友后来怎么样了?"余皓道。

"留级,疏远了。"周昇答道,"读完初中以后没有再联系。"

"都过去了,青春期激素的分泌也会加重这效果,人要有正确的自我理解。"余皓说,"这种不安感很快就会消失。当然,同学不要拿这个乱开什么猎奇的玩笑。男性性征的表现,在度过青春期后,反而会成为自信的来源。性知识普及真的很重要。"

周昇低头看书,过了一会儿,说:"知道了。明天你见网友去吧。"

余皓还想再说,周昇却放进书签,起身去洗澡。这是余皓有生以来第一次见网友,不知为什么感觉周围的人都在催他去吧去吧,总令他觉得说不出的奇怪,仿佛陈烨凯与周昇都有什么居心,一时令他纠结无比。但周昇似乎恢复了正常,不再嫉妒和他玩得好的人。他反复进行自我催眠,那家的糖醋排骨很不错,上回他和周昇才去吃过,每次必点,为了糖醋排骨去一趟……也不是不能接受。

翌日上午,周昇又不知道去哪儿了,余皓一头烦躁地坐在寝室里,有点崩溃,睡醒就开始后悔了,不该答应去见面,甚至从一开始就不该做这件事。我到底是怎么了?余皓孤独地坐在寝室里,突然就很难过。我又不是真的缺朋友,为什么要去见他?余皓觉得自己像是不知不觉间失去了什么,懊恼感令他负能量堆积到了顶点。

就在那天,吃完饭回来,他决定和周昇拉开一点距离后,这种懊恼就一直存在心里,不停地促使他做一些不想做的事。

敲门声响,陈烨凯道:"余皓?起来了吗?"

余皓忙火速冲到阳台,把水龙头打开,脑袋伸过去冲冷水,再抓了毛巾一边擦头一边给陈烨凯开门。陈烨凯今天穿了一身运动服,有种分分钟要出门遛狗的感觉,就差条狗了。

"好热。"陈烨凯道,"走,吃饭去,我问过周昇,周昇说他出门了。"

余皓道:"等等,我换衣服。"

陈烨凯现在很自觉,每次只要想约余皓去哪儿,都会说一声"我问过周昇了,周昇不去让我找你去",余皓已经发现他的套路,但自己再问周昇,周昇也让他去。幸而,与陈烨凯在一起会轻松不少,仿佛只要他出现,自己的纠结心情就会渐渐平复下来。

"来这儿干吗?"余皓道。

"买衣服。"陈烨凯道,"晚上不是去见朋友吗?偶尔也稍微整理下自己,

第17章 ◇ 见面

如何？"

余皓道："不用这么正式吧。"

陈烨凯说："给人留个好印象是必须的，这是基本的礼貌。"

余皓："那我自己付，我接了新活儿。"

陈烨凯道："行，这儿有券，我买家具送的，你拿着用吧。买条宽松点的牛仔裤，再买件惠比寿的T恤，他们家版型不错。"

陈烨凯给了余皓一叠满五百减三百的券，还可以累加使用，余皓道："你这到底买了多少家具！自己用吧。"

陈烨凯说："他们家自从开始打折以后我就不穿了，买的人太多容易撞衫，出门尴尬。"

余皓心想也是，陈烨凯句句实话，却句句扎心，逛这家对陈烨凯来说应该就像逛批发市场一样，但对学生与工薪阶层而言，已经是非常非常非常不错的牌子了。接着陈烨凯又带他去剪头发，把余皓的头发剪短了不少。

"你玩滑板吗？"Tony老师问，"有腹肌吗？"

余皓："没玩。腹肌有一点吧，关腹肌什么事？"却想到好像学下滑板也不错。

陈烨凯说："开学可以去社团部报一个，你这身材挺适合。"

"换换风格也挺好的。"傍晚，陈烨凯说。

余皓说："这身太有欺骗性了，确实有点像玩滑板的，就差帽子了。"

"现在去补一顶？"陈烨凯道。

余皓忙道算了，今天冲动消费花了一千多，不行，不能成天跟着陈烨凯玩，他的消费水平简直令人吃土，以后千万不能跟他来买衣服。店员一热情，余皓试过，陈烨凯又一直在旁边要付钱，余皓根本没办法不买。

还好生活费足够，下学期还有奖学金。

余皓在约好的餐厅里等了一会儿，Vico来了，看见余皓时居然有点紧张。

"你好。"余皓笑道，Vico和自己想象中的不大一样，虽然没有照片上好看，稍微有点油腻，但上了一天班，满脸油很正常。

"我都有点不敢过来了。"Vico受宠若惊地说，"你长得这么帅！怎么起个这么搞笑的微信名字？"

余皓笑了起来，说："嗯……我开洗衣店的。算了不说这个，你想吃什么？我请你吃？"

"我来我来。喂！倒点茶啊！怎么没人？"Vico马上打了个响指叫服务员，余皓无意中一瞥，忽见周昇拿着叫号单，跟在服务员身后走了进来，恰好就坐在他们隔壁座，背对Vico。

余皓："……"

Vico开始和余皓闲聊，打听他家做什么的，说："你家庭条件应该不错吧？喂！倒点茶！说几次了！"

"真没有。"余皓说，"我还得打工赚学费呢。"

Vico道："我是做理财的。"

"哦——"余皓不住朝他背后看，周昇开始点菜，Vico则滔滔不绝地开始介绍自己的理财产品。

"你可以来我们这儿开个户。"Vico说，"像家里给的学费啊、爸妈给的零花钱啊，都可以增值，你不理财，财不理你……喂！倒茶啊！到底在做什么？"

余皓心想我是真的没钱，我也想理财好吗，但全程微笑着听完了他的介绍，背后的周昇则"噗"的一声，听得喷茶。

"我像你这么大的时候，也很迷茫。"Vico又开始盘问余皓的经历。

"我可以点菜吗？这家的糖醋……"余皓有点饿了，Vico才想起来，忙道："点。喂！点菜！"接着点了一汤一素，说，"我最近在健身，得控制饮食。"

余皓心想可我没在控制饮食啊大哥！我请你吃不行吗？我想吃糖醋排骨！以前每次和周昇出来，周昇都能恰到好处地把菜点到余皓濒临吃吐、两人又能全部吃完不打包的准确临界点，但点一素一汤怎么也不够的吧！喂！

算了待会儿再去加餐好了。

"你这么瘦，平时应该也吃得不多吧？"Vico关心地问。

余皓："是……是的。"又想不是应该说你这么瘦多吃点吗？

"瘦的人都自带腹肌。"Vico笑道，"你有吗？"

"有一点。"余皓道。

"我看看？"Vico伸手要来掀余皓的T恤，余皓马上抬手，在他腕上一切，按住，对方没想到余皓居然是练过的，有点蒙。

"不给看。"余皓面无表情道。

这时候，周昇转头，打量了Vico一眼，余皓倏地感觉到了一股恐怖的杀气，但周昇也没吭声，继续吃自己的晚饭。

"我得回去了。"余皓心想结束算了，不吃了，这真是失败的经历，待会儿万一周昇动手打他还得赔医药费。

Vico说："我来，喂！买单！"

喂！喂！喂！那个"喂"真是被Vico用得出神入化，余皓只觉得满脑子全

第17章 ◇ 见面

是他的"喂!",魔音贯耳。

"我来……"

"我来,我想打包一份糖……"

"哎,我来我来!"

"刚才有位先生帮你们买过单了。"服务员说。

余皓:"……"

Vico:"谁?熟人吗?奇怪,哪个朋友在,我怎么没发现。"又对余皓笑道,"我们银行就在后面,经常在这儿碰上熟人,也不过来打个招呼,真是……"

余皓心想算了,你高兴就好,反正这顿连茶水也才五十五块。

"我有车,我送你回学校。"Vico说。

"不用不用!"余皓马上道。

Vico:"哎呀,客气什么?车就在对面!我刚买的新车,走吧!"

两人刚下楼,门口停了辆奔驰,正是陈烨凯的新座驾。

"喂!"周昇的声音在车旁喊道,"哎!喂!喂!你们两个!"

余皓:"……"

"聊完了?"陈烨凯正在车边与周昇闲聊,见余皓来了笑道。

Vico脸上笑容顿时消失,说:"陈总,你俩认识?"

余皓惊了,又见周昇提着个打包的饭盒。

糖醋排骨!

"我弟弟。"陈烨凯对Vico说,"我说怎么看照片这么眼熟呢,一时没想起来,真的是你。"

"您好您好!"Vico忙和陈烨凯握手。余皓才回过神,说:"你们认识?"

"他是我开户行的——私人银行的——理财经理。"陈烨凯道。

"没有没有!"Vico忙道,"我就是站前台负责接待客户的,叫我小唐就行。"

陈烨凯点点头,对余皓道:"回去?还是再逛逛?"

余皓赶紧跑路了,跟小唐道别,小唐在一旁笑着目送他们离开。

车里。

周昇:"……"

余皓:"……"

陈烨凯:"……"

陈烨凯:"聊得来吗?"

余皓的视线从饭盒移到周昇脸上,周昇道:"我觉得可以拉黑了吧?"

"还是……留着吧。"余皓道,"直接拉黑好像不是很好。"

陈烨凯道:"没关系,聊不来晾着就行。我在那家银行开了个私人银行户头,他负责在贵宾室里做招待,挺客气的。是个好小伙子,应该是个识趣的人。"

"哦?"周昇说,"我怎么觉得他也不那么识趣。"

陈烨凯笑道:"是吗?他做什么不识趣的事了?"

余皓对周昇使了个眼色,不想背后说他坏话了,答道:"没做什么。"

"你不理财,财不理你啊。"陈烨凯唏嘘道,"银行经理做私人客户的,都在赚辛苦钱,不容易。现在应该识趣了。"

"那是那是。"周昇答道。

回到寝室后,余皓吃周昇打包的糖醋排骨,周昇则继续戴着耳机看剧,余皓吃完后,周昇问:"还见其他网友吗?"

余皓没回答,起身把饭盒扔了,躺在床上。见个网友,活生生被周昇和陈烨凯折腾成了一场闹剧,有效地冲淡了他的郁闷,想起中午还在寝室纠结,余皓就觉得没必要。他爬上床去躺着,想了一会儿,说:"再见一下看看。"

"加油。"周昇鼓励道。

古罗马竞技场,全场寂静。

随着铁栅栏开启的摩擦声,美杜莎从笼子里缓慢游移而出,周昇竟不自觉地朝后退了半步,背脊抵上了黑龙的龙头。

黑龙将他朝前稍微拱了下,周昇深呼吸,提起盾牌一抖,盾牌上闪光一轮转,变得如同镜面般平整。

"我记得那个砍下你脑袋的家伙,用的就是盾牌。"周昇对美杜莎问道,"叫什么来着?"

美杜莎满头蛇发上,小蛇同时张口,吐出信子,向周昇发出嘶叫。

"你太蠢了。"美杜莎冷笑道,"妄图挑战我?"

旋即美杜莎眼中红光一闪,周昇马上举盾抵挡,黑龙则率先冲了出去!

钟声一响,观众席上发出欢呼声!

周昇眼中倒映出美杜莎狰狞的面容,竞技场上震耳的欢呼,天际闪耀的雷电,仿佛交织出一场挥之不去的噩梦。

天亮了。

周昇在梦中猛地坐起,不停喘气,眼里现出惊惧,渐渐镇定下来,闭上双眼,平静呼吸。

第18章
七夕

暑假里,周昇几乎每天出门,不是晨跑就是夜跑。余皓则开始他的第二桩活儿,这次是把中文报道译成英文稿,协助世界卫生组织,建立一个中国地区的大资料库,方便查询。其中心理方面问题引发犯罪的案例简直是触目惊心,比上一批稿子更令余皓无法直视,翻着翻着,他常常要停下来思考,这报道是真的吗?核查消息来源与剪报内容,全是地方官媒。

"有些人杀人犯罪,"周昇道,"像什么分尸案,为了脱罪,会买通医生在鉴定上作伪,当然也不排除精神病人杀人,没办法。还有不少人用未成年保护法脱罪呢。"

余皓道:"太残忍了。"

一些新闻他以前看过,每一桩都掀起过不小波澜。像重庆女童在电梯里摔打一岁半婴儿案件,昌平新东方学校奸杀等这些已经是他所知道案件,但这些却都只是媒体报道下的冰山一角。最令他不舒服的是以前没听过的,黑龙江通河报复性杀人、东莞未成年惯偷报复案……这些案子都令他心脏有点承受不了。除开行为残忍之外,更令他愤怒的是加害人因未成年,有未成年保护法,最后劳改一年半,甚至无罪释放的判决。

"过几天再译。"余皓道,"不想看了,好难受。"

"这些只是被你看到的。"周昇说,"这世上还不知道有多少是你看不到的呢。我初中有个同班同学,人挺好的,但和我关系不怎么对付,打球老撞我。升高中以后我留级,他考去了个还不错的学校,因为泡妞,被几个人围殴,在一条小巷子里头被打碎了颅骨进ICU,躺了一个月,死了。"

"凶手呢?"余皓道。

"跑啦。"周昇道,"家长帮着让他跑了,在外头待了一年,被抓回来,判了三年。案子没报道,学校和家长一起想办法,给压下去了。学点儿防身功夫还是有用的,起码不会死得这么憋屈,谁敢来搞老子,大伙儿同归于尽吧。"

余皓微信消息来了,周昇在上铺打着游戏,放了个大招,视线离开手机屏幕,暂时忽略了游戏里的孙悟空,侧头朝床下埋头回消息的余皓一瞥。

"又是那土豪?"周昇道。

余皓翻译过那堆稿子，心情有点儿低落，还没恢复过来："嗯……约我吃晚饭。"

暑假过去小半，七月底时，又有个人找余皓，先前余皓加完就扔手机里了，没想到过了这么久这人主动找他闲聊，便陪聊了几句。这男生恰好失恋，余皓便天使属性发作，安慰了他几句，那人却没完没了，说人生没意思。

于是余皓把心理学专业的治疗与引导内容活学活用，陪他聊了两小时，第二天男生心情好了，给他转账一千。余皓顿时吓到，不敢收，那边则继续给他发消息。周昇白天不在，也不理他，余皓在寝室翻译文献，得空便回他几句。

这人名叫"哥特式铠甲"，头像则是路飞，上一任女朋友出国不愿意回来，他又不喜欢国外环境，不愿去，于是和平分手。

余皓和他还挺聊得来，就像游戏里打排位认识的朋友，闲聊起来东拉西扯。哥特式铠甲给他历数自己以往的所有前任，足有十几个，还有两个为他堕过胎的，一个天天给他做好吃的，另一个则经常给他买东西。可没感觉了，爱情死了。

哥特式铠甲问余皓："你觉得我是渣男吗？"

余皓心想这人虽然感情经历很丰富，但人还是很认真执着的。除了在爱情上喜欢长嗟短叹外，在许多社会事件的看法上，人倒是挺正直。

直到某天，哥特式铠甲问他长什么样，余皓随手给他发了张自己上次在学院里唱歌的照片。哥特式铠甲瞬间就惊了，问："你是明星？"

余皓道："这可能吗？你看看清楚，明星上这么破烂的台也太惨了吧。"

哥特式铠甲："你别骗我，我见过这人，上过我型我秀的。"旋即说了个名字，余皓便回道："这真是我！"

哥特式铠甲："你再拍张我看看？不可能这么像，你有兄弟或者表兄弟进演艺圈的没有？"

余皓随手拍了张发他，倏地意识到自己是不是被套路了，但照片已经发出去了。从这天起，哥特式铠甲就开始拿钱砸他了。早上一个两百的红包"起床了吗"，过会儿又一个一百八十八的红包："怎么不理我？"

余皓不小心中计一次，收了他一百八十的红包，发回去这家伙又不收，只好先搁着，再接下来，电脑微信一出现"不支持的消息，可在手机上查看"，余皓就心想怎么又发红包了，你钱就这么没地方花吗？

周昇道："今天又给你发了多少？"

余皓："别动！"

周昇把那竖着的一排"祝""你""七""夕""快""乐"点了，一千二进账，

第18章 ◇ 七夕

余皓抓狂地大叫起来,周昇又点开最后一个红包"共进晚餐?",说:"一千四,不错。"

余皓:"啊啊啊啊——你害死我了——"

"去啊。"周昇说,"你请他吃顿饭不就还回去了?"

余皓一手扶额,真想把笔记本电脑合上拿起来拍周昇。

那边又发了个定位:"到了直接报张先生,手机尾号2520。"

周昇看了眼,说:"然后这家人均消费五百,随便点点菜就上一千了,你点完菜,提前出来上洗手间,把单买好,搞定。"

余皓:"总觉得有点哪里不对。"

周昇:"你管他的,大不了回来再买点东西送他。"

余皓只得道:"好吧。"

这次一定得穿得朴素点,哥特式铠甲要明天到学校来接,余皓坚决不让。周昇道:"哥哥明天过来,我们在外头随便吃点等你,之后大家一起过七夕去?"

"好,太好了!"余皓马上道,好久没见傅立群了,还挺想他的。

傅立群后天从郢市飞东京,与岑珊一起过来坐飞机,在群里约好见面,周昇发了条:"余皓去见网友啦,咱们明儿在外头围观下?"

岑珊发了一堆省略号,傅立群则发了一堆问号,余皓道:"快别说了!"

翌日,余皓穿了件白T恤、黑短裤、板鞋,准备就这样去,以免让对方觉得自己家境很好。这家餐厅也是家高级会所,名叫"晴云秋月",主打密宗川菜精致料理,坐落在市中心的一个名唤"秋月湖"的人工湖畔。出入的全是拎着名牌包、挽着恋人的漂亮女孩与衣冠楚楚的成功人士。

"余先生这边请。"抱着菜牌的经理过来,给余皓开门。

"余先生!您这边请!"

"余先生,节日快乐!"服务员纷纷朝余皓鞠躬。

余皓:"……"

余皓心想这家伙怎么知道自己姓余?进了包间,看见了那个"哥特式铠甲",才想起之前没找他要过照片。

第一眼看去长得还行,浓眉大眼,一副没睡醒的模样,有种怠懒气质,皮肤因为熬夜也不怎么好,不怎么注意形象。包间是个湖景房,非常雅致,房内是榻榻米,"哥特式铠甲"正坐在案前,见余皓便笑道:"来了?"

余皓忙朝他打招呼,那人道:"你叫我张亮就行,坐吧。"

余皓有点走神,忽然意识到为什么自己会愿意见那个名叫Vico的人,以及这个哥特式铠甲了。因为在他们身上，都有一丁点儿周昇的特质，哪怕只是一丁点儿，余皓便不自觉地受到他们的吸引。Vico标榜自己是运动男，说话时喜欢不太正经地逗余皓几句，有点像周昇逗他玩的时候。而这个张亮，则总是说自己没睡醒，偶尔发个语音，也是懒洋洋的，有周昇身上的怠懒气质。

"吃啥？"张亮又摸摸颈椎，说，"自己点？"说着喝面前的功夫茶。

余皓道："我没忌口的，今天我请你吃吧？"

"你还在念书，"张亮笑着说，"能有多少钱？哥哥来吧。衣服挺好看，简简单单，干干净净，哪儿买的？"

余皓低头看了眼，说："淘宝。"

"我像你这么大的时候，"张亮道，"也喜欢淘宝买东西，后来喜欢买奢侈品，现在又喜欢上淘宝了，东西能用就行，追求档次没什么必要。"

"对对。"余皓忙道，心想为什么每个人都喜欢说"我像你这么大的时候"。

张亮说："你每天都打工？"

余皓心思不在菜单上，说："做翻译，勤工俭学。"

张亮道："学费没人给你出？"

余皓看张亮像是想摸钱包，生怕他像电视剧里的，分分钟要给自己开支票，忙道："有！学费没问题，就赚零花钱。"

"你也没什么花钱的地方吧。"张亮无奈笑道，"我找你做这么久心理咨询，还没付你钱呢……"

余皓道："朋友说什么钱？我还没帮人咨询过，你千万别再给我钱了。赚钱不容易。"

张亮说道："我家里就几套房，拆迁了，闲钱放着理财，天天在家里睡觉打游戏，唉……"

一旁来了名身穿西装的帅气服务员，戴了块胸牌，上面写了名字，职衔是高级经理，单膝跪地，给余皓上茶。

"余少爷，"经理接过服务员递来的茶饼，说，"这个是本店特地为您准备的陈年普洱，祝您七夕快乐！"

余皓："……"

张亮："……"

张亮看看自己手里的茶，又看余皓，余皓正坐着，在那经理单膝跪地的那一刻便暗道大事不好，这个招牌般的跪式服务，自己已经是第三次体验了，这一家一定又是无处不在的——云、来、春！

第18章 ◇ 七夕

"菜已经给您点好了。"戴着金丝眼镜的经理非常儒雅,说,"少爷喝点什么酒水饮料呢?"

张亮满腹狐疑,却不说话,观察那经理,余皓心想这下麻烦了,要被周昇捉弄了。

"我喝茶就好了。"余皓道。

"今天请了苏州的评弹和昆曲,您想听哪一样?"

经理的声线简直苏爆了!看年龄接近四十,风度翩翩,语气又极其温和儒雅,余皓心道还有评弹听?

"这个好。"余皓道,"好久没听了,方便吗?就评弹吧。"

"马上叫进来。"经理微笑道,"我就在门外,有事请您随时吩咐。"

余皓的奶奶从前有事没事,就会唱个几句评弹,其中《玉蜻蜓》与《战长沙》,对他来说印象都非常深刻。

张亮:"……"

余皓对张亮道:"我好久没听……呃……那个……"

张亮一脸茫然道:"你是云来春的少爷?我说怎么订了大堂,来了直接让我进包间呢!"

余皓马上解释道:"我不是!那是我哥儿们。他才是少爷!我们住一个寝室,他知道我今天要来……"

张亮怀疑地观察余皓:"一个寝室?你读哪间学校?"

"一所一般的大学。"余皓道,"很一般的。"

余皓不想告诉张亮太多自己的个人信息,恰好评弹先生抱着琴过来,笑着问:"少爷想听什么?"

"《岳云》吧。"余皓说。

"耿耿星河欲曙天,中宵起舞草堂前……"评弹先生唱道。

余皓情不自禁,跟着唱道:"银冠映月凝秋水,铁甲临风拂晓烟——"

一曲毕,余皓给他鼓掌,唱得不如奶奶好,但词曲都令他感到非常亲切。

"好听吗?"余皓对张亮道。

"听不懂。"张亮一脸茫然道,还没从"少爷"的震撼里回过神来。

余皓:"……"

"我没啥文化。"张亮坦然道,"是个俗人。"

余皓道:"我也是俗人,只是奶奶以前唱过。"

张亮:"哦——你奶奶挺高雅的。我说呢,原来是有钱人家的少爷。"

余皓有时候觉得，自己的人生是一出戏，一会儿是扶贫节目，隔天就成了古装玄幻，随后演综艺节目《变形记》，然后又变成爆米花片，现在还变霸道总裁剧了。

"真不是。"余皓说，"我哥们儿故意捉弄我呢。"

余皓心想必须马上岔开话题，不知道周昇他们现在在哪儿，接下来，他看见这湖景包间外，傅立群和岑珊牵着手走过去。

岑珊向他挥了挥手，余皓便笑了起来，也向她挥了下手，心想周昇在哪儿？

张亮回头看了眼，说："你朋友？"

"我嫂子。"余皓说，"应该是七夕过来吃饭。"

张亮"哦"了声。幸好菜来了，有效地缓解了尴尬，与空山春晓一样，经理在旁边布菜，余皓笑道："决定找你前女友复合了吗？"

张亮："你真想我找她复合？"

"去吧。"余皓道，"两个人相爱不容易。"

张亮摇摇头，无奈地笑了笑。末了，余皓闲聊了几句，一顿饭吃完，经理戴着白手套，拿着一瓶酒过来，给余皓看。

余皓："？？？"

余皓还没问这是做什么，经理便将酒装好，放在张亮面前。

"少爷特地给您准备的葡萄酒。"经理说，"良辰得有美酒，带回去喝，聊表心意。"

张亮笑道："别客气了。"

"不、不。"余皓马上知道这是周昇帮他回礼，不想白收他红包，说，"收下吧，一瓶酒而已。"

"那行。"张亮连下回约的话都不说了，提着酒出来。大堂人不多，余皓一眼瞥见了周昇、傅立群与岑珊。

"我送你回去？"张亮道。

周昇穿着一身休闲西服，等在大堂。

"聊完啦？"周昇一手插兜，对余皓道。

余皓："……这个才是我们少爷。"

张亮忙上去握手，周昇一脸淡定地用力握了下手，张亮的五官瞬间就有点扭曲。岑珊道："余皓，走，咱们看星星去吧？"

周昇道："吃得好吗？"

张亮只得道："不错的。"

第18章 ◇ 七夕

周昇道："欢迎以后常来。哦，你要不要去看星星？"

张亮忙道："不了不了。"

傅立群跟在后头，笑得东倒西歪，出门外，一辆宾利停在大门口。傅立群掏出钥匙按了下，上驾驶位。周昇先给岑珊开车门，说："嫂子先上。"岑珊坐上去。周昇又给余皓开车门，露出腕上一块光芒四射的钻表。

"小少爷，上啊。"周昇对余皓道。

"那……下回见？"余皓对张亮道。

"下回见！下回见！"张亮背着个包，向余皓抬手。

周昇坐上车，傅立群开车，发出一阵狂笑。

傅立群："哈哈哈哈哈！"

余皓："你们别闹了！"

岑珊道："就这么好玩吗？真是一群长不大的小孩。"

周昇摘表，说："哥哥，绕后门去，停一下。"

到了后门，周昇吹了声口哨，让人把经理叫过来，摘下表，说："把这个还给我爸去，谢谢林叔叔！"

经理笑着接过，傅立群打方向盘，把宾利开走了。

"这车哪儿来的？"周昇道，"哇靠，嫂子你太给力了！"

岑珊笑吟吟道："也是找我爸借的。"

傅立群和周昇一阵笑，余皓简直莫名其妙："你们到底想干吗？"

周昇一本正经道："不干吗，吃饱了吗？吃小炒去吧？"

傅立群打了个嗝，说："实在吃不下了，少爷。"

余皓道："我也不行了，今天不知不觉吃了好多。"

周昇："看现在情况……这个也得拉黑了吧？"

"哈哈哈哈——"岑珊终于忍不住，在副驾驶座上笑得肚子疼，"哎呀我的妈呀，太好笑了你们。"

余皓道："为什么好笑？周昇！我就是交个朋友！"

傅立群道："说，去江边还是去云顶山天文台？"

"师傅，咱们去沙洲喝点儿小酒呗。"岑珊道。

"嘀嘀，接到尾号二百五的乘客。"傅立群道，"前面三公里有摄像头。"

"你才二百五！"岑珊与周昇异口同声道。

余皓伏在车窗前，看天上的星星，七夕夜空晴朗无云，城市里光照太厉害，看不清银河。直到傅立群开车过江上大桥，上了江对面的沙洲，一进沙洲，灯光变少，转过寂静无人的那排文创区咖啡店，银河顿时出现在天际。

傅立群："嘀嘀，停止接单。"

咖啡店的露天阳台上点着蜡烛，放着柔和的音乐，不少客人正喝酒看星空，第三层的天台上，店长上来摆了沙发、茶几，放了两瓶葡萄酒，又四处点上驱蚊的香薰。眼睛适应了黑暗后，银汉灿烂，瑰丽无比，横亘夜空。

"真好看啊。"余皓道，"你们怎么找到这地方的？咦？天台怎么只有咱们这桌？没客人吗？"

"你嫂子是个文艺小清新。"傅立群道，"她就知道这些奇怪的地方。"

"我看这文创区，应该也是熟人开的吧？"周昇一语道破天机。

岑珊笑道："没有云来春豪华啦。"

"云来春在郓市就三家。"周昇道，"还剩个郊区小酒楼，下回没得玩啦，哪里比得上嫂子家大业大，遍地开花？"

傅立群又笑得趴在桌上，余皓惊讶道："嫂子！这是你家开的？"

岑珊道："都是我爸的，关我啥事。唉——"

周昇道："唉——"

傅立群："唉——"

余皓听出那三声"唉"的意味，心想我才是最该"唉"的那个，你们"唉"个啥。我爸要是当官的，周老板肯定喜闻乐见，希望我和他儿子走得更亲近点儿，唉——

"还见不？"周昇道，"有钱的没钱的都见过了，都这么歪瓜裂枣的。"

傅立群道："这人是耍小聪明吧，都知道你不收红包了还一直发……"

余皓道："好了别说了，我错了。"

岑珊喝了点酒，安静地看着星河，说："余皓，认得出天上哪颗星，是你爸爸吗？"

余皓看了会儿，说："今天他没朝我眨眼睛呢，找不出来。"

岑珊说："我也忘了哪颗星是我妈妈。"

余皓说："不过他们一定在那儿，不会骗咱们的。"

四人都静了，岑珊道："是啊，我也相信着。"笑着向余皓举杯，余皓也笑了起来。

周昇道："干杯！祝Vico与张亮身体健康！"

余皓："别闹！"

四人举杯，杯里倒映着星河。

第19章

小 狐 狸

七夕过去，暑假已过近半，余皓交了第一轮稿子后，第二轮稿马上就发到邮箱里了。机构貌似实在找不到合适的外包，见余皓稿子交得快，马上又扔了一堆给他。余皓心想你们找几个翻译的就这么难吗？不过好吧好吧……反正给钱的就接吧。

余皓逛了许久翻译论坛，发现自己的工作真的是在搬砖，除了第一次陈烨凯充当中介人的稿费之外，第二次，机构绕过他单独与余皓联系，稿费就比市场价低了20%，许多外语学校的学生都不会接的。

但这对余皓来说已经非常可观了，至少比真的去搬砖好。

"那瓶酒多少钱？"余皓向周昇问道。

周昇："两千，贴了点儿，不欠他的。"

余皓道："饭吃了多少钱？"

周昇："老子堂堂云来春太子爷，在自己家的店吃饭还要钱？"

余皓道："那顿饭我俩吃的！"

周昇："我签的单，和我们晚饭算一起了。余皓，你能不能别烦？"

余皓："好吧，我把酒的钱转给你……"

周昇莫名其妙道："我的钱不是一直放你那儿吗？"

余皓一想也是，只好把收回来的红包算回周昇生活费里，可红包只拿了一千五百八，于是余皓一不做二不休，开微信往上翻，又点了哥特式铠甲二十四小时内发的两个红包，心里才平衡了些。

余皓："被拉黑了……"

余皓彻底放弃，最近的生活就像一场脱轨而混乱的闹剧。

盛夏的学院，连先前住校不回家的学生也渐渐少了，每个夜晚都非常安静，静得如同与世隔绝。食堂最后的窗口也关了，公交车停了，连陈烨凯也回家了。每天要么周昇做饭，要么两人走大约两公里，去山下吃小炒。

"这是什么？"一天晚上，余皓发现周昇带回来几件衣服，一件一件地往衣柜里挂，都是中国风的T恤与麻裤。

"老板送的。"周昇若无其事道,"找了份网模兼职,今天刚结束,结了四千。"

"原来你每天出去就是当模特?"余皓道,"为什么不说?"

"不是。"周昇面无表情道,继而翻上床去,躺着睡觉。

余皓满腹疑惑,翻完了今天的稿子,到暑假结束前可以再交第二轮,开学得赶紧念书。但持续了将近五个月的翻译兼职,令他的英文与中文阅读写作水平都突飞猛进,明年一月份的四级估计可以闭眼过了。

做一份你愿意付出一生的工作,和一个与你真正相爱的人在一起……余皓在每个结束了工作的静夜里,总忍不住会想起陈烨凯的话,翻译是我愿意付出一生的工作吗?余皓觉得不是,但这份翻译的兼职,却唤醒了他内心深处的某种责任感。

"周昇?"余皓正要起身去洗漱时,忽见寝室里又出现了金乌轮的光。

周昇戴着金乌轮睡了!余皓顿时紧张起来,马上摇晃周昇,周昇霎时睁眼,被叫醒了,恼火地说:"做什么?!"

周昇烦躁地坐起来,余皓吓得不轻,说:"你进谁的梦了?"

周昇:"……"

周昇抬眼看余皓,那表情就像个被欺负了的小孩,眉头深锁。余皓紧张地问:"你怎么了?"

周昇深呼吸,平静下来,说:"不是答应了你,不会再擅自进别人的梦里吗?"

余皓道:"对啊!那你怎么……"

"当然是我自己的梦啊,你还能不能好了?"周昇道。

"哦……"余皓小命被吓掉了半条,说,"你在自己梦里呢,好的,没事,是我太紧张了,你睡吧。"

余皓去刷牙,周昇又重重地躺下去,出了口长气。

余皓洗漱时突然想起,最近不大注意,周昇好像一直把手埋在枕下睡,他使用金乌轮多久了?可又一直没来过自己的梦?周昇在他的梦里做什么?

余皓上床去,端详周昇,周昇入睡时眉头依旧深锁,一手放在被单下,另一手则下意识地动了动。余皓观察片刻,没有再多问,躺下睡觉。

这时微信提示,八点多时有个陌生人加他。

余皓看了眼,通过搜索添加,估计是通过手机号加的。这人是谁?

余皓通过了联系人,又看了眼沉睡的周昇,正想睡时,手机屏幕却亮了起来。

搁浅:"这么晚还没睡?"

第19章 ◇ 小狐狸

余皓："放暑假，你是谁？"

搁浅发了个表情，又说："睡了，怕手机被我妈没收，明天起来聊，晚安。"

余皓莫名其妙，看语气像认识的，放下手机，再看周昇，没什么动静，余皓便心思忐忑地入睡。

一连数日，周昇都佩戴着金乌轮入睡，每天起来一语不发，余皓察觉有点不对劲了。一个早上，周昇正疲惫地刷牙，余皓一夜不曾做梦，这也意味着周昇没来找他，余皓便观察周昇："昨晚上没事吧？"

"嗯。"周昇道，"过几天，咱们去游乐场玩吗？暑假都快过去了。"

"好。"余皓道，"你在自己的梦里做什么？"

周昇没有回答，看了眼余皓手里拿着的手机，问："跟谁聊呢？"

"一个小孩。"余皓道，"不知道怎么加我了。"

"小孩？"周昇笑了起来，"多小？"

"高三生。"余皓说。

周昇哭笑不得道："怎么勾搭上的？"

那个叫"搁浅"的家伙加了余皓，每天都会找他聊几句，十九岁，高二刚上高三，先前休学过一年，居然比余皓还大了几个月。余皓始终很奇怪，一直问他是怎么找到自己微信号的，对方只说是朋友介绍。余皓便怀疑会不会是这孩子有哥哥或姐姐是同校生，说不定还同年级。这名叫"搁浅"的高中生暑假正在补习，问余皓能不能顺便辅导下他英语，付费。余皓看了题目，确实是高考真题，于是偶尔便在微信上给他讲解几句。心道应该不会骗人吧？看样子不像，忽悠自己还真的写起高考英语真题，这也太用功了吧？

"什么时候去见见？"周昇脸上带着嘲讽的笑容。

余皓："不见，和高中生没有共同话题。"

周昇："没见过怎么知道呢？去吧。"

余皓："……"

"周昇？"余皓看见周昇的手机上，锁屏上弹出微信信息，来自"璟雅"。

"嗯？"周昇对着镜子，打发蜡抓头发，对余皓道，"你喜欢我头发长点还短点儿？"

余皓心思却不在周昇的头发上，说："有事你随时叫我，可以吗？我觉得你最近又有点儿不对劲。"

"没有——"周昇说，"我好得很呢，说，什么发型好看？"

余皓道："第一次见你的发型就挺好看，颜色也好看。"

"再染个给你看看?"

"别。"余皓说,"我比较喜欢黑头发,你今天出去吗?周昇,我觉得咱们得谈谈。"

"过几天吧。"周昇道,"今天有事儿,晚饭不用等我吃。凯凯给你买的那条牛仔裤挺好看,借我穿穿。"

"我自己买的。"余皓道,"原价两千四呢。"

余皓找出牛仔裤给周昇,周昇一上身,反而比余皓更适合,那气质很街风很潮,说:"怎么样?"

"你简直就是天生的衣服架子。"余皓无奈道,"裤子以后是你的了。今天出门去见谁?"

周昇一笑,取了外套出门去,这天是个雨天,余皓站在阳台上,望向在细雨纷飞里,被雨水浸湿的道路。

周昇拉起兜帽,在宿舍外的路上落寞地走着。

余皓把最后的稿子打包发邮件,想起周昇梦中的云海与迷雾,起身拉开周昇抽屉——金乌轮被周昇带走了。这家伙到底在做什么?余皓心想。

暑假结束前,最后的工作也做完了。傅立群与岑珊在群里发了许多北海道的照片,余皓暂时被岔开了思路,翻看群里照片,被他俩秀的恩爱暴击了一波,心想出去玩真好啊,我也好想和周昇一起去北海道。

搁浅:"呼,终于补习完了,也快开学了,今天有空吗?一起吃个饭?"

余皓道:"下雨呢,不想出门。"

搁浅:"出来聊聊吧,我都想自杀了。"

余皓:"别拿这种事开玩笑。"

搁浅发了几条"哈哈哈"信息:"我去你学校找你?"

余皓:"你不知道我在哪儿。"

搁浅:"当然知道,我还知道你学心理学专业呢。"

余皓:"……"

余皓心想这小子怎么知道这么多事儿?一转念便明白了,搁浅休学过一年,现在念高三,也即是说高中同班同学都上大一了,也许就有熟人在自己学校。

搁浅:"你有伞吗?我过来接你吧,你和周昇一个寝室对不?"

余皓:"你认识他???!!!"

搁浅:"不认识,就知道这名字。"

余皓:"别过来,班车都停了,约个地方喝咖啡吧。"

第19章 ◇ 小狐狸

搁浅爽快道:"行。"接着给余皓发了个定位,恰好正是花房咖啡厅。

余皓到学院外去等车,公交车恢复运行后倒是风雨无阻,只是减了班次。午后他前往花房咖啡厅,进入商城,收伞,倏地就看见了周昇的背影。

周昇穿了余皓那条牛仔裤,上身是件白T恤,刚理过发,和一个长头发的女孩在一起,站在自动扶梯上,前往二楼,还给那女孩提着包。那包包余皓见岑珊拎过,开始还以为是岑珊,但女孩的打扮和岑珊风格很不一样。

女孩穿着白色长裙、运动鞋,看背影非常年轻,气质也很干净,两人的模样就像小情侣一般,简直天生一对。

余皓看了一会儿,直到周昇到二楼去,转电梯上三楼,余皓才走向另一边,去花房咖啡厅。靠窗的一张桌前,坐着个身穿蓝白色校服、皮肤白皙、浓眉大眼的男生。余皓刚进去想观察下,那男生便从手机上挪开视线,抬起头,对余皓吹了声口哨。这下余皓想躲也躲不掉了,无奈一笑,只得坐到那男生对面。

"我没骗你,你看?"男生给余皓看今天从补习班领回来的模拟考成绩单,补习班上排名第一。语文133分!数学满分!英语141分!文综229分!

"天啊!"余皓只想摔桌子,"你这成绩,都能考北大清华了吧!"

他又注意到男生试卷上的名字叫"欧启航",学校是郢市一中,还真是高三学生,没骗自己。

"喝什么?我去买。"欧启航道,"谢谢你这段时间教我英语作文。"

余皓靠在椅子上打量他,想了想,说:"海盐咖啡。"

欧启航买了两杯咖啡,自己往里头加了五六包糖,余皓心想除了周昇,这家伙也是个吃糖怪。不过可以理解,动脑量大的人都需要补充很多糖分,大脑活动消耗得最厉害的就是糖。欧启航快和周昇差不多高了,一身运动服,穿着篮球鞋,恰好和傅立群喜欢的那双是同系列的。余皓心想现在的小孩都发育得真好……不对,这家伙只是念高三,貌似比自己还大着几个月。

"是不是有点惊讶?"欧启航道。

"惊讶什么?"余皓确实有点惊讶,却不打算顺着他的话说。

"我啊。"欧启航道。

"你好年轻啊。"余皓说,"跟我们已经上大学了的真的不一样。"

"可是咱俩不是一样大吗?"欧启航道,"算了,我还是把你当哥哥好了。"

余皓笑了起来。

"看电影去吗?"欧启航道。

"不去。"余皓说。

欧启航："那看画展？我有票。"

美术馆就在附近，欧启航掏出两张敦煌特展的门票，今天还是最后一天，余皓实在抗拒不了这诱惑，欧启航又道："走吧！别这么无趣。"

"不是无趣……好吧。"余皓今天心情其实不大好，连着一个星期，周昇都不怎么搭理他，看样子明显就有心事，一直瞒着自己，又不吵架，似冷战而非冷战，隐隐约约地压着，就不给个痛快，外加又下了三天的雨，令余皓十分压抑。

"走。"余皓道，"换换心情。"

"心情不好吗？"欧启航背上单肩包，比余皓还高了点，一手拿着咖啡，撑开一把黑色的大伞，向余皓那边稍稍倾了点，与他过马路，前往美术馆看特展。艺术的力量能让人暂时忘却烦恼，尤其站在一幅幅颜色瑰丽的画前，余皓觉得自己的梦境说不得会被这些漂亮的飞天与佛像装饰一番。

"就像梦一样。"欧启航向余皓问道，"你去过敦煌吗？"

"没有。"余皓说，"一直想去，没钱。"

余皓发现自己不知道为什么，在面对欧启航时就有点儿端着，仿佛在下意识地模仿陈烨凯，也许他在认知里，把自己当作了"老师"角色，而对"老师"最好的诠释，就是陈烨凯的行为、风度了吧。

"这线条太美了。"余皓用手指沿着特展壁画虚虚划过。

欧启航道："对，佛的法力，能让人忘却哀伤。"

余皓笑道："哪儿来这么多哀伤？"

欧启航叹了口气，又对余皓笑了笑，余皓心想这小子应该也是他们高中的男神吧？成绩这么好，又高又帅，看样子生活条件也很不错。

看完画展，余皓与欧启航在便利店里吃关东煮和盒饭，余皓开始渐渐地有点喜欢这小子了，整个人非常单纯与干净。看样子他也许真的只是想找个人聊聊天，交个朋友。

"高三努力一把。"余皓说，"不会后悔的。"

"嗯……"欧启航说，"就是觉得有点可惜，时间太短了。"

余皓说："整整一年呢！嫌时间短？"

欧启航道："我是说没能和你好好继续聊啊，哈哈哈哈——"

欧启航大笑起来，余皓顿时无语了，说："别闹！"

"那……我回家了。"欧启航说，"开学就要住校喽，手机交给我妈，不能联系了。"

第19章 ◇ 小狐狸

"我送你回去?"欧启航道。

余皓忙道不用,怎么每个人都要送他回去?

"该我送你回去才对,走吧?"

"那你送我到地铁站?你回你学校,我回我家。"

暑假结束前,不少学生开始渐渐地返校,这条线上全是高校与高中,拖着行李箱的学生来来去去。

"余皓。"欧启航背靠扶杆,车厢里人不多,拽拽地向余皓问道,"为什么要上网交网友?"

余皓看他那猴样,气质又有点像傅立群,正要逗他两句,却突然看到什么,摸出手机,打开录像功能,朝向地铁车厢里一头——这时间不是高峰期,却有个老年人贴在一名穿短裤的女生身后,余皓道:"你把手机拿着。"说着走过去,强行拉开那老年人。

欧启航也发现了,马上站直,怒道:"哎!"

欧启航速度更快,只见他把手机塞给余皓,一个箭步过去,将余皓挡在身后,一手拎着那老年人后领,硬生生把他拖了开去,怒吼道:"你干什么!你他妈的找死!"旋即一巴掌抽了下去,整个地铁站哗然,那女孩赶紧躲到一旁。

余皓没想到欧启航这么嚣张,老年人被欧启航抽了一巴掌,霎时蒙了,地铁上有人还搞不清状况,对欧启航道:"你干什么?"

欧启航:"你干什么?"

"你干什么!打老人?"

郢市吵架总是以方言里的"你干什么"开始,"你找死"结束,每当"你干什么"一循环起来,余皓就知道这事儿短时间不会结束了,果然众人此起彼伏,开始loop那句"你干什么",一时却没人敢上前找欧启航动手。老年人意识到局势对自己有利,开始叽里呱啦地躺地上讹医药费了。

余皓向那女孩道:"你赶紧走,没事了,趁现在快走。"

反正他已经录了像,报警也不怕,地铁到站,女孩低声道:"谢谢。"递给余皓两块巧克力,擦了把脸下了车。

余皓当真怕欧启航那一巴掌把那老头子给打聋了,然而看他活蹦乱跳躺地上啪嗒来啪嗒去的,应该不至于出啥事。

"我跆拳道黑带。"欧启航对余皓说,"不怕他们。"

余皓:"……"

车厢里头众人灵敏地捕捉到了关键词,开始渐渐闭嘴,剩下老头子干号,求大家帮报警，坐地上想爬过来，欧启航又作势踹他："滚！"

那老头被吓着了，一时半会儿不说话，地铁到站，两人若无其事，下车换乘。

余皓："居然就这么无惊无险地让咱们走了，也没被讹，还以为要去派出所走一趟呢。"

欧启航道："怕毛，我爸说对这种人就得往死里打。你得比他更横。"

余皓："对，以前我总下不了手，渐渐就学会了。"

跟着周昇多了，余皓只觉自己都被带得天不怕地不怕，我又没钱，你能把我咋地？

"那……"欧启航两手揣在兜里，认真看余皓。

"走了？"余皓笑道，"好好学习，这个给你。"说着把那女孩给他的两块巧克力递给欧启航。欧启航拿了一块，给余皓留了一块，从衣兜里掏出件东西，说："这个送你的。"

那是个小盒子，欧启航说："是个魔方，不贵，我自己做的，收下吧。"

余皓看不贵便收下来了，欧启航说："余皓，明年见。"

余皓笑道："明年见！"

余皓与欧启航分开，戴上耳机听着音乐去换乘，在地铁上低头看欧启航给他的小魔方，转了几下，这高中生手还挺巧。

古罗马竞技场。

美杜莎化作黑烟瞬间消失，黑龙喷发出的火焰到得跟前，瞬间扑空，紧接着周昇持盾抬头，美杜莎抖开利爪，从空中落下！美杜莎蛇尾卷住周昇，将伤痕累累的他狠狠甩到场边，下一刻黑龙转身，美杜莎双目发出一阵巨大闪光！

整个竞技场一闪，伴随着黑龙的狂叫，在空中旋转。一侧龙翼支离破碎，化作碎石与灰烬瓦解，下一刻，美杜莎按住龙头，将黑龙喉咙干净利落地一割。

黑龙鲜血狂喷，重重摔在地上。

周昇发着抖，在暴雨中艰难站起，他的一身盔甲被撕得近乎粉碎，胸膛、背脊，全是美杜莎的抓痕，伤口无法愈合，正在不停地向外渗血。

他低下头，在竞技场的水洼中，看见了自己满是污泥的脸。

"认输吧！"撒旦的声音响起，"承认自己的失败，也不失为一种勇气。"

周昇喘息着抬头，美杜莎双爪回拢，眼睛瞳孔旋转放大，开始聚光。

"不。"周昇冷冷道。

说时迟那时快，周昇肩上的毛绒狐狸玩偶化作一道银光，升上天际。

第19章 小狐狸

出地铁站，公交车剩下最后一班，余皓等了四十五分钟。给周昇发消息，他没回，到寝室时已经是九点四十了。暑假临近尾声，返校学生渐多，余皓看着往来的行人，心里有种淡淡的失落感。这个暑假明明做了许多事，赚了不少钱，却像虚度了光阴一般，带给他难言的空虚。

周昇去见他爸安排的相亲对象了，应该会顺利谈一段时间吧？这样是好事……余皓在路灯下回了寝室，开门，傅立群明天才回来，寝室仿佛打扫过，周昇坐在阳台上。余皓没说话，到阳台前去想拍他肩膀一下，却见金乌轮又在闪光，一阵接着一阵，就像当初进入潜意识时那样，正在召唤着自己。

余皓："……"

周昇坐在阳台的躺椅上，睡熟了，脑袋稍稍侧着。

余皓坐上另一张躺椅，皱眉轻轻拉起周昇的手腕，放在自己腿上，一手按在金乌轮上，与他头靠着头。金光一闪，余皓瞬间被拖进了梦境世界里！

自己的梦境世界发生了改变，多了蜿蜒的过山车轨道，不少飞天在空中飞翔。京城外的草原已变成一片金黄的麦田，手下将士们正策马从四门离开京城，前去狩猎。河流如锦带般沿城墙流淌而过，而就在天际，更出现了一轮淡淡的、若有若无的银色月亮！我的世界有月亮了？余皓好奇张望，但那月色很淡，就像傍晚时太阳月亮同时出现在天幕一般，几乎快与蓝天融为一体。

远方台阶从太阳处一级级延伸下来，通往长城烽火台。

余皓："变成这样了？"

余皓已经很久没进自己的梦里了，仔细一想对这些改变却又有着朦胧的印象，他展翅飞往金乌轮，穿过了它。光芒又一闪，余皓出现在了周昇的梦里，还是那个浩大的平台，这里完全没有改变。

"周昇！"余皓喊道，"你在哪儿？"

云海翻涌，余皓四顾，沉吟片刻，在空中一个转弯，冲下了云海，然而就在穿过云海的刹那，余皓感觉到自己的身体骤然发生了变化！

余皓："！！！"

一身黑色制服唰地化为白色，展开成为毛发，翅膀收拢再一抖，两手化为毛茸茸的前腿，耳朵在风中变长。

"不会吧——"那白色狐狸狂叫道，"这又是什么鬼啊！"紧接着一头坠了下去！

狂风暴雨，雷鸣闪电，环形斗兽场四周，观众人山人海。周昇挂着盾牌，一身铠甲破碎露出了武服，穿着余皓送给他的球鞋，站在泥泞里。

暴雨倾盆，周昇满脸是水，面前的斗兽场中央，藏身黑暗中的美杜莎在观众的欢呼声中游移，黑龙则遍体鳞伤，血液流淌在雨水中，躺在一旁不知死活。

"这实在太强了。"周昇喘息道，"得等待机会……"

美杜莎环场游移，不断靠近周昇，周昇提起盾牌，深深呼吸，竭力抹了把脸上的雨水，肩上、腿上、背上尽是利爪抓出的血污。

"周昇！"余皓的声音响起，伴随着一道闪电，一只长着翅膀的狐狸唰地掠过竞技场！

"余皓？"周昇蓦地睁大了双眼，而与此同时，美杜莎嘶哑叫喊，向周昇扑了上来！周昇马上以盾牌抵御，与那怪物相撞，被撞得飞开。

"周昇！"狐狸一声叫喊，飞到周昇身边。

"走……走！"周昇喘息道，"离开这儿，快啊！！"

狐狸落地，渺小的身躯挡在了周昇身前，抬头直视不断逼近他们的怪物。

怪物在闪电的映照下睁大双眼，满头蛇发，嘶哑叫喊，竟是美杜莎！

狐狸："这是啥？你妈？"

"美杜莎！余皓！别看她的眼睛！！"周昇喝道。

说时迟那时快，狐狸展开翅膀，向空中一跃，停在美杜莎头顶，美杜莎嘶哑叫喊，满头蛇发乱窜。狐狸抓住美杜莎的一头蛇发，美杜莎马上伸手，要将狐狸抓下来，狐狸却一口咬住了美杜莎头上的小蛇。刹那间周昇看见有机会，金箍棒一棍横扫，美杜莎发出痛喊，连着狐狸一起被打飞出去！

"你破坏了规则！"撒旦的声音响起。狐狸摔在地上，一身毛发全是泥水，挣扎起身，抬头四顾，周昇道："到我这儿来！余皓！"

狐狸快步冲向周昇，此刻美杜莎已在角落起身，发出愤怒的叫喊，突然变大，足有十米高！她的双眼射出红光，沿着场边扫来。狐狸发现黑龙躺在场边，喊道："将军！你的龙！"

美杜莎目光扫过之处，斗兽场四周尽皆石化，观众席上成千上万的雕塑垮塌下来，现场陷入了疯狂与混乱。

"别管了！"周昇在空中一个飞扑，抱住狐狸。两人翻身，以盾牌挡住美杜莎目光的攻击，镜似的盾牌一反射，光束顿时射向斗兽场另一侧，观众席被毁掉一大片。狐狸听见周昇一声呼哨，筋斗云飞来，将两人一兜，唰地飞出了竞技场，背后传来美杜莎嘶哑的尖叫与撒旦震怒的咆哮。

"你将自食其果！"撒旦吼道。

只是一眨眼间，周昇便抱着小狐狸飞出了竞技场，狐狸道："去我梦里！"

第19章 小狐狸

周昇没有回答，穿过黑暗天幕下的重重闪电，在大海上拖出一道巨浪，狐狸睁大双眼，看见远方出现了一座孤岛。

孤岛上空的云层破开了一个洞，从洞里倾洒下万丈金色阳光，岛屿连同四周的海面折射出金光。周昇抱着狐狸，一头栽到了那小小的孤岛上，摔在一片金黄的草地里。狐狸被摔得连着几下打滚，像个毛球般滚了出去。

狐狸："……"

这是个有两三百平方米的岛屿，岛上全是金黄色的长草，岛屿中央放着四张床，摆设与寝室一模一样。

狐狸自言自语道："这是哪儿？避风港？"

狐狸抬头，周昇的整个梦境世界里，只有这座孤岛沐浴着阳光。

"周昇？"狐狸转身，快步跑向周昇，周昇趴在金黄色的草丛里，不省人事。

"周昇！"狐狸赶紧推他，奈何自己实在太小了，还不到一只小奶狗的大小，什么力量都没有，它抬起爪子的一刻，顿时被吓了一跳。

"周昇！你流了好多血！"狐狸全身白色的毛发已经被周昇的血染成了紫黑色。它赶紧凑到周昇的鼻前闻嗅，幸好还有气息。

"晚安！"狐狸把爪子按在周昇额头上，焦急地说，"晚安！快醒过来！不行！"

狐狸又慌张地把爪子按在周昇的伤口上，然而治疗的力量全没了，没有法杖，没有法力，怎么办啊啊啊啊！

"周昇！"狐狸抓狂地喊道，"怎么办啊！你快醒醒！"周昇侧脸上带着伤口，那被美杜莎抓出的伤口鲜血淋漓，拉开了一道足有一厘米深的口子，狐狸呜呜地叫，凑上去以舌头舔了下。周昇的伤口奇迹般地愈合了！

太好了！余皓心想。它赶紧使劲舔周昇脸上的伤口，舔一下，伤口便愈合一点，于是狐狸赶紧跳到他的背上，舔他的背脊。周昇背上被抓得肩胛骨都露出来了，狐狸一边心疼一边舔，周昇血流不止的伤口，渐渐止住了出血。

"我不会有狂犬病吧……"狐狸自言自语道，"不对这是梦里啊，应该没事……周昇！翻过来！快翻过来！"

周昇动了动，呻吟一声，醒了，狐狸使劲推他的脸："翻身！翻身啊！"

周昇艰难地翻了个身，呻吟道："痛死了……"

"马上就好了。"狐狸跳上他胸膛，开始舔他的脖子，周昇笑了起来，抓住狐狸的后颈，把它提了起来，眼里带着笑意注视它。

"是你吗？"周昇道，"余皓？你怎么来了？"

小狐狸被提着，四脚腾空乱抓，忙道："快放我下来！你还在流血！"

周昇却不管，把余皓变成的小狐狸抱在怀里，揉了揉它的头。

"我要被你勒死了……"小狐狸挣扎着，好不容易跳出周昇铁箍般的手臂，继续为他治疗伤口，周昇身上的抓伤随着小狐狸的舔舐而不断愈合，然而片刻后被舔得实在受不了，狂笑起来，喊道："痒！"

"马上就好了！"小狐狸道，狸开始舔周昇的膝盖，直到膝盖愈合后，周昇两腿稍稍分着，坐在金黄色的长草地上，低头看小狐狸。

狐狸拨弄了下周昇穿着篮球鞋的脚，检查完以后说："脚上没受伤，好了。"

周昇说："余皓，看你自己爪子？"

狐狸低头看，自己爪子上呈现出黑色，抓美杜莎的头发时被小蛇咬了，已经失去了知觉。它低头舔了下自己的爪子，说："没事，我的守护光环呢？说好的在你梦里不会被伤害呢？"

周昇无奈道："只是选择性的，我觉得美杜莎可能会伤害到你，你就被她的蛇咬了一口，我看看？"

周昇握着狐狸的爪子，把它拉过来些许，仔细端详它的前爪。

余皓第一次变成这么小的形态，看周昇的时候觉得他好大，还挺有趣的。

"你为什么又做危险的事了？"狐狸蹲坐在地上，对周昇愤怒地说，"给我解释清楚！"

一阵风吹来，周昇只是笑了笑，抬手打了个响指。

一声清响，金黄色的草地释放出光海，环绕余皓与周昇，周昇身上的衣着发生了改变，原本的破烂盔甲化作了T恤与短裤，盾牌散成微光，环绕周昇脖颈，变成一条红围巾，在风中飘扬。

周昇的头发长了些许，一头金发就像这金黄色的草地般漂亮，而余皓的身体则不断变大，化为人类形态，耳朵却仍是狐狸耳竖着，余皓坐下的姿势压到了尾巴，十分不舒服，于是只得稍稍蹲着。

余皓："……"

周昇："你听到我在召唤你了？"

"对啊。"余皓道，"一进来就见你在揍你妈……"

周昇无奈道："那不是我妈，美杜莎代表的是我对婚姻和家庭的恐惧。"

余皓注视周昇，说："她以前总是挠你，你怕她的爪子。"

"嗯……"周昇说，"所以被美杜莎抓破的伤口，愈合不了。"说着又叹了口气，说，"烦。"

"我帮你打。"余皓说，"咱们一起。"

第19章 小狐狸

周昇答道:"竞技场不允许别的人进来。"

余皓:"怎么可能?"

周昇耐心道:"就是这样,一旦有协力者加入,美杜莎就会变成你看到的模样,变得很强,咱们更打不过她了。算了,打不过暂时先不打……"

余皓想了想,又说:"一定能行!我记得你说过……"

"对,我说过我这辈子不想结婚,"周昇起身道,"也不想谈恋爱,不想变成我爸的样子,不想……总之,你记得梁老师吗?"

周昇走到草地尽头,眺望大海那边的竞技场,风起云涌,海浪呼啸。

"这就是我对成家的阴影。"周昇如是说。

"别这么说!"余皓从草地上起来,追上周昇,说,"找你妈妈谈谈,就像我梦里的那条黑龙,总有办法……"

周昇答道:"我试过了,没有用,你觉得我妈那种人能沟通吗?"

"那我找她谈谈。"余皓固执地答道。

周昇眼里带着笑意,转过身,与余皓面对面。周昇左手轻轻一撒,轻风中,一根长草轻响折断,飞进他的指间,余皓目光移向那根草,才发现它的形态并非狗尾巴长草,而是一株麦穗,这座岛屿,赫然正是一方广阔的麦田。

麦田中央,只有四张床,安静地立在风里,台灯、书籍、转椅,一切都梦幻得如此不可思议。周昇将麦穗递给余皓,余皓不明白他这举动的意思,但就在触碰到那枚麦穗时,下意识地收回了手。

"你会好起来的。"余皓说,"我从来没想过,在你的云层下会是这样……这样……"

周昇只是安静地看着余皓,余皓道:"回去现实里想办法吧。"

"在你的心里召唤金乌轮。"周昇突然道,"想象它的样子,直到它和你产生共振,你就可以暂时借用它的力量,然后把手穿过它,按上来,说'晚安'。"

余皓:"……"

余皓开始想象金乌轮,数秒后,在他的眼前浮现出了金乌轮的形态,然而与他所见到的金乌轮不一样,自己想象出的金乌轮是银色的,光芒非常温和。

他抬起手,穿过银色金乌轮,按在了周昇额头上,周昇闭上眼睛。

"晚安。"余皓道。

倏地,周昇化作银色闪光粉末消失。

余皓:"!!!"

太神奇了!余皓还未来得及看自己的右手,自己也旋即化作漫天银白光点消散。

凌晨四点半,周昇与余皓在阳台上同时醒来。

大雨哗啦哗啦地下着,与周昇梦境中的潮水声产生了奇妙的重叠,余皓侧头看周昇,周昇却抬头望向阳台外的雨幕。

"进去吧,别着凉了。"周昇只是淡淡道,起身进了寝室,解下金乌轮,扔进了抽屉里,上锁。

余皓道:"你已经意识到了这点……"

"哥哥今天晚上回来。"周昇打断道,"你自己看微信?去不去你回复他。"

余皓心想好吧,他知道周昇不想讨论这件事,改天等到合适的机会再提吧。他躺上床去,打了个喷嚏,周昇皱眉道:"感冒了?"

余皓摆摆手,昨夜下大雨,这几天连着降温,应该是着凉了。

"给你煮个姜汤喝。"周昇说,"我也喝点。"

余皓"嗯"了声,翻手机,看见傅立群在微信群里说,今天体育班的同学大多都正常返校,计划明天大伙儿一起去游乐场玩,问余皓与周昇去不去。

"你想去吗?"余皓问。

周昇用一把小刀,躬身在垃圾桶旁削姜皮:"你去我就去。"

余皓:"你后天没约人?"

周昇抬头道:"你后天没约人?"

余皓:"……"

"那我回复哥哥了。"余皓道。

"嗯。"周昇耐心地说,"随你。"

余皓把他与周昇两人的票钱转过去给傅立群,傅立群转给夏磊去订票。余皓盘算着生活费已经没剩多少了,但幸好他俩开学还有奖学金,以及学院发给周昇的比赛奖金……不,周昇的奖学金和奖金都是他自己的,怎么能算进生活费里?余皓蓦然一惊,周昇总把钱扔给他管,管着管着,余皓居然不知不觉,把周昇的钱当成自己的钱在算。

这样绝对不行,余皓提醒自己,幸亏及早察觉,再好的朋友把钱混着花也有问题……在这点上他觉得傅立群就很好,周昇接下来应该会有些用钱的地方?余皓突然想起今天,在商场里看见周昇与那女孩。

一瞬间余皓几乎全明白了!他怔怔转头,望向周昇。外头大雨下得像瀑布般,周昇把姜削好,放在烧水壶里,用一张纸擦小刀,似乎在想事。

余皓意识到,周昇终于打算改变自己,去谈恋爱了。美杜莎是他对恋爱本

第19章 ◇ 小狐狸

身产生的阴影与抗拒的具象化表现,他终于拿起武器,决定战斗,也即代表着他终于决定了跨出这一步。就像拨云见雾般,余皓一点点地想清楚了周昇最近的反常,然而想起上一次关于女朋友的误会,余皓觉得自己还得再确认下。

"怎么?"周昇削完姜皮,开始熬姜汤,站在余皓书桌前,发现了欧启航送的魔方,拿起来玩了几下,"谁送的?"

余皓:"你又知道是别人送的。"

周昇:"你怎么可能会买魔方?"说着以他灵活的手指左转几下,右转几下,翻了个面,再转几下,发出轻响,魔方上五颜六色的方块仿佛在魔咒下自动归了类。

余皓:"……"

"你拼好了?!"余皓抓狂地喊道,就这么几分钟里,看着周昇把那个魔方转来转去,六个面居然渐渐地全被凑起来了!

周昇道:"干吗?很惊讶?"

余皓道:"你居然会玩魔方?"

"我看起来有那么笨吗?"周昇没好气道,"全是公式,买魔方的说明书上不是有教过?拼个十字再按公式转就出来了。"

余皓傻眼了,周昇的光环瞬间又加了一个亮度!

周昇头也不抬地玩魔方:"昨天见面那个高中生送你的?"

余皓道:"快快!我看下!你拼成功了?!"

周昇下一秒便无情地把拼好的六个面乱转了几下,欧启航的魔方瞬间被再次打乱,接着周昇把魔方扔到床上,扔给余皓。

"哎!"余皓道,"我还没看呢!"

"看什么?"周昇不耐烦道,"有照片吗?我看看?"

余皓:"???"

余皓翻了下欧启航的朋友圈,里头只有两张他和几个同学的合照。周昇眉头微微拧了起来。

余皓:"中间那个。"

周昇:"也是网上加的?"

余皓到现在还不知道欧启航怎么找到自己联系方式的,便照实说了,周昇道:"魔方还他,别要那小孩的东西。"

余皓莫名其妙道:"为什么?"

"不为什么!"周昇瞬间怒了,"老子不喜欢!"

余皓:"……"

余皓拿着魔方,似想争辩几句,却忍住了,低头看了眼魔方,随手转了几下,周昇道:"还给他。"

"行!"余皓被周昇搞得也有点烦躁。

周昇守着锅等水开。

"今天和黄璟雅出去了吗?"余皓声音里带着不满。

"对。"周昇把切好的姜丝撒进开水里,平淡地答道。

刹那间余皓觉得心口堵得有点喘不过气来,他竭力深吸一口气,忍了几秒,最后打出了一个惊天动地的喷嚏。喷嚏过后,余皓揉揉鼻子,没再问下去,躺在床上,拿着手机,翻了一会儿。

"我为你高兴。"余皓又说,"挺好的。"

"高兴什么?"周昇冷冷道,"高兴我和她出去?"

"周昇,"余皓主动道,"这样挺好,咱们改天想想办法,一起把美杜莎……"

"你能闭嘴吗?"周昇的语气依旧那么冷漠,"生病了就安安静静躺着行不?"

余皓:"将军……"

周昇突然起身,一脚把阳台门踹开,再连续两下推开窗门,暴雨的声音瞬间涌了进来。

"能不能好好沟通一下?"余皓大声道。

周昇没搭理他,回到电磁炉前坐下,那一刻余皓很想随便拿件什么扔在他头上。心道这就是你揍不死美杜莎的原因之一,但想到这点,余皓又觉得这是理所应当的,不禁自己都觉得好笑。因为对情感的回避态度而不愿意沟通,然而要解决这个问题,又确实需要沟通……这就陷入了一个死循环里。

余皓看着周昇,突然觉得很心疼。他希望他能好好的,只要他开心,自己也会觉得开心。周昇理应过上他应有的人生,娶一个漂亮的女孩子,继承父亲的家业,生一个听话的女儿。在这一刻,余皓真正地感觉到了,自己是那么地看重这个朋友。余皓在漫天漫地的雨声里说:"等你觉得你能喜欢璟雅以后,我能照顾好自己的,周昇,我们是一辈子的朋友,和哥哥那样。"

但雨声太大了,他不知道周昇听见了没有,也许他听见了零碎的几个词,也许他没有听见。余皓还想再说,周昇却把姜汤倒进杯子里,起身递给他。

"别洒在床上!"周昇不耐烦地大声说。

余皓接过杯,怔怔看着周昇,周昇眉目间充满了戾气,这是余皓第一次看见周昇露出这样的表情,似乎带着点厌恶。

第19章 小狐狸

"你怎么了?"余皓道。

"喝啊!"周昇又道。

余皓还想再说什么,周昇却径自去关上门窗,寝室里一瞬间静了下来。

"余皓,我要生气了。"周昇又说,"被你气的。"

余皓只得喝了姜汤,周昇一副火气爆炸的模样,到电磁炉前去,喝掉余下的,收拾东西,接过余皓的杯子,继而转身离开寝室。

"去哪儿?"余皓道,周昇没回答,余皓又说,"带伞!周昇!"

清晨六点,周昇离开了寝室,余皓又打了个喷嚏,昏昏沉沉,头开始疼了起来。他想给周昇发消息,编辑了一大段,却全删了,最后把手机扔在一旁,闭上双眼。先睡会儿吧,余皓心道。

"余皓?"傅立群的声音在耳畔道。

余皓不知道睡了多久,意识昏沉,傅立群说:"怎么感冒了?"

余皓坐起来,傅立群挎着个运动包,行李还没放下,把余皓摇醒,说:"吃点粥吗?"

余皓下床来,脸色有点发白,问:"几点了?"

"两点了。"傅立群答道,"下午两点。"

雨停了,寝室里十分闷热,傅立群不敢开电扇,递给余皓一个三明治。

余皓脑子里哐哐地响,饿得厉害,傅立群又拧开饮料给他喝,把大包小包的零食放在书桌上。

"吃这个。"傅立群说,"你嫂子给你买的白色恋人。"

余皓委顿不堪,傅立群低头发消息,说:"少爷说电饭锅里有粥,咱们喝粥吧。"

"我吃这个就行……"余皓道,"头好疼,周昇回来过吗?"

"刚刚学校门口见了一面。"傅立群说,"他买了药,让我带过来……哟,还有咸鸭蛋。"

"别告诉他我生病了。"余皓答道,看到周昇熬的粥确实很想吃,还是热乎的,貌似他上午还回来过一次熬了粥?余皓实在不能抵抗食欲的力量,于是去拿了碗和傅立群喝粥,问道:"日本好玩吗?"

傅立群笑道:"明天给你看照片。明天还去吗?"

"去。"余皓道,"没发烧,吃颗药睡一觉就好了。"

余皓的生命力从小就很顽强,感冒的话只喝热水就能抵过去,但明天约好了与他们去游乐场,还是吃颗药吧。

"明早再看情况吧。"傅立群说,"票还没订,怕又下雨。"说着拆感冒药让余皓吃,余皓吃过后全身都没力气,于是又上去躺着,掏出手机想发消息给周昇问他在哪儿,看见周昇连着发了几条语音,问他吃饭了没有,让傅立群带药回去了,今天在外头有点事,傍晚才回来,叫余皓和傅立群等他一起吃饭。

周昇的火气来得快去得也快,几个小时就恢复了,余皓正要回他时,欧启航的消息却来了。

"有空吗,哥哥?"欧启航发了条消息给余皓,"刚开完年级大会,今晚管得不严,还能再偷偷出来一趟,待会儿过来找你玩?"

余皓应了,拿出魔方,想到周昇让自己把东西还他,心想这家伙对朋友的控制欲总是这么强,希望和黄璟雅在一起以后会好点吧,总不能自己谈恋爱还干涉他?余皓约了欧启航,穿着拖鞋下楼去,傅立群正在看剧,提醒道:"多穿件,外头冷。"

余皓"嗯"了声,穿了外套下楼,傅立群又说:"晚上我点个披萨吃,总算有钱了嘿嘿嘿。"

余皓道:"点个大的,周昇回来吃。"

欧启航一脚踩着自行车,在女生楼下张望,余皓喊了他一声,欧启航忙回头。他今天没穿校服,与余皓一样都是印花白T恤黑短裤。

"你在女生楼下东张西望的做什么?"余皓只觉好笑,把魔方扔给他。欧启航接住魔方,有点不好意思,说:"正找你的宿舍楼呢。怎么了?为什么还我?"

"就是还你。"余皓道,"不为什么。"

欧启航看了一会儿余皓,末了,点了点头,说:"哦。"

他的眼神里似乎有点失望,余皓则不知为何,生出些许愧疚来。

欧启航把魔方揣进身后包里,问:"感冒了?鼻子堵着。"

"有一点。"余皓道,"晚上还有事儿,你回去吧,好好学习,高三了。"

欧启航耸肩,摊手,走在一旁,四处看看,挑了竹林外头人少的地方,坐了下来,随口和余皓闲聊着。余皓吃了感冒药,整个人都有点儿不舒服,心情不好,连带着偶尔说话也有些不大客气,在欧启航身边坐了下来。

欧启航道:"一定很多人喜欢你吧?"

感冒药令余皓的脑子不太清醒,他看着路上大大小小的水洼出神,水洼倒映着天上的云。

"没有。"余皓摇摇头,说,"其实我挺孤独的。"说着侧头看欧启航,说,"但

第19章 ◇ 小狐狸

每个人从生下来,到死去,就注定是孤独的。"

"这话我爸也说过。"欧启航答道。

余皓想回寝室了,他不想与欧启航讨论太多,毕竟他刚开始念高三,总偷跑出来找他,影响高三这一年的学习。他的人生还有许多可能。

余皓再次说道:"你找我想说什么?说完就回去吧。"

欧启航道:"就想找你聊聊,随便聊什么。"

余皓说:"你爸妈知道你在网上交朋友的事吗?"

"我爸死了。"欧启航说,"我妈不知道,不敢告诉她。"昨天在地铁上,余皓看见欧启航挺身而出打那色老头的行为,就觉得这小子家教一定非常好,父母一定都是正直的人,却没想到欧启航突然说出这句话来。

余皓一时不知道怎么安慰他,只得说:"我爸爸也去世了,在我很小的时候。"

"你爸是警察吗?"余皓灵光一闪,隐约猜出这背后的一切,但这个猜测马上就被证明是错的了。

"不是,我爸去年冬天,跳楼自杀。"欧启航笑了笑,说,"他被纪委调查了。"

余皓沉默了一会儿,而后对欧启航点了点头。

"这话题太沉重了。"欧启航有点不好意思,说,"不聊这个,我不是想扮可怜骗你好感度,让你和我做朋友。"

"不、不。"余皓忙道,"我完全没这么想过。"

欧启航说:"我觉得我需要做一下心理疏导。"

余皓道:"我没有执照,不能当你的心理咨询师。启航,你觉得压力很大吗?"

余皓大致感觉到了,欧启航需要一个能倾诉的对象,和他的生活圈子完全无交集的,既非老师也非同学,不是亲戚朋友,对他毫不了解也并不太关心的,愿意听他说话的陌生人。就像自己高三时,很想在校外交个朋友,把人生的苦闷一股脑地倒出来的心态。父亲被纪委调查肯定有原因,而自杀也有原因……余皓不久前才在翻译文章时看过官员"患抑郁症"跳楼自杀的新闻。

余皓转身坐着,一脚侧在长椅上,面向欧启航。

"但你想说什么,可以对我说。"余皓道,"我保证绝不会告诉别人。"

"有啥好说的。"欧启航笑了起来,眼睛亮晶晶的,低头掏出一包烟,问,"你抽烟吗?"余皓摆手。

欧启航点了根烟,欲言又止,但末了,他改变了主意:"我还是回去吧。"

余皓眉头微微皱了起来,但他没有挽留,说:"好吧,启航,有一位朋友,也是老师,告诉过我。"欧启航的眉毛微微一扬。

"世界远远比你想象中的更广阔,离开校园,进入社会后,我相信你会遇见喜欢你、你也喜欢的人。这条路很难,但也并没有想象中的那么难,重要的是,千万不要自己折磨自己。"余皓说,"把你的高三念完,人生会豁然开朗的。"

欧启航沉默了,正当他想开口时,一个声音在侧旁响起。

"小帅哥,借个火?"

余皓:"……"

周昇叼着烟,不知道什么时候回来了,右手食指与中指上贴着创可贴。

欧启航掏出打火机,打着了,抬手递到周昇面前,周昇随手拍了拍他:"谢谢。"继而转身,坐到两人身边的另一张长椅上去。余皓正想向欧启航介绍周昇,欧启航却警惕地多看了不远处的周昇两眼,说:"我走了。"

余皓起身,说:"我送你出去。"

欧启航却对余皓摆摆手,跨上停在路边的自行车,径自骑走了。

"我会记得你的!余皓!"欧启航回头对余皓喊道。

"看路!"周昇背靠长椅,两手向后架在长椅后,跷着脚,说,"当心撞到人!"

余皓:"……"

周昇侧头,对余皓笑了笑。

"晚上想吃什么?"周昇问。

"心情好了?"余皓道。

周昇手指夹着烟,认真端详余皓,说:"我怎么感觉在哪儿见过那小子?"

余皓注视周昇,不作声。

"我觉得我伤害了他。"余皓说,"我有点难过,周昇。"

周昇没说话,眼里现出了余皓熟悉的神色,那眼神似乎有点迟疑,但余皓总不太能解读周昇的神态,两人相对沉默片刻,突然宿舍楼上喊了一声。

"周昇!你女朋友找你来了!"

余皓:"……"

周昇:"……"

听那声音来自六楼,是周昇班的,这声喊引起了小规模的骚动,周昇一脸茫然,旋即意识到了什么,烦躁地起身,快步走向宿舍楼前的天井。

余皓眉头微微皱着,跟在周昇身后,到得宿舍楼前的路边,看见了两个女孩正笑着聊天等人,周昇道:"黄璟雅!"

"正在找你住哪栋楼呢。"那女孩转身,眼睛一亮笑道。

余皓站着等周昇介绍,周昇却没示意他打招呼,只径直上前,说:"你跑

第19章 ◇ 小狐狸

我学校来做什么？你怎么知道我住这儿？"

黄璟雅笑道："正路过呢，顺便。你爸说你住这楼，找了我大半天。"

那站在黄璟雅身边的女孩个头高挑，长发及肩，非常漂亮，带着笑意，眼神却十分犀利，向余皓投来一瞥。与黄璟雅不一样，高个女孩漂亮得非常有侵略性，手里提着个装甜品的纸袋。

"你先回。"周昇对余皓说。

余皓转身上了楼，宿舍楼上不少闲得长蘑菇的男生发出了狼嗥。今天接近七成的学生都返校了，本来就蠢蠢欲动，周昇又是风云人物，还找了个这么漂亮的女朋友，怎能不起哄？当即整个宿舍楼里冲出来一半人，趴在栏杆上往下看，吹口哨的吹口哨，敲可乐瓶的敲可乐瓶。余皓上到五楼，楼前男生一字排开正往下看，排头的是夏磊，剩下的则几乎全是与周昇、傅立群同班的同学，这伙人反常地没有起哄，只是小声议论几句，好奇地看着。

"这是那个正牌少奶奶？"一同学有点蒙。夏磊看见余皓，对余皓吹了声口哨。余皓也跟着过来，趴在栏杆上，只见周昇与两个女孩说了几句话，转身带着她们离开宿舍楼区域，沿着外头小路走出。

余皓笑道："正牌少奶奶。"一时众人都笑了起来，傅立群正下楼拿了披萨，站在余皓身后看了会儿。又有人道："另一个是贝小舟吧？是她啊！"

"比直播里好看多了！"

"我靠，居然看见真人了！"

"谁？"余皓莫名其妙道，"贝小舟是谁？"

"一个两百多万粉的网红。"傅立群答道。

"女神啊！"

"让少爷给介绍下……"

"余皓。"傅立群道，"吃披萨，回吧。"

周昇与那两个女孩消失在众人视线里，余皓便跟着傅立群回了寝室，说也奇怪，这个时候他的内心不失落，也不生气，没了对周昇这个很亲密的朋友即将离自己而去的担忧，取而代之的，反而是异常的平静。就像奔涌的暗流无声无息地退了下去，只剩下孤独的礁石屹立在天地之间，它理应在那里。

"我得吃点药。"余皓道，"头又开始疼了。"余皓吃了两块披萨，吃过药上床去睡，傅立群道："要么你明天还是别去了吧。"

余皓没说话，转了个身，面朝墙壁，安静地躺着。他能感觉到那女孩肯定喜欢周昇，他从她的眼神里能看出来。突然毫无来由地，他再次想起年初打工调咖啡时，店员对他说过的话，眼神骗不了人，见到喜欢的人，眼神、表情、笑意，都会随之一亮，就像看见阳光照亮了整个世界一般。

但是这二者完全不可相提并论，自己再怎么喜欢这个朋友，友情和爱情还是不同的。唉……余皓昏昏沉沉，不知躺了多久，听见外头有人走过去，打开水，大声唱歌，傅立群在给岑珊打电话，对门则在玩游戏，放肆地大喊大叫……就像那谁所说的，人世的快乐并不相通，余皓只觉得他们吵闹。

不知过了多久，余皓开始出汗，混沌的意识告诉他，这么一觉睡下来，自己明天应该彻底好了，只是别坐太多次过山车，就怕吐……

"回来了？"傅立群的声音道。

周昇答道："送走了，烦。怎么又睡了？病好点没？"

余皓不想动也不想说话，感觉到周昇爬上梯子，用略冰凉的手背试了下他的额头，确认没发烧。

"蛋糕吃吗？她俩带的。"

"嗟来之食，给对门吧。"

"你可以啊，凯凯的蛋糕全下肚，妹子的不吃？"

"那几个月里头我都要饿死了，有选择余地吗？"

"……"

"吃了吗？喏，披萨。"余皓听见周昇开披萨盒子的声音，开可乐的声音，外头还在大喊大叫地唱跑调的歌，紧接着周昇开门出去，把周围寝室挨间敲了一遍，四周全静下来了。谢天谢地，余皓总算好过了点。

"明天的票买了吗？"

"买了。"

"黄璟雅说她也想去。"

"哦，咋地啦？余皓不去？"

"我没说。"余皓翻了个身。周昇倏地停了动作，抬头看余皓，片刻后问："头还疼不？冷不冷？"余皓没说话，周昇说："给你贴这个。"说着拆了包Hello Kitty的暖宝宝，递给余皓手里。余皓生病难受着，看了眼，把它扔了下去，"啪"的一声砸在傅立群头上。傅立群冷不防吓了一跳，顿时大叫一声。

"刺客！刺客！快来人！有人要谋杀朕了！"

周昇穿着件长袖运动服，两手揣在兜里，静静站在地上，抬头看余皓。

"那你再睡会儿吧。"周昇道，"生病难受，是吗？"

余皓没理会他，周昇又道："待会儿不舒服就随时喊我，晚上我哪儿也不去。"

第20章
摩天轮

余皓侧身，蜷进被里，闭上双眼。周昇上前到自己铺位下，拉开书桌抽屉，里头是金乌轮，沉吟片刻，最后还是没取出来，顺手锁上了抽屉。

这是一个凉爽的晚上，凉得甚至有股寒意，明明只是夏末，却已有了入冬的感觉。郓市全城迅速降温，余皓感觉到半夜里，周昇扔过来一床被子，盖在他身上，给他盖好。他转头时，半睡半醒间，见周昇正拿着手机，躺在床上发消息，屏幕的光映亮了他英俊的侧脸。

再一觉起来，天已经蒙蒙亮了，余皓发现自己身上盖着周昇从柜里翻出来的秋被，周昇却已不知去了何处。昨夜的气已消得干干净净，余皓有点懊悔地在床上坐着，想起昨晚自己的火气，只觉得尴尬而疲惫。

"能出门吗？"傅立群正发着微信，抬头一瞥余皓。

"已经完全好了，"余皓跳下床去洗漱，说，"就是饿。周昇呢？"

傅立群道："一大早就失踪了，接人去了吧？"

余皓今天非常精神，一场小病来得快去得也快，与傅立群吃过早饭，觉得自己又活过来了。众人在山下地铁站前集合，余皓看见了周昇与黄璟雅。大伙儿向黄璟雅礼貌地点头问候，一伙大学生虽然不比看周昇比赛时人多，却感觉比之前还要热闹不少，只因今天出门的体育班的男生们，全带上了女朋友。

"踩他的鞋！"

"踩少爷的新鞋！快来啊！"

一群人开始踩周昇的新鞋，周昇怒道："滚开！都滚！"地铁里头，一大群人开始起哄，顿时吓了安保一跳还以为发生了什么事，周昇一吼，好像真的生气了。"谁敢！绝交！"周昇怒道，"真绝交！别以为我开玩笑！"

场面有点尴尬了，周昇意识到自己发火发过头，随口道："踩哥哥的去。"

傅立群瞬间吓得往岑珊身后躲，忙道："我都穿了一个月了！不是新鞋了！"

余皓："……"

地铁上整个车厢被他们占了，全是成双成对的学生，那场面浩浩荡荡，十分壮观。

"好点啦？"岑珊摸摸余皓的头，余皓表情还有点委顿，却笑了起来，说："已经完全好了。"

"给你哥哥买这么贵的礼物做什么？"岑珊又嗔道，"傻大个天天蹭你们饭，你这样会惯坏他的！"

傅立群抱着地铁上那铁管，嘿嘿笑，说："哥哥给你们表演钢管舞？"

岑珊："……"

余皓笑着说："周昇让我买的。"

两人一起转头看不远处的周昇，今天的周昇很帅，穿了余皓的那条牛仔裤，白T恤，头发看得出用发蜡抓过，背着个单肩运动包，两手插在兜里，一副没睡醒的模样，慵懒不堪，两脚斜斜向前蹬着，第一次把这双AJ穿出来，余皓才发现这鞋上脚了确实相当好看且抢眼，非常适合周昇。

有人给黄璟雅让了个座，周昇便背靠车厢，站在黄璟雅身旁，与她有一句、没一句地闲聊，那表情十分烦躁，偶尔以"嗯"或点头来回应，似乎听不进黄璟雅说的话，只看着飞掠而过的地铁站台出神。

"以后不能这样。"岑珊又教训道。

"好啦。"余皓笑道，"知道了。"出地铁站时，余皓刻意走在了周昇身后，与他保持了距离。走着走着，周昇突然回头找他，余皓便抬起手，示意我在。傅立群随手搭在余皓肩膀上，周昇那眼神略复杂，只瞥了一眼便转过去了。

余皓打趣道："嫂子，你猜今天周昇会带璟雅坐几次过山车？"

岑珊突然笑了起来，说："上回你还没搬去他们寝室，我们仨来游乐场玩，他一个人坐了十二次。"

余皓："……"

这家游乐场余皓已经来过许多次了，正是过年时与周昇一起打工的地方。傅立群去取票，岑珊掏出两个幸运符，递给余皓。

"在北海道给你们求的符。"岑珊笑吟吟地说，"一个给你，一个给周昇。"

余皓忙道谢谢并珍重收下，再望向周昇时，又见周昇在长椅上，拿着瓶红牛在喝，与黄璟雅并肩而坐。

"我回去再给他。"余皓说，"是恋爱符吗？"

"对啊，求爱情的。"岑珊温柔一笑，两人也坐在长椅上，余皓觉得难怪傅立群这么喜欢岑珊，这个嫂子真是太太太美好了。

"不是说今天会出太阳吗？"岑珊道，"还是阴天。"

余皓抬头看天，连着下了好几天的雨，乌云密布，层层叠叠的，云层里隐约现出少许白光，风吹了起来。

第20章 ◇ 摩天轮

"嫂子你冷吗？"余皓道，岑珊摆摆手。

傅立群回来了，发下入场券，众人便纷纷领了券，起身进园，暑假的最后一天园里人相当多。余皓快有半年没来了，想起上一次带施坯来玩，对这儿感觉还很亲切。他拿着手机，给周昇与黄璟雅拍照，尤其在排队时。许多项目都是两人两人乘坐，余皓本想一个人就一个人吧，同学全是情侣，便打算去排单人通道，岑珊与傅立群却一直拉着余皓。排队时，队伍往复折回，余皓时常与周昇、黄璟雅擦肩而过，偶尔拿起手机，帮他俩拍一张，周昇则在耐心听黄璟雅说话的间隙里，抬头一瞥余皓，余皓便对他笑笑。

"我不想坐过山车，"岑珊一脸郁闷，"我是真的不喜欢，你哥儿俩去行吗？"

"来吧。"傅立群道，"不恐怖的。"

余皓道："对，嫂子，排队的时候感觉很可怕，但是坐上去了也就那样。"

岑珊那表情就像要上刑场一般，傅立群举起手机："我拍一张哈哈哈！"

余皓与岑珊一起稍抬头，傅立群调了自拍模式，手机倒映出排队中的三人，余皓突然看见了背景里，不远处，回头怔怔看着自己的周昇。

"咔嚓"一声，傅立群按下手机，拍下了这张照片，岑珊灿烂甜美的笑容瞬间消失得无影无踪，哀叹道："能不能不坐！"

"马上到了！"余皓笑道，"坚持住！"

队伍排到末尾，余皓道："我感冒刚好，怕坐了头疼，我不坐了，你们玩。"说着便从绳下钻了出去。

"余皓！"队伍后面，却是周昇叫住了他，"你去哪？"周昇道，"你要走了？"

余皓笑道："我在外面等你们！"

"待会儿去摩天轮吧。"周昇道。

余皓点点头，过山车"轰隆"一声启动，远隔上百米，余皓都能听见岑珊不要命的尖叫，只觉得实在是太好笑了。他走到出口外等他们下来，并不停提醒自己，不舒服千万别表现出来，否则会害大家都玩得不开心。但有时候余皓也发现了，其实自己也并不能真正地影响到谁，有时候人总是把自己想得太过重要了，说不定今天周昇、傅立群与岑珊都没有太在意他的心情，反而玩得挺开心呢？

"余皓！"一旁烤鸡翅亭外，经理喊了声。余皓"哎"了声，笑着与他打招呼，经理对他们印象很深刻，说："我看见周昇了，你们来玩啊。"

余皓过去与他寒暄几句，经理又问他们暑假怎么没来打工。不多时，一群人下来了，岑珊站着不住喘气，余皓对经理道："这是我嫂子。"

"周昇！"经理看见周昇与黄璟雅，笑着说，"好啊你小子，交女朋友了吗？介绍下？"

"不是女朋友。"周昇当众道，"再问把你店拆了。"

顿时所有人都有点尴尬，余皓只得假装没听见，周昇又说："老高，帮打十八杯对对碰，待会儿我过来拿，余皓你把钱付一下。"

"嫂子没事吧？"余皓观察岑珊脸色，生怕她被吓着了。

"再来一次。"岑珊深呼吸道，"走！姐姐喜欢！"

傅立群："……"所有人同时疯狂大笑，傅立群道，"一次就好了……哎！等等啊！老婆！"

岑珊直接把傅立群拖走了，余皓笑得不行，掏出手机给岑珊与傅立群拍照，唱道："一次就好，我陪你到天荒地老……"

"坐摩天轮去吧。"有人提议道。

"要么自由活动？"周昇说，"哥哥嫂子都跑了。"

夏磊说："晚上还一起吃饭不？"

周昇想了想，众人似乎都听他的，周昇看了眼余皓，而后道："不了吧，待会儿你们记得去拿饮料。"

于是大伙儿便各自去找项目玩了，然而最近的项目还是摩天轮，排队的没几个人，众人便纷纷过去抢位置。

摩天轮都是情侣在坐，两人一厢，周昇又喊道："余皓！"

"我去拿饮料。"余皓说。

周昇看看余皓，又看黄璟雅，最后说："行吧。"

余皓到得餐厅外头，看见周昇带着黄璟雅去排摩天轮，小哥把饮料一杯一杯放上台面，余皓开始点数，掏手机付账。经理看着远处排队的学生们，看见周昇与黄璟雅进了摩天轮，十分感慨："年轻真好啊，余皓谈恋爱了吗？"

"没有呢。"余皓笑了笑，二、四、六……游乐场暑假出了个情侣印花杯，里面是特调的"爱情对对碰"，买一送一，余皓算了下，十九个人，周昇只点了十八杯，九对。

"够吗？"

"够。"

经理又问："你们应该是单数吧？"

"我是单身狗啊，我喝这个做什么？"余皓笑着把饮料两杯两杯装在一起，拿到长椅上去，等他们过来领。

第20章 摩天轮

坐完摩天轮,余下的人陆陆续续过来拿饮料,还有人去买热狗,各自说:"谢谢少爷。"

"少爷说不客气。"余皓哭笑不得答道。

他在长椅上坐了一会儿,开始翻手机里的照片,余皓手机里有很多周昇的照片,大部分时候都是明着拍,周昇看见了也不管他。余皓一张一张地翻着,还看见了自己偷拍的周昇睡觉时候的照片。傅立群把排队时的合照发过来了,余皓看见了照片上,站在队伍拐角处,注视着自己的周昇。

周昇的眼神有点落寞。余皓心想,周昇对自己,也许已经是一种比朋友、好兄弟更甚的感情。他常常在网上看许多人的情感分享,很多段感情里的两个人,最后都因毕业、工作调动天各一方,多年以后,再深厚的感情、再不可割舍的曾经,随着各自建立家庭、养育儿女,渐渐地也只成为最美好的记忆。

就像这些照片一样,让它永远留下来吧,多年以后,我们再见面时,提起这段往事,至少它留给我们的都是美好与快乐。余皓抬头望向摩天轮高处,在转厢顶上乌云密布的天空中,云层渐渐地散开了。

"唉。"岑珊回来了,坐在余皓身边,重重喘了口气。

"我不行了。"傅立群道,"让我缓一会儿。"

岑珊道:"余皓,给你哥哥喝点饮料压压惊,待会儿继续。"

余皓:"哈哈哈哈哈哈!"

傅立群道:"我重心高!脑缺氧!别来了!"

岑珊道:"你自己说的,我想坐几次就陪我坐几次。"

傅立群只得道:"好,行,今天和你拼了。"

岑珊看了傅立群一眼,傅立群又是嘿嘿笑,两人喝了点饮料,岑珊问:"周昇还没下来?这都一个小时了。"

余皓心想对哦,方才他没注意摩天轮出口处,周昇应该早就坐完了,算了,不管了。

"你们去坐摩天轮吧。"余皓道,"我再在这坐会儿。"

"对对对。"傅立群赶紧道,"劳逸结合一下。"

岑珊起身拉着傅立群走了,余皓又四处看看,心想周昇应该与黄璟雅玩别的去了,低头看手机,周昇却发了条消息:"你在哪儿?"余皓用手机拍了张身边的饮料,还有六杯没领走,周昇便回了句:"*等我。*"

天空中,乌云翻涌,小雨在风里纷飞着,零星雨滴落在余皓脸上。

"还没领完?"周昇坐到长椅一侧上,呼吸有点急促,像刚跑过。

"朝阳和钧哥带着媳妇不知道上哪儿了，"余皓说，"估计还在排队吧。璟雅呢？"

余皓本想说"少奶奶呢"，顺便开开周昇玩笑，但他知道周昇不喜欢别人这么说，便收敛了些。

"回去了，"周昇拿了杯饮料喝，"刚把她送走。冷不？你感冒刚好，穿我外套？"余皓："还好。"

"坐摩天轮去？"周昇说，"不管他们了，饮料扔这儿，爱喝不喝。"

余皓道："不去了，待会儿我也回了。"

周昇拆开饮料的杯盖看余皓，一口气灌下半杯，显然很口渴。

"另一杯你也喝了吧。"余皓笑道。

周昇放下杯，转头看了眼游乐场里来来去去的情侣。

"我想和你再坐一次摩天轮。"周昇侧头，看着余皓的双眼，认真地说。

余皓："……"

周昇那语气很认真，认真得就像他们第一天在梦里认识时一样。

"那走吧。"余皓笑了笑。

周昇率先起来去排队，余皓跟在后头，傅立群与岑珊刚下来没多久，岑珊向两人吹了声悠扬婉转的口哨。

"嫂子今天真够放飞自我的。"周昇笑道。

余皓道："你待会儿可以陪她去坐过山车，坐到游乐场打烊。"

周昇："你不喜欢坐就直说，别老挖苦我，人生还不能有点爱好了？"

"我没这意思。"余皓道。

"你这几天就变着法子气我。"周昇说，"你以为我不知道？"

"你还不是变着法子气我？"余皓突然不知道为什么，有点控制不住自己，这生气突如其来，冲动得令他自己都猝不及防。

"算了不说了。"周昇道，"待会儿吵起来了。"

余皓没说话，两人排到摩天轮前，工作人员放人，余皓便与周昇钻进包厢里，各自坐好，外头关门。

这是华中地区最大的一个摩天轮，一圈转下来足有半小时，包厢里还放着音乐。周昇随手把音乐关了，看着余皓，余皓则侧头望向窗外。

"看风景啊。"余皓笑道，"看我做什么？"

周昇道："还没上去呢，看毛啊。"

余皓说："好好和璟雅在一起吧。"

第20章 ◇ 摩天轮

"你不喜欢她吗?"周昇道。

余皓轻轻地说:"不,我很喜欢她,只要是你喜欢的人,我都喜欢。"

周昇深呼吸,竭力平定心情,说:"可我不喜欢她,我怎么办呢?"

余皓一时有点哭笑不得,笑着说:"不喜欢还带她出来?"

突然,余皓的声音停了,整个世界安静无比。周昇从包里取出来一个银色的、心形的金属音乐盒,像一块漂亮的宝石,盒面上烫着一对天使翅膀的纹样,周昇把它翻过来,背后烫着周昇的"Z"与余皓的"Y"的姓氏首字母。

周昇一边上发条,一边紧张地抬眼,注视余皓双眼,紧张得手指都在发抖,余皓没有说话,怔怔看着周昇给音乐盒上发条。叮叮声响奏起,正是余皓曾经翻唱过的那首《小幸运》。

"给你。"周昇把音乐盒递给余皓,说,"我亲手做的,我做它三个月。"

余皓下意识地接过音乐盒,有点不知所措地看着周昇。呼吸急促起来,天空中,狂风席卷乌云,厚重云层退去,摩天轮升上高空,阳光就这么猝不及防地洒了下来。摩天轮包厢里十分安静,只有音乐盒的声音。

周昇说:"我想说……余皓……我知道……你在想什么,觉得我们两个家庭背景差太多,担心我对你控制欲、占有欲太强,担心我有你这个朋友就满足了,担心影响我以后的人生……"

余皓的呼吸急促起来,天空中,狂风席卷乌云,厚重云层退去,摩天轮升上高空,阳光就这么猝不及防地洒了下来。

"所以你想跟我拉开距离,所以你去扩展自己的社交圈子。"周昇看着余皓的眼睛说,"想让我谈恋爱,不要过于看重一个朋友在自己人生中的位置……"

摩天轮包厢里十分安静,只有音乐盒的声音,余皓的泪水几乎是夺眶而出,倏忽意识到,周昇把他的心思猜得分毫不差,有一种委屈都被理解了的感觉。余皓握着那音乐盒的一手抵在鼻前,有点哽咽,点了点头。

余皓哽咽道:"你是我最好的朋友,你和我不一样,你的未来有许多选择。我不想过多依赖你,也不愿意影响你的对未来的选择。"

"我们为什么要为了未来不确定的事情,影响我们现在的感情?"

"我还有很多地方没做好,可我没有办法,我爸妈,我的家庭,他们就这样,我愿意努力,我想把我的图腾先拿回来。可太难了,真的太难了,我还没成功,但你已经……"

"你是唯一一个在梦里愿意把图腾给我的人。我希望你能陪在我身边,看着我战胜心里的恐惧,你也别再去网上乱交朋友了,咱俩还当最好的兄弟,成不？我想，至少我心里清楚，我不是一个人去战斗。"

郢市逐渐沐浴在阳光下，由远及近，刹那间阳光洒满大地，远方云顶山云雾散尽，摩天轮包厢中，斜斜照耀他们的阳光，仿佛将余皓带进了一个梦里。周昇抬眼，与余皓对视，继而凑上前去，给了余皓一个轻轻的拥抱。

余皓的泪水几乎是夺眶而出。摩天轮转过一圈，结束，工作人员打开门。满脸眼泪的余皓从包厢里率先出来，周昇追在后面。

"怎么啦。"周昇开始讨打了，"还吃不吃我做的饭啦？"餐厅里，周昇像个小孩一样趴在桌上，抬眼观察余皓，余皓从桌子底下狠狠地踹了他一下。

岑珊与傅立群还在落地窗外头给余皓与周昇拍照，周昇道："快，笑一个？哥哥嫂子拍呢。"余皓侧头，整个人都差点崩溃了，周昇伸过手来，搭着余皓，侧身朝岑珊与傅立群比了个"耶"。余皓感冒刚好，头又开始嗡嗡地疼，周昇又趴在桌上，说："我昨晚一晚上都没睡着，你倒是睡得香。"

余皓："……给我喝点水……我感觉我要挂了。"周昇赶紧起来，去给余皓买了瓶水拧开，余皓猛喝下半瓶，终于舒服了点。周昇又说："我去上个洗手间，你哪儿都别去，在这儿等我……"说着周昇火速去洗手间，又火速回来。余皓笑了起来，周昇道："心情好啦？"余皓低声道："心情一直都很好。"

周昇又突然道："你记得那个高中生小孩儿不？"余皓："欧启航？"

周昇说："今天我终于想起来在哪儿见过他了，上一次咱们在这儿打工的时候，我在柜台后头烤鸡翅，你下班了在窗边坐着等我，他拿手机偷拍你呢。老高！是不是有人来要过余皓电话？"

经理"哎"地答了句，说："有个人，说是他学弟，想咨询下考你们学校的事儿。"

周昇："果然是你！老高！你怎么能乱给人家电话？"

经理道："不是我给他的，是他自己乱翻。他在我们这儿也打了好几天工，一个挺单纯的高中小孩儿，看了放在办公室里的登记表，上头就有你俩电话。"

余皓："……"

周昇笑道："挺有心计嘛，估计是想搞什么事儿，下回再敢来找你，看我怎么对付他。"

余皓道："我没钱没能耐，人又傻，能骗到我什么？"

周昇："算了，我会保护好你的。"

余皓完全没注意，但就像周昇所说的，这些都不重要了。

第20章 ◇ 摩天轮

余皓手里仍翻来覆去地摆弄着周昇给他的音乐盒。

"我报了个班,做了好久。"周昇又说,"机芯总跑调,不过我没让老师帮我修音。"余皓笑了起来,给音乐盒拧上发条,《小幸运》又响了起来,餐厅角落里两人沐浴着阳光。

"你什么时候想做这个的。"余皓道。

"刚放暑假那会儿。"周昇答道。

"你前天到底搞什么?"余皓道,"我还以为你烦我了。"

周昇:"我是烦我自己好吗?我卡关啊,美杜莎打不过去,还被你都看见了,我以为我能。"说着又叹了口气,"就怕我这辈子,都没法真正地打败自己吧。"

余皓倏地明白了,周昇一直在与内心的那个自己作抗争。他想战胜童年对家庭的阴影,摆脱这一切,去经营一个美好的未来。

"要放烟花了。"经理说,"不去再玩点项目吗?"

离开餐厅时,一阵风吹来,夕阳鎏金,余皓对这个世界产生了一种不真实感。周昇低头发消息,问傅立群他们在哪。夜七点半开始会有烟花会演,今天是暑假最后一天,烟花表演也比往常更为隆重,周昇找了张长椅,搭着余皓的肩膀一起坐下。夜幕一点点地降下,直到天际化为一片紫红色,周昇看了眼手机,说:"薛隆今晚挨间查房,不能出去了。"

"我也想回寝室。"余皓说,"待会儿看完就回去吧。"

傅立群与岑珊过来,周昇道:"嫂子今天太奔放了,坐了几次过山车?"

"一下午吧,简直打开了新世界的大门,太好玩了。"岑珊正色道,傅立群那脸色煞白,显然已经有点不好了。

傅立群道:"余皓,可怜可怜残疾人,给哥哥让个位置呗。"

余皓忙起身道:"你们坐。"

傅立群坐下,伸手揽着岑珊的腰,让她坐在自己大腿上。烟花升起来了,"砰"的一声绽放开去,映亮了几人的面容。余皓出神地看着烟花,周昇却看着余皓的脸,眼里带着笑。旋即焰火接二连三绽放,夜空下,犹如万千碎玉与坠星,惊天动地地映亮了天地,摩天轮喷发出了绚烂的彩色火焰,游乐场中所有人一起欢呼起来。

"我太喜欢这个摩天轮了。"余皓自言自语道。

◈ 未完待续 ◈

图书在版编目（CIP）数据

夺梦.2/非天夜翔著. — 广州：羊城晚报出版社，
2019.10（2021.3重印）
ISBN 978-7-5543-0757-1

Ⅰ.①夺… Ⅱ.①非… Ⅲ.①长篇小说－中国－当代
Ⅳ.①I247.5

中国版本图书馆CIP数据核字(2019)第216601号

夺梦2
DUO MENG 2

责任编辑	黄初镇　张灵舒
特约编辑	曹　杰　吴凯诗　李伊琳
责任技编	张广生
封面绘制	宝井理人
装帧设计	商块三　罗智超
责任校对	杨　群
出版发行	羊城晚报出版社
	（广州市天河区黄埔大道中309号羊城创意产业园3-13B　邮编：510665）
	发行部电话：（020）87133824
出版人	吴　江
经　销	广东新华发行集团股份有限公司
印　刷	恒美印务（广州）有限公司
规　格	889毫米×1240毫米　1/32　印张 8.5　字数 300千
版　次	2019年10月第1版　2021年3月第2次印刷
书　号	ISBN 978-7-5543-0757-1
定　价	52.00元

版权所有 侵权必究

本书如有印装质量问题，请与广州天闻角川动漫有限公司联系调换。
联系地址：中国广州市黄埔大道中309号 羊城创意产业园3-07C
电话：（020）38031251　传真：（020）38031252
官方网址：http://www.gztwkadokawa.com/
广州天闻角川动漫有限公司常年法律顾问：北京市盈科（广州）律师事务所